Harlan Coben

KEIN STERBENSWORT

Thriller

Deutsch von
Gunnar Kwisinski

Eder & Bach

Genehmigte Lizenzausgabe für Eder & Bach GmbH,
Nördliche Münchner Str. 20c, 82031 Grünwald
1. Auflage, Oktober 2021
Copyright © der Originalausgabe 2001 by Harlan Coben
Copyright © der deutschsprachigen Ausgabe 2004 by
Wilhelm Goldmann Verlag, München,
Penguin Random House Verlagsgruppe GmbH
Umschlaggestaltung: Stefan Hilden, www.hildendesign.de
Umschlagabbildung: © HildenDesign unter Verwendung
mehrerer Motive von Shutterstock.com
Satz: Satzkasten, Stuttgart
Druck und Verarbeitung: CPI – Ebner & Spiegel, Ulm
ISBN: 978-3-945386-93-4

In liebendem Gedenken an meine Nichte
Gabi Coben
1997–2000
Unserer wunderbaren kleinen Myszka ...

Klein sagt: »Und was, wenn wir gestorben sind?
Stirbt die Liebe dann ganz geschwind?«

Groß nimmt Klein sanft in den Arm.
Sie schauen hinaus in die Nacht.
Der Mond ist hell, Klein hat es warm.
Die Sterne glänzen sacht.
»Schau mal, wie die Sterne strahlen,
wie sie glitzern, wie sie funkeln.
Aber manche von den Sternen
sind schon viele Jahre dunkel.
Trotzdem leuchten sie – und wie!
Liebe und Sternenlicht, die sterben nie!«

Debi Gliori *So wie du bist*

Prolog

EIN DUMPFES RAUNEN. Ein eisiger Schauer. Irgend so etwas wäre angebracht gewesen. Eine unheimliche Melodie, die nur Elizabeth und ich vernahmen. Eine drückende Atmosphäre. Ein klassisches Menetekel eben. So manches Unglück erwarten wir beinahe – wie zum Beispiel das, was meinen Eltern widerfahren ist –, und dann gibt es andere dunkle Momente im Leben, jähe Gewaltausbrüche, die auf einen Schlag alles verändern. Nehmen Sie nur einmal mein Leben vor der Tragödie. Und dann sehen Sie sich mein jetziges Leben an. Da gibt es schmerzlich wenig Gemeinsamkeiten.

Elizabeth war sehr still auf unserer Jubiläumsfahrt, aber das war eigentlich nichts Besonderes. Sie hatte diese melancholischen Anwandlungen schon als junges Mädchen gehabt. Dann schwieg sie, verlor sich in Gedanken oder versank in tiefer Schwermut – ich konnte in diesen Situationen nicht sagen, was genau in ihr vorging. Das war wohl Teil des Geheimnisses, dennoch spürte ich damals zum ersten Mal, dass sich ein Graben zwischen uns auftat. Unsere Beziehung hatte so viel überstanden. Ich fragte mich, ob sie auch die Wahrheit überstehen würde. Oder, wenn man so wollte, die unausgesprochenen Lügen.

Die Klimaanlage im Wagen surrte auf Hochtouren. Draußen war es heiß und schwül. Ein typischer Augusttag. Wir überquerten den Delaware auf der Milford Bridge und wurden von einem freundlichen Maut-Kassierer in Pennsylvania willkommen geheißen. Zehn Meilen weiter sah ich den Stein mit der Aufschrift LAKE CHARMAINE – PRIVAT. Ich bog in den Feldweg ein.

Die Reifen krallten sich in den trockenen Sand, schleuderten Staub in die Luft wie eine Herde Araber. Elizabeth schaltete das Radio aus. Aus dem Augenwinkel sah ich, dass sie mein Profil betrachtete. Ich fragte mich, was sie darin sah, und mein Herz schlug schneller. Rechts von uns knabberten zwei Hirsche an ein paar Zweigen. Sie hielten inne, begutachteten uns, merkten, dass wir keine Bedrohung darstellten, und knabberten weiter. Dann öffnete sich der Blick auf den See. Die Sonne lag in den letzten Zügen, färbte den Himmel in strahlenden Rosa- und Orangetönen. Die Baumwipfel schienen in Flammen zu stehen.

»Unglaublich, dass wir das immer noch machen«, sagte ich.

»Du hast doch damit angefangen.«

»Ja, als ich zwölf war.«

Ein Lächeln spielte um Elizabeths Lippen. Sie lächelte nicht oft, aber wenn, *peng*, dann traf es mich direkt ins Herz.

»Wie romantisch«, beharrte sie.

»Wie verrückt.«

»Ich mag Romantik.«

»Du magst Verrücktheiten.«

»Wenn wir hier sind, wirst du jedes Mal flachgelegt.«

»Ich war schon immer ein großer Romantiker«, sagte ich.

Sie lachte und nahm meine Hand. »Na dann komm, mein großer Romantiker, es wird dunkel.«

Lake Charmaine. Mein Großvater hatte sich den Namen ausgedacht und meine Großmutter damit zur Weißglut getrieben. Sie meinte, der See solle nach ihr benannt werden. Sie hieß Bertha. Lake Bertha. Opa wollte davon nichts wissen. Zwei zu null für Opa. Vor gut 50 Jahren war Lake Charmaine ein Sommercamp für die Kinder reicher Familien gewesen. Der Besitzer hatte Pleite gemacht, und Opa bekam den See und das umliegende Land für einen Spottpreis. Er hatte das Haus des Camp-Leiters ausgebaut und die meisten anderen Gebäude am Ufer abgerissen. Die Hütten, die etwas tiefer im Wald lagen, wo jetzt kaum noch jemand hinkam, hatte er verfallen lassen. Ich hatte sie früher zusammen mit meiner Schwester erforscht. Wir hatten in den Ruinen nach Schätzen gesucht, Verstecken gespielt und es gewagt, dem wilden Mann nachzuspüren, der, davon waren wir fest überzeugt, auf der Lauer lag und uns beobachtete. Elizabeth hatte sich fast nie daran beteiligt. Sie musste immer wissen, wo alles war. Versteck spielen machte ihr Angst.

Als wir aus dem Auto stiegen, hörte ich die Geister der Vergangenheit. Es gab hier viele von ihnen, zu viele, und alle wirbelten durcheinander und wetteiferten um meine Aufmerksamkeit. Der Geist meines Vaters gewann. Der See lag in regloser Stille vor uns, aber ich schwöre, dass ich Dads Freudengeheul hören konnte. Er stieß es immer aus, wenn er die Knie fest an die Brust gepresst, ein nicht mehr ganz normales Grinsen im Gesicht, eine Arschbombe vom Steg hinlegte. Seinem einzigen Sohn kam das aufspritzende Wasser wie eine wahre Flutwelle vor. Besonders gern landete er direkt neben dem Floß, auf dem meine Mutter sich sonnte. Sie schimpfte ihn dann aus, konnte sich das Lachen jedoch meist nicht ganz verkneifen.

Ich blinzelte, und die Bilder und Geräusche waren verschwunden. Ich erinnerte mich jedoch daran, wie das Freudengeheul und das Aufklatschen in der Stille unseres Sees verklungen waren, und fragte mich, ob der Nachhall jemals ganz erstarb oder ob im Wald noch immer irgendwo das Echo des väterlichen Gejohles zwischen den Bäumen herumirrte. Alberner Gedanke, aber was soll man machen.

Sehen Sie, Erinnerungen tun weh. Besonders die schönen.

»Alles in Ordnung, Beck?«, fragte Elizabeth.

Ich drehte mich zu ihr um. »Ich werde flachgelegt, ja?«

»Ferkel.«

Sie ging mit hoch erhobenem Kopf und kerzengeradem Rücken den Pfad entlang. Ich sah ihr einen Augenblick nach und dachte daran, wie ich diesen Gang zum ersten Mal gesehen hatte. Ich war sieben und raste auf meinem Fahrrad – das mit dem Bananensattel und dem Batman-Abziehbild – die Goodhart Road hinunter. Die Goodhart Road war steil und kurvig, eine ideale Strecke für den anspruchsvollen Bonanza-Rad-Fahrer. Ich rollte freihändig bergab und fühlte mich so cool und hip, wie man sich als Siebenjähriger nur fühlen konnte. Der Fahrtwind wehte mein Haar nach hinten und trieb mir Tränen in die Augen. Ich sah den Umzugswagen vor dem Haus, das früher den Ruskins gehört hatte, drehte mich kurz um, und –

peng – da war sie, meine Elizabeth mit ihrem Titan-Rückgrat-Gang. Schon damals als Siebenjährige so selbstsicher, in Spangenschuhen, mit einem Freundschaftsarmband und viel zu vielen Sommersprossen.

Zwei Wochen später begegneten wir uns in der zweiten Klasse von Miss Sobel wieder, und von diesem Augenblick an – bitte verdrehen Sie nicht die Augen, wenn ich das jetzt sage – waren wir Seelenverwandte. Die Erwachsenen fanden unsere Beziehung so niedlich wie anormal, als sich die unzertrennliche Kinderfreundschaft der wilden Ballspiele auf der Straße über Jugendschwärmerei in eine pubertäre Bindung verwandelte und in hormonell gesteuerte Verabredungen auf der Highschool mündete. Alle warteten darauf, dass wir einander überdrüssig wurden. Sogar wir. Wir waren beide kluge Kinder, besonders Elizabeth, hervorragende Schüler, die selbst im Hinblick auf ihre irrationale Liebe nie ihre Rationalität einbüßten. Wir wussten, wie unsere Chancen standen.

Aber hier standen wir nun, zwei Fünfundzwanzigjährige, seit sieben Monaten verheiratet, an dem Ort, an dem wir uns als Zwölfjährige zum ersten Mal richtig geküsst hatten.

Schrecklich, ich weiß.

Wir schoben uns an Zweigen vorbei durch die feuchte, zum Schneiden dicke Luft. Süßlicher Kiefernduft umgarnte uns. Wir stapften durchs hohe Gras. Mücken und andere Insekten stiegen in Scharen hinter uns auf. Die Bäume warfen lange Schatten, die man interpretieren konnte, wie man wollte – wie Wolkenformen oder Rorschachs Tintenkleckse.

Wir verließen den Pfad und kämpften uns durchs Unterholz. Elizabeth ging voran. Ich folgte ihr mit zwei Schritten Abstand, ein nahezu symbolischer Akt, wenn ich jetzt so darüber nachdenke. Ich glaubte immer, nichts und niemand könne uns trennen – das hatte die Vergangenheit ja gezeigt, oder? –, doch mehr denn je spürte ich, wie sich die Schuld zwischen uns drängte.

Meine Schuld.

Vor mir wandte Elizabeth sich an dem großen, etwas phallischen

Felsen nach rechts, und dort stand er. Unser Baum. Unsere Initialen waren in die Rinde geritzt:

E.P.

+

D.B.

Und natürlich umrahmte sie ein Herz. Unter dem Herz befanden sich zwölf Striche; für jeden Jahrestag unseres ersten Kusses einer. Ich wollte gerade eine dumme Bemerkung darüber machen, wie kitschig das war, aber als ich Elizabeth ins Gesicht sah – die Sommersprossen waren verschwunden oder dunkler geworden, das hübsche Kinn, der lange, graziöse Hals, der klare Blick ihrer grünen Augen, der dunkle, geflochtene Zopf, der ihr wie ein dickes Seil den Rücken hinabhing –, ließ ich es sein. Fast hätte ich es ihr auf der Stelle erzählt, aber irgendetwas hielt mich zurück.

»Ich liebe dich«, sagte ich.

»Du wirst doch schon flachgelegt.«

»Oh.«

»Ich liebe dich auch.«

»Ist ja gut, schon okay«, sagte ich und tat entrüstet, »du wirst ja auch flachgelegt.«

Sie lächelte, aber ich meinte, ein kurzes Zögern darin erkannt zu haben. Ich nahm sie in den Arm. Als sie zwölf war und wir endlich den Mut aufgebracht hatten zu knutschen, duftete sie wunderbar nach frisch gewaschenen Haaren und Erdbeer-Brausepulver. Die Neuartigkeit dieses Geruchs, die Aufregung dieser Entdeckung, hatte mich natürlich überwältigt. Heute roch sie nach Flieder und Zimt. Der Kuss kam wie ein warmes Licht aus dem tiefsten Innersten meines Herzens. Nach all den Jahren ergriff mich immer noch ein wohliger Schauer, als unsere Zungen sich berührten. Atemlos löste Elizabeth sich von mir.

»Erweist du uns die Ehre?«, fragte sie.

Sie gab mir das Messer und ich schnitzte den 13. Strich in die

Rinde. 13. Im Nachhinein betrachtet, gab es da vielleicht doch eine Art Menetekel.

Als wir zum See zurückkamen, war es dunkel. Allein der strahlende Mond drang durch die gleichförmige Finsternis, ein einsames Leuchtfeuer. Es war still, selbst die Grillen schwiegen. Wir zogen uns aus. Ich betrachtete sie im Mondschein und spürte, wie sich ein Kloß in meiner Kehle bildete. Sie sprang zuerst ins Wasser und erzeugte dabei kaum Wellen. Ich folgte ungelenk. Der See war überraschend warm. Elizabeth schwamm mit geschmeidigen, gleichmäßigen Zügen, glitt durchs Wasser, als machte es ihr bereitwillig Platz. Ich plantschte hinter ihr her. Die Geräusche, die wir machten, hüpften wie flache Steine über die Wasseroberfläche. Sie drehte sich um und schwamm in meine Arme. Ihre Haut war nass und warm. Ich war vollkommen hin und weg von ihrer Haut. Wir hielten uns eng umschlungen. Sie drückte ihre Brüste an mich. Ich spürte ihren Herzschlag und hörte ihren Atem. Lebenslaute. Wir küssten uns. Meine Hand wanderte ihren herrlich geschwungenen Rücken hinab.

Als wir fertig waren – als alles wieder im Lot zu sein schien –, angelte ich mir ein Floß, um darauf zusammenzubrechen. Keuchend ließ ich die Füße ins Wasser baumeln.

Elizabeth runzelte die Stirn. »Was ist? Schläfst du jetzt ein?«

»Hmm.«

»Ein Bild von einem Mann.«

Ich verschränkte die Hände hinter den Kopf und legte mich hin. Eine Wolke schob sich vor den Mond und verwandelte das Dunkelblau der Nacht in einen dichten Grauton. Die Luft stand. Ich hörte, wie Elizabeth aus dem Wasser auf den Steg kletterte. Meine Augen versuchten, sich an die Dunkelheit zu gewöhnen. Ich konnte ihre nackte Silhouette gerade noch ausmachen. Sie war einfach atemberaubend. Ich sah, wie sie sich vorbeugte und ihre Haare auswrang. Dann bog sie den Rücken durch und warf den Kopf nach hinten.

Mein Floß trieb weiter vom Ufer ab. Immer wieder habe ich versucht, mir darüber klar zu werden, was dann mit mir geschehen ist, konnte es jedoch nicht genau sagen. Das Floß trieb weiter. Elizabeth war nicht mehr zu sehen. Als sie in der Dunkelheit verschwand, fasste ich einen Entschluss: Ich würde es ihr erzählen. Ich würde ihr alles erzählen.

Ich nickte und schloss die Augen. Mir wurde ganz leicht ums Herz. Ich lauschte dem leisen Plätschern des Wassers an meinem Floß.

Dann hörte ich, wie eine Autotür geöffnet wurde. Ich setzte mich auf.

»Elizabeth?«

Absolute Stille, bis auf mein eigenes Atmen.

Ich hielt nach ihrer Silhouette Ausschau. Sie war schwer zu erkennen, aber einen kurzen Moment lang sah ich sie. Das glaubte ich zumindest. Ich bin mir nicht mehr sicher und weiß auch nicht, ob es eine Rolle spielt. Auf jeden Fall stand Elizabeth vollkommen still auf dem Steg und blickte in meine Richtung.

Vielleicht habe ich geblinzelt – auch da bin ich mir nicht sicher –, doch als ich wieder hinsah, war Elizabeth verschwunden.

Das Herz schlug mir bis zum Hals. »Elizabeth!« Keine Antwort.

Meine Panik wuchs. Ich ließ mich vom Floß fallen und begann, zum Steg zu kraulen. Aber meine Schwimmstöße waren so laut, so unerträglich laut. Ich konnte nicht hören, was am Ufer geschah. Ich hielt inne.

»Elizabeth!«

Eine ganze Weile hörte ich nichts. Die Wolke verdeckte den Mond noch immer. Vielleicht war Elizabeth in die Hütte gegangen. Vielleicht hatte sie etwas aus dem Wagen geholt. Ich öffnete den Mund, wollte noch einmal ihren Namen rufen.

Da hörte ich ihren Schrei.

Ich senkte den Kopf und schwamm, schwamm so schnell ich konnte, meine Arme trommelten aufs Wasser, meine Beine traten wild hinterher. Aber ich war noch ein ganzes Stück vom Steg entfernt. Ich versuchte, ihn beim Schwimmen im Auge zu behalten, doch es war zu dunkel. Nur ein paar schwache Strahlen des Mondes durchschnitten den Himmel, lieferten aber so gut wie kein Licht.

Ich hörte ein Schaben, als würde jemand über den Boden ge-schleift werden.

Vor mir sah ich den Steg. Nur noch gut fünf Meter. Ich beschleu-nigte noch einmal. Meine Lunge brannte. Ich schluckte Wasser, streckte die Arme aus, tastete blind in der Dunkelheit herum. Dann hatte ich sie. Die Leiter. Ich griff zu, hievte mich hoch, stieg aus dem Wasser. Der Steg war nass von Elizabeth. Ich sah zur Hütte hinüber. Zu dunkel. Ich konnte nichts sehen.

»Elizabeth!«

Etwas in der Art eines Baseballschlägers traf mich direkt in den Solarplexus. Die Augen traten mir aus dem Kopf. Ich klappte zu-sammen und glaubte zu ersticken. Keine Luft. Noch ein Schlag. Diesmal direkt auf den Schädel. Ich hörte, wie es in meinem Kopf knackte. Es fühlte sich an, als hätte mir jemand einen Nagel in die Schläfe getrieben. Meine Beine gaben nach, und ich fiel auf die Knie. Vollkommen desorientiert legte ich die Hände seitlich an den Kopf, um mich zu schützen. Der nächste Schlag – der letzte Schlag – traf mich mitten ins Gesicht.

Ich fiel nach hinten und stürzte wieder in den See. Ich hatte die Augen geschlossen. Noch einmal hörte ich Elizabeth schreien – diesmal schrie sie meinen Namen –, aber der Schrei, wie auch alle anderen Geräusche, erstarb, als ich gurgelnd im Wasser versank.

Acht Jahre später

1

Ein anderes Mädchen war dabei, mir das Herz zu brechen.

Sie hatte braune Augen, krauses Haar und zeigte viele Zähne, wenn sie lächelte. Außerdem trug sie eine Zahnspange, war 14 Jahre alt und …

»Bist du schwanger?«, fragte ich.

»Ja, Dr. Beck.«

Es gelang mir, nicht die Augen zu schließen. Ich saß nicht zum ersten Mal einem schwangeren Teenager gegenüber. Es war nicht einmal das erste Mal an diesem Tag. Seit ich vor fünf Jahren meine Facharztausbildung am nahe gelegenen Columbia-Presbyterian-Medical-Center abgeschlossen habe, arbeite ich als Kinderarzt hier in dieser Klinik in Washington Heights. Wir bieten den über *Medicaid* Versicherten (sprich: Armen) Allgemeinmedizin einschließlich Geburtshilfe, innere Medizin und natürlich Kinderheilkunde. Daher halten mich viele für einen unheilbaren barmherzigen Samariter. Das bin ich nicht. Ich bin gern Kinderarzt. Aber ich wollte nun wirklich nicht in den besseren Vororten mit den Tennis spielenden Müttern, den manikürten Vätern und, nun ja, Menschen wie mir arbeiten.

»Was hast du vor?«, fragte ich.

»Ich und Terrell, wir sind echt happy, Dr. Beck.«

»Wie alt ist Terrell?«

»Sechzehn.«

Sie lächelte mich freudestrahlend an. Wieder gelang es mir, nicht die Augen zu schließen.

Mich überrascht dabei immer wieder – jedes Mal aufs Neue –, dass die meisten dieser Schwangerschaften keineswegs unbeabsichtigt sind. Diese Kinder wollen Kinder bekommen. Das begreift keiner. Alle reden über Verhütungsmethoden und sexuelle Enthaltsamkeit, und das ist ja alles schön und gut, doch die Wahrheit ist, dass die coolen Freundinnen und Freunde dieser Kids Kinder kriegen und damit im Mittelpunkt stehen, also: Hey, Terrell, was ist mit uns?

»Er liebt mich«, verkündete mir diese 14-Jährige.

»Hast du es deiner Mutter schon gesagt?«

»Noch nicht.« Sie wand sich, und dabei sah man ihr fast jedes ihrer 14 Jahre an. »Ich hab gedacht, dass Sie mir vielleicht dabei helfen.«

Ich nickte. »Klar.«

Ich habe gelernt, nicht zu urteilen. Ich höre zu. Ich bin einfühlsam. Als Assistenzarzt hätte ich ihr eine Standpauke gehalten. Ich hätte von hoch oben auf sie herabgeblickt, der Patientin mein Wissen zuteil werden lassen und ihr erklärt, wie selbstzerstörerisch ihr Verhalten war. Aber an einem kalten Nachmittag in Manhattan hatte eine erschöpfte 17-Jährige, die ihr drittes Kind vom dritten Mann erwartete, mir direkt in die Augen gesehen und eine unwiderlegbare Wahrheit ausgesprochen. »Sie wissen nichts über mein Leben.«

Damit brachte sie mich zum Schweigen. Seitdem höre ich zu. Ich habe aufgehört, den Großen Weißen Wohltäter zu spielen, und bin so zu einem besseren Arzt geworden. Ich werde dieser 14-Jährigen und ihrem Baby die bestmögliche medizinische Versorgung zukommen lassen. Ich werde ihr nicht erzählen, dass Terrell nicht bei ihr bleiben wird, dass sie gerade ihre Zukunft zerstört hat, dass sie, falls sie sich nicht grundlegend von unseren anderen Patientinnen unterscheidet, vermutlich noch zweimal in ähnlichem Zustand hier erscheinen wird, bevor sie zwanzig ist.

Wenn man zu lange darüber nachdenkt, dreht man durch.

Wir unterhielten uns eine Zeit lang – genauer gesagt: Sie redete, und ich hörte zu. Das Untersuchungszimmer, das mir gleichzeitig auch als Büro diente, war ungefähr so groß wie eine Gefängniszelle (nicht dass ich das aus eigener Erfahrung gewusst hätte) und in einer Art Behördengrün gestrichen – genau wie die Toiletten von Grundschulen. An der Innenseite der Tür hing eine Sehtesttafel – die, bei der man nur in die Richtung zu deuten braucht, in die das E jeweils offen ist. Eine Wand war mit ausgeblichenen Disney-Abziehbildern

14

beklebt, an der anderen hing ein riesiges Poster mit der Ernährungs-
pyramide. Meine 14-jährige Patientin saß auf der Untersuchungsliege, neben ihr die Halterung für das Krepppapier, mit dem wir die
Liege für jedes Kind neu bedeckten. Aus irgendeinem Grund erinnerte mich die Art, wie das Papier herausrollte, an das Einwickeln
eines Sandwichs im Carnegie Deli.

Die Hitze, die die Heizung abstrahlte, war mehr als drückend,
doch das war unvermeidbar in einem Raum, in dem sich regelmäßig
Kinder und Jugendliche auszogen. Ich trug mein übliches Kinder-
arzt-Outfit: Jeans, Chucks-Basketballschuhe, ein Oxford-Hemd mit
Button-down-Kragen und eine grelle Save-the-Children-Krawatte,
der man ihr Baujahr 1994 überdeutlich ansah. Ich trage keine weißen
Kittel. Meiner Meinung nach schüchtert man die Kids damit nur
ein.

Meine 14-jährige Patientin – ja, ich kam nicht über ihr Alter hinweg – war ein wirklich liebes Mädchen. Komischerweise sind sie
das alle. Ich überwies sie an eine Geburtshelferin, von der ich viel
hielt. Dann sprach ich mit ihrer Mutter. Alles nicht neu oder überraschend. Ich mache das, wie gesagt, fast jeden Tag. Als sie ging,
umarmten wir uns. Dabei sahen ihre Mutter und ich uns kurz in die
Augen. Jeden Tag kommen ungefähr 25 Mütter und bringen mir ihre
Kinder zur Untersuchung. Nach einer Woche kann ich die Anzahl
derjenigen, die verheiratet sind, an den Fingern einer Hand abzäh-
len.

Ich urteile zwar nicht. Aber ich beobachte.

Als sie gegangen waren, trug ich ein paar Daten in die Akte des
Mädchens ein. Ich blätterte ein paar Seiten zurück. Ich hatte sie
schon als Assistenzarzt kennen gelernt. Das hieß, dass sie mit acht
zum ersten Mal bei mir gewesen war. Ich sah mir ihre Wachstums-
tabelle an.

Ich erinnerte mich daran, wie sie als Achtjährige ausgesehen hatte,
und dachte dann darüber nach, wie sie jetzt aussah. Sie hatte sich
nicht sehr verändert. Schließlich schloss ich die Augen und rieb mir
die Lider.

Homer unterbrach mich, indem er schrie: »Die Post! Die Post ist da! Ooh!«

Ich öffnete die Augen und drehte mich zum Monitor um. Der Schrei kam von Homer Simpson aus der Fernsehserie *Die Simpsons*. Irgendjemand hatte das lahme *Sie haben Post* im Computer durch dieses Homer-Soundfile ersetzt. Es gefiel mir. Es gefiel mir sehr.

Ich wollte mir gerade meine E-Mail ansehen, als mich das Summen der Gegensprechanlage unterbrach. Wanda, die Sprechstundenhilfe, sagte: »Ihre, äh, ähem, Ihre, äh … Shauna ist am Telefon.«

Ich konnte ihre Verwirrung nachvollziehen, bedankte mich und drückte auf den blinkenden Knopf. »Hallo, Schnuckelchen.«

»Schon okay«, sagte sie. »Ich bin direkt vor der Tür.«

Shauna legte auf. Ich stand auf und ging den Flur entlang, als Shauna von der Straße hereinkam. Shauna stolziert in einen Raum, als würde er sie kränken.

Sie war Model für Übergrößen, eins der wenigen, die allein durch ihren Vornamen eindeutig identifiziert wurden. Shauna. Wie Cher oder Fabio. Sie war einen Meter fünfundachtzig groß und wog 85 Kilo. Wie nicht anders zu erwarten, pflegte sie Köpfe zu verdrehen; die im Wartezimmer waren da keine Ausnahme.

Sie verschwendete keinen Gedanken daran, sich bei der Sprechstundenhilfe anzumelden, und die wusste, dass es keine gute Idee war, sich Shauna in den Weg zu stellen. Shauna öffnete die Tür und begrüßte mich mit den Worten: »Mittagessen. Jetzt.«

»Ich hab dir doch gesagt, dass ich zu tun habe.«

»Zieh dir was über«, sagte sie. »Es ist kalt draußen.«

»Hör zu, mir geht's gut. Und der Jahrestag ist sowieso erst morgen.«

»Du lädst mich ein.«

Ich zögerte einen Moment, und sie wusste, dass sie gewonnen hatte.

»Komm schon, Beck, das wird lustig. Wie früher im College. Erinnerst du dich noch, wie wir losgezogen sind und heiße Bräute aufgerissen haben?«

»Ich habe nie heiße Bräute aufgerissen.«

»Oh, stimmt, das war ich. Hol deine Jacke.«

Auf dem Rückweg in mein Büro lächelte mir eine der Mütter zu und nahm mich beiseite. »Sie ist sogar noch schöner als auf den Fotos«, flüsterte sie.

»Äh«, sagte ich.

»Sind Sie mit ihr …« Die Mutter zeigte mit den Händen eine Zusammengehörigkeit an.

»Nein, sie hat jemand anderes«, antwortete ich.

»Wirklich? Wen denn?«

»Meine Schwester.«

Wir aßen in einem schmierigen chinesischen Restaurant mit einem chinesischen Kellner, der nur Spanisch sprach. Shauna, tadellos gekleidet in ein blaues Kostüm mit einem Ausschnitt, der steiler abfiel als die Börsenkurse am Black Monday, runzelte die Stirn.

»Schweinefleisch Mu-Shu in einer Weizen-Tortilla?«

»Wo bleibt deine Abenteuerlust?«, fragte ich.

Wir kannten uns seit unserem ersten Tag auf dem College. Im Meldebüro hatte jemand Mist gebaut und gedacht, sie hieße Shaun, so dass wir als Zimmergenossen eingeteilt wurden. Wir wollten den Fehler eigentlich melden, kamen dann aber ins Gespräch.

Sie lud mich auf ein Bier ein. Ich fing an, sie zu mögen. Ein paar Stunden später entschlossen wir uns, es drauf ankommen zu lassen. Schließlich hätten unsere richtigen Zimmergenossen Arschlöcher sein können.

Ich war am Amherst College, einer exklusiven kleinen Lehranstalt in West-Massachusetts, und falls es auf diesem Planeten einen gutbürgerlicheren Ort geben sollte, habe ich zumindest noch nie davon gehört. Elizabeth, der die Ehre zuteil wurde, bei unserer Abschlussfeier von der Highschool die Rede halten zu dürfen, hatte sich für Yale entschieden. Wir hätten auf dasselbe College gehen können, waren aber in ausführlichen Gesprächen zu dem Schluss gekommen, dass dies ein weiterer ausgezeichneter Test für unsere Beziehung wäre. Wieder entschieden wir uns für die erwachsene Lösung. Das Ergebnis? Wir vermissten uns wie verrückt. Die Trennung stärkte unser Zusammengehörigkeitsgefühl und gab unserer Liebe ungekannte Tiefe. Aus den Augen, in den Sinn.

Schrecklich, ich weiß.

Zwischen zwei Bissen fragte Shauna: »Kannst du dich heute Abend um Mark kümmern?«

Mark war mein fünf Jahre alter Neffe. In unserem letzten Jahr auf der Universität fing Shauna an, mit meiner älteren Schwester Linda auszugehen. Vor sieben Jahren hatten sie *Hochzeit* gefeiert. Mark war das Nebenprodukt, nun ja, ihrer Liebe unter Zuhilfenahme einer künstlichen Befruchtung. Linda hatte ihn ausgetragen, und Shauna hatte ihn dann adoptiert. Weil sie ein wenig altmodisch waren, brauchten sie ein männliches Vorbild für ihren Sohn. Hier komme ich ins Spiel.

Verglichen mit dem, was ich bei der Arbeit zu sehen kriege, ist dieses Familienleben wohlgeordneter als bei *Ozzie and Harriet*.

»Null Problemo«, sagte ich. »Ich wollte mir sowieso den neuen Disney-Film angucken.«

»Die neue Disney-Braut ist gar nicht übel«, sagte Shauna. »Seit Pocahontas gab's nichts Schärferes.«

»Gut zu wissen«, sagte ich. »Was macht ihr beiden heute Abend?«

»Kann ich beim besten Willen nicht sagen. Jetzt, wo Lesben angesagt sind, ist unser Terminkalender randvoll. Ich sehne mich schon fast nach der Zeit zurück, als wir uns noch im stillen Kämmerchen versteckt haben.«

Ich bestellte mir ein Bier. War vielleicht ein bisschen früh, aber eins würde mich schon nicht umhauen.

Shauna bestellte sich auch eins. »Du hast dich also von dieser Dingsda getrennt?«, fragte sie.

»Brandy.«

»Genau. Ist übrigens ein hübscher Name. Hat sie eine Schwester namens Whiskey?«

»Wir sind nur zwei Mal miteinander ausgegangen.«

»Gut. Sie war eine hagere Hexe. Außerdem weiß ich eine, die perfekt zu dir passt.«

»Nein, danke«, wehrte ich ab.

»Sie hat eine Superfigur.«

»Mach bitte kein Blind Date für mich, Shauna. Bitte.«

»Wieso nicht?«

»Weißt du noch, wie das beim letzten Mal gelaufen ist?«

»Mit Cassandra?«

»Genau.«

»Was hat dir denn an ihr nicht gefallen?«

»Erstens war sie lesbisch.«

»Herrgott, Beck, jetzt sei doch nicht so bigott.«

Ihr Handy klingelte. Sie lehnte sich zurück und ging ran, ließ mich aber nicht aus den Augen. Sie bellte etwas hinein und klappte es wieder zu. »Ich muss los«, sagte sie.

Ich winkte, dass man mir die Rechnung bringen sollte.

»Und morgen Abend kommst du vorbei«, ordnete sie an.

Ich tat, als hätte es mir den Atem verschlagen. »Die Lesben haben nichts vor?«

»Ich hab nichts vor. Deine Schwester schon. Sie muss ohne Begleitung zum großen Brandon-Scope-Empfang.«

»Du gehst nicht mit?«

»Nein.«

»Warum nicht?«

»Wir wollen Mark nicht zwei Abende hintereinander ohne eine von uns allein lassen. Linda muss hin. Sie leitet jetzt die Stiftung. Ich gönn mir einen freien Abend. Also komm morgen vorbei, okay? Ich bestell uns was zu essen und wir sehen uns mit Mark ein paar Videos an.«

Morgen war der Jahrestag. Wäre Elizabeth noch am Leben, würden wir den 21. Strich in den Baum ritzen. So seltsam das auch klingen mochte, aber morgen würde für mich kein besonders anstrengender Tag werden. An Jahres-, Feier- oder Geburtstagen bin ich so überdreht, dass ich sie meist problemlos überstehe. Die *ganz normalen*

19

Tage sind bitter. Wenn ich mit der Fernbedienung herumspiele und in eine alte Folge von *Mary Tyler Moore* oder *Cheers* gerate. Wenn ich durch eine Buchhandlung gehe und ein neues Buch von Alice Hoffman oder Anne Tyler sehe. Wenn ich mir Stücke von den O'Jays, den Four Tops oder Nina Simone anhöre. Die ganz normalen Dinge.

»Ich habe Elizabeths Mutter versprochen, dass ich bei ihr reinschaue«, sagte ich.

»Ach, Beck …« Sie wollte schon anfangen zu drängeln, fing sich dann aber und fragte: »Und danach?«

»In Ordnung«, sagte ich.

Shauna ergriff meinen Arm. »Du verschwindest schon wieder, Beck.«

Ich antwortete nicht.

»Ich liebe dich. Das weißt du. Wenn du auch nur das geringste bisschen Sexappeal hättest, hätte ich damals wahrscheinlich etwas mit dir angefangen statt mit deiner Schwester.«

»Das ist jetzt aber sehr schmeichelhaft«, meinte ich. »Ehrlich.«

»Mach mir gegenüber nicht dicht. Wenn du mich nicht an dich ranlässt, lässt du niemanden ran. Rede mit mir, okay?«

»Okay«, sagte ich. Aber es ging nicht.

Fast hätte ich die E-Mail gelöscht.

Ich kriege so viel Junk-Mails, Werbe-Mails, Spam und was sonst noch alles dazugehört, dass ich mit der Löschtaste ziemlich fix geworden bin. Zuerst lese ich die Adresse des Absenders. Wenn es jemand ist, den ich aus der Klinik kenne, ist alles in Ordnung. Wenn nicht, drückte ich voller Begeisterung die Löschtaste.

Ich saß am Schreibtisch und ging die Planung für den Nachmittag durch. Der Terminkalender war gerammelt voll, was nicht weiter überraschend war. Ich drehte den Schreibtischstuhl, sah den Computer an und machte den Löschfinger startklar. Nur eine einzige E-Mail. Die, die Homer vorhin zum Jubilieren gebracht hatte. Ich überflog sie kurz und mein Blick blieb an den ersten beiden Buchstaben in der Betreffzeile hängen.

Was zum …?

Das Fenster war so aufgeteilt, dass ich nur diese beiden Buchstaben und die E-Mail-Adresse des Absenders sehen konnte. Ich kannte die Adresse nicht. Ein paar Ziffern @comparama.com. Ich kniff die Augen zusammen und drückte auf den rechten Scroll-Button. Buchstabe für Buchstabe erschien der Betreff der Mail. Mit jedem Klick schlug mein Herz ein bisschen schneller. Mein Atem ging stoßweise. Ich hielt meinen Finger auf der Taste und wartete. Als ich fertig war, als alle Zeichen sichtbar waren, las ich die Zeile noch einmal, und während ich das tat, spürte ich einen harten, dumpfen Schlag in der Brust.

»Dr. Beck?«

Ich bekam kein Wort heraus.

»Dr. Beck?«

»Einen Augenblick, Wanda.«

Sie zögerte. Ich hörte, dass sie den Knopf der Gegensprechanlage noch gedrückt hielt. Dann ließ sie ihn los.

Ich starrte weiter auf den Bildschirm.

An: dbeckmd@nyhosp.com
Von: 13943928@comparama.com Betreff: E.P.+ D.B.
/////////////////////

Einundzwanzig Striche. Ich habe sie schon vier Mal gezählt.

Es war ein gemeiner, kranker Scherz. Das war mir klar. Meine Hände ballten sich zu Fäusten. Ich fragte mich, welcher feige Wichser mir das geschickt hatte. Es war so leicht, anonyme E-Mails zu schicken. Ein ideales Medium für verklemmte Techno-Angsthasen. Aber nur sehr wenige Menschen wussten von dem Baum und unserem Jahrestag. Die Medien hatten nie davon erfahren. Dass Shauna Bescheid wusste, verstand sich von selbst. Und Linda. Vielleicht hatte Elizabeth es ihren Eltern oder ihrem Onkel erzählt. Aber ansonsten …

Von wem war die Mail also?

Natürlich wollte ich die Mail lesen, doch irgendetwas hielt mich davon ab. Tatsache ist, dass ich häufiger an Elizabeth denke, als ich es nach außen hin zeige. Ich glaube nicht, dass ich dadurch jemanden täuschen kann – trotzdem rede ich fast nie über sie oder über das, was geschehen ist. Viele Leute halten das für Macho-Allüren oder Tapferkeit, sie meinen, dass ich meine Freunde und Bekannten nicht damit behelligen will, dass ihr Mitleid mir peinlich ist oder ähnlichen Unsinn. Aber das stimmt nicht. Es tut weh, wenn ich über Elizabeth rede. Es tut sogar sehr weh. Es erinnert mich an ihren letzten Schrei. Es erinnert mich an die vielen offenen Fragen.

Es erinnert mich an das, was hätte sein können. (Ich versichere Ihnen, dass kaum etwas eine so verheerende Wirkung entwickelt, wie das, was hätte sein können.) Es erinnert mich an die Schuld, das Gefühl, so irrational es auch sein mag, dass ein stärkerer Mann – ein besserer Mann – sie womöglich hätte retten können.

Man sagt, dass es lange dauert, bis man eine Tragödie in ihrer Gänze begreift. Man ist benommen. Man wird sich der finsteren Realität nicht bis ins Letzte bewusst. Auch das ist nicht wahr. Auf mich traf es jedenfalls nicht zu. Als sie Elizabeths Leiche fanden, war mir sofort klar, was das für mich bedeutete. Mir war klar, dass ich sie nie wieder sehen würde, dass ich sie nie wieder im Arm halten würde, dass wir keine Kinder haben und nicht gemeinsam alt werden würden. Mir war klar, dass dies etwas Endgültiges war, dass es keine Gnadenfrist gab, dass kein Verhandlungsspielraum mehr vorhanden war.

Ich fing sofort an zu weinen. Ich schluchzte hemmungslos. Ich heulte fast eine ganze Woche ununterbrochen. Ich weinte bei der Trauerfeier. Ich ließ niemanden, nicht einmal Shauna oder Linda, an mich heran. Ich schlief allein in unserem Bett, vergrub meinen Kopf in Elizabeths Kissen und versuchte, ihren Geruch wahrzunehmen. Ich sah ihre Schränke durch und drückte ihre Kleidung an mein Gesicht. All das bot mir keinen Trost. Es war verrückt und schmerzte. Doch es war ihr Geruch, ein Teil von ihr, also tat ich es trotzdem.

Wohlmeinende Freunde – das sind oft die schlimmsten – hatten die üblichen Klischees für mich parat, und aufgrund dieser Erfahrungen glaube ich, Sie warnen zu dürfen: Sprechen Sie lediglich Ihr tiefstes Mitgefühl aus. Erzählen Sie mir nicht, dass ich noch jung bin. Erzählen Sie mir nicht, dass es vorübergeht. Erzählen Sie mir nicht, dass sie jetzt an einem besseren Ort ist, dass das Ganze Teil eines göttlichen Plans ist. Und auch nicht, dass ich froh sein kann, einer solchen Liebe teilhaftig geworden zu sein. Jede dieser Plattitüden kotzte mich an. Ich fing an – und das klingt jetzt bestimmt herzlos –, mein Gegenüber anzustarren und mich zu fragen, warum dieser Idiot oder diese Idiotin noch atmete, während meine Elizabeth im Sarg verrottete.

Immer wieder musste ich mir den Unsinn anhören, dass es besser sei, *die Liebe erlebt und verloren zu haben*. Noch so eine Täuschung. Glauben Sie mir: Es ist nicht besser. Zeigt mir nicht das Paradies, um es dann niederzubrennen. Das war der eine Teil. Der selbstsüchtige Teil. Noch stärker – wirklich schmerzlich – war jedoch, dass Elizabeth so viel vorenthalten wurde. Ich kann Ihnen nicht sagen, wie oft ich etwas sehe oder tue und daran denke, wie viel Freude es Elizabeth bereitet hätte, und dann versetzt es mir wieder diesen Stich.

Die Leute fragen, ob ich etwas bedauere. Die Antwort lautet: Nur das eine. Ich bedauere, dass es Momente in meinem Leben gab, die ich damit verschwendet habe, etwas anderes zu tun, als Elizabeth glücklich zu machen.

»Dr. Beck?«

»Eine Sekunde noch«, sagte ich.

Ich legte meine Hand auf die Maus und schob den Pfeil auf das Lesen-Icon. Ich klickte darauf und der Text erschien.

An: dbeckmd@nyhosp.com
Von: 13943928@comparama.com
Betreff: E.P.+ D.B. ////////////////////

Nachricht: Klick auf diesen Hyperlink, Kusszeit, Jahrestag.

Ein Bleiklotz bildete sich auf meiner Brust.

Kusszeit?

Es war ein Witz. Es musste ein Witz sein. Ich bin kein Freund von Geheimniskrämerei. Und ich bin kein Freund des Wartens.

Ich griff wieder nach der Maus und schob den Mauszeiger auf den Hyperlink. Ich klickte und hörte das archaische Kreischen des Modems, den Balzruf der Maschine. Wir haben alte Rechner in der Klinik. Es dauerte eine Weile, bis sich der Browser geöffnet hatte. Ich wartete und dachte: *Kusszeit, woher um alles in der Welt wissen die von der Kusszeit?*

Der Browser erschien. Er zeigte eine Fehlermeldung.

Ich runzelte die Stirn. Wer zum Teufel hatte diese E-Mail geschickt? Ich probierte es noch einmal und bekam wieder dieselbe Fehlermeldung. Der Link führte ins Leere.

Wer zum Teufel wusste von der Kusszeit?

Ich habe nie jemandem davon erzählt. Nicht einmal mit Elizabeth hatte ich besonders häufig darüber gesprochen – wohl weil es gar nicht so wichtig war. Wir waren antiquiert wie die alte Jungfer Pollyanna, sprachen also kaum über solche Dinge. Eigentlich ist es auch ein bisschen peinlich, aber ich habe auf die Uhr geschaut, als wir uns vor 21 Jahren zum ersten Mal küssten. Nur so aus Spaß. Ich habe den Kopf zurückgezogen, auf meine Casio-Armbanduhr geblickt und gesagt: »Achtzehn Uhr fünfzehn.«

Und Elizabeth sagte: »*Kusszeit.*«

Ich sah mir die Nachricht noch einmal an. Langsam wurde ich sauer. Das war nicht mehr komisch. Eine gemeine E-Mail zu schicken ist eine Sache, aber …

Kusszeit.

Tja, Kusszeit war morgen um 18 Uhr 15. Mir blieb keine Wahl. Ich musste warten.

Also gut.

Für den Fall der Fälle speicherte ich die E-Mail auf Diskette. Ich öffnete das Druckmenü und wählte die Option *Alles Drucken.* Ich verstehe nicht viel von Computern, habe jedoch mitgekriegt, dass

man aus dem Kauderwelsch am Ende einer Nachricht manchmal
den Absender ermitteln kann. Noch einmal zählte ich die Striche.
Immer noch 21.

Ich dachte an den Baum und den ersten Kuss, und in meinem
engen, überheizten Büro stieg mir wieder der Geruch des Erdbeer-
Brausepulvers in die Nase.

2

Zu Hause erwartete mich eine weitere böse Überraschung aus der Vergangenheit.

Ich wohne auf der anderen Seite der George Washington Bridge gegenüber von Manhattan – im uramerikanischen Traumvorort Green River, New Jersey, in dem trotz seines Namens kein Fluss und immer weniger Grün zu finden ist. Mein Zuhause ist das Haus meines Opas. Als Oma vor drei Jahren starb, bin ich bei ihm und seinen häufig wechselnden ausländischen Krankenschwestern eingezogen. Opa hat Alzheimer. Sein Gedächtnis arbeitet ungefähr so wie ein altes Schwarzweiß-Fernsehgerät mit einer verbogenen Zimmerantenne. Mal geht es, dann wieder nicht, an manchen Tagen funktioniert es besser als an anderen, man muss die Antenne in eine bestimmte Richtung halten, darf sich absolut nicht bewegen, und selbst dann läuft das Bild noch gelegentlich durch. So ist es zumindest lange gewesen. In letzter Zeit konnte man ihm – um bei dem Bild zu bleiben – allerdings kaum mehr als ein kurzes Flimmern entlocken.

Ich habe meinen Opa nie wirklich gemocht. Er war ein herrschsüchtiger Mann mit altmodischen Moralvorstellungen, der sich aus eigener Kraft hochgearbeitet hatte und dessen Zuneigung zu anderen Menschen in direktem Verhältnis zu dem Erfolg stand, den sie vorweisen konnten. Mit seiner barschen Art, seiner Unnahbarkeit und seiner antiquierten Vorstellung von Männlichkeit konnte er einen Enkel, der sowohl sensibel als auch ein schlechter Sportler war, ohne weiteres links liegen lassen, selbst wenn dieser gute Zensuren bekam.

Ich bin bei ihm eingezogen, weil ich wusste, dass meine Schwester ihn sonst zu sich genommen hätte. Linda war so. Schon im Brooklake-Sommercamp hat sie sich den Inhalt des Spirituals *He has the whole world in His hands* etwas zu sehr zu Herzen genommen.

Sie hätte sich in der Pflicht gesehen. Doch Linda hatte einen Sohn, eine Lebensgefährtin und zahlreiche Verpflichtungen. Ich nicht. Mein Einzug hier war also eine Art Präventivschlag gewesen. Inzwischen wohnte ich eigentlich ganz gern hier. Es war ausgesprochen ruhig.

Chloe, mein Hund, kam schwanzwedelnd auf mich zu. Ich kraulte sie hinter den Schlappohren. Sie ließ es sich einen Augenblick lang gefallen und sah dann erwartungsvoll die Leine an.

»Einen Moment noch«, sagte ich zu ihr.

Chloe mag diesen Satz nicht. Sie warf mir einen Blick zu, was gar nicht so einfach ist, da ihre Augen vollkommen von Haaren bedeckt sind. Chloe ist ein Bearded Collie, eine Rasse, die eher an Bobtails erinnert als an die Collies, die man sonst so kennt. Elizabeth und ich hatten Chloe gleich nach unserer Hochzeit gekauft. Elizabeth mochte Hunde. Ich nicht. Jetzt mag ich sie.

Chloe postierte sich vor der Haustür. Sie sah erst zur Tür, dann zu mir, dann wieder zur Tür. Der Wink mit dem Zaunpfahl.

Opa saß in sich zusammengesunken vor einer Spielshow im Fernsehen. Er sah mich nicht an, schien aber auch das Bild nicht zu beachten. Sein fahles Gesicht war totenstarr. Diese Starre wich nur, wenn seine Windel gewechselt wurde. Dann bekam er schmale Lippen und sein Gesicht entspannte sich. Seine Augen wurden feucht und manchmal lief ihm eine Träne über die Wange. Ich glaube, seine lichtesten Momente sind die, in denen er sich am meisten nach Senilität sehnt.

Gott hat einen seltsamen Sinn für Humor.

Die Schwester hatte eine Nachricht auf dem Küchentisch hinterlassen: SHERIFF LOWELL ANRUFEN.

Darunter stand eine Telefonnummer.

Mein Herz schlug schneller. Seit dem Überfall leide ich unter Migräne. Ich hatte durch die Schläge einen Schädelbruch erlitten. Ich lag damals fünf Tage im Krankenhaus; ein Spezialist, einer meiner Kommilitonen von der Medizinischen Hochschule, meint allerdings, dass die Migräneattacken eher psychologischen als physiologischen

Ursprungs sind. Vielleicht hat er Recht. Auf jeden Fall haben sich sowohl die Schmerzen als auch die Schuldgefühle gehalten.

Ich hätte ausweichen müssen. Ich hätte die Schläge kommen sehen müssen. Ich hätte nicht ins Wasser fallen dürfen. Und schließlich, da ich ja offenbar irgendwie die Energie zusammengerafft hatte, mich selbst in Sicherheit zu bringen – hätte mir das mit Elizabeth nicht auch gelingen müssen?

Fruchtlos, ich weiß.

Ich las die Nachricht noch einmal. Chloe fing an zu jaulen. Ich drohte ihr mit dem Finger. Sie wurde still, sah aber wieder abwechselnd die Tür und mich an.

Ich hatte seit acht Jahren nichts von Sheriff Lowell gehört, konnte mich aber noch gut daran erinnern, wie sein von Zweifeln und Sarkasmus geprägtes Gesicht über meinem Krankenhausbett aufgetaucht war.

Was konnte er nach so langer Zeit von mir wollen?

Ich nahm den Hörer ab und wählte. Schon nach dem ersten Klingeln ging jemand ran.

»Dr. Beck. Danke, dass Sie zurückrufen.«

Ich bin kein großer Freund der Rufnummernübermittlung – das geht mir zu sehr in Richtung *Big Brother is watching you*. Ich räusperte mich und sparte mir die Begrüßungsfloskeln. »Was kann ich für Sie tun, Sheriff?«

»Ich bin gerade ganz bei Ihnen in der Nähe«, sagte er. »Ich würde gerne vorbeikommen und mit Ihnen reden, wenn Sie nichts dagegen haben.«

»Ist das ein Höflichkeitsbesuch?«, erkundigte ich mich.

»Nein, eigentlich nicht.«

Er wartete darauf, dass ich etwas sagte. Den Gefallen tat ich ihm nicht.

»Passt es Ihnen jetzt?«, fragte Lowell.

»Könnten Sie mir mitteilen, worum es geht?«

»Mir wäre es lieber, wenn ich das mit Ihnen direkt …«

»Mir nicht.«

Ich spürte, wie meine Hand den Hörer fester umklammerte.

»Okay, Dr. Beck, dafür habe ich Verständnis.« Seinem ausgiebigen Räuspern merkte man an, dass er versuchte, etwas Zeit zu gewinnen. »Sie haben vielleicht in den Fernsehnachrichten gesehen, dass in Riley County zwei Leichen gefunden wurden.«

Hatte ich nicht. »Was ist mit ihnen?«

»Sie wurden in der Nähe Ihres Grundstücks gefunden.«

»Das Grundstück gehört mir nicht. Es gehört meinem Großvater.«

»Aber Sie sind sein Vormund, nicht wahr?«

»Nein«, sagte ich. »Das ist meine Schwester.«

»Wenn Sie die dann vielleicht auch anrufen könnten. Mit ihr würde ich auch gern sprechen.«

»Die Leichen wurden *nicht* am Lake Charmaine gefunden, oder?«

»Das stimmt. Wir haben sie auf dem westlich angrenzenden Grundstück gefunden. Es ist Gemeindeeigentum.«

»Was wollen Sie dann von uns?«

Es entstand eine Pause. »Hören Sie, ich bin in einer Stunde bei Ihnen. Es wäre schön, wenn Linda dann auch da wäre, falls sich das einrichten lässt.«

Er legte auf.

Die acht Jahre waren Sheriff Lowell nicht gut bekommen, allerdings war er auch vorher schon kein Mel Gibson gewesen. Er sah aus wie ein verwahrloster Köter, mit so langen, hängenden Gesichtszügen, dass Nixon dagegen wie frisch geliftet wirkte. Seine Nasenspitze war extrem aufgedunsen. Andauernd zog er ein stark gebrauchtes Taschentuch aus der Gesäßtasche, entfaltete es sorgfältig, rieb sich damit die Nase, faltete es ordentlich zusammen und steckte es wieder ein.

Linda war auch da. Sie saß leicht vorgebeugt auf dem Sofa, als wäre sie jederzeit auf dem Sprung, um mich, wenn nötig, in Schutz zu nehmen. So saß sie oft da. Sie gehörte zu den Menschen, die einem ihre volle, ungeteilte Aufmerksamkeit widmen. Sie sah einen mit ihren großen braunen Augen an, so dass man ihrem Blick unmöglich ausweichen konnte. Ich bin natürlich voreingenommen, aber Linda ist der beste Mensch, den ich kenne. Vielleicht ein bisschen altmodisch, aber allein ihre Existenz gibt mir Mut, was die Zukunft unserer Erde betrifft. Ihre Liebe gibt mir das Wenige an Kraft, was ich noch habe.

Wir saßen in der guten Stube meiner Großeltern, die ich normalerweise meide wie der Teufel das Weihwasser. Das Zimmer war stickig, beklemmend und roch noch immer nach Alte-Leute-Sofa. Ich bekam kaum Luft. Sheriff Lowell ließ sich Zeit. Er rieb sich noch ein paar Mal die Nase, zog ein kleines Notizheft aus der Tasche, leckte sich den Finger und suchte die richtige Seite. Er lächelte, so freundlich er konnte, und fing an.

»Können Sie mir sagen, wann Sie das letzte Mal am See waren?«

»Ich war letzten Monat da«, sagte Linda. Doch er sah mich an. »Und Sie, Dr. Beck?«

»Vor acht Jahren.«

Er nickte, als hätte er mit dieser Antwort gerechnet. »Wie ich Ihnen am Telefon schon sagte, haben wir in der Nähe von Lake Charmaine zwei Leichen gefunden.«

»Konnten Sie sie identifizieren?«, wollte Linda wissen.

»Nein.«

»Ist das nicht ein bisschen merkwürdig?«

Darüber dachte Lowell eine Zeit lang nach, wobei er sich kurz nach vorn beugte, um das Taschentuch herauszuziehen. »Wir wissen, dass es sich um zwei erwachsene, weiße Männer handelt. Jetzt gehen wir die Vermisstenlisten durch. Mal sehen, was dabei rauskommt. Die Leichen sind ziemlich alt.«

»Wie alt?«, fragte ich.

Wieder sah Sheriff Lowell mir in die Augen. »Schwer zu sagen. Wir haben noch keine Labor-Ergebnisse, gehen aber davon aus, dass sie seit mindestens fünf Jahren tot sind. Sie waren auch ziemlich tief vergraben. Wir hätten sie nie gefunden, wenn es nach den Rekord-Niederschlägen in den letzten Wochen nicht diesen Erdrutsch gegeben hätte und ein Bär mit einem Arm erwischt worden wäre.«

Meine Schwester und ich sahen uns an.

»Wie bitte?«, sagte Linda.

Sheriff Lowell nickte. »Ein Jäger hat einen Bären geschossen und neben dem toten Tier einen Knochen gefunden. Der Bär hatte ihn im Maul gehabt. Stellte sich als menschlicher Armknochen heraus. Daraufhin haben wir Nachforschungen angestellt. Das hat ganz schön gedauert, kann ich Ihnen sagen. Wir sind immer noch am Buddeln.«

»Glauben Sie, dass da noch mehr Leichen sind?«

»Kann man nicht hundertprozentig ausschließen.«

Ich lehnte mich zurück. Linda sah den Sheriff weiter an. »Sie sind also hier, um von uns die Erlaubnis für Grabungen auf unserem Grundstück am Lake Charmaine einzuholen.«

»Unter anderem.«

Wir warteten darauf, dass er fortfuhr. Er räusperte sich und sah mich wieder an. »Dr. Beck, Ihre Blutgruppe ist B positiv, nicht wahr?«

Ich öffnete den Mund, aber Linda legte mir beschwichtigend eine Hand aufs Knie. »Was hat das denn mit der ganzen Sache zu tun?«, fragte sie.

»Wir haben noch mehr gefunden«, sagte er. »Um das Grab herum.«

»Was?«

»Tut mir Leid. Das ist vertraulich.«

»Dann machen Sie, dass Sie hier rauskommen«, sagte ich. Mein Gefühlsausbruch schien Lowell nicht sonderlich zu überraschen. »Ich versuche nur, eine Ermittlung …«

»Raus hier, habe ich gesagt.«

Sheriff Lowell rührte sich nicht. »Ich weiß, dass der Mord an Ihrer Frau schon vor Gericht verhandelt wurde«, sagte er. »Und ich weiß, dass es höllisch wehtun muss, wenn das alles wieder aufgerührt wird.«

»Kommen Sie mir nicht gönnerhaft«, fuhr ich auf.

»Das war nicht meine Absicht.«

»Vor acht Jahren dachten Sie, ich hätte sie umgebracht.«

»Das stimmt so nicht. Sie waren ihr Ehemann. In solchen Fällen ist die Wahrscheinlichkeit, dass ein Angehöriger an dem Verbrechen beteiligt ist …«

»Wenn Sie nicht so viel Zeit mit diesem Blödsinn verschwendet hätten, wäre sie vielleicht gefunden worden, bevor …« Ich zuckte zurück, als ich merkte, dass es mir die Kehle zuschnürte. Ich wandte mich ab. Scheiße. Dieser Scheißkerl. Linda wollte mir eine Hand auf den Arm legen, doch ich rückte von ihr weg.

»Ich musste jede Möglichkeit prüfen«, fuhr er fort. »Das FBI hat uns unterstützt. Ihr Schwiegervater und sein Bruder wurden sogar ständig über den Stand der Ermittlungen auf dem Laufenden gehalten. Wir haben getan, was wir konnten.«

Ich hielt es nicht mehr aus. »Was zum Teufel wollen Sie von uns, Lowell?«

Er stand auf und zog seine Hose hoch. Vermutlich brauchte er den Größenvorteil. Um uns einzuschüchtern oder so. »Eine Blutprobe«, sagte er. »Von Ihnen.«

»Wozu?«

»Sie wurden bei der Entführung Ihrer Frau angegriffen.«

»Und?«

»Sie haben einen Schlag mit einem stumpfen Gegenstand abbekommen.«

»Das wissen Sie doch alles.«

»Ja«, sagte Lowell. Er wischte sich noch einmal über die Nase, steckte das Taschentuch ein und fing an, im Zimmer auf und ab zu gehen. »Bei den Leichen lag noch ein Baseballschläger.«

Der Schmerz in meinem Kopf fing wieder an zu pochen. »Ein Baseballschläger?«

Lowell nickte. »Er war zusammen mit den Leichen vergraben worden. Ein Baseballschläger aus Holz.«

Linda sagte: »Ich kann Ihnen nicht folgen. Was hat mein Bruder damit zu tun?«

»Auf dem Schläger waren eingetrocknete Blutreste. Die Blutgruppe ist B positiv.« Er nickte mit dem Kopf in meine Richtung.

»Ihre Blutgruppe, Dr. Beck.«

Wir gingen alles noch einmal durch. Der Jahrestag mit dem Strich im Baum, das Schwimmen im See, das Geräusch der Autotür, mein erbärmliches, hektisches Zurückkraulen zum Steg.

»Sie sind sicher, dass Sie wieder in den See gefallen sind?«, fragte Lowell.

»Ja.«

»Und Sie haben Ihre Frau schreien hören?«

»Ja.«

»Und dann sind Sie ohnmächtig geworden? Im Wasser?« Ich nickte.

»Können Sie mir sagen, wie tief das Wasser war? An der Stelle, wo Sie hineingefallen sind?«

»Haben Sie das vor acht Jahren nicht überprüft?«, fragte ich.

»Haben Sie etwas Geduld mit mir, Dr. Beck.«

»Ich weiß es nicht. Tief.«

»So tief, dass Sie nicht darin stehen konnten?«

»Ja.«

»Gut. Okay. Und was ist das Nächste, an das Sie sich erinnern?«

»Das Krankenhaus«, sagte ich.

»Und Sie können sich an nichts erinnern, was zwischen Ihrem Sturz ins Wasser und dem Aufwachen aus der Bewusstlosigkeit passiert ist?«

»So ist es.«

»Sie wissen nicht, wie Sie aus dem Wasser geklettert sind? Sie wissen nicht, wie Sie zur Hütte gekommen sind und einen Krankenwagen gerufen haben? Sie haben das ja schließlich alles getan. Wir haben Sie auf dem Hüttenboden liegend gefunden. Der Hörer lag neben dem Telefon.«

»Ich weiß, aber ich kann mich an nichts erinnern.«

Linda schaltete sich ein. »Glauben Sie, diese beiden Männer sind auch Opfer von« – sie zögerte – »KillRoy?«

Allein dadurch, dass sie den Namen aussprach, schien es im Zimmer ein paar Grad kälter zu werden.

Lowell hustete hinter vorgehaltener Hand. »Wir wissen es nicht genau, Ma'am. Alle bekannten Opfer von KillRoy sind Frauen. Er hat die Leichen nie versteckt – zumindest die, von denen wir wissen. Und die Haut der beiden Männer ist vermodert, daher können wir nicht feststellen, ob sie Brandzeichen hatten.«

Brandzeichen. Es drehte sich wieder in meinem Kopf. Ich schloss die Augen und versuchte, nicht mehr hinzuhören.

3

AM NÄCHSTEN MORGEN HETZTE ICH in aller Frühe ins Krankenhaus und war zwei Stunden vor meinem ersten Termin da. Ich schaltete den Computer ein, suchte die seltsame E-Mail und klickte auf den Link. Wieder bekam ich nur die Fehlermeldung. Das war eigentlich nicht weiter überraschend. Ich starrte die Nachricht an, las sie immer wieder, als wäre darin irgendeine tiefere Bedeutung versteckt. Ich fand keine.

Gestern Abend hatte ich eine Blutprobe abgegeben. Die vollständige Genanalyse würde erst in ein paar Wochen vorliegen, aber Sheriff Lowell meinte, sie könnten schon in ein paar Tagen ein vorläufiges Ergebnis bekommen. Ich hatte versucht, ihm weitere Informationen zu entlocken, doch er mauerte weiter. Irgendetwas verschwieg er uns. Ich hatte keine Ahnung, was das sein konnte.

Während ich im Büro saß und auf meinen ersten Patienten wartete, ließ ich mir Lowells Besuch noch einmal durch den Kopf gehen. Ich dachte an die beiden Leichen. Ich dachte an den Baseballschläger mit den Blutspuren. Ich erlaubte mir, an die Brandzeichen zu denken.

Elizabeths Leiche war fünf Tage nach der Entführung am Straßenrand der Route 80 gefunden worden. Der Leichenbeschauer meinte, sie wäre seit zwei Tagen tot gewesen. Damit hätte sie drei Tage lang lebendig in der Gewalt Elroy Kellertons, auch bekannt als KillRoy, verbracht. Drei Tage. Drei Tage mit diesem Monster. Drei Sonnenauf- und -untergänge, allein in der Dunkelheit in höchster Todesangst. Ich versuche beharrlich, nicht daran zu denken. Einige Winkel meines Gehirns muss ich einfach meiden – trotzdem bewegen sich meine Gedanken immer wieder darauf zu.

KillRoy wurde drei Wochen später gefasst. Er gestand, im Zuge einer längeren Mordserie vierzehn Frauen umgebracht zu haben, angefangen mit einer Studentin in Ann Arbor bis zu einer Prostituierten in der Bronx. Alle vierzehn Frauen waren irgendwo am Straßenrand gefunden worden, zwischen dem Abfall, den andere dort entsorgt hatten. Alle seine Opfer hatten ein Brandzeichen in Form eines K. Er hatte sie gebrandmarkt wie ein Stück Vieh. Das hieß: Elroy Kellerton hatte ein Schüreisen genommen, es in ein loderndes Feuer gelegt, sich einen Schutzhandschuh angezogen, gewartet, bis das Metall rot glühte, und dann mit einem lauten Zischen die wunderbare Haut meiner Elizabeth versengt.

Meine Gedanken nahmen eine dieser falschen Abzweigungen, und plötzlich wurde ich von Bildern bedrängt. Ich schloss die Augen und versuchte, sie von mir fern zu halten. Es funktionierte nicht. Er lebt übrigens noch. KillRoy. Unser Berufungssystem gibt dem Monster die Möglichkeit zu atmen, zu lesen, zu reden, sich von CNN interviewen zu lassen, Besuche von Gutmenschen zu bekommen, zu lächeln. Seine Opfer verrotten unterdessen. Wie gesagt: Gott hat einen seltsamen Sinn für Humor.

Ich spritzte mir kaltes Wasser ins Gesicht und betrachtete das Ergebnis im Spiegel. Ich sah furchtbar aus. Um 9 Uhr kamen die ersten Patienten. Natürlich war ich anfangs nicht richtig bei der Sache. Ein Auge immer auf die Wanduhr gerichtet, wartete ich auf die *Kusszeit* – 18 Uhr 15. Die Zeiger der Uhr bewegten sich, als müssten sie sich durch dicken Sirup kämpfen.

Dann jedoch vertiefte ich mich in die Behandlung meiner Patienten. Darin war ich schon immer gut gewesen. Als Kind konnte ich stundenlang lernen. Jetzt, als Arzt, kann ich in meiner Arbeit versinken. Das habe ich auch nach Elizabeths Tod getan. Manche Menschen meinen, ich würde mich hinter meiner Tätigkeit verstecken, ich würde lieber arbeiten als zu leben. Auf dieses Klischee antworte ich meist mit einem schlichten: *Ja, und?*

Mein Mittagessen bestand aus einem Schinkensandwich und einer Cola Light, dann kümmerte ich mich wieder um die Patienten. Ein achtjähriger Junge war im Laufe des vergangenen Jahres 80 Mal zum *Einrichten der Wirbelsäule* bei einem Chiropraktiker gewesen.

Er hatte keine Rückenschmerzen. Es war ein Betrugsschema mehrerer Chiropraktiker aus der Umgebung. Sie bieten den Eltern einen Gratis-Fernseher oder -Videorecorder, wenn sie ihre Kinder zu ihnen in die Sprechstunde bringen. Die Behandlung stellen sie dann Medicaid in Rechnung. Medicaid ist eine wunderbare und notwendige Einrichtung, wird aber mindestens ebenso sehr missbraucht wie die Vorkämpfe bei einem von Don King promoteten *Boxspektakel*. Einmal war ein Sechzehnjähriger wegen eines ganz normalen Sonnenbrands mit dem Krankenwagen in die Klinik gebracht worden. Warum mit dem Krankenwagen und nicht mit dem Taxi oder der U-Bahn? Die Mutter erklärte mir, dass sie dann selbst zahlen oder lange auf die Rückerstattung vom Staat hätte warten müssen. Die Kosten für den Krankenwagen werden direkt von Medicaid übernommen.

Um fünf verabschiedete ich mich von meinem letzten Patienten. Das Klinikpersonal ging um halb sechs. Ich wartete, bis das Büro leer war, und setzte mich dann an den Computer. Im Hintergrund klingelten die Telefone. Nach halb sechs werden Anrufe von einem Anrufbeantworter entgegengenommen, der den Anrufern mehrere Möglichkeiten für ihre weiteren Schritte anbietet; aus einem mir unbekannten Grund tut er das aber erst nach dem zehnten Klingeln. Die Geräuschkulisse war nahezu unerträglich.

Ich ging ins Internet, suchte die E-Mail und klickte auf den Link. Er führte immer noch ins Leere. Ich dachte an das seltsame Zusammentreffen der E-Mail und der beiden Leichen. Da musste es eine Verbindung geben. Über diese an sich simple Tatsache musste ich immer wieder nachdenken. Es gab mehrere Möglichkeiten.

Erstens: Diese beiden Leichen waren KillRoys Werk. Seine anderen Opfer waren zwar Frauen gewesen und er hatte die Leichen nicht versteckt, aber konnte man damit wirklich ausschließen, dass er noch andere umgebracht hatte?

Zweitens: KillRoy hatte diese Männer überredet, ihm bei der Entführung Elizabeths zu helfen. Das würde vieles erklären. Den Baseballschläger zum Beispiel, falls die Blutspuren wirklich von mir stammen sollten. Und vor allem sah ich darin eine Antwort auf meine grundsätzliche Frage zu dieser Entführung. Wie alle Serienmörder arbeitete KillRoy – zumindest theoretisch – allein. Wie sollte es ihm dann gelungen sein, Elizabeth zum Wagen zu zerren und gleichzeitig darauf zu lauern, dass ich aus dem Wasser kam? Bevor ihre Leiche aufgetaucht war, waren die Behörden immer von mehreren Entführern ausgegangen. Als aber ihr Leichnam mit dem eingebrannten K gefunden wurde, verwarfen sie diese Hypothese. KillRoy könnte es getan haben, mutmaßten sie, indem er Elizabeth irgendwie gefesselt oder anderweitig außer Gefecht gesetzt und sich dann um mich gekümmert hatte. Das passte zwar nicht hundertprozentig, aber mit ein bisschen Gewalt bekam man das Teil schon ins Puzzle hinein.

Jetzt gab es eine bessere Erklärung. Er hatte Komplizen gehabt. Und die hatte er dann umgebracht.

Die dritte Möglichkeit war die einfachste: Das Blut am Baseballschläger war nicht von mir. Die Blutgruppe B positiv ist nicht sehr verbreitet, so selten aber nun auch wieder nicht. Höchstwahrscheinlich hatten diese Leichen nichts mit Elizabeths Tod zu tun.

Ich glaubte es selbst nicht.

Ich sah auf die Uhr im Computer. Sie war mit einem Satelliten verbunden und gab die Zeit sekundengenau an:

18:04:42.

Noch zehn Minuten und achtzehn Sekunden. Und dann?

Die Telefone klingelten weiter. Ich blendete sie aus und trommelte mit den Fingern auf den Schreibtisch. Jetzt waren es keine zehn Minuten mehr. Okay, wenn sich am Link etwas verändern würde, war das vermutlich inzwischen geschehen. Ich legte die Hand auf die Maus und holte tief Luft.

Mein Pieper meldete sich.

Ich hatte keine Bereitschaft. Das hieß, entweder handelte es sich um einen Fehler – den Telefonisten, die nachts in der Klinik arbeiteten, unterliefen viel zu viele davon – oder es war ein Privatanruf. Es piepte noch einmal. Ein doppelter Ruf. Ein Notfall. Ich sah aufs Display.

Ein Anruf von Sheriff Lowell. Er war als dringend gekennzeichnet.

Acht Minuten.

Ich überlegte – allerdings nicht sehr lange. Das war auf jeden Fall besser, als mir vergeblich den Kopf zu zerbrechen. Ich rief ihn an.

Wieder wusste Lowell schon beim Abnehmen, wer am Apparat war. »Entschuldigen Sie die Störung, Doc.« Er nannte mich Doc. Als wären wir alte Kumpel. »Ich habe nur eine kurze Frage an Sie.« Ich legte die Hand auf die Maus, bewegte den Zeiger auf den Link und klickte. Der Browser erwachte zum Leben.

»Ich höre«, sagte ich.

Diesmal brauchte der Browser länger. Es kam keine Fehlermeldung.

»Sagt Ihnen der Name Sarah Goodhart etwas?« Ich wäre fast vom Stuhl gefallen.

»Doc?«

Ich nahm den Telefonhörer vom Ohr und musterte ihn, als hätte er sich gerade erst in meiner Hand materialisiert. Ich versuchte, mich zu sammeln. Als ich glaubte, meiner Stimme wieder trauen zu können, hielt ich ihn wieder ans Ohr. »Warum fragen Sie?«

Etwas erschien auf dem Bildschirm. Ich kniff die Augen zusammen. Eine dieser Sky-Cams. In diesem Fall wohl eher eine Street-Cam. Die fand man jetzt überall im Netz. Ich sehe mir manchmal die Staukameras an, um die morgendliche Verspätung an der Washington Bridge einschätzen zu können.

»Ist 'ne lange Geschichte«, sagte Lowell.

Ich brauchte Zeit. »Dann ruf ich Sie später noch mal an.«

Ich legte auf. Sarah Goodhart. Der Name sagte mir etwas. Er sagte mir sehr viel.

Was zum Teufel war hier los?

Der Browser hatte die Seite geladen. Ich hatte das Schwarzweißbild einer Straße auf dem Monitor. Der Rest der Seite war leer. Keine Werbebanner oder Titel. Ich wusste, man konnte es so einrichten, dass nur ein bestimmtes Element übertragen wurde. Dafür war der Absender der E-Mail verantwortlich.

Ich sah auf die Computeruhr:

18:12:28.

Die Kamera zeigte aus vielleicht fünf Metern Höhe eine ziemlich belebte Kreuzung. Ich wusste nicht, um welche Kreuzung es sich handelte oder auch nur, in welcher Stadt sie sich befand. Es war auf jeden Fall eine Großstadt. Mit gesenkten Köpfen, hängenden Schultern, Aktenkoffern in den Händen und offenbar erschöpft von der Arbeit, gingen Menschen vorwiegend von rechts nach links – vermutlich zu einer U-Bahn- oder Bushaltestelle. Hinten rechts sah man den Bordstein. Die Menschen kamen in Schüben, vermutlich im Rhythmus einer Fußgängerampel.

Ich runzelte die Stirn. Warum schickte man mir so etwas? Die Uhr zeigte 18:14:21. Weniger als eine Minute.

Ich blickte starr auf den Bildschirm und zählte den Countdown mit wie die letzten Sekunden der Silvesternacht. Mein Herz raste. Zehn, neun, acht …

Eine weitere menschliche Flutwelle wogte von rechts nach links. Ich nahm den Blick von der Uhr. Vier, drei, zwei. Ich hielt die Luft an und wartete. Als ich wieder auf die Uhr sah, zeigte sie:

18:15:02.

Es war nichts passiert – aber was hatte ich auch erwartet?

Die Gruppe wurde lichter und wieder war für ein oder zwei Sekunden niemand auf dem Bild zu sehen. Ich lehnte mich zurück und sog Luft zwischen den Zähnen ein. Ein Witz, dachte ich mir. Ein böser Witz. Makaber. Aber doch nur …

In diesem Moment trat jemand direkt von unten ins Blickfeld der Kamera. Es sah aus, als hätte die Person sich die ganze Zeit unter der Kamera versteckt gehalten.

Ich beugte mich vor.

Es war eine Frau. Das sah ich sofort, obwohl sie mir den Rücken zuwandte. Kurze Haare, aber definitiv eine Frau. Aus meinem Blickwinkel hatte ich bisher keine Gesichter erkennen können. Das war hier nicht anders. Anfangs jedenfalls.

Die Frau blieb stehen. Ich starrte ihr von oben auf den Kopf, versuchte, sie allein durch meine Willenskraft dazu zu bringen, nach oben zu sehen. Sie tat einen weiteren Schritt. Jetzt stand sie in der Mitte des Bildes. Eine andere Person ging vorbei. Die Frau blieb stehen. Dann drehte sie sich um und hob das Kinn, bis sie direkt in die Kamera sah.

Mir stockte das Herz.

Ich steckte mir die Faust in den Mund und unterdrückte einen Schrei. Ich konnte nicht atmen. Ich konnte nicht denken. Tränen schossen mir in die Augen und liefen meine Wangen hinunter. Ich wischte sie nicht ab.

Ich starrte sie an. Sie starrte mich an.

Eine weitere Gruppe Fußgänger überquerte die Straße. Einige rannten sie fast um, doch die Frau rührte sich nicht. Ihr Blick blieb starr auf die Kamera gerichtet. Sie hob die Hand, als wollte sie sie mir entgegenstrecken. In meinem Kopf drehte sich alles. Es war, als wären all meine Verbindungen zur Realität gekappt worden.

Ich war vollkommen hilflos.

Sie stand weiter mit ausgestreckter Hand da. Es gelang mir, meinerseits die Hand zu heben. Meine Finger strichen über den warmen Monitor, versuchten, ihre Finger auf halber Strecke zu berühren. Neue Tränen strömten mir über die Wangen. Behutsam liebkoste ich das Gesicht der Frau, und während mir das Herz brach, ging es gleichzeitig über vor Glück.

»Elizabeth«, flüsterte ich.

Sie blieb noch ein oder zwei Sekunden stehen. Dann sagte sie etwas in die Kamera. Ich hörte es nicht, aber ich las es von ihren Lippen ab.

»Es tut mir Leid«, formten die Lippen meiner toten Frau. Und dann ging sie davon.

4

VIC LETTY SAH IN BEIDE RICHTUNGEN, bevor er hinkend den Bereich des Einkaufszentrums mit den Postfächern betrat. Sein Blick durchstreifte den Raum. Niemand beachtete ihn. Perfekt. Vic konnte sich ein Lächeln nicht verkneifen. Sein Trick war idiotensicher. Man konnte ihn nicht zu ihm zurückverfolgen, und jetzt würde er richtig Geld damit machen.

Der Schlüssel ist die Vorbereitung, dachte Vic. Das machte den Unterschied zwischen den Guten und den echten Profis aus, den ganz Großen. Die ganz Großen verwischten ihre Spuren. Die ganz Großen waren auf alles vorbereitet.

Als Erstes hatte Vic sich einen falschen Ausweis von seinem Cousin Tony, diesem Versager, besorgt. Mit diesem falschen Ausweis hatte er dann unter dem Pseudonym UYS Enterprises ein Postfach gemietet. Brillant, oder? Falscher Ausweis *und* Pseudonym. Selbst wenn jetzt jemand diesen Lackaffen am Schreibtisch bestach, selbst wenn jemand herausbekam, wer das *UYS Enterprises*-Postfach gemietet hatte, kam er bloß bis zum Namen Roscoe Taylor, auf den Vics falscher Ausweis ausgestellt war.

Keine Chance, das Postfach zu Vic zurückzuverfolgen.

Von der gegenüberliegenden Seite des Raumes aus versuchte Vic in das kleine Fenster von Fach 417 zu sehen. Er konnte nicht viel erkennen, aber irgendetwas war mit Sicherheit drin. Wunderbar. Vic nahm nur Bargeld und Postanweisungen. Natürlich keine Schecks. Nichts, was man zu ihm zurückverfolgen konnte. Außerdem war er immer verkleidet, wenn er das Geld holte. So wie jetzt. Er trug eine Baseball-Kappe und einen falschen Schnurrbart. Außerdem tat er, als würde er hinken. Er hatte irgendwo gelesen, dass es den Leuten auffiel, wenn jemand hinkte. Falls also jemand einen Zeugen aufforderte, den Mann, der Fach 417 benutzte, zu beschreiben, was würde der dann sagen? Ganz einfach. Der Mann trug einen Schnurrbart und hinkte. Und wenn man dann noch den Trottel am Schalter bestach, kam dabei raus, dass ein Typ namens Roscoe Taylor einen Schnurrbart hatte und hinkte.

Und auf den echten Vic Letty traf beides nicht zu.

Doch Vic hatte noch weitere Vorsichtsmaßnahmen ergriffen. Er öffnete das Fach nie in Gegenwart anderer Leute. Niemals. Wenn jemand anders seine Post holte oder sich aus irgendeinem anderen Grund dort aufhielt, tat er so, als wolle er ein anderes Fach öffnen oder eine Paketkarte ausfüllen oder so was. Wenn die Luft rein war – und nur wenn sie wirklich rein war –, ging Vic zu Fach 417. Vic wusste, dass man gar nicht vorsichtig genug sein konnte.

Selbst für den Weg hierher hatte Vic seine Vorsichtsmaßnahmen. Seinen Mechaniker-Lieferwagen – Vic machte Installationen und Reparaturen für Cable-Eye, den größten Kabelfernseh-Anbieter an der Ostküste – hatte er vier Blocks von hier entfernt abgestellt. Dann war er geduckt durch zwei schmale Gassen gelaufen. Über seinem schwarzen Uniform-Overall trug er eine schwarze Windjacke, so dass niemand den Namen *Vic* auf seiner rechten Brusttasche lesen konnte.

Jetzt dachte er an den großen Zahltag, der für ihn anstand, sobald er Fach 417, keine drei Meter von ihm entfernt, geöffnet hatte. Es kribbelte ihm in den Fingern. Er sah sich noch einmal um.

Zwei Frauen öffneten ihre Postfächer. Eine drehte sich um und lächelte ihm abwesend zu. Vic ging zu den Fächern am anderen Ende des Raumes, griff nach seiner Schlüsselkette – er hatte eine dieser Schlüsselketten am Gürtel hängen – und tat, als suche er nach dem richtigen Schlüssel. Er sah zu Boden und in die andere Richtung.

Ganz vorsichtig.

Zwei Minuten später waren die Frauen mit ihrer Post verschwunden. Vic war allein. Schnell durchquerte er den Raum und öffnete sein Fach.

Oh, wow.

Ein Paket an UYS Enterprises. In braunem Papier. Kein Absen-

der. Und so dick, dass eine größere Menge grüne Scheine hinein-
passte.

Vic lächelte und dachte: Sehen so fünfzig Riesen aus?

Er streckte eine zitternde Hand aus und nahm das Paket heraus.
Es lag angenehm schwer in seiner Hand. Vics Herz schlug wie ein
Presslufthammer. Himmelherrgott. Er fuhr diese Masche jetzt seit
vier Monaten. Er hatte das Netz ausgeworfen und ein paar ganz ordentliche Fische gefangen. Aber jetzt, Herrgott noch mal, jetzt hatte
er einen verdammten Wal an Land gezogen.

Vic sah sich noch einmal in alle Richtungen um, stopfte das Paket
in die Tasche seiner Windjacke und eilte nach draußen. Dann nahm
er einen anderen Weg zum Lieferwagen zurück und machte sich auf
den Weg zur Firma. Er steckte die Hand in die Tasche und streichelte das Paket. 50 Riesen. 50 000 Dollar. Er flippte beinahe aus, wenn
er nur an die Zahl dachte.

Als Vic auf dem Firmengelände von Cable-Eye ankam, war es
dunkel geworden. Er parkte den Lieferwagen auf dem Hof und ging
über die Fußgängerbrücke zu seinem Wagen, einem rostigen 91er
Honda Civic. Stirnrunzelnd betrachtete er das Auto und dachte:
nicht mehr lange.

Auf dem Angestellten-Parkplatz war es ruhig. Die Dunkelheit
machte ihn nervös. Er hörte seine Schritte, das müde Schlurfen
von Arbeitsschuhen auf dem Asphalt. Die Kälte drang durch seine
Windjacke. 50 Riesen. Er hatte 50 Riesen in der Tasche.

Vic zog die Schultern hoch und ging schneller.

Tatsache war, dass Vic diesmal Angst hatte. Er musste damit aufhören. Die Masche war zweifellos gut. Hatte vielleicht sogar eine
gewisse Größe. Aber jetzt legte er sich mit ein paar wirklich bösen
Jungs an. Er hatte überlegt, ob das eine gute Idee war, hatte die Vor-
und Nachteile abgewogen und war zu dem Schluss gekommen, dass
die wirklich Großen – die, die es schafften, ihr Leben entscheidend
zu verändern – es drauf ankommen lassen würden.

Und Vic wollte zu den Großen gehören.

Die Masche war ganz einfach, und das machte sie so außergewöhnlich. Jedes Haus mit Kabelanschluss hatte eine Schaltbox an der Telefonleitung. Wenn man bei einem Bezahlsender wie HBO oder Showtime eine Sendung bestellte, fuhr der freundliche Angestellte der Kabelgesellschaft los und legte darin ein paar Schalter um. In der Schaltbox findet man das Kabelleben eines Menschen. Und wer das Kabelleben eines Menschen kennt, weiß auch, wie es tief im Innersten dieses Menschen aussieht.

Die Kabelfernsehanbieter und die Hotels, in denen man sich Pay-per-View-Filme auf dem Zimmer ansehen kann, weisen immer darauf hin, dass die Namen der Filme, die man sich ansieht, nicht auf der Rechnung erscheinen. Das mag stimmen, heißt aber nicht, dass sie sie nicht kennen. Versuchen Sie einmal, Einspruch gegen so eine Rechnung einzulegen. Die zählen Titel auf, bis Sie mit hochroten Ohren dastehen.

Vic hatte gleich erkannt, dass die Wahl der gewünschten Filme – um nicht allzu technisch zu werden – durch bestimmte Codes gesteuert wurde. Sie leiteten die Bestellungen des Kunden über die Schaltbox an die Großrechner der Kabelgesellschaften weiter. Vic kletterte die Telegrafenmasten hinauf, öffnete die Boxen und las die Codes ab. Wieder im Büro, gab er die Ziffernfolgen ein und wusste über alles Bescheid.

So könnte er zum Beispiel erfahren, dass Sie und Ihre Familie am 2. Februar um 18 Uhr den *König der Löwen* als Pay-per-View-Film bestellt hatten. Oder, um ein etwas vielsagenderes Beispiel anzuführen, dass Sie am 7. Februar um 22:30 Uhr das Double Feature *Jagd nach Miss Oktober* und *On Golden Blonde* auf Sizzle TV geordert haben.

Erkennen Sie die Masche?

Zuerst wählte Vic seine Häuser nach dem Zufallsprinzip aus. Er schrieb einen Brief an den Hausbesitzer. Die Briefe waren kurz und prägnant. Sie enthielten eine Liste der georderten Pornofilme einschließlich Datum und Uhrzeit. Es folgte ein Hinweis, dass diese Daten an sämtliche Familienmitglieder, Nachbarn und den Arbeitgeber des Mannes weitergegeben werden würden. Dann verlangte Vic 500

Dollar dafür, dass er den Mund hielt. Das war vielleicht nicht viel Geld, aber Vic hielt es für die perfekte Summe – sie war hoch genug, um ihm einen anständigen Nebenverdienst zu verschaffen, und so niedrig, dass die meisten Opfer sich nicht ernsthaft dagegen wehrten.

Trotzdem – und das hatte Vic anfangs überrascht – reagierten nur ungefähr zehn Prozent. Vic wusste nicht, warum. Vielleicht war es nicht mehr so verpönt wie früher, sich Pornofilme anzusehen. Vielleicht wusste die Frau des Typen es schon. Wer weiß, vielleicht sahen sie sich die Filme sogar gemeinsam an. Doch das eigentliche Problem war das Gießkannenprinzip seiner Masche.

Er musste gezielter vorgehen. Er musste sich die Opfer einzeln aussuchen.

Als er das begriff, kam ihm der Gedanke, sich auf Männer aus bestimmten Berufsgruppen zu konzentrieren; Männer, die viel zu verlieren hatten, wenn diese Informationen an die Öffentlichkeit gerieten. Wieder fand er die erforderlichen Daten in den Computern der Kabelgesellschaft. Er schrieb an Lehrer, Kindergärtner und Gynäkologen. Männer, die in Berufen arbeiteten, bei denen eine solche Veröffentlichung zum Skandal werden würde. Die Lehrer reagierten am panischsten, hatten aber am wenigsten Geld. Außerdem ging er genauer auf den jeweiligen Adressaten ein. Er nannte den Namen der Frau. Er führte den Arbeitgeber namentlich auf. Lehrern versprach er, die Schulbehörde, die Eltern und Schüler mit *Beweisen für Ihre Perversion* zu überschwemmen – die Formulierung war Vic selbst eingefallen. Bei Ärzten drohte er, seine *Beweise* an die entsprechende Kammer, die Lokalzeitungen, Nachbarn und Patienten zu schicken.

Das Geld floss reichlicher.

Bis heute hatte diese Masche Vic fast 40 000 Dollar eingebracht. Und jetzt hatte er seinen größten Fisch an Land gezogen – einen so großen Fisch, dass Vic anfangs erwogen hatte, die Finger davon zu lassen. Aber das ging nicht. Er konnte nicht einfach den größten Zahltag seines Lebens sausen lassen.

Ja, er hatte jemanden erwischt, der im Rampenlicht stand. Im Rampenlicht sehr großer, heller Scheinwerfer. Randall Scope.

Jung, attraktiv, reich, scharfe Frau, zweikommavier Kinder, politische Ambitionen und offenbar Erbe des Scope-Vermögens. Und Scope hatte nicht nur einen Film bestellt. Und auch keine zwei.

Innerhalb eines Monats hatte Randall Scope 23 Pornofilme geordert.

Aber hallo.

Vic hatte volle zwei Abende an seinem Brief gefeilt, letztlich aber doch auf das Bewährte zurückgegriffen: kurz, eisig und unmissverständlich. Er hatte 50 Riesen von Scope gefordert. Er hatte verlangt, dass das Geld spätestens heute in seinem Postfach war. Und wenn Vic nicht vollkommen schief lag, brannten ihm diese 50 Riesen gerade ein Loch in die Tasche seiner Windjacke.

Vic wollte sie sich ansehen. Er wollte sie sich eigentlich sofort ansehen. Aber Vic war diszipliniert. Er würde warten, bis er zu Hause war. Er würde die Tür aufschließen, sich auf den Boden setzen, das Paket aufschlitzen und zusehen, wie die Scheine herausflatterten.

Das ganz große Geld.

Vic parkte am Straßenrand und ging die Einfahrt hinauf. Der Anblick seiner Wohnung – eines Kabuffs über einer schäbigen Garage – deprimierte ihn. Doch er würde nicht mehr lange hier sein. Wenn man die 50 Riesen nahm und die fast 40 Riesen, die er in der Wohnung versteckt hatte, und die zehn Riesen, die er regulär zusammengespart hatte …

Als ihm das klar wurde, musste er kurz stehen bleiben. 100 000 Dollar. Er hatte 100 Riesen in bar. Scheiße, war das viel!

Er würde sofort abhauen. Sich das Geld greifen und ab durch die Mitte nach Arizona. Da wohnte ein Freund von ihm, Sammy Viola. Er würde mit Sammy ein Geschäft aufmachen, vielleicht ein Restaurant eröffnen oder einen Nachtclub. Vic hatte die Schnauze voll von New Jersey.

Es war Zeit, weiterzuziehen. Etwas Neues anzufangen.

Vic stieg die Treppe zu seiner Wohnung hinauf. Fürs Protokoll:

Vic hatte seine Drohungen nie in die Tat umgesetzt. Er hatte nie irgendwelche Briefe an irgendwelche Bekannten oder Arbeitgeber geschickt. Wenn ein Opfer nicht zahlte, war der Fall damit erledigt. Es brachte nichts, ihnen hinterher Schaden zuzufügen. Vic war ein Trickbetrüger. Er machte mit seinem Hirn Geld. Er hatte zwar Menschen bedroht, die Sache jedoch nie durchgezogen. Damit hätte er höchstens jemanden wütend gemacht und wäre dann verdammt noch mal womöglich auch noch aufgeflogen.

Er hatte nie jemandem richtig wehgetan. Was hätte das auch gebracht?

Er erreichte den Treppenabsatz und blieb vor seiner Wohnungstür stehen. Es war stockfinster. Die verdammte Glühbirne vor seiner Tür war mal wieder durchgebrannt. Er seufzte und griff nach seiner Schlüsselkette. Blinzelnd suchte er im Dunkeln nach dem richtigen Schlüssel. Schließlich hatte er ihn ertastet. Er fummelte am Knauf herum, bis der Schlüssel endlich im Loch steckte. Dann stieß er die Tür auf, trat ein, und irgendetwas stimmte nicht.

Unter seinen Füßen knisterte etwas.

Vic runzelte die Stirn. Plastik, dachte er. Er war auf Plastikfolie getreten. Wie Maler sie auslegten, um den Fußboden nicht zu bekleckern oder so. Er schaltete das Licht ein, und im selben Augenblick sah er den Mann mit der Pistole.

»Hi, Vic.«

Vic schnappte nach Luft und trat einen Schritt zurück. Der Mann vor ihm war ungefähr Mitte vierzig. Er war groß und so dick, dass sein Bauch einen harten Kampf mit den Knöpfen seines Smokinghemds ausfocht, den diese aber in einem Fall schon verloren hatten. Er hatte seine Krawatte gelockert. Seine Frisur sollte auf die grässlichst vorstellbare Art eine Glatze verdecken – acht geflochtene Strähnen waren von Ohr zu Ohr über den Kopf gelegt und mit Pomade auf die Wölbung geklebt. Seine Gesichtszüge waren weich, das Kinn versank in mehreren Speckfalten. Er hatte seine Füße auf die Truhe gelegt, die Vic als Couchtisch verwendete. Würde man die Pistole durch eine Fernseh-Fernbedienung ersetzen, hätte man das

Bild eines erschöpften Familienvaters vor sich, der gerade von der Arbeit nach Hause gekommen war.

Der andere Mann, der die Tür blockierte, war genau das Gegenteil des Dicken – Mitte zwanzig, asiatischer Herkunft, kräftig, mit stahlharten Muskeln, kurz geschorenem blondiertem Haar, ein oder zwei Nasenringen und einem gelben Walkman mit Kopfhörer. Der einzige Ort, an dem man sich vielleicht eine Begegnung dieser beiden Männer hätte vorstellen können, wäre wohl die New Yorker U-Bahn gewesen – wo der Dicke düster hinter seiner penibel gefalteten Zeitung hervoräugte und der asiatische Jugendliche rhythmisch zur lauten Musik seines Kopfhörers mit dem Kopf zuckte.

Vic versuchte nachzudenken. Rauskriegen, was sie wollen. Mit ihnen reden. Du bist ein Trickbetrüger, besann er sich. Du bist klug. Du findest einen Ausweg. Vic richtete sich auf.

»Was wollen Sie?«, fragte Vic.

Der Dicke mit den über die Glatze gelegten Haaren drückte ab. Vic hörte einen kurzen Knall, dann explodierte sein rechtes Knie. Seine Augen weiteten sich. Er schrie, sank zu Boden und umklammerte sein Knie. Blut strömte zwischen seinen Fingern hervor.

»Das ist eine Zweiundzwanziger«, sagte der Dicke und zeigte auf die Pistole. »Eine Kleinkaliberwaffe. Ich schätze daran besonders, dass ich, wie du siehst, sehr oft auf dich schießen kann, ohne dich zu töten.«

Ohne die Füße vom Tisch zu nehmen, schoss der Mann noch einmal. Diesmal traf er Vics Schulter. Vic konnte spüren, wie der Knochen zersplitterte. Sein Arm hing herab wie eine Tür an einer kaputten Angel. Vic fiel auf den Rücken, blieb flach liegen und fing an, zu schnell zu atmen. Eine lähmende Mischung aus Angst und Schmerz breitete sich in ihm aus. Er starrte mit weit aufgerissenen Augen und ohne zu blinzeln zur Decke, als ihm etwas klar wurde.

Die Plastikfolie auf dem Boden.

Er lag darauf. Mehr noch, er blutete darauf. Deshalb lag sie dort.

Die Männer hatten sie ausgelegt, um hinterher schneller sauber machen zu können.

»Willst du mir jetzt vielleicht erzählen, was ich wissen will«, sagte der Dicke, »oder soll ich noch mal schießen?«

Vic erzählte. Er erzählte ihnen alles. Er erzählte, wo der Rest des Geldes war. Er erzählte, wo die anderen Beweisstücke waren. Der Dicke fragte ihn, ob er Komplizen hätte. Vic sagte nein. Der Dicke schoss Vic ins andere Knie. Wieder fragte er, ob Vic Komplizen hätte. Wieder sagte Vic nein. Der Dicke schoss ihm in den rechten Knöchel.

Eine Stunde später flehte Vic den Dicken an, ihm in den Kopf zu schießen.

Noch zwei Stunden später tat der Dicke ihm den Gefallen.

5

Ich starrte unverwandt auf den Computermonitor.

Ich konnte mich nicht bewegen. Meine Sinne waren überlastet. Ich war völlig benommen.

Es konnte nicht sein. Da war ich sicher. Elizabeth war nicht von einer Jacht gefallen und für tot erklärt worden, weil man ihre Leiche nicht gefunden hatte. Sie war nicht bis zur Unkenntlichkeit verbrannt oder so etwas. Ihr Leichnam war in einem Graben an der Route 80 gefunden worden. Sie war übel zugerichtet gewesen, aber dennoch eindeutig identifiziert worden.

Nicht von dir ...

Das zwar nicht, aber von zwei engen Angehörigen: ihrem Vater und ihrem Onkel. Hoyt Parker, mein Schwiegervater, hatte mir persönlich mitgeteilt, dass Elizabeth tot war. Kurz nachdem ich das Bewusstsein wiedererlangt hatte, war er mit seinem Bruder Ken zu mir ins Krankenzimmer gekommen. Hoyt und Ken waren kräftige Männer mit grau melierten Schläfen und unergründlichen Gesichtern.

Zwei Veteranen der Strafverfolgung, der eine Cop in New York, der andere FBI-Agent, beide massig und trotzdem muskulös. Sie hatten ihre Kopfbedeckungen abgenommen und versucht, mich mit distanzierter professioneller Anteilnahme von Elizabeths Tod in Kenntnis zu setzen, doch ich hatte ihnen ihre Professionalität nicht abgenommen, und sie hatten auch nicht mit aller Macht versucht, mich zu überzeugen.

Auf dem Monitor zogen noch immer die Fußgängerströme vorbei. Ich starrte weiter darauf und versuchte, Elizabeth durch reine Willenskraft zur Rückkehr zu bewegen. Nichts zu machen. Was sah ich da überhaupt? Eine geschäftige Großstadt, mehr konnte ich nicht sagen. Es könnte sogar New York sein.

Dann schau nach Anhaltspunkten, du Hirni.

Ich versuchte, mich zu konzentrieren. Kleidung? Okay, sehen wir uns mal die Kleidung an. Die meisten Leute tragen Mäntel oder Jacken. Schlussfolgerung: Wir sind vermutlich irgendwo im Norden, zumindest nicht in einer Stadt, in der es heute besonders warm ist. Na prima. Miami konnte ich schon einmal streichen.

Und sonst? Ich starrte die Leute an. Die Frisuren? Das brachte nichts. Ich sah die Ecke eines Backsteinhauses, suchte nach etwas Charakteristischem, etwas, in dem sich das Gebäude von anderen seiner Art unterschied. Nichts. Ich hielt auf dem Bildschirm Ausschau nach irgendetwas, das von der Norm abwich.

Einkaufstüten.

Ein paar Leute trugen Einkaufstüten. Ich versuchte, die Aufschrift darauf zu lesen, aber die Leute bewegten sich zu schnell. Ich versuchte, sie kraft meines Willens dazu zu bringen, sich langsamer zu bewegen. Sie taten mir den Gefallen nicht. Ich guckte weiter, stellte meinen Blick auf Kniehöhe ein. Der Blickwinkel der Kamera machte es mir nicht leicht. Ich ging mit dem Kopf so nah an den Monitor heran, dass ich die Wärme spürte, die er abstrahlte.

Ein großes R.

Das war der erste Buchstabe auf der Tüte. Der Rest war zu verschnörkelt. In einer Art edlen Handschrift. Okay, und weiter? Was könnte noch als Anhaltspunkt …?

Das Bild wurde weiß.

Mist. Ich klickte auf den *Neu laden*-Button. Jetzt hatte ich wieder die Fehlermeldung. Ich wechselte zur ursprünglichen Mail und klickte auf den Link. Wieder die Fehlermeldung.

Die Verbindung war gekappt worden.

Ich starrte den leeren Bildschirm an und langsam kam es mir wieder zu Bewusstsein: Ich hatte gerade Elizabeth gesehen.

Ich konnte versuchen, es wegzudiskutieren. Doch dies war kein Traum. Ich hatte zwar Träume, in denen Elizabeth lebte. Viel zu viele solcher Träume. In den meisten akzeptierte ich Elizabeths Rückkehr aus dem Grab einfach; ich war viel zu dankbar, um sie in Frage zu stellen oder daran zu zweifeln. Ich erinnere mich noch an einen Traum, in dem wir zusammen waren – wo wir uns befanden oder was wir getan haben, weiß ich allerdings nicht mehr – und dann, während wir lachten, wurde mir mit niederschmetternder Eindeutigkeit klar, dass ich träumte, dass ich schon sehr bald aufwachen und allein sein würde. Ich weiß noch genau, dass ich im Traum in diesem Augenblick die Hände ausstreckte, Elizabeth umarmte, sie fest an mich zog und verzweifelt versuchte, sie mit mir mitzuziehen.

Mit Träumen kenne ich mich aus. Das, was ich auf dem Monitor gesehen hatte, war kein Traum gewesen.

Es war auch kein Geist gewesen. Nicht, dass ich an Geister glaube, aber im Zweifelsfall soll man sich auch solchen Ideen gegenüber nicht verschließen. Doch Geister altern nicht. Die Elizabeth auf dem Bildschirm war jedoch älter als die, die ich in Erinnerung hatte. Nicht viel älter, aber ungefähr acht Jahre. Geister schneiden sich auch nicht die Haare. Ich dachte an den langen Zopf, der im Mondlicht am Lake Charmaine ihren Rücken herabhing. Dann dachte ich an den modischen Kurzhaarschnitt, den ich gerade gesehen hatte. Und ich dachte an ihre Augen, diese Augen, in die ich geblickt hatte, seit ich sieben Jahre alt war.

Es war Elizabeth. Sie lebte noch.

Wieder spürte ich, wie mir die Tränen in die Augen schießen wollten, aber diesmal unterdrückte ich sie. Komisch. Ich hatte immer schon nah am Wasser gebaut, aber nach der Trauer um Elizabeth konnte ich nicht mehr weinen. Es war nicht so, dass ich mich ausgeweint hätte, dass ich keine Tränen mehr in mir gehabt hätte oder ähnlicher Unsinn. Auch war ich nicht vom Kummer abgestumpft, obwohl das ein ganz klein wenig dazu beigetragen haben könnte. Meiner Meinung nach habe ich während der Entführung unwillkürlich eine Abwehrhaltung eingenommen. Als ich von Elizabeths Tod erfuhr, öffnete ich mich voll und ganz, ließ mich vom Schmerz durchdringen. Ich erlaubte mir, ihn bis ins Letzte zu durchleben. Und das tat weh. Es tat so ungeheuer weh, dass jetzt ein Urinstinkt einen Schutzmechanismus aufgebaut hat, der so etwas kein zweites Mal zulässt.

Ich weiß nicht, wie lange ich so dasaß. Vielleicht eine halbe Stunde. Ich versuchte ruhiger zu atmen und meine Gedanken zu ordnen. Ich wollte überlegt vorgehen. Musste ich auch. Eigentlich hätte ich schon bei Elizabeths Eltern sein sollen, aber im Augenblick konnte ich mir nicht vorstellen, ihnen entgegenzutreten.

Dann fiel mir noch etwas ein. Sarah Goodhart.

Sheriff Lowell hatte gefragt, ob mir der Name etwas sagte. Das tat er.

Elizabeth und ich hatten damals als Kinder ein Spiel. Vielleicht haben Sie es auch gespielt. Man macht seinen zweiten Vornamen zum Rufnamen und nimmt den Namen der Straße, in der man aufgewachsen ist, als Nachnamen. Mein vollständiger Name lautet zum Beispiel David Craig Beck, und ich bin in der Darby Road aufgewachsen. Demzufolge war ich Craig Darby. Und Elizabeth war …

Sarah Goodhart.

Was zum Teufel ging hier vor?

Ich nahm den Telefonhörer ab. Zuerst rief ich Elizabeths Eltern an. Sie wohnten noch im gleichen Haus an der Goodhart Road. Ihre Mutter war am Apparat. Ich sagte ihr, dass ich mich verspäten würde. Bei Ärzten akzeptieren die Menschen das. Es ist einer der kleinen Vorteile dieses Berufs.

Als ich Sheriff Lowell anrief, erreichte ich nur seine Mailbox. Ich sagte ihm, er könne mich bei Gelegenheit anpiepen. Ich habe kein Handy. Damit gehöre ich zu einer Minderheit, aber mir ist die Verbindung zur Außenwelt schon durch den Pieper viel zu eng.

Ich lehnte mich zurück, doch Homer Simpson holte mich durch ein weiteres *Die Post ist da!* aus meiner Trance. Ich schoss nach vorne und schnappte mir die Maus. Die Adresse des Absenders kannte ich zwar nicht, aber im Betreff stand *Street Cam*. Wieder ein dumpfer Schlag in meiner Brust.

Ich klickte auf das kleine Icon und die E-Mail erschien:

Morgen gleiche Zeit plus zwei Stunden bei Bigfoot.com. Du erhältst eine Nachricht unter:

Username: Bat Street Passwort: Teenage

Darunter, an der Unterkante des Monitors, hingen noch fünf Worte:

Sie beobachten dich. Kein Sterbenswort.

Larry Gandle, der Mann mit der schlecht kaschierten Glatze, sah Eric Wu beim Saubermachen zu.

Wu, ein 26-jähriger Koreaner mit einer schwindelerregenden Anzahl Piercings und Tätowierungen am ganzen Körper, war der tödlichste Mensch, dem Gandle je begegnet war. Wu war gebaut wie ein kleiner Panzer, aber das allein besagte nicht viel. Gandle kannte viele Leute mit ähnlichem Körperbau. Doch meist waren die Muskeln nur Show und ansonsten ziemlich nutzlos.

Bei Eric Wu war das anders.

Die eisernen Muskeln waren schön und gut, aber das eigentliche Geheimnis von Wus tödlicher Kraft lag in seinen schwieligen Händen − zwei Zementblöcken mit stählernen Klauen. Er trainierte sie stundenlang, schlug gegen Betonklötze, setzte sie extremer Hitze und Kälte aus und machte Serien von Liegestützen auf jeweils einem Finger. Wenn Wus Finger in Aktion traten, richteten sie unvorstellbare Verheerungen in Knochen und Gewebe an.

Über Männer wie Wu gingen finstere Gerüchte um, von denen die meisten Unsinn waren, doch Larry Gandle hatte gesehen, wie Wu einen Mann umgebracht hatte, indem er ihm seine Finger in die weichen Stellen in Gesicht und Unterleib grub. Er hatte gesehen, wie Wu einen Mann an beiden Ohren packte und sie mit einer einzigen gleichmäßigen Bewegung abpflückte. Er hatte ihn vier Mal auf vier verschiedene Arten töten sehen, und dabei hatte Wu nie eine Waffe verwendet.

Und keines der vier Opfer war schnell gestorben.

Niemand wusste genau, woher Wu kam, am glaubwürdigsten klang jedoch die Geschichte von einer brutalen Kindheit in Nordkorea. Gandle hatte ihn nie gefragt. Es gab einige finstere Ecken, die man nicht einmal in Gedanken betreten sollte; die dunkle Seite von Eric Wu – ha, als gäbe es eine helle Seite! – war eine davon. Als Wu das Protoplasma, das einst Vic Letty gewesen war, in die Plane gewickelt hatte, sah er Gandle mit seinen leeren Augen an. Tote Augen, dachte Larry Gandle. Die Augen eines Kindes aus einem Kriegsbericht.

Wu hatte den Kopfhörer nicht extra abgenommen. Aus seinem Walkman tönte weder Hip-Hop noch Rap oder Rock 'n' Roll. Er lauschte fast ununterbrochen diesen CDs mit beruhigenden Geräuschen, die man häufig bei Sharper Image findet; CDs mit Namen wie *Meereswind* oder *Bergbach*.

»Soll ich ihn zu Benny bringen?«, fragte Wu. Seine Sprachmelodie war seltsam, fast wie aus einem *Peanuts*-Zeichentrickfilm.

Larry Gandle nickte. Benny hatte ein Krematorium. Asche zu Asche. Oder, wie in diesem Fall, Abschaum zu Asche. »Und die hier muss auch weg.«

Gandle reichte Wu die 22er. In Wus riesiger Pranke wirkte die Waffe nutzlos und zerbrechlich. Wu sah sie stirnrunzelnd an, wahrscheinlich enttäuscht, dass Gandle sie Wus einzigartigen Fähigkeiten vorgezogen hatte, und stopfte sie in die Hosentasche. Eine 22er erzeugte kaum Austrittswunden. Also gab es nur wenig Beweismaterial. Das Blut hatten sie in einer Plastikplane aufgefangen. Wisch und weg.

»Bis später«, sagte Wu. Er ergriff die Plane mit der Leiche wie einen Aktenkoffer mit einer Hand, hob sie hoch und trug sie hinaus. Larry Gandle nickte kurz zum Abschied. Vic Lettys Schmerzen hatten ihm wenig Freude bereitet – sie hatten ihn allerdings auch nicht weiter belastet. Eigentlich war die Sache ganz einfach. Gandle musste absolut sichergehen, dass Letty allein gearbeitet und nicht irgendwo Beweismaterial für jemand anders hinterlegt hatte. Das bedeutete, dass er den Mann so lange unter Druck setzen musste, bis er vollkommen zusammenbrach. Es ging nicht anders.

Im Endeffekt musste man eine klare Entscheidung treffen – für die Scopes oder für Vic Letty. Die Scopes waren gute Menschen. Sie hatten Vic Letty nie etwas getan. Vic Letty hingegen hatte viel

Energie aufgewandt, um der Familie Scope Schaden zuzufügen. Aus so einer Geschichte konnte nur einer unversehrt herauskommen – das unschuldige, wohlmeinende Opfer oder der Parasit, der versuchte, sich am Elend eines anderen zu bereichern. Wenn man es recht bedachte, blieb einem nichts anderes übrig.

Gandles Handy vibrierte. Er nahm den Anruf an. »Ja.«

»Sie haben die Leichen am See identifiziert.«

»Und?«

»Sie sind es. Herrgott, es sind Bob und Mel.« Gandle schloss die Augen.

»Was bedeutet das, Larry?«

»Ich weiß es nicht.«

»Und was machen wir jetzt?«

Larry Gandle wusste, dass er keine Wahl hatte. Er musste mit Griffin Scope sprechen. Dabei würden unangenehme Erinnerungen wachgerufen werden. Acht Jahre. Nach acht Jahren. Gandle schüttelte den Kopf. Es würde dem alten Mann noch einmal das Herz brechen.

»Ich kümmer mich drum.«

6

KIM PARKER, MEINE SCHWIEGERMUTTER, ist schön. Sie war Elizabeth immer so ähnlich, dass ich ihr Gesicht als Was-hätte-sein-können angesehen habe. Doch Elizabeths Tod hatte sie sehr mitgenommen. Ihr Gesicht war verhärmt, die Züge waren brüchig geworden. Ihre Augen sahen aus wie von innen heraus zersprungene Murmeln.

Das Haus der Parkers hatte sich seit den Siebzigern nur unwesentlich verändert – Klebefolie mit Holzdekor an den Wänden, kurzfloriger, hellblauer Teppichboden mit weißen Sprenkeln, ein Kamin aus Kunststein wie bei den Bradys in *Drei Mädchen und drei Jungen*. An der Wand standen klappbare Beistelltischchen mit Plastikplatte und goldfarbenen Metallbeinen. Die Wände waren mit Bildern von Clowns und Sammeltellern mit Norman-Rockwell-Motiven geschmückt. Die einzige erkennbare Neuerung war der Fernseher. Er war im Laufe der Jahre von einem stämmigen Schwarzweißgerät mit 30er-Bildröhre zu einem monströsen 70-Zentimeter-Farbfernseher herangewachsen, der geduckt in der Ecke kauerte.

Meine Schwiegermutter saß auf derselben Couch, auf der Elizabeth und ich uns so oft unterhalten und auch ein paar andere Dinge getan hatten. Ich lächelte kurz und dachte: Wenn diese Couch sprechen könnte. Aber an diesem entsetzlichen Sitzmöbel mit dem großen Blumenmuster hingen nicht nur lüsterne Erinnerungen. Ich hatte mit Elizabeth darauf gesessen, als wir die Briefe mit den Zusagen unserer Studienplätze öffneten. Wir hatten uns darauf aneinander gekuschelt, um uns *Einer flog übers Kuckucksnest, Die durch die Hölle gehen* oder alte Hitchcock-Filme anzusehen. Wir hatten hier unsere Hausaufgaben gemacht, ich aufrecht sitzend, Elizabeth lang ausgestreckt, den Kopf in meinen Schoß gelegt. Hier hatte ich Elizabeth erzählt, dass ich Arzt werden wollte – ein berühmter Chirurg oder so etwas, wie ich damals glaubte. Hier hatte sie mir erzählt, dass sie

Jura studieren und mit Kindern arbeiten wollte. Elizabeth konnte es einfach nicht ertragen, wenn Kinder litten.

Ich erinnere mich noch an ein Praktikum, das sie in den Semesterferien nach unserem ersten Jahr auf der Uni gemacht hatte. Sie arbeitete für Covenant House und versuchte, obdachlose und von zu Hause ausgerissene Kinder von New Yorks übelsten Straßen zu holen. Ich habe sie einmal im Covenant-House-Wagen begleitet: Wir fuhren in der Zeit vor Bürgermeister Giuliani die 42nd Street auf und ab und durchsiebten verkommene Ansammlungen vermeintlich menschlicher Wesen nach Kindern, die eine Zuflucht suchten. Elizabeth entdeckte eine vierzehnjährige Prostituierte, die so weggetreten war, dass sie in die Hose gemacht hatte. Ich ekelte mich vor Abscheu. Ich bin keineswegs stolz darauf. Vielleicht waren diese Leute menschliche Wesen, aber – um ganz ehrlich zu sein – der Dreck, in dem sie lebten, widerte mich an. Ich habe geholfen. Aber ich musste mich überwinden.

Elizabeth brauchte sich nicht zu überwinden. Sie hatte einfach ein Talent dafür. Sie nahm die Kinder an die Hand. Sie trug sie auf dem Arm. Sie säuberte das Mädchen, versorgte es und unterhielt sich die ganze Nacht mit ihm. Sie sah den Kindern in die Augen. Elizabeth glaubte fest daran, dass alle Menschen gut und edel sind. Sie war auf eine Art naiv, wie ich es auch gerne wäre.

Ich habe mich oft gefragt, ob sie auch so gestorben ist, ob sie diese Naivität behalten hat, ob sie angesichts ihrer Schmerzen weiter an ihrem Glauben an die Menschen und dem ganzen dazugehörigen wunderbaren Blödsinn festgehalten hat. Ich hoffte es für sie, aber ich nahm an, dass KillRoy sie gebrochen hatte.

Kim Parker saß stocksteif auf dem Sofa, die Hände im Schoß gefaltet. Sie hatte mich immer gern gemocht, obwohl unserer beider Eltern wegen der Enge unserer jugendlichen Freundschaft zeitweise recht besorgt gewesen waren. Wir sollten mehr mit anderen spielen. Wir sollten uns auch andere Freunde suchen. Ich kann es ihnen nicht verdenken.

Hoyt Parker, Elizabeths Vater, war noch nicht zu Hause, also unterhielten Kim und ich uns ein bisschen über Gott und die Welt – oder, um es anders auszudrücken, über alles außer Elizabeth. Ich sah Kim die ganze Zeit an, weil ich wusste, dass auf dem Kaminsims jede Menge Fotos der herzzerreißend lächelnden Elizabeth standen.

Sie lebt …

Ich glaubte es selbst nicht. Wie ich aus der psychologischen Ausbildung im Medizinstudium weiß (von meiner Familiengeschichte gar nicht zu reden), besitzt das Gehirn eine unglaubliche Kraft, Fakten zu entstellen. Ich hielt mich nicht für so verrückt, dass ich Elizabeths Bildnis heraufbeschwor, doch das tun Verrückte eigentlich nie. Ich dachte an meine Mutter und fragte mich, inwieweit sie sich ihrer geistigen Verwirrung bewusst oder ob sie überhaupt zu einer realistischen Selbsteinschätzung fähig war.

Wahrscheinlich nicht.

Kim und ich sprachen über das Wetter. Wir sprachen über meine Patienten. Wir sprachen über ihren neuen Teilzeitjob bei Macy's. Und dann hätte Kims Frage mich vor Überraschung fast umgeworfen.

»Hast du eine Freundin?«, erkundigte sie sich.

Das war die erste wirklich persönliche Frage, die sie mir je gestellt hatte. Ich wich etwas zurück. Dann fragte ich mich, was sie von mir hören wollte. »Nein«, sagte ich.

Sie nickte und sah aus, als wollte sie noch etwas dazu sagen. Sie fuhr sich mit der Hand übers Gesicht.

»Aber ich verabrede mich gelegentlich mit Frauen«, fügte ich hinzu.

»Gut«, antwortete sie mit einem fast euphorischen Nicken.

»Das musst du auch.«

Ich blickte auf meine Hände herab und war selbst überrascht, als ich mich sagen hörte: »Sie fehlt mir immer noch sehr.« Das hatte ich nicht geplant. Ich hatte schweigen und unseren üblichen, sicheren Pfad nicht verlassen wollen. Ich sah ihr ins Gesicht. Ihre Miene wirkte gequält, aber dankbar.

»Ich weiß, Beck«, sagte Kim. »Aber du darfst keine Schuldgefühle haben, wenn du dich mit anderen Frauen triffst.«

»Habe ich auch nicht«, erwiderte ich. »Das ist nicht das Problem.«
Sie beugte sich zu mir. »Was dann?«

Ich konnte nicht sprechen. Ich wollte. Ihr zuliebe. Sie sah mich
mit ihren innerlich zersprungenen Augen an, und ihr Bedürfnis,
über ihre Tochter zu reden, war so akut, so unübersehbar. Trotzdem
konnte ich es nicht. Ich schüttelte den Kopf.

Ich hörte, wie ein Schlüssel ins Schloss gesteckt wurde. Wir drehten uns um und richteten uns auf, wie zwei Liebende, die man in
flagranti erwischt hatte. Hoyt Parker öffnete die Tür und rief den
Namen seiner Frau. Er trat ins Wohnzimmer und stellte laut seuf-
zend eine Sporttasche ab. Seine Krawatte war gelockert, das Hemd
zerknittert, die Ärmel waren bis zu den Ellbogen hochgekrempelt.
Hoyt hatte Unterarme wie Popeye. Als er uns auf der Couch sitzen
sah, seufzte er noch einmal, diesmal nachdrücklicher und mit mehr
als einem Anflug von Missfallen.

»Wie geht's, David?«, fragte er.

Wir schüttelten uns die Hände. Sein Händedruck war wie immer
kratzig von den Schwielen und zu fest. Kim entschuldigte sich und
verließ das Zimmer. Hoyt und ich tauschten ein paar Höflichkeitsfloskeln aus, dann wurde es still. Hoyt Parker hatte sich in meiner
Gegenwart nie wohl gefühlt. Vielleicht spielte da ein kleiner Elek-
tra-Komplex mit hinein, aber ich glaube, er hat mich immer als Bedrohung gesehen. Ich verstand das. Seine kleine Tochter hatte ihre
ganze Zeit mit mir verbracht. Im Lauf der Jahre war es uns gelungen, diese Abneigung ein wenig zurückzudrängen, und wir hatten
eine Art rivalisierender Freundschaft aufgebaut. Bis zu Elizabeths
Tod.

Er gibt mir die Schuld für das, was passiert ist.

Das hat er natürlich nie so gesagt, doch ich sehe es in seinen Au-
gen. Hoyt Parker ist ein stämmiger, kräftiger Mann. Absolut zu-
verlässig, ein waschechter Amerikaner. In seiner Gegenwart hatte
Elizabeth sich immer uneingeschränkt sicher gefühlt. Hoyt hat diese
Beschützer-Aura. Solange Big Hoyt an ihrer Seite war, würde seiner
Kleinen nichts passieren.

Ich glaube nicht, dass Elizabeth sich bei mir jemals so sicher gefühlt hat.

»Auf der Arbeit alles okay?«, fragte Hoyt.

»Alles bestens«, sagte ich. »Und bei dir?«

»Noch ein Jahr bis zur Rente.«

Ich nickte und wir hüllten uns wieder in Schweigen. Auf der Fahrt
hierher hatte ich beschlossen, nichts von dem zu sagen, was ich auf
dem Computermonitor gesehen hatte. Nicht weil es durchgeknallt
klang. Nicht weil es alte Wunden aufreißen und beiden höllisch wehtun würde. Tatsache war, dass ich nicht den geringsten Schimmer
hatte, was da eigentlich vorging. Je mehr Zeit verging, desto unwirk-
licher kam es mir vor. Außerdem hatte ich mich entschieden, mir die
letzte E-Mail zu Herzen zu nehmen. *Kein Sterbenswort.* Ich hatte
zwar keine Ahnung, wieso nicht und was das Ganze sollte, aber dieser
wie auch immer hergestellte Kontakt schien entsetzlich fragil zu sein.

Trotzdem achtete ich sorgfältig darauf, dass Kim außer Hörweite
war, bevor ich mich zu Hoyt hinüberbeugte und flüsterte: »Kann ich
dich was fragen?«

Er antwortete nicht, sondern sah mich stattdessen mit seinem typischen skeptischen Blick an.

»Ich möchte wissen …«, ich brach ab. »Ich möchte wissen, wie ihr
sie vorgefunden habt.«

»Sie vorgefunden?«

»Ich meine, als ihr damals im Leichenschauhaus wart. Was habt
ihr da gesehen?«

Etwas ging in seinem Gesicht vor. Als würden winzige Explosio-
nen das Fundament erschüttern. »Herrgott noch mal, warum interessiert dich das?«

»Ist mir bloß so durch den Kopf gegangen«, sagte ich lahm. »Wegen des Jahrestags und so.«

Unvermittelt stand er auf und wischte sich mit den Handflächen
über die Hose. »Willst du einen Drink?«

»Gern.«

»Bourbon?«

»Prima.«

Er ging zu einem alten Getränkewägelchen am Kamin – wo die Fotos standen. Ich sah zu Boden.

»Hoyt«, probierte ich es noch einmal.

Er schraubte eine Flasche auf. »Du bist Arzt«, sagte er und zeigte mit einem Glas auf mich. »Du hast mehr als eine Leiche gesehen.«

»Ja.«

»Dann weißt du, wie Tote aussehen.« Das tat ich.

Er brachte mir meinen Drink. Ich griff etwas überhastet danach und trank einen kräftigen Schluck. Er sah mich an und hob sein Glas an die Lippen.

»Ich weiß, ich habe dich nie nach den Einzelheiten gefragt«, setzte ich an. Mehr noch, ich hatte sie bewusst gemieden. Andere *Angehörige des Opfers,* wie die Medien uns nannten, hatten sich darin gesuhlt. Sie waren jeden Tag bei KillRoys Prozess erschienen, hatten zugehört und geheult. Ich nicht. Ich glaube, es half ihnen, ihren Kummer zu kanalisieren. Ich hatte mich entschlossen, meinen gegen mich selbst zu richten.

»Du willst die Einzelheiten nicht wissen, Beck.«

»Hatte man sie geschlagen?«

Hoyt betrachtete seinen Drink. »Warum tust du das?«

»Ich muss es wissen.«

Er sah mich prüfend über sein Glas hinweg an. Sein Blick glitt über mein Gesicht. Es fühlte sich an, als bohrte er sich in meine Haut. Ich sah ihm unverwandt in die Augen.

»Ja, sie hatte Blutergüsse und Hautabschürfungen.«

»Wo?«

»David …«

»Im Gesicht?«

Seine Augen verengten sich, als hätte er etwas Unerwartetes entdeckt. »Ja.«

»Auch am Körper?«

»Ich habe mir ihren Körper nicht angesehen«, sagte er. »Aber ich weiß, dass die Antwort Ja lautet.«

»Warum hast du dir ihren Körper nicht angesehen?«

»Ich war als Vater da, nicht als Ermittler – ich sollte sie nur iden-tifizieren.«

»War es leicht?«, fragte ich.

»Was war leicht?«

»Sie zu identifizieren. Du hast doch gesagt, dass sie Blutergüsse und Hautabschürfungen im Gesicht hatte.«

Er erstarrte. Er stellte seinen Drink ab und mit wachsendem Un-behagen wurde mir klar, dass ich zu weit gegangen war. Ich hätte bei meinem Plan bleiben und einfach den Mund halten sollen.

»Willst du das wirklich alles hören?« Nein, dachte ich. Aber ich nickte.

Hoyt Parker lehnte sich zurück und verschränkte die Arme. »Ein Auge war zugeschwollen. Die Nase war gebrochen und platt ge-drückt wie nasser Lehm. Sie hatte einen Schnitt auf der Stirn, der wahrscheinlich von einem Teppichmesser stammte. Ihr Kiefer war so weit ausgerenkt, dass sämtliche Sehnen gerissen waren.« Er sprach mit vollkommen monotoner Stimme. »In ihre rechte Wange war der Buchstabe K eingebrannt. Man konnte die verkohlte Haut noch deutlich riechen.«

Mein Magen krampfte sich zusammen.

Hoyt sah mir mit festem Blick in die Augen. »Weißt du, was das Schlimmste daran war, Beck?«

Ich sah ihn an und wartete.

»Ich wusste es trotzdem sofort«, sagte er. »Ich habe sie sofort er-kannt.«

7

CHAMPAGNERFLÖTEN KLIMPERTEN IM EINKLANG mit einer Mozart-Sonate. Eine Harfe untermalte das gedämpfte Partygeplapper. Griffin Scope schlängelte sich zwischen den schwarzen Smokings und den schimmernden Abendkleidern hindurch. In ihren Beschreibungen von Griffin Scope verwendeten die Leute zuerst immer das gleiche Wort: Milliardär. Danach bezeichneten sie ihn vielleicht noch als Geschäftsmann oder als Börsenmakler, oder sie erwähnten, dass er hoch gewachsen, Ehemann, Großvater oder 70 Jahre alt war. Manchmal sagten sie noch etwas zu seinem Charakter, seinem Stammbaum oder seinem Arbeitsethos. Doch das erste Wort − in Zeitungen, im Fernsehen, in irgendwelchen Listen, in denen sein Name erschien − war immer das M-Wort. Milliardär. Der Milliardär Griffin Scope.

Griffin war reich geboren worden. Sein Großvater hatte früh eine Industrie aufgebaut. Sein Vater hatte das Vermögen vergrößert. Griffin hatte es vervielfacht. Die meisten Familienimperien zerfallen vor der dritten Generation. Nicht so das der Scopes. Zum großen Teil lag das an ihrer Erziehung. So war Griffin zum Beispiel nicht auf eine angesehene Privatschule wie Exeter oder Lawrenceville gegangen wie die meisten seiner Bekannten. Sein Vater hatte nicht nur darauf bestanden, dass Griffin auf eine staatliche Schule ging, er wurde dazu sogar noch in die nächste größere Stadt, also nach Newark, geschickt. Sein Vater besaß dort mehrere Büros, es war also kein Problem, einen falschen Wohnsitz anzugeben.

Der Osten Newarks war damals keine schlechte Gegend − nicht so wie jetzt, wo ein vernunftbegabter Mensch da kaum noch hindurchfahren mag. Es war ein echter Arbeiterbezirk, rau, aber nicht gefährlich.

Griffin hatte sich pudelwohl gefühlt.

Zu seinen besten Freunden aus dieser Highschool-Zeit hatte er auch 50 Jahre später noch Kontakt. Loyalität war eine seltene Eigenschaft – wenn Griffin ihr begegnete, legte er Wert darauf, sie zu belohnen. Viele der Gäste, die heute Abend hier waren, kannte er noch von damals aus Newark. Manche arbeiteten sogar für ihn, wobei er allerdings genau darauf achtete, nicht Tag für Tag als Chef mit ihnen zusammenzuarbeiten.

Mit der heutigen Gala wurde das gefeiert, was Griffin Scope am meisten am Herzen lag: die Brandon Scope Memorial Charity, eine Wohltätigkeitsorganisation, die nach Griffins ermordetem Sohn benannt war. Zur Gründung der Stiftung hatte Griffin 100 Millionen Dollar gespendet. Viele reiche Freunde hatten den Betrag schnell aufgestockt. Griffin war nicht dumm. Er wusste, dass viele spendeten, um sich bei ihm einzuschmeicheln. Doch das war nicht alles. Während seines allzu kurzen Lebens hatte Brandon Scope die Menschen berührt. Die Natur hatte den Jungen von Geburt an mit so viel Glück und Talent beschenkt, dass er ein fast überirdisches Charisma besaß. Die Menschen fühlten sich zu ihm hingezogen.

Randall, Griffins anderer Sohn, war ein guter Junge gewesen und zu einem guten Mann herangewachsen. Aber Brandon ... Brandon hatte einen Zauber in sich getragen.

Wieder erfasste ihn der Schmerz. Er war natürlich nie ganz verschwunden. Inmitten des Händeschüttelns und Schulterklopfens war der Kummer immer an seiner Seite, tippte Griffin auf den Arm, flüsterte ihm ins Ohr, erinnerte ihn daran, dass sie Partner fürs Leben waren.

»Tolle Party, Griff.«

Griffin sagte *Danke* und ging weiter. Die Frauen waren gut frisiert und trugen Kleider, die hübsche nackte Schultern betonten; sie passten gut zu den vielen Eisskulpturen – ein Steckenpferd seiner Frau Allison –, die langsam auf importierten Leinentischtüchern dahinschmolzen. Auf die Mozart-Sonate folgte eine von Chopin. Kellner mit weißen Handschuhen drehten ihre Runden mit Silbertabletts voll Shrimps aus Malaysia, Rinderfilets aus Omaha und einem Sortiment eigenartiger Snacks, bei denen eingelegte getrocknete Tomaten offenbar nie fehlen durften.

Er trat zu Linda Beck, der jungen Dame, die den Vorsitz von Brandons Stiftung innehatte. Lindas Vater war ebenfalls ein alter Klassenkamerad in Newark gewesen, und sie war, wie so viele, irgendwie mit dem riesigen Scope-Besitz verbunden. Schon in der Highschool hatte sie angefangen, für verschiedene Scope-Unternehmen zu arbeiten. Sowohl ihre als auch die Ausbildung ihres Bruders waren mit Scope-Stipendien finanziert worden.

»Sie sehen umwerfend aus«, sagte er zu ihr, obwohl er eigentlich den Eindruck hatte, dass sie etwas erschöpft wirkte.

Linda Beck lächelte ihm zu. »Vielen Dank, Mr Scope.«

»Wie oft habe ich Ihnen schon gesagt, dass Sie mich Griff nennen sollen?«

»Mindestens hundert Mal«, antwortete sie.

»Wie geht's Shauna?«

»Ich fürchte, sie ist zurzeit nicht ganz auf dem Posten.«

»Richten Sie ihr meine besten Wünsche aus.«

»Mach ich, vielen Dank.«

»Wir sollten uns nächste Woche mal unterhalten.«

»Ich lass mir von Ihrer Sekretärin einen Termin geben.«

»Gut.«

Griffin gab ihr einen Kuss auf die Wange. In diesem Moment erblickte er Larry Gandle im Foyer. Larry wirkte ungepflegt, sein Blick war verschleiert, andererseits sah er eigentlich immer so aus. Man konnte ihn in einen maßgeschneiderten Joseph-Abboud-Anzug stecken, trotzdem sah er nach einer Stunde aus, als hätte er sich gebalgt.

Larry Gandle sollte eigentlich nicht hier sein.

Die Blicke der beiden Männer trafen sich. Larry nickte einmal und wandte sich ab. Griffin wartete noch ein paar Sekunden und folgte seinem jungen Freund dann den Flur hinunter.

Larrys Vater Edward war ebenfalls ein Klassenkamerad von Griffin in Newark gewesen. Vor zwölf Jahren war Edward Gandle überraschend an einem Herzanfall gestorben. Jammerschade. Edward war ein guter Mann gewesen. Seitdem hatte sein Sohn die Rolle als engster Vertrauter der Scopes übernommen.

Die beiden Männer traten in Griffins Bibliothek. Früher war die Bibliothek ein wunderschöner Raum aus Eiche und Mahagoni gewesen, mit Bücherregalen bis unter die Decke und antiken Globen. Vor zwei Jahren hatte Allison in einem Anfall von Postmodernismus beschlossen, dass der Raum eine Runderneuerung brauchte. Sie hatte das Holz herausreißen und den Raum weiß, glatt und funktionell einrichten lassen, so dass er jetzt die Atmosphäre eines Dienstzimmers ausstrahlte. Allison war so stolz auf ihr Werk gewesen, dass Griffin es nicht übers Herz gebracht hatte, ihr zu sagen, wie furchtbar er es fand.

»Gab es heute Abend irgendwelche Probleme?«, erkundigte sich Griffin.

»Nein«, sagte Larry.

Griffin bot Larry einen Platz an. Larry ignorierte ihn und fing an, im Zimmer auf und ab zu gehen.

»War es schlimm?«, fragte Griffin.

»Wir mussten sichergehen, dass damit wirklich alles erledigt ist.«

»Natürlich.«

Jemand hatte Griffins Sohn Randall angegriffen – also schlug Griffin zurück. Diese Lektion würde er nie vergessen. Man lehnt sich nicht zurück, wenn jemand unter Beschuss gerät, den man liebt. Und man benimmt sich nicht wie die Regierung mit ihren *angemessenen Reaktionen* und diesem ganzen Unfug. Wenn einen jemand verletzt, müssen Mitleid und Gnade hintangestellt werden. Der Feind wird ausgelöscht. Und man hinterlässt nichts als verbrannte Erde. Diejenigen, die diese Philosophie verschmähten, sie für unnötig machiavellistisch hielten, waren im Endeffekt meist für unnötige und übermäßige Zerstörung verantwortlich.

Letztlich wird weniger Blut vergossen, wenn man Probleme schnell aus der Welt schafft.

»Also, was ist los?«, wollte Griffin wissen.

Larry ging weiter auf und ab. Er rieb sich die hohe Stirn. Griffin gefiel ganz und gar nicht, was er sah. Larry war nicht leicht aus der Ruhe zu bringen. »Ich hab dich noch nie belogen, Griff«, sagte er.

»Ich weiß.«

»Aber gelegentlich muss man sich … abschotten.«

»Abschotten?«

»Wenn es zum Beispiel darum geht, wen ich engagiere. Ich nenne dir nie ihre Namen. Ich nenne ihnen auch keine Namen.«

»Das ist Kleinkram.«

»Ja.«

»Was ist los, Larry?«

Er blieb stehen. »Du wirst dich erinnern, dass wir vor acht Jahren zwei Männer für eine ganz bestimmte Aufgabe engagiert haben.«

Die Farbe wich aus Griffins Gesicht. Er schluckte. »Und sie haben diese Aufgabe hervorragend gelöst.«

»Ja. Na ja, vielleicht.«

»Ich kann dir nicht folgen.«

»Sie haben ihre Aufgabe erledigt. Oder zumindest einen Teil davon. Die Bedrohung war anscheinend eliminiert.«

Obwohl das Haus wöchentlich auf Wanzen untersucht wurde, nannten die beiden Männer niemals irgendwelche Namen. Eine Regel im Hause Scope. Larry Gandle hatte sich mehrfach gefragt, ob dies eine Vorsichtsmaßnahme war oder dazu diente, das, was sie gelegentlich tun mussten, unpersönlicher zu gestalten. Letzteres schien ihm wahrscheinlicher.

Griffin ließ sich in einen Sessel fallen, als hätte ihm jemand einen Stoß versetzt. Leise sagte er: »Warum fängst du jetzt davon an?«

»Ich weiß, wie sehr dich das schmerzen muss.« Griffin antwortete nicht.

»Ich habe die beiden Männer gut bezahlt«, fuhr Larry fort.

»Das hatte ich auch nicht anders erwartet.«

»Ja.« Er räusperte sich. »Na ja, nach dem Vorfall sollten die beiden für eine Weile untertauchen. Eine reine Vorsichtsmaßnahme.«

»Und weiter?«

»Wir haben nie wieder etwas von ihnen gehört.«

»Aber sie hatten ihr Geld schon bekommen, richtig?«

»Ja.«

»Wieso überrascht dich das dann? Vielleicht sind sie mit ihrem neuen Reichtum geflohen. Vielleicht sind sie in eine andere Stadt gezogen oder haben sich neue Namen zugelegt.«

»Davon«, sagte Larry, »sind wir bisher ausgegangen.«

»Aber?«

»Letzte Woche wurden ihre Leichen gefunden. Sie sind tot.«

»Ich verstehe immer noch nicht, wo das Problem liegt? Sie waren gewalttätige Menschen. Wahrscheinlich sind sie einer Gewalttat zum Opfer gefallen.«

»Die Leichen waren alt.«

»Alt?«

»Sie waren schon seit mindestens fünf Jahren tot. Und sie waren an dem See begraben, an dem … an dem sich der Vorfall ereignet hat.«

Griffin öffnete den Mund, schloss ihn wieder und setzte noch einmal an. »Das verstehe ich nicht.«

»Ich ehrlich gesagt auch nicht.«

Zu viel. Das war ihm alles zu viel. Angesichts der Gala zu Brandons Ehren und dem ganzen Drumherum hatte Griffin den ganzen Abend die Tränen unterdrücken müssen. Jetzt kam die Tragödie des Mordes an Brandon plötzlich wieder hoch. Er musste sich mit aller Kraft zusammenreißen.

Griffin sah zu seinem Vertrauten auf. »Das darf nicht wieder von vorn anfangen.«

»Ich weiß, Griff.«

»Wir müssen herausbekommen, was passiert ist. Und zwar bis ins Detail.«

»Ich hab ihre alten Freunde und Bekannten immer im Auge behalten. Besonders ihren Ehemann. Für alle Fälle. Jetzt habe ich alle unsere Leute darauf angesetzt.«

»Gut«, sagte Griffin. »Was es auch kostet, das muss aus der Welt. Und mir ist vollkommen egal, wer dabei noch in Mitleidenschaft gezogen wird.«

»Verstehe.«

»Und Larry?« Gandle wartete.

»Ich kenne den Namen eines Mannes, den du öfter mal enga-
gierst.« Er meinte Eric Wu. Griffin Scope wischte sich die Augen
und machte sich wieder auf den Weg zu seinen Gästen. »Lass ihn das
machen.«

8

SHAUNA UND LINDA HABEN EINE DREIZIMMERWOHNUNG an der Ecke Riverside Drive und 116nd Street, nahe der Columbia University gemietet. Ich fand nur einen Block weit entfernt einen Parkplatz, ein Ereignis, das normalerweise von der Teilung eines Meeres oder dem Erscheinen mehrerer Steintafeln begleitet wird.

Shauna öffnete mir mit dem Summer die Tür. Linda war noch nicht von ihrem Empfang zurück. Mark schlief. Ich schlich auf Zehenspitzen in sein Zimmer und küsste ihn auf die Stirn. Mark war noch immer auf dem Pokémon-Trip, und das sah man. Er hatte Pikachu-Bettwäsche und hielt eine Schiggy-Puppe im Arm. Die Leute äußern sich kritisch über diese Mode, mich jedoch erinnert sie an meine Kindheits-Manie in Bezug auf Batman und Captain America. Ich betrachtete ihn noch ein paar Sekunden lang. Es mag zwar ein Klischee sein, trotzdem finde ich, dass es tatsächlich immer wieder die kleinen Dinge im Leben sind.

Shauna wartete in der Tür. Als wir wieder ins Wohnzimmer gingen, fragte ich: »Was dagegen, wenn ich mir einen Drink einschenke?«

Shauna zuckte die Achseln. »Bedien dich.«

Ich goss mir zwei Fingerbreit Bourbon ins Glas. »Nimmst du auch einen?«

Sie schüttelte den Kopf.

Wir setzten uns aufs Sofa. »Wann kommt Linda nach Hause?«

»Keine Ahnung«, sagte Shauna langsam. Die Art, wie sie das sagte, gefiel mir ganz und gar nicht.

»Mist«, sagte ich.

»Das geht vorbei, Beck. Ich liebe Linda, das weißt du.«

»Mist«, sagte ich noch einmal.

Letztes Jahr hatten Linda und Shauna sich für zwei Monate getrennt. Das war nicht gut gewesen, besonders für Mark nicht.

»Ich zieh nicht aus oder so was«, beschwichtigte Shauna.

»Verrätst du mir, was dann los ist?«

»Das Gleiche wie immer. Ich habe diesen glamourösen, hoch bezahlten Job. Ich bin die ganze Zeit von schönen und interessanten Menschen umgeben. Das ist alles nicht neu, oder? Das kennen wir schon. Auf jeden Fall meint Linda plötzlich, ich würde anderen hinterherschauen.«

»Tust du auch«, sagte ich.

»Ja, natürlich, aber das kennen wir auch schon, oder?«

Ich antwortete nicht.

»Am Ende lande ich immer wieder zu Hause bei Linda.«

»Und du machst auch nie irgendwelche Umwege?«

»Selbst wenn, spielt das keine Rolle. Das weißt du doch. Im Käfig gefällt's mir nicht. Ich brauch das Rampenlicht.«

»Hübscher Metaphernmix«, sagte ich.

»Aber wenigstens reimt sich's.« Schweigend trank ich einen Schluck.

»Beck?«

»Ja?«

»Du bist dran.«

»Was meinst du damit?«

Sie sah mich eindringlich an und wartete.

Ich dachte an die letzten Worte der E-Mail: *Kein Sterbenswort*. Wenn die Nachricht wirklich von Elizabeth war – ich hatte immer noch Schwierigkeiten, diesen Gedanken zu formulieren –, dann wusste sie, dass ich Shauna davon erzählen würde. Linda vielleicht nicht. Aber Shauna? Ich erzähle ihr alles. Das musste sie einkalkuliert haben.

»Es wäre möglich«, sagte ich, »dass Elizabeth noch lebt.« Shauna verzog keine Miene. »Sie ist mit Elvis durchgebrannt, stimmt's?« Als sie mein Gesicht sah, wurde sie ernst und sagte: »Erzähl.«

Das tat ich. Ich erzählte ihr von der E-Mail. Ich erzählte von der Street-Cam. Und ich erzählte ihr, dass ich Elizabeth auf dem Computermonitor gesehen hatte. Shauna sah mich die ganze Zeit an. Sie nickte weder, noch unterbrach sie mich. Als ich fertig war, holte sie behutsam eine Zigarette aus der Schachtel und steckte sie sich in den Mund. Shauna hatte schon vor Jahren aufgehört zu rauchen, spielte aber gerne damit herum. Sie studierte den Sargnagel, drehte ihn vor ihren Augen hin und her, als wäre ihr so etwas noch nie untergekommen. Ich konnte fast sehen, wie die Zahnräder in ihrem Hirn ineinander griffen.

»Okay«, sagte sie. »Morgen Abend um zwanzig Uhr fünfzehn soll also die nächste Nachricht kommen, stimmt's?«

Ich nickte.

»Also warten wir.«

Sie steckte die Zigarette zurück in die Schachtel.

»Du hältst das nicht für verrückt?«

Shauna zuckte die Achseln. »Spielt keine Rolle«, sagte sie.

»Will sagen?«

»Es gibt diverse plausible Erklärungen für das, was du mir eben erzählt hast.«

»Und eine davon ist, dass ich übergeschnappt bin.«

»Ja, das ist eine der wahrscheinlicheren. Aber was bringt es uns, hier herumzuspekulieren? Gehen wir mal davon aus, dass es stimmt. Gehen wir einfach mal davon aus, dass du das, was du gesehen zu haben glaubst, wirklich gesehen hast und dass Elizabeth noch lebt. Wenn wir daneben liegen, dann erfahren wir das noch früh genug. Wenn es stimmt …« Sie massierte sich die Augenbrauen, dachte darüber nach und schüttelte den Kopf. »Herrgott, ich hoffe einfach mal, dass es stimmt.«

Ich lächelte sie an. »Ich liebe dich, weißt du das?«

»Ja«, sagte sie. »Das tun alle.«

Als ich nach Hause kam, schenkte ich mir noch einen letzten schnellen Drink ein. Ich nahm einen kräftigen Schluck und spürte der Wärme nach, als der Bourbon seinen wohlbekannten Weg nach unten nahm. Ja, ich trinke. Aber ich bin kein Trinker. Das heißt nicht, dass ich das Problem nur leugne. Ich weiß, dass ich mit dem Konzept des Alkoholismus flirte. Ich weiß auch, dass ein Flirt mit dem Alkoholismus ungefähr so ungefährlich ist wie ein Flirt mit der minderjährigen Tochter eines Mafiabosses. Doch mein Flirt hat bisher keine weiteren Konsequenzen nach sich gezogen. Ich bin klug genug, zu wissen, dass das nicht so bleiben muss.

Chloe schlich sich mit ihrem üblichen Gesichtsausdruck an mich heran, den man auf folgenden Nenner bringen könnte: fressen, spazieren gehen, fressen, spazieren gehen. Hunde sind wundervoll beständige Wesen. Ich warf ihr etwas zu naschen hin und ging mit ihr um den Block. Die kühle Luft tat mir gut, einen klaren Kopf habe ich vom Spazierengehen allerdings noch nie bekommen. Eigentlich ist Spazierengehen sterbenslangweilig. Aber ich beobachtete Chloe gern dabei. Ich weiß, dass das seltsam klingt, aber einen Hund macht diese einfache Tätigkeit so ungeheuer glücklich. Sie so zu sehen, versetzte wiederum mich in einen Zen-artigen Glückszustand. Als wir wieder zu Hause waren, ging ich schweigend in mein Schlafzimmer. Chloe folgte mir. Opa schlief. Seine Krankenschwester auch. Sie schnarchte und pfiff beim Ausatmen wie in einem Cartoon. Ich schaltete meinen Computer ein und fragte mich, warum Sheriff Lowell nicht zurückgerufen hatte. Ich überlegte, ob ich ihn noch anrufen sollte, obwohl es schon fast Mitternacht war.

Dann dachte ich: Sein Pech.

Ich nahm den Hörer ab und wählte. Lowell hatte ein Handy. Wenn er schlief, konnte er es ja ausschalten.

Nach dem dritten Klingeln ging er ran. »Hallo, Dr. Beck.«

Er klang streng. Außerdem fiel mir auf, dass ich nicht mehr *Doc* war.

»Warum haben Sie nicht zurückgerufen?«, fragte ich.

»Es war spät geworden«, sagte er. »Ich dachte, ich erwische Sie morgen Vormittag.«

»Warum haben Sie nach Sarah Goodhart gefragt?«

»Morgen«, sagte er.

»Wie bitte?«

»Es ist spät, Dr. Beck. Ich bin nicht mehr im Dienst. Außerdem halte ich es für besser, wenn wir über diese Sache von Angesicht zu Angesicht reden.«

»Können Sie mir nicht wenigstens sagen …?«

»Sind Sie morgen Vormittag in der Klinik?«

»Ja.«

»Dann ruf ich Sie da an.«

Er wünschte mir freundlich, aber entschieden eine gute Nacht, dann beendete er das Gespräch. Ich glotzte den Hörer an und fragte mich, was das denn jetzt wieder bedeuten sollte.

Schlafen konnte ich sowieso nicht. Den größten Teil der Nacht verbrachte ich im Internet, surfte von einer Großstadt-Street-Cam zur nächsten und hoffte, zufällig auf die richtige zu stoßen. Eine High-Tech-Nadel im weltweiten Heuhaufen.

Irgendwann hörte ich auf und legte mich ins Bett. Als Arzt lernt man, geduldig zu sein. Ich mache mit Kindern regelmäßig Tests, deren Ergebnisse ihr Leben verändern, wenn nicht gar bedrohen können, und sage ihnen und ihren Eltern, dass sie auf die Resultate warten müssen. Sie haben keine Wahl. Das Gleiche kann man vielleicht auch über diese Situation sagen. Im Moment gab es zu viele Variablen. Vielleicht erfuhr ich morgen mehr, wenn ich mich unter dem Usernamen Bat Street und dem Passwort Teenage bei Bigfoot eingeloggt hatte.

Eine Zeit lang starrte ich zur Decke hinauf. Dann sah ich nach rechts – dort hatte Elizabeth geschlafen. Ich war immer zuerst eingeschlafen. Ich hatte dagelegen wie jetzt, sie von der Seite angesehen, während sie sich ganz auf ihr Buch konzentrierte. Das war das Letzte gewesen, was ich sah, bevor ich die Augen schloss und einschlief.

Ich drehte mich um und schaute in die andere Richtung.

Um vier Uhr morgens blickte Larry Gandle über Eric Wus blond gefärbte Locken hinweg. Wu war unglaublich diszipliniert. Wenn er nicht trainierte, saß er am Computer. Sein Teint war schon vor vielen tausend Internet-Sitzungen in ein kränkliches, leicht bläuliches Weiß umgeschlagen, körperlich jedoch war er voll auf der Höhe.

»Und?«, fragte Gandle.

Wu nahm den Kopfhörer ab. Dann verschränkte er die Marmorsäulen-Arme vor der Brust. »Ich bin verwirrt.«

»Erklär mir, was los ist.«

»Dr. Beck hat kaum eine E-Mail gespeichert. Nur ganz wenige, in denen es um Patienten geht. Nichts Privates. Und plötzlich bekommt er in den letzten beiden Tagen zwei bizarre Mails.« Ohne den Blick vom Bildschirm zu nehmen, reichte Eric Wu zwei Ausdrucke über seine bowlingkugelgroße Schulter. Larry Gandle sah sich die E-Mails stirnrunzelnd an.

»Was bedeutet das?«

»Ich habe keine Ahnung.«

Gandle überflog die Nachricht, in der etwas vom Klicken zur *Kusszeit* stand. Er kannte sich mit Computern nicht aus und wollte sich auch nicht damit befassen. Er las die Mail noch einmal von vorn und blieb am Betreff hängen.

E.P. + D.B., und dahinter ein paar Striche.

Gandle dachte darüber nach. D.B. könnte David Beck heißen. Und E.P. …

Die Bedeutung traf ihn wie ein Klavier, das jemand aus dem dritten Stock hatte fallen lassen. Langsam gab er Wu die Zettel zurück.

»Von wem ist das?«, fragte Gandle.

»Ich weiß es nicht.«

»Finde es raus.«

»Unmöglich«, erwiderte Wu.

»Warum?«

»Der Absender hat es über einen anonymen Remailer geschickt.« Wu hatte eine geduldige, fast schon unheimlich monotone Stimme. Er redete immer so, egal ob er übers Wetter sprach oder einem den Arsch aufriss. »Ich will hier nicht in Computerjargon verfallen, aber man kann diese Mail nicht zurückverfolgen.«

Gandle konzentrierte sich auf die zweite E-Mail; die mit der Bat Street und Teenage. Er wurde nicht klug daraus.

»Was ist mit der hier? Kannst du die zurückverfolgen?«

Wu schüttelte den Kopf. »Kommt auch von einem anonymen Remailer.«

»Sind beide vom selben Absender?«

»Da kann ich nur raten, und das kannst du genauso gut.«

»Was ist mit dem Inhalt? Verstehst du, worum es geht?«

Wu drückte ein paar Tasten und die erste E-Mail erschien auf dem Bildschirm. Er zeigte mit einem kräftigen, sehnigen Finger auf den Monitor. »Siehst du die blauen Buchstaben da? Das ist ein Link. Dr. Beck brauchte ihn nur anzuklicken, dann kam er irgendwo hin, wahrscheinlich auf eine Website.«

»Was für eine Website?«

»Der Link führt ins Nichts. Auch den kann man nicht zurückverfolgen.«

»Und Beck sollte das zur *Kusszeit* tun?«

»So steht's da.«

»Ist Kusszeit ein Computerausdruck?«

Wu grinste beinahe. »Nein.«

»Du weißt also nicht, worauf sich die E-Mail bezieht?«

»So ist es.«

»Nicht einmal, ob die Kusszeit schon vorbei ist oder nicht?«

»Sie ist vorbei«, sagte Wu.

»Woher weißt du das?«

»Sein Browser ist so eingerichtet, dass er die letzten zwanzig Websites auflistet, auf denen er gewesen ist. Er hat auf den Link geklickt. Sogar mehrfach.«

»Aber, äh, du kannst ihm nicht dahin folgen?«

»Nein. Der Link ist nutzlos.«

»Was ist mit der anderen E-Mail?«

Wu drückte noch ein paar Tasten. Die zweite Mail erschien auf dem Bildschirm. »Die hier ist einfacher. Eigentlich ist es sogar sehr simpel.«

»Okay. Erzähl.«

»Der anonyme Absender hat für Dr. Beck ein E-Mail-Konto eingerichtet«, erläuterte Wu. »Er hat Dr. Beck den Usernamen und das Passwort gegeben und wieder auf die Kusszeit verwiesen.«

»Wenn ich das richtig verstanden habe«, sagte Gandle, »geht Beck also auf diese Website. Er gibt den Usernamen und das Passwort ein und findet dort eine Nachricht?«

»Theoretisch müsste es so laufen.«

»Können wir das auch machen?«

»Uns mit dem Usernamen und dem Passwort einloggen?«

»Ja. Und die Nachricht lesen.«

»Hab ich schon versucht. Das Konto gibt es noch nicht.«

»Wieso nicht?«

Eric Wu zuckte die Achseln. »Vielleicht richtet der anonyme Absender das Konto erst später ein. Kurz vor der Kusszeit.«

»Und was sagt uns das alles?«

»Um es ganz einfach zu sagen« – das Licht vom Bildschirm spiegelte sich in Wus glänzenden Augen –, »gibt sich hier jemand sehr viel Mühe, anonym zu bleiben.«

»Und wie kriegen wir jetzt raus, wer es ist?«

Wu hielt ein kleines Gerät hoch, das aussah, als könnte man es in einem Transistorradio finden. »Wir haben in seinem Computer in der Klinik und in dem, den er zu Hause hat, je eins von den Dingern hier installiert.«

»Was ist das?«

»Ein Netz-Tracker. Er überträgt Signale von seinem Computer zu meinem. Wenn Dr. Beck irgendwelche Mails bekommt oder Websites besucht, selbst wenn er nur einen einzigen Buchstaben eingibt, können wir das in Echtzeit überwachen.«

»Also warten wir und beobachten«, sagte Gandle.

»Ja.«

Gandle dachte über das nach, was Wu ihm gerade erzählt hatte – über die Mühe, die sich jemand machte, um anonym zu bleiben –, und in seinem Bauch machte sich ein unangenehmes Kribbeln breit.

9

ICH STELLTE DEN WAGEN auf dem zwei Blocks von der Klinik entfernten Parkplatz ab. Näher als einen Block kam ich nicht an meinen Arbeitsplatz heran.

Sheriff Lowell erschien in Begleitung zweier Männer mit kurz geschorenen Haaren in grauen Anzügen. Die beiden Männer lehnten an einem großen, braunen Buick. Sie bildeten einen perfekten Gegensatz. Einer war groß, dünn und weiß, der andere klein, rund und schwarz; zusammen erinnerten sie an eine Bowlingkugel, die kurz davor war, den letzten Pin umzuwerfen. Beide Männer lächelten mich an. Lowell lächelte nicht.

»Dr. Beck?«, sagte der große weiße Pin. Er war makellos gekleidet, hatte reichlich Gel in den Haaren, trug ein ordentlich zusammengefaltetes Taschentuch in der Brusttasche, eine unnatürlich perfekt gebundene Krawatte und so eine Schildpatt-Designerbrille, wie Schauspieler sie tragen, wenn sie intelligent aussehen wollen.

Ich sah Lowell an. Der schwieg.

»Ja?«

»Ich bin Special Agent Nick Carlson vom FBI«, fuhr der makellos gekleidete Mann fort. »Dies ist Special Agent Tom Stone.«

Beide zeigten mir ihre Marken. Stone, der Kleinere und Zerknittertere, zog seine Hose hoch und nickte mir zu. Dann öffnete er die Hintertür des Buicks.

»Hätten Sie etwas dagegen, uns zu begleiten?«

»Ich habe in einer Viertelstunde Dienst«, sagte ich.

»Darum haben wir uns schon gekümmert.« Carlson wies mit einer ausholenden Bewegung seines langen Arms in Richtung Wagentür, als wollte er bei einer Spielshow den Hauptgewinn präsentieren. »Bitte.«

Ich setzte mich auf den Rücksitz. Carlson fuhr. Stone quetschte sich auf den Beifahrersitz. Lowell kam nicht mit. Wir blieben in Manhattan, waren aber trotzdem fast eine Dreiviertelstunde unterwegs. Downtown am Broadway in der Nähe der Duane Street hatten wir offenbar unser Ziel erreicht. Carlson hielt vor einem Hochhaus, an dem 26 *Federal Plaza* stand.

Die Inneneinrichtung war die eines klassischen Bürogebäudes. Männer in erstaunlich schicken Anzügen trugen die Tassen mit Gourmet-Kaffee durch die Gänge. Die wenigen Frauen waren hoffnungslos in der Minderheit. Wir betraten ein Besprechungszimmer. Mir wurde ein Platz angeboten, und ich setzte mich. Probeweise schlug ich die Beine übereinander, in dieser Haltung fühlte ich mich jedoch äußerst unwohl.

»Kann mir jemand sagen, worum es hier geht?«, fragte ich.

Pin Carlson übernahm die Gesprächsführung. »Können wir Ihnen etwas bringen?«, fragte er. »Wir brauen hier den schlechtesten Kaffee der Welt, falls Sie Interesse haben.«

Das erklärte die vielen Kaffeetassen mit dem Coffeeshop-Logo. Er lächelte mir zu. Ich erwiderte sein Lächeln. »Klingt verlockend, aber danke, nein.«

»Vielleicht einen Softdrink? Wir haben doch Softdrinks, Tom?«

»Natürlich, Nick. Coca-Cola, Cola Light, Sprite, der Doktor braucht nur zu sagen, was er haben will.«

Sie lächelten wieder. »Schon in Ordnung, danke«, sagte ich.

»Snapple?«, versuchte Stone es noch einmal. Wieder zog er seine Hose hoch. Die Rundung seines Bauches machte es schwer, einen Punkt zu finden, wo der Bund nicht rutschte. »Das haben wir in mehreren Geschmacksrichtungen.«

Fast hätte ich Ja gesagt, damit es endlich weiterging, aber ich schüttelte nur freundlich den Kopf. Der Tisch war leer, mit Ausnahme eines großen braunen Briefumschlags. Ich wusste nicht, was ich mit meinen Händen machen sollte, also legte ich sie auf die Resopalplatte. Stone watschelte zu einer Tischkante und blieb dort stehen. Carlson, der immer noch die Gesprächsführung innehatte, setzte sich neben ihn auf die Ecke, drehte sich um und sah auf mich herab.

»Was können Sie uns über Sarah Goodhart sagen?«, fragte Carlson.

Ich wusste nicht, was ich auf die Frage antworten sollte. Im Kopf ging ich verschiedene Ansätze durch, sie gefielen mir alle nicht.

»Doc?«

Ich blickte zu ihm auf. »Warum wollen Sie das wissen?« Carlson und Stone sahen sich kurz an. »Auf den Namen Sarah Goodhart sind wir im Zusammenhang mit einer laufenden Ermittlung gestoßen«, sagte Carlson.

»Was für eine Ermittlung?«, fragte ich.

»Das würden wir lieber für uns behalten.«

»Ich verstehe nicht. Was habe ich damit zu tun?«

Carlson stieß einen Seufzer aus, wobei er sich viel Zeit zum Ausatmen ließ. Er sah seinen rundlichen Partner an und plötzlich war jeder Anflug von Lächeln aus ihren Mienen verschwunden. »Ist diese Frage zu kompliziert, Tom?«

»Nein, Nick, ich glaube nicht.«

»Ich auch nicht.« Carlson wandte sich wieder zu mir. »Vielleicht gefällt Ihnen die Formulierung der Frage nicht, Doc. Liegt es daran?«

»Das machen die im Fernsehen bei *Practice – Die Anwälte* auch immer, Nick«, mischte Stone sich ein. »Sie erheben Einspruch dagegen, wie die Frage formuliert ist.«

»So machen sie das, Tom, genau so machen sie das. Und dann sagen sie, ›ich werde die Frage umformulieren‹, stimmt's? Oder so was Ähnliches.«

»Ja, oder so was Ähnliches.«

Carlson sah auf mich herab. »Formulieren wir die Frage also um: Sagt Ihnen der Name Sarah Goodhart etwas?«

Das hier gefiel mir nicht. Mir gefiel weder ihr Ton noch die Tatsache, dass sie Lowell die Sache aus der Hand genommen hatten, und auch nicht, wie sie mich in diesem Besprechungszimmer in die Mangel nahmen. Sie mussten wissen, was der Name bedeutete. So schwierig war das nicht. Man brauchte nur einen kurzen Blick auf

Elizabeths Namen und Adresse werfen. Ich beschloss, behutsam vorzugehen.

»Der zweite Vorname meiner Frau ist Sarah«, sagte ich.

»Der zweite Vorname meiner Frau ist Gertrude«, sagte Carlson.

»Gott, Nick, das ist ja furchtbar.«

»Wie heißt deine Frau mit zweitem Vornamen, Tom?«

»McDowd. Das war eigentlich ein Familienname.«

»Find ich gut, wenn man das so macht. Einen Familiennamen als zweiten Vornamen zu benutzen. So kann man seinen Ahnen Ehre erweisen.«

»Mir gefällt's auch, Nick.«

Beide Männer richteten ihre Blicke wieder auf mich.

»Wie heißen Sie mit zweitem Vornamen, Doc?«

»Craig«, sagte ich.

»Craig«, wiederholte Carlson. »Okay, wenn ich Sie also frage, ob Ihnen der Name, sagen wir« – er wedelte theatralisch mit den Armen – »Craig Waschlappen etwas sagt, würden Sie dann einwerfen:

›Hey, mein zweiter Vorname ist Craig‹?« Wieder sah Carlson mich durchdringend an.

»Ich glaube nicht«, sagte ich.

»Er glaubt nicht. Also versuchen wir es noch einmal: Haben Sie den Namen Sarah Goodhart schon mal gehört? Ja oder nein?«

»Meinen Sie jemals?«

Stone sagte: »Herrgott noch mal.«

Carlsons Gesicht lief rot an. »Wollen Sie jetzt irgendwelche Semantikspielchen mit uns spielen, Doc?«

Er hatte Recht. Ich verhielt mich dumm. Ich tappte blind im dichten Nebel herum, wobei die Worte aus der E-Mail – *Kein Sterbenswort* – immer wieder wie eine Neonreklame in meinem Kopf aufblinkten. Ich wurde konfus. Über Sarah Goodhart mussten sie einfach Bescheid wissen. Die Frage war nur ein Test, um festzustellen, ob ich bereit war, mit ihnen zusammenzuarbeiten. Mehr nicht.

Wahrscheinlich. Aber in welcher Angelegenheit sollte ich eigentlich mit ihnen zusammenarbeiten?

83

»Meine Frau ist in der Goodhart Road aufgewachsen«, sagte ich. Beide rückten ein bisschen von mir ab, ließen mir etwas mehr Platz und verschränkten die Arme. Ein großer See der Stille tat sich auf, und dumm wie ich war, sprang ich mitten hinein. »Und deshalb hab ich gesagt, dass der zweite Vorname meiner Frau Sarah ist. Als ich Goodhart hörte, musste ich gleich an sie denken.«

»Weil sie in der Goodhart Road aufgewachsen ist?«, hakte Carlson nach.

»Ja.«

»Dann war das Wort Goodhart so eine Art Katalysator?«

»Ja«, wiederholte ich.

»Das klingt ganz einleuchtend.« Carlson sah seinen Partner an.

»Leuchtet dir das nicht auch ein, Tom?«

»Schon«, stimmte Stone zu und klopfte sich auf den Bauch. »Er wollte nicht ausweichen oder so. Das Wort Goodhart war ein Katalysator.«

»Genau. Es hat dazu geführt, dass er an seine Frau denken musste.«

Wieder sahen mich beide an. Diesmal zwang ich mich dazu, den Mund zu halten.

»Hat Ihre Frau je den Namen Sarah Goodhart benutzt?«, fragte Carlson.

»Inwiefern benutzt?«

»Hat sie je gesagt ›Hi, ich bin Sarah Goodhart‹ oder sich einen Ausweis auf diesen Namen ausstellen lassen oder sich unter ihm in einem Stundenhotel eingemietet …«

»Nein«, sagte ich.

»Sind Sie sicher?«

»Ja.«

»Das ist die Wahrheit?«

»Ja.«

»Sie brauchen nicht noch einen Katalysator?«

Ich setzte mich gerade hin und beschloss, etwas entschiedener aufzutreten. »Ihr Ton gefällt mir nicht, Agent Carlson.«

Sein Zahnarzt-Werbelächeln, bei dem er so viele Zähne zeigte, war wieder da, jetzt jedoch als missratene Spielart der ursprünglichen Form. Er hielt eine Hand hoch und sagte: »Entschuldigen Sie, klar, okay, das war jetzt unhöflich von mir.« Er blickte um sich, als überlegte er, was er noch sagen sollte. Ich wartete.

»Haben Sie je Ihre Frau verprügelt, Doc?«

Die Frage traf mich wie ein Peitschenhieb. »Was?«

»Macht Sie das an? Eine Frau zusammenschlagen?«

»Was … Sind Sie übergeschnappt?«

»Wie viel haben Sie von der Lebensversicherung kassiert, als Ihre Frau gestorben ist?«

Ich erstarrte, sah erst ihm, dann Stone ins Gesicht. Vollkommen unergründlich. Ich traute meinen Ohren nicht. »Was soll das?«

»Halten Sie sich bitte an unsere Fragen. Es sei denn, Sie haben uns etwas Wichtiges mitzuteilen.«

»Das ist kein Geheimnis«, sagte ich. »Die Versicherungspolice belief sich auf zweihunderttausend Dollar.«

Stone pfiff. »Zweihundert Riesen für eine tote Ehefrau. Hey, Nick, wo muss ich unterschreiben?«

»Das ist eine sehr hohe Police für eine Frau von fünfundzwanzig Jahren.«

»Ihr Cousin hatte kurz vorher als Versicherungsagent bei der State-Farm angefangen«, sagte ich etwas stockend. Das Komische daran war, dass ich anfing, mich schuldig zu fühlen, obwohl ich wusste, dass ich nichts Böses getan hatte – zumindest nicht das, was sie dachten. Es war ein seltsames Gefühl. Aus den Achselhöhlen liefen mir Schweißtropfen den Körper hinunter. »Sie wollte ihn unterstützen. Darum hat sie eine so hohe Versicherungspolice unterschrieben.«

»Nett von ihr«, meinte Carlson.

»Wirklich nett«, pflichtete Stone ihm bei. »Die Familie ist ja so wichtig, finden Sie nicht auch?«

Ich sagte nichts. Carlson setzte sich wieder auf die Tischecke. Jede Form von Lächeln war aus seinem Gesicht verschwunden.

»Sehen Sie mich an, Doc.«

85

Ich tat es. Sein Blick bohrte sich in meine Augen. Es fiel mir schwer, ihm standzuhalten, aber ich schaffte es.

»Beantworten Sie mir eine Frage«, sagte er langsam. »Und spielen Sie jetzt nicht den Schockierten oder Beleidigten. Haben Sie Ihre Frau jemals geschlagen?«

»Nein«, sagte ich.

»Nicht ein einziges Mal?«

»Nicht ein einziges Mal.«

»Haben Sie sie je gestoßen?«

»Nein.«

»Oder ihr aus Wut eine Ohrfeige verpasst? Das ist uns doch allen schon passiert, Doc. Ein kleiner Klaps. Das ist ja kein Schwerverbrechen. In Herzensangelegenheiten passiert so was schon mal. Wenn Sie wissen, was ich meine?«

»Ich habe meine Frau nie geschlagen«, sagte ich. »Ich habe sie nie gestoßen, ihr nie einen Klaps gegeben und ihr nie aus Wut eine Ohrfeige verpasst. Niemals.«

Carlson sah Stone an. »Ist die Angelegenheit für dich damit erledigt, Tom?«

»Natürlich, Nick. Er sagt, er hat sie nie geschlagen, und das reicht mir.«

Carlson kratzte sich am Kinn. »Wenn ich da nicht …«

»Wenn du da nicht was, Nick?«

»Na ja, wenn ich da nicht noch so einen Katalysator für Dr. Beck hätte.«

Wieder waren alle Blicke auf mich gerichtet. Meine nervösen, unregelmäßigen Atemzüge hallten mir in den Ohren. Ich fühlte mich leicht benommen. Carlson wartete noch einen Moment, dann nahm er den braunen Umschlag vom Tisch. Langsam öffnete er ihn mit seinen langen, dünnen Fingern. Dann hob er ihn hinten etwas an, so dass der Inhalt auf den Tisch rutschte.

»Wie wär's damit als Katalysator, Doc?«

Es waren Fotos. Carlson schob sie zu mir herüber. Ich sah sie an und spürte, wie das Loch in meinem Herzen größer wurde.

»Dr. Beck?«

Ich starrte die Bilder an. Meine Finger näherten sich ihnen zaghaft und berührten die Oberfläche.

Elizabeth.

Es waren Fotos von Elizabeth. Das erste war eine Großaufnahme ihres Gesichts. Im Profil. Mit der rechten Hand hielt sie ihr Haar vom Ohr weg. Ihr Auge war violett angelaufen und geschwollen. Am Hals unter dem Ohr waren eine lange Risswunde und weitere Blutergüsse zu sehen.

Es sah aus, als hätte sie geweint.

Ein anderes Foto zeigte ihren Oberkörper von der Hüfte an. Elizabeth trug nur einen BH und deutete mit dem Finger auf einen großflächigen Bluterguss auf ihrem Brustkorb. Ihre Augen waren noch immer gerötet. Das Licht war seltsam grell, als hätte der Blitz die Verletzung hervorgehoben und näher ans Objektiv herangezogen.

Auf dem Tisch lagen noch drei Fotos – alle aus unterschiedlichen Blickwinkeln und von verschiedenen Körperteilen. Auf allen waren Abschürfungen und Blutergüsse zu sehen.

»Dr. Beck?«

Mein Blick zuckte hoch. Ich war fast verblüfft, sie im Zimmer zu sehen. Ihre Mienen waren neutral und geduldig. Ich sah erst Carlson, dann Stone an und sagte dann zu Carlson: »Denken Sie, dass ich das war?«

Carlson zuckte die Achseln. »Das wollten wir eigentlich Sie fragen.«

»Natürlich nicht.«

»Wissen Sie, wie sich Ihre Frau diese Verletzungen zugezogen hat?«

»Bei einem Autounfall.«

Sie sahen sich an, als hätte ich ihnen erzählt, der Hund hätte meine Hausaufgaben gefressen.

»Es war ein schwerer Zusammenstoß«, erklärte ich.

»Wann?«

»Das kann ich nicht ganz genau sagen. Ungefähr drei, vier Monate vor …«, ich stockte einen Augenblick lang, »… vor ihrem Tod.«

»War sie im Krankenhaus?«

»Nein, ich glaube nicht.«

»Sie *glauben* nicht?«

»Ich war nicht da.«

»Wo waren Sie?«

»Ich war auf einem Pädiatrie-Workshop in Chicago. Sie hat mir erst von dem Unfall erzählt, als ich wieder zurück war.«

»Wie lange danach war das?«

»Nach dem Unfall?«

»Ja, Doc, nach dem Unfall.«

»Ich weiß es nicht. Vielleicht zwei, drei Tage.«

»Waren Sie damals schon lange verheiratet?«

»Nein, erst ein paar Monate.«

»Warum hat sie es Ihnen nicht sofort erzählt?«

»Das hat sie doch. Ich meine, sofort, als ich wieder zu Hause war. Ich glaube, sie wollte mich nicht beunruhigen.«

»Verstehe«, sagte Carlson. Er sah Stone an. Sie gaben sich keine Mühe, ihre Skepsis zu verbergen. »Dann haben Sie wohl diese Fotos gemacht, Doc?«

»Nein«, sagte ich. Noch im selben Moment wünschte ich, ich hätte den Mund gehalten. Wieder sahen sie sich an. Sie hatten Blut gerochen. Carlson legte den Kopf auf die Seite und rückte näher an mich heran.

»Haben Sie diese Bilder je zuvor gesehen?«

Ich sagte nichts. Sie warteten. Ich dachte über die Frage nach. Die Antwort lautete Nein, aber … woher hatten sie diese Fotos? Warum wusste ich nichts davon? Wer hatte sie gemacht? Ich betrachtete ihre Gesichter, konnte ihnen jedoch nichts entnehmen. Es ist ziemlich erstaunlich, aber wenn man einmal darüber nachdenkt, wird einem bewusst, dass wir die wichtigsten Dinge unseres Lebens aus dem Fernsehen erfahren. Mit Abstand der größte Teil unseres Wissen über Vernehmungen, das Recht zu schweigen, sich nicht selbst zu belasten, Kreuzverhöre, Zeugenlisten und Geschworenengerichte haben wir aus *NYPD Blue* und *Law & Order* und ähnlichen Serien.

Wenn ich Ihnen in diesem Augenblick eine Pistole zuwerfen und Sie auffordern würde, sie abzufeuern, würden Sie das nachmachen, was Sie im Fernsehen gesehen haben. Wenn ich Ihnen sagte, Sie sollten auf Ihren *Schatten* achten, wüssten Sie, worüber ich spreche, weil Sie es in *Mannix* oder *Magnum* gesehen haben.

Ich sah die beiden an und stellte die klassische Frage. »Stehe ich unter Verdacht?«

»Verdacht, was getan zu haben?«

»Irgendwas«, sagte ich. »Haben Sie mich in Verdacht, irgendein Verbrechen begangen zu haben?«

»Das ist eine ziemlich vage Frage, Doc.«

Und ich hatte eine ziemlich vage Antwort bekommen. Es gefiel mir nicht, wie das hier lief. Ich entschloss mich, einen anderen Satz zu benutzen, den ich aus dem Fernsehen kannte.

»Ich möchte meinen Anwalt anrufen«, sagte ich.

10

ICH HABE KEINEN STRAFVERTEIDIGER – wer hat das schon? –, also rief
ich Shauna vom Münzfernsprecher im Korridor an und legte ihr die
Situation dar. Sie verschwendete keine Zeit.

»Ich hab genau das, was du brauchst«, sagte Shauna. »Bleib einfach sitzen und sag kein Wort.«

Ich wartete im Vernehmungszimmer. Carlson und Stone waren so
freundlich, mir dabei Gesellschaft zu leisten. Sie vertrieben sich die
Zeit damit, sich gegenseitig etwas zuzuflüstern. Eine halbe Stunde
verging.

Die Stille war zermürbend. Ich wusste, dass genau das ihre Absicht war. Trotzdem gelang es mir nicht, mich zurückzuhalten. Ich
war schließlich unschuldig. Wie sollte ich mir da schaden, wenn ich
halbwegs vorsichtig war?

»Meiner Frau hatte man ein K eingebrannt«, sagte ich.

Beide blickten auf. »Wie bitte?«, sagte Carlson und reckte seinen
langen Hals in meine Richtung. »Reden Sie mit uns?«

»Meiner Frau hatte man ein K eingebrannt«, wiederholte ich.

»Ich lag nach dem Überfall mit einer Gehirnerschütterung im Krankenhaus. Sie glauben doch nicht ernsthaft …« Ich ließ den unvollen-
deten Satz im Raum stehen.

»Was glauben wir nicht?«, fragte Carlson.

Wennschon – dennschon. »Dass ich etwas mit dem Tod meiner
Frau zu tun gehabt hätte.«

In diesem Moment sprang die Tür auf und eine Frau, die ich aus
dem Fernsehen kannte, stapfte ins Zimmer. Als Carlson sie sah, zuckte er zurück. »Ach du heilige Scheiße!«, hörte ich Stone murmeln.

Hester Crimstein stellte sich nicht erst lange vor.

»Hatte mein Mandant nicht nach einem Rechtsbeistand verlangt?«,
fragte sie.

Auf Shauna war Verlass. Ich war meiner Anwältin nie persönlich begegnet, kannte sie jedoch aus ihren Auftritten als *Rechtsexpertin* aus Talkshows und aus ihrer eigenen Sendung *Crimstein on Crime* auf *Court TV*. Im Fernsehen war Hester Crimstein äußerst agil, verbreitete beißenden Spott und neigte dazu, ihre Gäste in der Luft zu zerreißen. Wenn man ihr persönlich gegenüberstand, war sie von einer äußerst seltsamen Aura der Macht umgeben; sie hatte die Ausstrahlung eines hungrigen Tigers, der jeden anderen betrachtete, als wäre er eine lahmende Gazelle.

»Doch, hatte er«, sagte Carlson.

»Und trotzdem sitzen Sie hier gemütlich beisammen und verhören ihn weiter?«

»Er hat uns angesprochen.«

»Oh, verstehe.« Hester Crimstein öffnete ihre Aktentasche, holte Papier und einen Kugelschreiber heraus und legte beides auf den Tisch. »Schreiben Sie Ihre Namen auf.«

»Bitte?«

»Ihre Namen, mein Hübscher. Sie wissen doch, wie man die schreibt, oder?«

Es war eine rhetorische Frage, Crimstein wartete trotzdem auf eine Antwort.

»Ja«, sagte Carlson.

»Klar«, fügte Stone hinzu.

»Gut. Schreiben Sie sie auf. Wenn ich in meiner Sendung darüber spreche, wie Sie auf den von der Verfassung garantierten Rechten meines Mandanten herumgetrampelt sind, möchte ich sichergehen, dass die Namen stimmen. Also bitte in Blockschrift.«

Endlich sah sie mich an. »Gehen wir.«

»Eine Sekunde noch«, sagte Carlson. »Wir möchten Ihrem Klienten ein paar Fragen stellen.«

»Nein.«

»Nein? Einfach so?«

»Einfach so. Sie reden nicht mit ihm. Er redet nicht mit Ihnen. Niemals. Verstanden?«

»Ja«, sagte Carlson. Sie sah Stone an.

»Ja«, sagte Stone.

»Prima, Jungs. Nehmen Sie Dr. Beck jetzt fest?«

»Nein.«

Sie drehte sich zu mir um. »Worauf warten wir noch?«, zischte sie mich an. »Gehen wir.«

Hester Crimstein sagte kein Wort, bis wir sicher in ihrer Limousine saßen.

»Wo soll ich Sie absetzen?«, fragte sie.

Ich nannte dem Fahrer die Adresse der Klinik.

»Erzählen Sie mir von der Vernehmung«, sagte Crimstein. »Lassen Sie nichts aus.«

Ich gab meine Unterhaltung mit Carlson und Stone wieder, so gut ich konnte.

Hester Crimstein sah nicht ein einziges Mal in meine Richtung. Sie holte einen Terminplaner heraus, der dicker war als meine Taille, und fing an, darin herumzublättern.

»Diese Fotos von Ihrer Frau«, sagte sie dann, als ich fertig war.

»Die haben Sie also nicht gemacht?«

»Nein.«

»Und das haben Sie Tweedledee und Tweedledum auch gesagt?«

Ich nickte.

Sie schüttelte den Kopf. »Ärzte. Das sind immer die schlimmsten Mandanten. Okay, das war dumm von Ihnen, ist aber nicht gravierend. Sie sagen, Sie haben diese Bilder noch nie gesehen?«

»Das stimmt.«

»Aber als die Sie danach gefragt haben, haben Sie endlich den Mund gehalten.«

»Ja.«

»Schon besser«, sagte sie und nickte. »Diese Geschichte, dass Ihre Frau sich die Verletzungen bei einem Autounfall zugezogen hat, ist die wahr?«

»Wie bitte?«

Crimstein klappte ihren Terminkalender zu. »Hören Sie … Beck? Shauna sagt, dass alle Welt Sie Beck nennt, hätten Sie also etwas dagegen, wenn ich es auch so halte?«

»Nein.«

»Gut. Hören Sie, Beck, Sie sind Arzt, stimmt's?«

»Stimmt.«

»Und Sie können gut mit Kranken umgehen?«

»Ich denke schon.«

»Ich nicht. Nicht das kleinste bisschen. Wenn Sie verhätschelt werden wollen, machen Sie eine Diät und engagieren Sie Richard Simmons. Also überspringen wir sämtliche ›Wie-bittes‹ und ›Verzeihungs‹ und diesen ganzen lästigen Mist, okay? Beantworten Sie einfach meine Fragen. Die Geschichte vom Autounfall, die Sie denen erzählt haben, ist die wahr?«

»Ja.«

»Das FBI wird das nämlich überprüfen. Das ist Ihnen doch klar?«

»Ja.«

»Okay. Das wäre also geklärt.« Crimstein holte tief Luft. »Vielleicht hat Ihre Frau eine Freundin gebeten, die Fotos zu machen«, überlegte sie. »Für die Versicherung oder so etwas. Falls sie später einmal klagen wollte. Das könnte funktionieren, falls wir es anbringen müssen.«

Ich fand das nicht nachvollziehbar, behielt diesen Gedanken jedoch für mich.

»Also Frage Numero uno: Wo waren diese Fotos, Beck?«

»Ich weiß es nicht.«

»Dos und tres: Wie ist das FBI an sie herangekommen? Und warum tauchen sie jetzt auf?«

Ich schüttelte den Kopf.

»Und vor allem, was versuchen die Ihnen anzuhängen? Ihre Frau ist seit acht Jahren tot. Für eine Anklage wegen häuslicher Gewalt ist es ein bisschen spät.« Sie lehnte sich zurück und überlegte ein paar Minuten. Dann blickte sie auf und zuckte die Achseln. »Egal. Ich rufe ein paar Leute an und versuche rauszubekommen, was los ist. Und Sie benehmen sich inzwischen nicht wie ein Trottel. Und zu niemandem ein Wort. Verstanden?«

»Ja.«

Sie lehnte sich zurück und überlegte noch ein bisschen. »Das gefällt mir nicht«, sagte sie. »Das gefällt mir überhaupt nicht.«

11

AM 12. MAI 1970 LÖSTEN JEREMIAH RENWAY und drei radikale Mit-
streiter im Chemischen Institut der Eastern State University eine
Explosion aus. Gerüchten aus dem radikalen Weather Underground
hatten besagt, dass Militärwissenschaftler die Labors der Universität
benutzten, um eine verbesserte Form von Napalm herzustellen. Die
vier Studenten, die sich in einem Anfall von Originalität *Freedom's
Cry* genannt hatten, entschlossen sich, ihrem Protest auf dramatische,
wenn auch etwas protzige Art und Weise Ausdruck zu verleihen.

Zu dieser Zeit wusste Jeremiah Renway nicht, ob die Gerüchte der
Wahrheit entsprachen. Inzwischen, mehr als 30 Jahre später, hatte er
da so seine Zweifel. Aber das war auch egal. Die Explosion hatte kein
Labor zerstört. Zwei Männern vom Sicherheitsdienst der Universität
war das verdächtig aussehende Paket aufgefallen. Als einer von ihnen
es aufhob, explodierte es und tötete die beiden Wachmänner.

Beide hatten Kinder.

Einer von Jeremiahs *Freiheitskämpfern* war zwei Tage nach der Explosion festgenommen worden. Er saß noch immer im Gefängnis.
Der zweite war 1989 an Darmkrebs gestorben. Die dritte, Evelyn
Cosmeer, war 1996 verhaftet worden. Sie saß derzeit eine siebenjährige Gefängnisstrafe ab.

Jeremiah war an jenem Abend in die Wälder verschwunden und
nie wieder aufgetaucht. Er sah kaum andere Menschen, hörte nicht
Radio und sah nicht fern. Nur einmal hatte er ein Telefon benutzt –
und das war ein Notfall gewesen. Seine einzige echte Verbindung zur
Außenwelt waren die Zeitungen, die das, was hier vor acht Jahren
geschehen war, allerdings vollkommen falsch wiedergegeben hatten.

Jeremiah war in Georgia in den Ausläufern der Appalachen aufgewachsen, wo sein Vater ihm alle möglichen Überlebenstechniken
beigebracht hatte. Sein wichtigster Grundsatz war jedoch sehr ein-

fach gewesen: Vertrau der Natur, aber nicht den Menschen. Jeremiah hatte das für eine Weile vergessen. Jetzt lebte er danach.

Da er fürchtete, dass sie in den Wäldern in der Nähe seiner Heimatstadt nach ihm suchen würden, war Jeremiah in die Wälder Pennsylvanias geflohen. Erst war er herumgezogen und hatte mindestens jede zweite Nacht das Lager gewechselt, bis er die vergleichsweise große Behaglichkeit und Sicherheit des Lake Charmaine entdeckt hatte. Am See gab es alte Hütten, in die man sich zurückziehen konnte, wenn es einem draußen zu unangenehm wurde. Es kamen fast nie Besucher, nur manchmal im Sommer, aber selbst dann nur fürs Wochenende. Er konnte hier jagen und das Fleisch relativ ungestört essen. An den wenigen Tagen im Jahr, an denen sich jemand am See aufhielt, versteckte er sich einfach oder er verzog sich etwas weiter nach Westen.

Oder er beobachtete die Besucher.

Für die Kinder, die früher hierher gekommen waren, war Jeremiah Renway der wilde Mann gewesen.

Jetzt verhielt Jeremiah sich ganz still und beobachtete die Beamten in ihren dunklen Windjacken. FBI-Windjacken. Der Anblick der drei gelb leuchtenden Großbuchstaben auf den Rückseiten der Jacken traf ihn wie ein Stich mit einem Eiszapfen ins Herz.

Sie hatten sich nicht die Mühe gemacht, das Gelände mit gelbem Flatterband abzusperren. Wahrscheinlich weil es so abgelegen war. Renway war nicht überrascht gewesen, als sie die Leichen entdeckt hatten. Ja, die beiden Männer waren tief vergraben gewesen, aber Renway wusste besser als die meisten anderen Menschen, dass die meisten Geheimnisse irgendwann doch wieder ans Tageslicht kommen. Seine frühere Komplizin Evelyn Cosmeer, die nach Ohio gezogen war und sich dort bis zu ihrer Verhaftung in ein perfektes Vorort-Mütterchen verwandelt hatte, konnte das bestätigen. Jeremiah blieb die Ironie keineswegs verborgen.

Er blieb im Unterholz versteckt. Mit Tarnung kannte er sich aus. Sie würden ihn nicht entdecken.

Er erinnerte sich noch an die Nacht vor acht Jahren, in der die beiden Männer gestorben waren – die plötzlichen Schüsse, das Geräusch der Spaten, als die Gräber ausgehoben wurden, das angestrengte Schnaufen und Stöhnen. Er hatte sogar lange darüber nachgedacht, ob er die Behörden darüber informieren sollte, was geschehen war – über alles, was geschehen war.

Anonym natürlich.

Am Ende jedoch war ihm das Risiko zu groß gewesen. Jeremiah wusste, dass kein Mensch dafür geschaffen war, in einem Käfig zu leben. Einige überstanden es dennoch. Jeremiah hätte es nicht gekonnt. Er hatte mal einen Cousin namens Perry gehabt, der zu einer achtjährigen Strafe in einem Staatsgefängnis verurteilt worden war. Perry hatte 23 Stunden am Tag in einer winzigen Zelle verbracht. Eines Morgens hatte Perry versucht, sich umzubringen, indem er mit dem Kopf voran gegen die Betonmauer gerannt war.

So etwas hätte Jeremiah auch getan.

Also hielt er den Mund und tat nichts. Acht Jahre lang zumindest.

Aber er dachte oft an diese Nacht. Er dachte an die nackte junge Frau. Er dachte an die wartenden Männer. Er dachte an das Rascheln in der Nähe des Autos. Er dachte an das Ekel erregende, dumpfe Geräusch, als Holz auf nacktes Fleisch traf. Er dachte an den Mann, den sie zum Sterben zurückgelassen hatten.

Und er dachte an die Lügen. Am meisten machten ihm die Lügen zu schaffen.

12

ALS ICH WIEDER IN DIE KLINIK KAM, war das Wartezimmer randvoll mit den Schniefenden und den Ungeduldigen. Im Fernseher lief ein vom vielen Gebrauch verblasstes Video von Disneys *Die kleine Meerjungfrau*; der Videorecorder war so eingestellt, dass das Band am Ende immer wieder zurückgespult wurde und von vorne anfing. Nach den Stunden beim FBI verspürte ich ein gewisses Mitleid mit dem Band. Carlsons Worte – er war eindeutig der Chef – gingen mir immer wieder durch den Kopf, während ich versuchte, herauszubekommen, was er wirklich von mir wollte. Es brachte mich aber nicht weiter, das Ganze wurde eher noch undurchsichtiger und bizarrer. Außerdem bekam ich davon mächtige Kopfschmerzen.

»Yo, Doc.«

Tyrese Barton sprang auf. Er trug eine weite Raver-Hose, deren Schritt knapp über den Kniekehlen hing, und eine Art zu groß geratenes Universitäts-Jackett – beides von einem Modedesigner, von dem ich noch nie gehört hatte, was sich jedoch mit hundertprozentiger Sicherheit demnächst ändern würde.

»Hi, Tyrese«, sagte ich.

Tyrese vollführte ein kompliziertes Handschlag-Ritual mit mir. Es lief wie ein Tanz ab, bei dem er führte und ich seinen Bewegungen folgte. Er und seine Freundin Latisha hatten einen sechsjährigen Sohn, den sie TJ nannten. TJ war Bluter. Außerdem war er blind. Ich war ihm zum ersten Mal begegnet, als er als Säugling in die Notaufnahme eingeliefert wurde und Tyrese im Begriff war, verhaftet zu werden. Tyrese behauptete, ich hätte seinem Sohn an jenem Tag das Leben gerettet. Das war übertrieben.

Aber möglicherweise hatte ich Tyrese gerettet.

Er war der Ansicht, wir wären dadurch Freunde geworden –

wobei er sich gewissermaßen als den Löwen sah und mich als die Maus, die ihm einen Stachel aus der Pfote gezogen hatte. Da irrte er sich.

Tyrese und Latisha waren nicht verheiratet, trotzdem war er einer der wenigen Väter, die ich hier überhaupt zu Gesicht bekam. Er hörte auf, mir die Hand zu schütteln, und schob mir zwei Hundertdollarnoten zu, als wäre ich der Oberkellner im Le Cirque.

Dann sah er mich durchdringend an. »Sorgen Sie gut für meinen Jungen.«

»In Ordnung.«

»Sie sind der Größte, Doc.« Er gab mir seine Visitenkarte, auf der weder Name noch Adresse oder Beruf stand. Nur eine Handy-Nummer. »Wenn Sie irgendwas brauchen, egal was, rufen Sie mich an.«

»Das merk ich mir«, sagte ich.

Ohne den Blick abzuwenden, wiederholte er: »*Egal was,* Doc.«

»Klar.«

Ich steckte die Scheine ein. Wir spielten seit sechs Jahren dasselbe Spielchen. Ich hatte durch meine Arbeit hier einige Drogenhändler kennen gelernt – doch keiner der anderen hatte sechs Jahre überlebt.

Natürlich behielt ich das Geld nicht. Ich gab es Linda für ihre Stiftung. Rein juristisch betrachtet durchaus fragwürdig, letztlich hielt ich es jedoch für besser, dass das Geld an eine wohltätige Stiftung ging und nicht in den Händen eines Drogenhändlers verblieb. Ich hatte keine Ahnung, wie viel Geld Tyrese hatte; allerdings fuhr er immer nagelneue Autos – vorzugsweise BMWs mit verspiegelten Scheiben – und die Kleidung seines Sohnes hatte mehr gekostet als alles, was ich in meinem Kleiderschrank hängen hatte.

Die Mutter des Kindes war aber leider Gottes bei Medicaid registriert, also waren die Klinikbesuche umsonst.

Schwer zu ertragen, ich weiß.

Tyreses Handy gab eine Hip-Hop-Melodie von sich.

»Ich muss da ran, Doc. Business.«

»Klar«, sagte ich noch einmal.

Manchmal werde ich wütend. Wer nicht? Trotzdem erkenne ich

durch den Nebelschleier, dass es hier um echte Kinder geht. Sie haben Schmerzen. Ich behaupte nicht, alle Kinder wären wundervoll. Ganz im Gegenteil. Manchmal behandele ich welche, von denen ich weiß – *hundertprozentig weiß* –, dass aus ihnen nichts Gutes wird. Andererseits sind sie alle hilflos. Sie sind schwach und wehrlos. Sie können mir glauben, dass ich Dinge gesehen habe, die Sie den Glauben an die Menschheit verlieren lassen würden.

Also konzentrierte ich mich ganz auf die Kinder.

Eigentlich hatte ich nur bis Mittag Dienst, doch zum Ausgleich für meinen FBI-Ausflug blieb ich bis drei. Natürlich musste ich den ganzen Tag an das Verhör denken. Die Fotos der geschundenen, bedrückten Elizabeth flackerten immer wieder vor meinen Augen auf wie Blitze eines surrealen Stroboskops.

Wer könnte von diesen Bildern gewusst haben?

Nachdem ich etwas darüber nachgedacht hatte, war es ganz offensichtlich. Ich beugte mich vor und griff zum Telefon. Ich hatte diese Nummer seit Jahren nicht mehr gewählt, kannte sie aber noch immer auswendig.

»Foto-Atelier Schayes«, meldete sich eine Frauenstimme.

»Hi, Rebecca.«

»Heiliger Strohsack. Wie geht's dir, Beck?«

»Gut. Und dir?«

»Kann nicht klagen. Hab reichlich zu tun.«

»Du arbeitest zu viel.«

»Die Zeiten sind vorbei. Ich habe letztes Jahr geheiratet.«

»Ich weiß. Tut mir Leid, dass ich nicht kommen konnte.«

»Quatsch.«

»Hast ja Recht. Trotzdem herzlichen Glückwunsch.«

»Warum rufst du an?«

»Ich muss dich was fragen«, sagte ich.

»Hmh.«

»Wegen des Autounfalls.«

Ich hörte ein leichtes blechernes Echo. Ansonsten war es still.

»Erinnerst du dich noch an den Autounfall? Kurz vor Elizabeths Tod?«

Rebecca Schayes, die beste Freundin meiner Frau, antwortete nicht.

Ich räusperte mich. »Wer ist gefahren?«

»Was?« Das war nicht an mich gerichtet. »Okay, einen Moment.« Dann wieder ins Telefon. »'tschuldige, Beck, ich muss hier eben was erledigen. Kann ich dich gleich zurückrufen?«

»Rebecca …«

Aber die Leitung war schon tot.

Die Wahrheit über Tragödien: Sie sind gut für die Seele.

Tatsache ist, dass ich aufgrund der Tode ein besserer Mensch geworden bin. Als Silberstreif am Horizont ist das zugegebenermaßen etwas dünn. Aber so ist es nun einmal. Das heißt nicht, dass es sich lohnt oder dass es gar ein fairer Tausch wäre oder so etwas, aber ich weiß, dass ich ein besserer Mensch bin als früher. Ich habe ein feineres Gespür für die Dinge, die wichtig sind. Ich kann mich besser in die Leiden anderer Menschen einfühlen.

Es gab eine Zeit – heute klingt das lächerlich –, da habe ich mir Gedanken darüber gemacht, in welche Clubs ich eintreten sollte, was für ein Auto ich fuhr, welches College-Abschlusszeugnis bei mir an der Wand hing – diese ganzen blödsinnigen Statusfragen. Ich wollte Chirurg werden, um andere Menschen zu beeindrucken. Ich wollte so genannten Freunden imponieren. Ich wollte eine große Nummer sein.

Wie ich schon sagte, lächerlich.

Sie könnten dagegenhalten, dass diese Entwicklung einfach eine Frage der Reife ist. Da ist etwas dran. Ein nicht unerheblicher Teil der Veränderung beruht auch darauf, dass ich jetzt allein bin. Elizabeth und ich waren ein Paar, ein zusammengehöriges Ganzes. Sie war so gut, dass ich es mir leisten konnte, nicht ganz so gut zu sein – als würde ihre Güte uns beide veredeln, als würden wir uns in einer Art kosmischer Balance die Waage halten.

Der Tod ist trotzdem ein großer Lehrmeister. Nur viel zu streng.

Leider kann ich Ihnen jetzt nicht mitteilen, dass ich durch die Tragödie eine große, unumstößliche, das Leben der Menschen verändernde Weisheit entdeckt habe, die ich Ihnen hier verkünden kann. Nichts zu machen. Nur die üblichen Klischees – das Wichtigste im Leben sind Freunde, das Leben ist kostbar, das Streben nach Besitz wird überbewertet, die kleinen Dinge im Leben zählen, man muss für den Augenblick leben –, ich kann sie Ihnen bis zum Erbrechen aufsagen. Womöglich würden Sie mir sogar zuhören, zu Eigen machen würden Sie sich das jedoch nicht. Tragödien bläuen es einem ein. Tragödien ätzen es einem in die Seele. Sie werden davon nicht glücklicher. Aber Sie werden ein besserer Mensch.

Der Gipfel der Ironie ist allerdings, dass ich mir oft wünschte, Elizabeth könnte mich jetzt sehen. So sehr es mir auch entgegenkommen würde, glaube ich doch weder, dass die Toten über uns wachen, noch an andere, ähnlich tröstliche Konstruktionen, mit denen wir uns ein solches Ereignis versüßen. Ich glaube, dass die Toten für immer und ewig verschwunden sind. Trotzdem kann ich mir einen Gedanken nicht ganz verkneifen: Vielleicht wäre ich ihrer jetzt würdig.

Ein gläubigerer Mensch würde sich vielleicht fragen, ob sie deshalb jetzt zurückkehrt.

Rebecca Schayes war eine der bekanntesten freien Fotografinnen New Yorks. Ihre Arbeiten erschienen in sämtlichen angesehenen Hochglanzmagazinen, wobei sie sich allerdings seltsamerweise auf Bilder von Männern spezialisiert hatte. Profi-Sportler, die sich zum Beispiel für das Cover von *GQ* zur Verfügung stellten, verlangten oft, dass die Fotos von ihr gemacht wurden. Rebecca witzelte gerne, dass ihr Geschick im Umgang mit Männerkörpern »aus der lebenslangen intensiven Beschäftigung damit« rühre.

Ich stand vor dem Gebäude an der West 32nd Street in der Nähe der Penn Station. Es war ein potthässliches, teilweise umgebautes Lagerhaus, das nach den Pferden und Kutschen stank, die im Erdgeschoss untergebracht waren, wenn sie nicht Touristen durch den Central Park chauffierten. Ich ließ den Lastenfahrstuhl links liegen und ging die Treppe zu ihrem Atelier hinauf.

Rebecca kam den Flur entlanggehastet. Ein schwarz gekleideter Assistent mit schmächtigen Armen und einem dünnen, wie aufgemalt wirkenden Bart folgte ihr mit zwei Aluminium-Koffern. Rebecca hatte noch immer ihre widerspenstigen Sabra-Locken; die feuerroten, wild gekräuselten Haare fielen lang auf ihre Schultern herab. Ihre Augen waren grün, und falls sie sich in den letzten acht Jahren verändert hatte, konnte ich es nicht feststellen.

Sie verlangsamte ihre Schritte kaum, als sie mich sah. »Es passt gerade absolut nicht, Beck.«

»Pech«, sagte ich.

»Ich hab eine Session. Können wir das auf später verschieben?«

»Nein.«

Sie blieb stehen, flüsterte dem schmollenden Assistenten etwas zu und sagte: »Okay, dann komm mit.«

Ihr Atelier hatte hohe Decken und weiß gestrichene Betonwände. Überall standen Beleuchtungsschirme, schwarze Abschirmungen und auf dem Fußboden schlängelten sich Verlängerungskabel. Rebecca fummelte mit einer Filmrolle herum und tat so, als wäre sie beschäftigt.

»Erzähl mir von dem Autounfall«, sagte ich.

»Ich kapier das nicht, Beck.« Sie öffnete eine Filmdose, stellte sie weg, schloss den Deckel wieder und öffnete sie erneut. »Wir haben in den letzten, ich weiß nicht, acht Jahren kaum miteinander gesprochen. Und jetzt wirst du plötzlich rappelig wegen eines alten Autounfalls?«

Ich verschränkte die Arme und wartete.

»Wieso, Beck? Das ist so lange her. Wieso willst du das wissen?«

»Sag es mir.«

Sie sah mich nicht an. Das widerspenstige Haar verdeckte ihr halbes Gesicht, doch sie schob es nicht zurück. »Sie fehlt mir«, sagte sie. »Und du fehlst mir auch.«

Ich antwortete nicht.

»Ich hab bei dir angerufen«, sagte sie.

»Ich weiß.«

»Ich wollte in Kontakt bleiben. Ich wollte für dich da sein.«

»Tut mir Leid«, sagte ich. Und das stimmte sogar. Rebecca war Elizabeths beste Freundin gewesen. Vor unserer Hochzeit hatten sie sich in der Nähe des Washington Square Parks eine Wohnung geteilt. Ich hätte sie zurückrufen, sie einladen oder irgendwie auf sie zugehen sollen. Doch ich hatte es nicht getan.

Trauer kann ungeheuer selbstsüchtig sein.

»Elizabeth hat mir erzählt, dass ihr beide einen kleinen Autounfall hattet«, bohrte ich weiter. »Sie hat gesagt, es war ihre Schuld. Sie hätte nicht auf die Straße gesehen. Stimmt das?«

»Was für eine Rolle spielt das jetzt noch?«

»Es spielt eine Rolle.«

»Wieso?«

»Wovor hast du Angst, Rebecca?« Jetzt zog sie es vor, zu schweigen.

»Hat dieser Unfall jetzt stattgefunden oder nicht?«

Ihre Schultern sanken herab, als ob in ihr etwas durchtrennt worden wäre. Sie holte ein paar Mal tief Luft und blickte weiterhin zu Boden. »Ich weiß es nicht.«

»Was heißt das, du weißt es nicht?«

»Mir hat sie auch erzählt, dass es ein Autounfall war.«

»Aber du warst nicht dabei?«

»Nein. Du warst nicht in der Stadt, Beck. Ich bin eines Abends nach Hause gekommen, da saß Elizabeth im Wohnzimmer. Sie war ziemlich übel zugerichtet. Ich hab sie gefragt, was passiert ist. Sie antwortete, sie hätte einen Autounfall gehabt, und falls jemand fragen sollte, wären wir beide in meinem Wagen unterwegs gewesen.«

»Falls jemand fragen sollte?«

Endlich sah Rebecca auf. »Ich glaube, sie hat dich gemeint, Beck.«

Ich versuchte, das alles zu erfassen. »Und was ist wirklich passiert?«

»Das hat sie mir nicht verraten.«

»Bist du mit ihr zum Arzt gegangen?«

»Das wollte sie nicht.« Rebecca maß mich mit einem seltsamen Blick. »Ich raff's immer noch nicht. Warum fragst du jetzt danach?«

Kein Sterbenswort.

»Ich versuche nur, meinen Frieden mit der Vergangenheit zu machen.«

Sie nickte, glaubte mir aber nicht. Wir waren beide keine besonders guten Lügner.

»Hast du Fotos von ihr gemacht?«, fragte ich.

»Fotos?«

»Von den Verletzungen. Nach dem Unfall.«

»Großer Gott, nein. Warum hätte ich das tun sollen?«

Eine verdammt gute Frage. Ich lehnte mich zurück und dachte darüber nach. Ich weiß nicht, wie lange ich so dasaß.

»Beck?«

»Ja.«

»Du siehst beschissen aus.«

»Du nicht«, sagte ich.

»Ich bin verliebt.«

»Steht dir gut.«

»Danke.«

»Ist er ein anständiger Kerl?«

»Der Beste.«

»Vielleicht hat er dich dann verdient.«

»Vielleicht.« Sie beugte sich vor und küsste mich auf die Wange. Es fühlte sich schön an, tröstlich. »Irgendwas ist passiert, nicht wahr?«

Diesmal entschloss ich mich, die Wahrheit zu sagen. »Ich weiß es nicht.«

13

SHAUNA UND HESTER CRIMSTEIN SASSEN in Hesters protzigem Anwaltsbüro in Midtown. Hester beendete ihr Telefonat und legte auf.

»Ich krieg aus keinem so richtig was raus«, sagte sie.

»Sie haben ihn aber nicht festgenommen?«

»Nein. Noch nicht.«

»Und was soll das Ganze?«, fragte Shauna.

»Nach allem, was ich bis jetzt gehört habe, glauben sie, dass Beck seine Frau umgebracht hat.«

»Das ist doch völliger Blödsinn«, knurrte Shauna. »Jeder weiß, dass er damals im Krankenhaus lag. Außerdem sitzt dieser durchgeknallte KillRoy in der Todeszelle.«

»Nicht für den Mord an ihr«, entgegnete die Anwältin.

»Was?«

»Kellerton wird verdächtigt, mindestens achtzehn Frauen umgebracht zu haben. Vierzehn Morde hat er gestanden, aber sie hatten nur für zwölf ausreichend Beweise und Indizien. Das hat ihnen gereicht. Wie viele Todesurteile sind denn nötig für einen einzigen Mann?«

»Aber jeder weiß, dass er Elizabeth umgebracht hat.«

»Korrigiere: Jeder *wusste*.«

»Ich versteh das nicht. Wie kommen die überhaupt darauf, dass Beck etwas damit zu tun haben könnte?«

»Ich weiß es nicht«, sagte Hester. Sie legte die Füße auf den Schreibtisch und verschränkte die Hände hinter dem Kopf. »Jedenfalls noch nicht. Aber wir müssen auf der Hut sein.«

»Wieso das?«

»Erstens müssen wir davon ausgehen, dass das FBI jeden seiner Schritte überwacht. Telefonleitungen werden angezapft, er wird beschattet und so weiter.«

»Na und?«

»Was meinst du mit ›na und‹?«

»Er ist unschuldig, Hester. Lass sie doch schnüffeln.«

Hester sah sie an und schüttelte den Kopf. »Tu nicht so naiv.«

»Was zum Teufel soll das heißen?«

»Das heißt, wenn sie aufzeichnen, wie er Rührei zum Frühstück isst, kann das etwas bedeuten. Er muss aufpassen. Aber da ist noch was.«

»Was?«

»Das FBI wird versuchen, Beck festzunageln.«

»Und wie?«

»Da bin ich überfragt, aber du kannst dich drauf verlassen, dass sie alles versuchen werden. Die sind ganz wild auf deinen Freund. Und die Geschichte ist acht Jahre her. Das bedeutet, dass sie verzweifelt sind. Und verzweifelte FBI-Agenten sind üble FBI-Agenten, die die Bürgerrechte mit Füßen treten.«

Shauna lehnte sich zurück und dachte an die seltsamen E-Mails von Elizabeth.

»Was ist?«, fragte Hester.

»Nichts.«

»Du darfst mir nichts vorenthalten, Shauna.«

»Ich bin nicht deine Klientin.«

»Willst du sagen, dass Beck mir etwas verschwiegen hat?« Shaunas nächster Gedanke erfüllte sie mit etwas, das an Entsetzen grenzte. Sie dachte kurz darüber nach, wendete ihn hin und her und prüfte ihn auf Herz und Nieren.

Es passte, und Shauna hoffte – nein, betete –, dass sie Unrecht hatte. Sie stand auf und eilte zur Tür. »Ich muss los.«

»Was ist?«

»Frag deinen Mandanten.«

Die Special Agents Nick Carlson und Tom Stone nahmen auf derselben Couch Platz, auf der Beck vor kurzem nostalgische Anwandlungen gehabt hatte. Ihnen gegenüber saß Kim Parker, Elizabeths

Mutter, und hatte die Hände im Schoß zusammengelegt. Ihr Gesicht war zu einer wächsernen Maske erstarrt. Hoyt Parker ging im Zimmer auf und ab.

»Und was ist jetzt so wichtig, dass Sie mir am Telefon nichts darüber sagen konnten?«, fragte er.

»Wir hätten ein paar Fragen an Sie«, sagte Carlson.

»Worüber?«

»Über Ihre Tochter.«

Jetzt erstarrte auch Hoyts Gesicht.

»Um genauer zu sein, wir würden Ihnen gern ein paar Fragen über die Beziehung Ihrer Tochter zu ihrem Mann, Dr. David Beck, stellen.«

Hoyt und Kim sahen sich an. »Warum?«, fragte Hoyt dann.

»Es betrifft eine laufende Ermittlung.«

»Was ist los? Sie ist seit acht Jahren tot. Ihr Mörder sitzt in der Todeszelle.«

»Bitte, Detective Parker. Wir sind alle auf der gleichen Seite.«

Es war still im Zimmer. Kim Parkers Lippen wurden immer schmaler und fingen an zu zittern. Hoyt sah seine Frau an und nickte den beiden Männern zu.

Carlson ließ Kim nicht aus den Augen. »Mrs Parker, wie würden Sie die Beziehung zwischen Ihrer Tochter und deren Mann beschreiben?«

»Sie haben sich sehr nahe gestanden, waren sehr verliebt.«

»Probleme gab es nicht?«

»Nein«, sagte sie. »Keine.«

»Würden Sie Dr. Beck als gewalttätig beschreiben?« Sie sah bestürzt aus. »Nein, absolut nicht.«

Die FBI-Agenten schauten Hoyt an. Er nickte zustimmend.

»Hat Dr. Beck, soweit Sie wissen, Ihre Tochter je geschlagen?«

»Was?«

Carlson versuchte, freundlich zu lächeln. »Wenn Sie bitte einfach die Frage beantworten würden?«

»Niemals«, sagte Hoyt. »Niemand hat meine Tochter je geschlagen.«

»Sind Sie sicher?«

Mit fester Stimme: »Sehr.« Carlson sah Kim an. »Mrs Parker?«

»Er hat sie so geliebt.«

»Ich verstehe, Ma'am. Aber viele Männer, die ihre Frauen schlagen, behaupten, sie zu lieben.«

»Er hat sie nie geschlagen.«

Hoyt blieb stehen. »Was geht hier eigentlich vor?«

Carlson warf Stone einen kurzen Blick zu. »Wenn es Ihnen recht ist, würde ich Ihnen gerne ein paar Fotos zeigen. Sie sind schwer zu ertragen, ich halte es aber für wichtig.«

Stone reichte Carlson den braunen Briefumschlag. Carlson öffnete ihn. Langsam, eins nach dem anderen, legte er die Fotos der verletzten Elizabeth auf den Couchtisch. Dabei beobachtete er die ganze Zeit Kims und Hoyts Reaktionen. Wie erwartet stieß Kim Parker einen leisen Schrei aus. Hoyt Parker schien mit sich selbst zu kämpfen, bis sich in seiner Miene eine abwesende Leere ausbreitete.

»Wo haben Sie die her?«, fragte Hoyt leise.

»Kennen Sie diese Bilder?«

»Nein«, sagte er. Er sah seine Frau an. Sie schüttelte den Kopf.

»Aber ich erinnere mich an die blauen Flecken«, versuchte Kim Parker zu beschwichtigen.

»Wann war das?«

»Genau weiß ich es nicht mehr. Nicht allzu lange vor ihrem Tod. Aber als ich sie gesehen habe, waren sie nicht so …«, sie suchte nach dem richtigen Wort, »… ausgeprägt.«

»Hat Ihre Tochter Ihnen erzählt, woher sie die Prellungen hatte?«

»Sie sagte, sie hätte einen Autounfall gehabt.«

»Mrs Parker, wir haben uns bei der Versicherungsgesellschaft Ihrer Tochter erkundigt. Sie hat keinen Autounfall gemeldet. Wir sind auch die Polizeiakten durchgegangen. Niemand hat je Anzeige gegen sie erstattet. Und die Polizei hat auch keinen Bericht vorliegen, in dem ihr Name erwähnt wird.«

»Und was heißt das alles?«, mischte Hoyt sich ein.

»Ganz einfach. Wenn Ihre Tochter keinen Autounfall hatte, woher stammen dann diese Verletzungen?«

»Sie glauben, ihr Mann hat sie ihr zugefügt?«

»Das ist eine von mehreren Hypothesen.«

»Und worauf beruht die?«

Die beiden Männer zögerten. Für dieses Zögern konnte es zwei Gründe geben: nicht in Gegenwart einer Dame oder nicht in Gegenwart von Zivilisten. Hoyt ging auf das versteckte Anliegen ein.

»Kim, hast du etwas dagegen, wenn ich kurz allein mit den Agenten spreche?«

»Nicht im Geringsten.«

Sie erhob sich mit weichen Knien und stolperte zur Treppe. »Ich bin im Schlafzimmer.«

Als sie verschwunden war, sagte Hoyt: »Okay, ich höre.«

»Wir glauben nicht, dass Dr. Beck Ihre Tochter nur geschlagen hat«, sagte Carlson. »Wir glauben, er hat sie ermordet.«

Hoyts Blick wanderte von Carlson zu Stone, dann wieder zurück zu Carlson, als warte er auf die Pointe. Als keine kam, ging er zum Sessel hinüber. »Das müssen Sie mir näher erläutern.«

14

WAS HATTE ELIZABETH MIR NOCH VERSCHWIEGEN?

Als ich die 10th Avenue entlang zum Quick-n-Park ging, versuchte ich wieder, die Fotos als bloße Dokumentation ihrer Verletzungen aus dem Autounfall abzutun. Ich weiß noch, wie unbekümmert sie damals über die ganze Sache hinweggegangen war. Nur ein Blechschaden, hatte sie gesagt. Nichts Wichtiges. Als ich nach den Einzelheiten fragte, hatte sie mich mehr oder weniger abblitzen lassen.

Jetzt wusste ich, dass sie mich belogen hatte.

Ich könnte Ihnen erzählen, dass Elizabeth mich nie belogen hat, aber angesichts dieser neuen Entdeckung hätte eine solche Aussage nur wenig Überzeugungskraft. Es war jedoch die erste Lüge, von der ich wusste. Wir hatten wohl beide unsere Geheimnisse gehabt. Als ich am Quick-n-Park war, fiel mir etwas Eigenartiges ins Auge – vielleicht sollte ich eher sagen, eine eigenartige Person. An der Ecke stand ein Mann in einem hellbraunen Mantel. Er sah mich an.

Und er kam mir irgendwie bekannt vor. Ich kannte ihn nicht, hatte aber trotzdem eine Art beunruhigendes Déjà-vu-Erlebnis. Ich hatte diesen Mann schon einmal gesehen. Irgendwann heute Vormittag. Wo war das gewesen? Ich ging den Vormittag im Kopf durch und entdeckte ihn vor meinem inneren Auge:

Ich hatte den Mann im hellbraunen Mantel auf dem Starbucks-Parkplatz gesehen, als ich heute Morgen um acht den Wagen abgestellt hatte.

War ich mir sicher?

Nein, natürlich nicht. Ich wandte den Blick ab und ging zur Wärterkabine. Der Parkplatzwächter – auf seinem Namensschild stand Carlo – sah fern und aß ein Sandwich. Er schaute noch eine halbe Minute auf den Bildschirm, ehe er gemächlich geruhte, mich zur Kenntnis zu nehmen. Dann wischte er sich ruhig die Krümel von den Händen, nahm mein Ticket und stempelte es. Ich bezahlte, und der Wächter gab mir meine Autoschlüssel.

Der Mann im hellbraunen Mantel war immer noch da.

Ich musste all meine Konzentration zusammennehmen, um ihn auf dem Weg zum Wagen nicht anzusehen. Ich stieg ein, ließ den Motor an, fuhr los und sah erst in den Rückspiegel, als ich auf der 10th Avenue war.

Der Mann im hellbraunen Mantel würdigte mich keines Blickes. Ich behielt ihn im Auge, bis ich auf den West Side Highway abbog. Er sah nicht ein einziges Mal in meine Richtung. Verfolgungswahn. Langsam wurde ich wirklich paranoid.

Warum also hatte Elizabeth mich belogen?

Ich dachte darüber nach und kam zu keinem Ergebnis.

Bis zur Ankunft der Bat-Street-Nachricht hatte ich noch drei Stunden Zeit. Drei Stunden. Mann, ich musste mich irgendwie ablenken. Wenn ich zu sehr grübelte, was am anderen Ende dieser Internet-Verbindung sein könnte, zerfraß es mir noch die Magenschleimhaut.

Ich wusste, was ich zu tun hatte. Ich versuchte nur, das Unvermeidliche etwas hinauszuzögern.

Als ich nach Hause kam, saß Opa allein in seinem Sessel. Der Fernseher war aus. Die Schwester quasselte auf Russisch ins Telefon. Mit der wurde das nichts. Ich musste die Vermittlung anrufen, damit sie eine andere schickten.

In Opas Mundwinkeln klebten ein paar Eireste, also nahm ich ein Taschentuch und wischte sie vorsichtig ab. Unsere Blicke trafen sich, doch er starrte auf irgendetwas weit hinter mir. Ich sah uns alle gemeinsam am See. Opa posierte für seine beliebten Vorher-Nachher-Bilder eines Schlankheitsmittels. Er stellte sich so hin, dass er im Profil zu sehen war, sank in sich zusammen, stülpte seinen elastischen Bauch heraus und rief: »Vorher!« Dann zog er ihn ein, spannte die Muskeln an und schrie: »Nachher!« Das machte er hervorragend. Mein Vater johlte vor Lachen. Dads Lachen war fantastisch und hochgradig ansteckend. Sein ganzer Körper lachte mit. Mein Lachen

112

war auch so gewesen. Es ist mit ihm gestorben. Ich konnte nicht mehr so lachen. Es kam mir unanständig vor.

Als sie mich hörte, legte die Schwester schnell auf und kam breit lächelnd ins Zimmer. Ich erwiderte ihr Lächeln nicht.

Ich beäugte die Kellertür. Noch immer zögerte ich das Unvermeidliche heraus.

Schluss mit der Zauderei.

»Bleiben Sie bei ihm«, sagte ich.

Die Schwester nickte und setzte sich.

Der Keller war zum letzten Mal in einer Zeit renoviert worden, als die Leute noch nicht angefangen hatten, ihre Keller schick auszubauen, und das sah man. Der ehemals braune Teppichboden hatte Löcher und Wasserflecken. Auf die Asphaltwände hatte man weißes Backsteindekor aus irgendeinem seltsamen Kunststoff geklebt. Ein paar Tapetenbahnen hatten sich von oben bis zum Teppichboden von der Wand gerollt, andere waren bis zur halben Höhe intakt, wie die Säulen der Akropolis.

Die Tischtennisplatte war zu einem schon fast zeitgemäßen Mintgrün verblichen. Das zerfetzte Netz erinnerte an die Barrikaden nach der Erstürmung durch die französischen Truppen. Die Griffe der Schläger waren so rau, dass man sich beim Anfassen vor Holzsplittern hüten musste.

Ein paar Kartons, einige davon angeschimmelt, lagen auf der Tischtennisplatte. Andere standen übereinander gestapelt in der Ecke. Die alte Kleidung wurde in Koffern aufbewahrt. Elizabeths nicht allerdings. Shauna und Linda hatten sie für mich entsorgt. Sie waren wohl an die Wohlfahrt gegangen. In den meisten anderen Kartons jedoch steckten alte Sachen. *Ihre* Sachen. Ich konnte sie weder wegwerfen noch anderen Leuten überlassen. Ich weiß nicht recht, warum. Manche Dinge packen wir weg, legen sie ganz hinten in den Schrank, rechnen nicht damit, sie noch einmal zu sehen – doch wir können uns nicht dazu überwinden, sie ganz aus der Hand zu geben. Wie so manchen Jugendtraum, denke ich.

Ich erinnerte mich nicht mehr, wo ich ihn hingelegt hatte, wusste aber, dass er hier irgendwo sein musste. Ich ging alte Fotos durch, wobei ich wieder versuchte, nicht an das zu denken, was ich sah. Das gelang mir ziemlich gut, und der Schmerz nahm mit der Zeit ab. Als ich ein grünstichiges Polaroid-Bild von Elizabeth und mir in der Hand hielt, war es fast, als betrachtete ich zwei Fremde.

Ein grässlicher Job.

Langsam arbeitete ich mich nach unten durch. Meine Fingerspitzen berührten etwas aus Filz, und ich zog ihr Tennisabzeichen aus dem Highschool-Team hervor. Mit einem betrübten Grinsen entsann ich mich ihrer braun gebrannten Beine und ihres hüpfenden Zopfs, wenn sie ans Netz lief. Auf dem Platz erstarrte ihr Gesicht in höchster Konzentration. Diese Konzentration ermöglichte es Elizabeth, ihre Gegner zu schlagen. Sie spielte sehr ordentliche Grundschläge und hatte einen ziemlich guten Aufschlag, war jedoch vor allem deshalb besser als ihre Altersgenossinnen, weil sie imstande war, sich einzig und allein auf das Spiel zu konzentrieren. Ich legte das Abzeichen vorsichtig zur Seite und grub weiter im Karton herum. Ganz unten fand ich das Gesuchte. Ihren Terminkalender.

Nach der Entführung war auch die Polizei daran interessiert gewesen. Hatte man mir damals jedenfalls erzählt. Rebecca hatte den Polizisten die Wohnung geöffnet und ihnen bei der Suche geholfen. Sie hatten sich wohl Hinweise erhofft – genau wie ich es jetzt tat –, doch nachdem die Leiche mit dem eingebrannten K aufgetaucht war, waren sie der Sache offenbar nicht weiter nachgegangen.

Ich dachte gerade noch ein bisschen über diesen Punkt nach – darüber, wie plötzlich alles auf KillRoy hinauslief –, als mir ein anderer Gedanke durch den Kopf schoss. Ich rannte nach oben zu meinem Computer und loggte mich ins Internet ein. Dann rief ich die Website des New York City Department of Corrections auf. Sie enthielt jede Menge Daten, unter anderem auch die Telefonnummer, die ich brauchte.

Ich ging wieder offline und rief im Briggs Penitentiary an. Das ist das Gefängnis, in dem KillRoy sitzt.

Als die Ansage so weit war, drückte ich die entsprechende Taste und wurde weitervermittelt. Nach dreimaligem Klingeln meldete sich eine Männerstimme: »Deputy Superintendent Brown am Apparat.«

Ich teilte ihm mit, dass ich Elroy Kellerton besuchen wollte.

»Und Ihr Name ist?«, fragte er.

»Dr. David Beck. Meine Frau, Elizabeth Beck, war eins seiner Opfer.«

»Verstehe.« Brown zögerte. »Darf ich nach dem Grund Ihres Besuchs fragen?«

»Nein.«

Es war still in der Leitung.

»Ich habe das Recht, ihn zu besuchen, wenn er bereit ist, mich zu empfangen«, sagte ich.

»Ja, natürlich, aber das ist ein höchst ungewöhnliches Anliegen.«

»Das ich hiermit trotzdem vorbringe.«

»Das übliche Verfahren wäre, dass Sie Ihren Anwalt damit betrauen, und …«

»Das ist aber nicht vorgeschrieben«, unterbrach ich ihn. Ich hatte das auf einer Website erfahren, die sich mit den Rechten der Opfer von Gewaltverbrechen beschäftigte – ich konnte mein Anliegen selbst vorbringen. Wenn Kellerton bereit war, sich mit mir zu treffen, war ich dabei. »Ich will nur mit Kellerton reden. Sie haben morgen doch Besuchszeit, nicht wahr?«

»Ja, haben wir.«

»Falls Kellerton einwilligt, würde ich dann morgen gerne vorbeikommen. Oder gibt es da noch irgendwelche Probleme?«

»Nein, Sir. Wenn er einwilligt, geht das klar.«

Ich bedankte mich und legte auf. Endlich fing ich an zu handeln. Es war ein verdammt gutes Gefühl.

Der Terminkalender lag neben mir auf dem Schreibtisch. Wieder zögerte ich, ihn aufzuschlagen, denn so schmerzlich ein Foto oder eine Videoaufnahme auch sein mochte, Handschrift ist doch noch schlimmer, noch persönlicher. Elizabeths geschwungene Großbuchstaben, die entschlossenen Querstriche der ts, die übermäßig vielen

Schleifen zwischen den Buchstaben, das leicht nach rechts geneigte Schriftbild …

Ich las über eine Stunde darin. Elizabeth schrieb sehr ausführlich. Sie verwendete kaum Abkürzungen. Ich war überrascht, wie gut ich meine Frau gekannt hatte. Alles war klar und eindeutig, ich fand nichts, was mich verwunderte. Genau genommen gab es nur einen Termin, den ich nicht zuordnen konnte.

Drei Wochen vor ihrem Tod fand sich ein Eintrag, der einfach nur *PF* lautete.

Und eine Telefonnummer ohne Vorwahl.

In Anbetracht dessen, wie gewissenhaft sie sonst alles aufgeschrieben hatte, fand ich diesen Eintrag ziemlich beunruhigend. Ich hatte keine Ahnung, welche Ortsvorwahl zu der Nummer gehören könnte. Der Anruf lag acht Jahre zurück. Die Telefongesellschaften hatten die Vorwahlen seitdem mehrmals geändert.

Als ich es mit 201 probierte, hörte ich *Kein Anschluss unter dieser Nummer.* Unter 973 meldete sich eine alte Frau. Ich erzählte ihr, dass sie ein Gratisabonnement der *New York Post* gewonnen hätte. Sie nannte mir ihren Namen. Die Initialen passten nicht. Dann versuchte ich es mit 212 für die Innenstadt. Und damit knackte ich den Jackpot.

»Anwaltskanzlei Peter Flannery«, sagte eine Frauenstimme mit einem unterdrückten Gähnen.

»Würden Sie mich bitte mit Mr Flannery verbinden?«

»Er ist im Gericht.«

Um noch gelangweilter zu klingen, hätte es eines verschreibungspflichtigen Medikaments bedurft. Im Hintergrund war es ziemlich laut.

»Ich hätte gerne einen Termin bei Mr Flannery.«

»Sind Sie durch die Reklametafel auf uns aufmerksam geworden?«

»Die Reklametafel?«

»Sind Sie verletzt?«

»Ja«, sagte ich. »Aber ich habe keine Reklame gesehen. Ein Freund hat Sie mir empfohlen. Es geht um einen ärztlichen Kunstfehler. Ich bin mit einem gebrochenen Arm hingegangen, und jetzt kann ich ihn nicht mehr bewegen. Ich habe meinen Job verloren. Ich habe ununterbrochen Schmerzen.«

Sie gab mir einen Termin für den morgigen Nachmittag.

Ich legte auf und runzelte die Stirn. Was hatte Elizabeth von einem Krankenhaus-Aasgeier wie Flannery gewollt?

Das Klingeln des Telefons schreckte mich auf. Schon beim ersten Klingeln war ich am Apparat.

»Hallo«, sagte ich.

Es war Shauna. »Wo bist du?«, wollte sie wissen.

»Zu Hause.«

»Du musst sofort herkommen«, sagte sie.

15

AGENT CARLSON SAH HOYT PARKER direkt in die Augen. »Wie Sie
wissen, haben wir vor kurzem in der Umgebung von Lake Charmaine zwei Leichen gefunden.«

Hoyt nickte.

Ein Handy zirpte. Stone rappelte sich auf und sagte »Entschuldigen Sie mich«, bevor er in der Küche verschwand. Hoyt wandte sich
wieder Carlson zu und wartete.

»Wir kennen den offiziellen Bericht über den Tod Ihrer Tochter«, sagte Carlson. »Sie war wie jedes Jahr an diesem Tag mit ihrem
Mann David Beck zum See gefahren. Die beiden gingen im Dunkeln
schwimmen. KillRoy lag auf der Lauer. Er schlug Dr. Beck nieder
und entführte Ihre Tochter. Ende.«

»Und Sie glauben nicht an diesen Tathergang?«

»Nein, Hoyt – darf ich Sie Hoyt nennen?« Hoyt nickte.

»Nein, Hoyt, wir glauben nicht daran.«

»Und wie sehen Sie das Ganze?«

»Ich glaube, David Beck hat Ihre Tochter ermordet und es dem
Serienmörder angehängt.«

Nach 28 Jahren beim New York Police Department wusste Hoyt,
wie man etwas mit unbewegter Miene zur Kenntnis nahm. Jetzt
zuckte er trotzdem zurück, als hätte man ihm einen Kinnhaken versetzt. »Schießen Sie los.«

»In Ordnung. Fangen wir ganz vorn an. Beck fährt mit Ihrer Tochter an diesen abgelegenen See, stimmt's?«

»Stimmt.«

»Waren Sie schon einmal da?«

»Oft.«

»Oh?«

»Wir kennen uns alle seit Ewigkeiten. Kim und ich waren enge

Freunde von Davids Eltern. Wir waren regelmäßig bei ihnen zu Besuch.«

»Dann wissen Sie ja, wie abgelegen es dort ist.«

»Ja.«

»Ein Feldweg, ein Schild, das man nur sieht, wenn man weiß, dass es da ist. Der See ist so versteckt, wie er nur sein kann. Man sieht praktisch kein Lebenszeichen.«

»Worauf wollen Sie hinaus?«

»Wie groß ist die Wahrscheinlichkeit, dass KillRoy ausgerechnet diesen Weg nimmt?«

Hoyt hob die Hände und drehte die Handflächen zum Himmel.

»Wie groß ist die Wahrscheinlichkeit überhaupt, dass man ausgerechnet einem Serienmörder begegnet?«

»Da haben Sie auch wieder Recht, aber in seinen anderen Morden gab es eine gewisse Logik. Kellerton hat Menschen von Stadtstraßen verschleppt; eins seiner Opfer zwang er, ihn in ihrem Wagen mitzunehmen. Und einmal ist er in ein Haus eingebrochen. Aber überlegen Sie doch mal. Er sieht diesen verlassenen Feldweg und beschließt, sich ausgerechnet dort ein Opfer zu suchen? Ich behaupte nicht, dass es unmöglich ist, aber ich halte es für äußerst unwahrscheinlich.«

»Reden Sie weiter.«

»Sie müssen zugeben, dass es im offiziellen Szenario jede Menge Ungereimtheiten gibt.«

»Ungereimtheiten gibt es in jedem Fall.«

»Das stimmt schon, aber ich möchte Ihnen eine andere Theorie vorstellen. Nehmen wir einfach mal an, Dr. Beck wollte Ihre Tochter umbringen.«

»Warum?«

»Erstens wegen einer Lebensversicherung in Höhe von zweihunderttausend Dollar.«

»Er hat kein Geld gebraucht.«

»Jeder braucht Geld, Hoyt. Das wissen Sie doch.«

»Das passt so nicht.«

»Hören Sie, wir sammeln ja noch. Wir kennen noch nicht alle Motive. Aber lassen Sie mich unser Szenario mal durchgehen, okay?« Hoyt zuckte die Achseln.

»Wir haben hier Beweise dafür, dass Dr. Beck Ihre Tochter geschlagen hat.«

»Was für Beweise? Sie haben ein paar Fotos. Elizabeth hat meiner Frau erzählt, sie hätte einen Autounfall gehabt.«

»Ach kommen Sie, Hoyt.« Carlson fuhr mit der Hand über die auf dem Tisch verteilten Fotos. »Sehen Sie sich mal den Gesichtsausdruck Ihrer Tochter an. Sieht so eine Frau aus, die einen Autounfall hatte?«

Nein, dachte Hoyt, sieht sie nicht. »Woher haben Sie die Bilder?«

»Das sage ich Ihnen gleich, aber kommen wir erst noch kurz zurück zu meiner Theorie, okay? Nehmen wir an, Dr. Beck hätte Ihre Tochter geschlagen und er hatte eine riesige Erbschaft in Aussicht.«

»Ziemlich viele Annahmen.«

»Stimmt, aber bleiben wir bei der Sache. Denken Sie an das offizielle Szenario mit all den Ungereimtheiten. Und jetzt vergleichen Sie es mit Folgendem: Dr. Beck fährt mit Ihrer Tochter an einen abgelegenen Ort, wo es, wie er genau weiß, keine Zeugen geben wird. Er heuert zwei Schläger an, die sich Elizabeth schnappen sollen. Er kennt die Geschichte von KillRoy. Steht ja in allen Zeitungen. Außerdem hat Ihr Bruder an dem Fall mitgearbeitet. Hat er je mit Ihnen oder Beck darüber gesprochen?«

Hoyt saß einen Augenblick lang ganz still da. »Weiter.«

»Die beiden Schläger entführen und ermorden Ihre Tochter. Natürlich wäre der Ehemann der Erste, der verdächtigt wird – wie immer in solchen Fällen, stimmt's? Aber die beiden Schläger brennen ihr ein K in die Wange. Und ehe man sich's versieht, ist KillRoy der Schuldige.«

»Aber Beck wurde angegriffen. Seine Verletzung war echt.«

»Natürlich. Aber wir wissen doch beide, dass das nicht bedeutet, dass er nicht hinter der ganzen Sache steckt. Wie hätte Beck erklären sollen, dass er die Entführung seiner Frau gesund und munter überstanden hat? ›Hey, stellt euch das mal vor, meine Frau wurde entführt, aber mir geht's prima‹? Das hätte nicht hingehauen. Die ganze Sache ist erst durch den Schlag auf den Kopf glaubhaft geworden.«

»Er hat richtig was abgekriegt.«

»Er hatte es mit Schlägern zu tun, Hoyt. Wahrscheinlich haben sie sich ein bisschen vertan. Und was war überhaupt mit seiner Verletzung? Er hat eine abstruse Geschichte erzählt, dass er auf wundersame Weise aus dem Wasser geklettert ist und einen Krankenwagen gerufen hat. Ich habe ein paar Ärzten Dr. Becks Krankenblatt gegeben. Sie meinten, Dr. Becks Bericht über das, was er dort getan haben soll, widerspricht jeder medizinischen Logik und Erfahrung. Mit seinen Verletzungen wäre das so gut wie unmöglich gewesen.«

Hoyt dachte darüber nach. Das hatte er sich auch schon oft gefragt. Wie hatte Beck überlebt und Hilfe gerufen? »Und weiter?«, sagte er.

»Es gibt deutliche Hinweise darauf, dass Beck nicht von KillRoy, sondern von den beiden Schlägern angegriffen wurde.«

»Was für Hinweise?«

»Wir haben bei den Leichen einen Baseballschläger gefunden, an dem sich Blutreste befanden. Es dauert noch ein paar Tage, bis wir das vollständige Ergebnis des DNS-Tests vorliegen haben; die ersten Daten deuten aber darauf hin, dass es sich um Becks Blut handelt.«

Agent Stone kam wieder ins Zimmer getrottet und ließ sich in den Sessel fallen. Wieder sagte Hoyt: »Und weiter?«

»Alles andere ist ziemlich offensichtlich. Die beiden Schläger haben ihre Arbeit getan. Sie haben Ihre Tochter umgebracht und das Ganze KillRoy angehängt. Dann kommen sie zurück, um sich den Rest ihres Lohns abzuholen – oder sie haben sich entschlossen, mehr Geld aus Dr. Beck herauszupressen. Ich weiß es nicht. Spielt auch keine Rolle, auf jeden Fall muss Beck sie beseitigen. Er verabredet sich mit ihnen in den abgelegenen Wäldern von Lake Charmaine. Die beiden Schläger dachten wahrscheinlich, sie hätten es mit einem Weichei von Doktor zu tun, oder vielleicht hat er sie auch überrascht. Auf jeden Fall erschießt Beck sie und vergräbt die Leichen zusammen mit dem Baseballschläger und was ihm sonst noch an Beweismitteln gefährlich werden könnte. Jetzt ist es das perfekte Verbrechen. Es gibt keine Verbindung zwischen ihm und dem Mord. Und wenn wir ehrlich sind, müssen wir zugeben, dass die Leichen nie entdeckt worden wären, wenn wir nicht gewaltiges Glück gehabt hätten.«

Hoyt schüttelte den Kopf. »Aberwitzige Theorie.«

»Es geht noch weiter.«

»Und wie?«

Carlson sah Stone an. Stone deutete auf sein Handy.

»Das war gerade ein seltsamer Anruf vom Briggs Penitentiary«, berichtete er. »Wie es aussieht, hat Ihr Schwiegersohn da heute angerufen und den Wunsch geäußert, sich mit KillRoy zu unterhalten.«

Hoyt konnte seine Verblüffung nicht mehr verbergen. »Warum zum Teufel sollte er das tun?«

»Das dürfen Sie uns nicht fragen«, erwiderte Stone. »Aber vergessen Sie nicht, dass Beck weiß, dass wir ihm auf der Spur sind. Und urplötzlich hat er das unstillbare Verlangen, dem Mann einen Besuch abzustatten, dem er den Mord an Ihrer Tochter angehängt hat.«

»Verdammt komischer Zufall«, ergänzte Carlson.

»Sie glauben, er will seine Spuren verwischen?«

»Haben Sie eine bessere Erklärung?«

Hoyt lehnte sich zurück und ließ das gerade Gehörte einen Moment sacken. »Sie haben etwas vergessen.«

»Was?«

Er zeigte auf die Fotos auf dem Tisch. »Woher haben Sie die?«

»In gewisser Weise«, sagte Carlson, »vermutlich von Ihrer Tochter.«

Hoyts Gesicht war aschfahl.

»Um genauer zu sein, von ihrem Pseudonym. Einer Sarah Goodhart. Der zweite Vorname Ihrer Tochter und der Name dieser Straße.«

»Ich kann Ihnen nicht ganz folgen.«

»Wir haben am Tatort noch etwas gefunden«, sagte Carlson. »Einer der beiden Schläger – Melvin Bartola – hatte einen kleinen Schlüssel im Schuh.« Carlson zeigte Hoyt den Schlüssel. Der nahm

ihn in die Hand und starrte ihn an, als wäre darauf eine geheimnis-
volle Antwort zu finden. »Sehen Sie das *UCB* dort oben?«

Hoyt nickte.

»Es heißt United Central Bank. Nach langer Suche ist es uns gelungen, die entsprechende Filiale in New York ausfindig zu machen,
am Broadway 1772. Es ist der Schlüssel für Schließfach 174, das auf
den Namen Sarah Goodhart angemietet war. Wir haben uns einen
Durchsuchungsbefehl besorgt.«

Hoyt blickte auf. »Und da waren die Fotos drin?«

Carlson und Stone sahen sich an. Sie hatten schon vor dem Gespräch entschieden, Hoyt nicht alles über das Schließfach zu sagen –
nicht bevor sämtliche Testergebnisse vorlagen und sie sich sicher sein
konnten –, doch auf diese Frage hin nickten beide.

»Überlegen Sie mal, Hoyt. Ihre Tochter hatte diese Fotos in einem
Bankschließfach versteckt. Die Gründe sind klar ersichtlich. Wollen
Sie noch mehr? Wir haben Dr. Beck vernommen. Er hat zugegeben,
dass er nichts von den Fotos wusste. Er hatte sie noch nie gesehen.
Warum sollte Ihre Tochter sie vor ihm verstecken?«

»Sie haben mit Beck gesprochen?«

»Ja.«

»Was hat er sonst noch gesagt?«

»Nicht viel, weil er einen Anwalt verlangt hat.« Carlson wartete
einen Augenblick. Dann beugte er sich vor.

»Er hat sich nicht einfach nur Rechtsbeistand geholt, er hat Hester Crimstein angerufen. Glauben Sie, ein Unschuldiger würde so
handeln?«

Hoyt umklammerte die Armlehnen des Sessels und versuchte,
sich wieder zu beruhigen. »Sie können ihm nichts nachweisen.«

»Nein, noch nicht. Aber wir wissen, was los ist. Und meistens ist
das schon die halbe Miete.«

»Und was werden Sie jetzt tun?«

»Wir können nur eins tun.« Carlson lächelte ihm zu. »Ihn unter
Druck setzen, bis irgendetwas nachgibt.«

Larry Gandle dachte darüber nach, was im Laufe des Tages geschehen war, und murmelte leise vor sich hin: »Nicht gut.«

Erstens: Das FBI holt Beck ab und verhört ihn.

Zweitens: Beck ruft die Fotografin Rebecca Schayes an. Er fragt nach einem Autounfall, in den seine Frau verwickelt war. Dann besucht er sie in ihrem Atelier.

Ausgerechnet eine Fotografin.

Drittens: Beck ruft im Briggs Penitentiary an und erklärt, dass er mit Elroy Kellerton sprechen will.

Viertens: Beck ruft in Peter Flannerys Kanzlei an.

Das alles war sehr rätselhaft. Und nichts davon war gut.

Eric Wu legte den Hörer auf und sagte: »Das wird dir nicht gefallen.«

»Was?«

»Unsere Quelle beim FBI sagt, sie verdächtigen Beck, seine Frau umgebracht zu haben.«

Gandle wäre fast umgefallen. »Erklär mir das.«

»Mehr weiß die Quelle auch nicht. Irgendwie haben sie eine Verbindung zwischen Beck und den Leichen am See gefunden.«

Äußerst rätselhaft.

»Zeig mir noch mal die E-Mails«, befahl Gandle.

Eric Wu gab sie ihm. Als Gandle darüber nachdachte, wer sie geschickt haben könnte, begann das Kribbeln in seinem Bauch sich festzusetzen und breitete sich langsam aus. Er versuchte, die Details zusammenzufügen. Schon immer hatte er sich gefragt, wie Beck jene Nacht überlebt hatte. Jetzt fragte er sich etwas anderes.

Hatte noch jemand diese Nacht überlebt?

»Wie spät ist es?«, fragte Gandle.

»Halb sieben.«

»Beck hat sich diese Bat-Dings-Adresse noch nicht angesehen?«

»Bat Street. Nein, hat er nicht.«

»Hast du noch was über Rebecca Schayes rausgekriegt?«

»Nur das, was wir schon vorher wussten. Gute Freundin von Elizabeth Parker. Hat mit ihr zusammengewohnt, bevor Parker Beck geheiratet hat. Ich bin die alten Aufzeichnungen der Telefongesellschaft durchgegangen. Beck hat sich seit Jahren nicht mehr bei ihr gemeldet.«

»Und warum hat er sie jetzt angerufen?«

Wu zuckte die Achseln. »Ms Schayes muss irgendetwas wissen.« Griffin Scopes Anweisungen waren eindeutig gewesen. Er sollte herausbekommen, was passiert war, um es dann aus der Welt zu schaffen.

Und er sollte Wu einsetzen.

»Wir müssen mit ihr reden«, sagte Gandle.

16

SHAUNA EMPFING MICH IM ERDGESCHOSS eines Wolkenkratzers in der Park Avenue 462 in Manhattan.

»Komm mit«, sagte sie ohne jede Begrüßung. »Ich muss dir oben was zeigen.«

Ich sah auf die Uhr. Noch knapp zwei Stunden bis zur Bat-Street-Nachricht. Wir traten in einen Fahrstuhl. Shauna drückte den Knopf für die 23. Etage. Die Lichter kletterten in die Höhe und der Blindenton piepte.

»Hester hat mich auf etwas gebracht«, sagte Shauna. »Sie meinte, das FBI wäre verzweifelt. Dass sie alles versuchen würden, um dich festzunageln.«

»Und?«

Der Fahrstuhl gab das letzte *Ping* von sich.

»Wart's ab, dann siehst du's.«

Die Tür öffnete sich zu einer riesigen, durch Stellwände in kleine Kabinen unterteilten Etage hin. In der New Yorker Innenstadt sehen die Büros heutzutage fast alle so aus. Wenn man oben das Dach abreißen würde, hätte man erhebliche Probleme, anhand des Grundrisses den Unterschied zwischen diesem Raum und einem Rattenlabyrinth festzustellen. Wenn man es recht bedachte, hatte man die von hier unten übrigens auch.

Shauna ging zwischen den vielen stoffbezogenen Trennwänden hindurch. Ich folgte in ihrem Fahrwasser. Auf halbem Weg bog sie erst nach links ab, dann nach rechts und dann wieder nach links.

»Vielleicht sollte ich mir mit ein paar Brotkrümeln den Weg markieren«, meinte ich.

»Der war gut«, sagte sie ausdruckslos.

»Danke. Ich trete noch die ganze Woche jeden Abend hier auf.« Sie lachte nicht.

»Wo sind wir überhaupt?«, wollte ich wissen.

»Bei DigiCom. Meine Agentur arbeitet gelegentlich mit der Firma zusammen.«

»Und was machen die?«

»Wirst du gleich sehen.«

Wir bogen ein letztes Mal ab und standen vor einer voll gestopften Nische, in der ein junger Mann mit langen Haaren und schlanken Konzertpianistenfingern saß.

»Das ist Farrell Lynch. Farrell, David Beck.«

Ich schüttelte kurz die schlanke Hand. Farrell sagte: »Hi.« Ich nickte.

»Okay«, sagte Shauna. »Gib es ein.«

Farrell Lynch wandte sich seinem Computer zu. Shauna und ich sahen ihm über die Schultern. Er begann, mit seinen schlanken Fingern etwas einzutippen.

»Fertig«, sagte er.

»Spiel's ab.«

Er drückte die *Eingabe*-Taste. Der Bildschirm wurde schwarz, dann erschien Humphrey Bogart. Er trug einen Fedorahut und einen Trenchcoat. Ich erkannte es sofort. Der Nebel, das Flugzeug im Hintergrund. Die Schlussszene von *Casablanca*.

Ich sah Shauna an.

»Warte«, sagte sie.

Die Kamera war auf Bogie gerichtet. Er sagte Ingrid Bergman, dass sie mit Laszlo ins Flugzeug steigen sollte und dass die Probleme von drei unwichtigen Menschen in dieser verrückten Welt nun wirklich keine Rolle spielten. Und dann, als die Kamera wieder auf Ingrid Bergman schwenkte …

… das war gar nicht Ingrid Bergman.

Ich blinzelte. Da, unter dem berühmten Hut, in die graue Finsternis gehüllt, stand Shauna und blickte zu Bogie auf.

»Ich kann nicht mit dir gehen, Rick«, verkündete die Computer-Shauna theatralisch, »weil ich rasend in Ava Gardner verliebt bin.«

Ich sah Shauna an.

Die Frage stand mir ins Gesicht geschrieben. Sie nickte zustimmend. Ich stellte sie trotzdem.

»Du glaubst …«, stammelte ich. »Du glaubst, man hat mich mit Fotomontagen reingelegt?«

Farrell übernahm es, mir zu antworten. »Montagen von Digitalbildern«, korrigierte er mich. »Sind viel einfacher zu manipulieren.« Er drehte sich zu mir um. »Computerbilder haben nämlich nichts mit Film zu tun. Es sind nur Pixel in Dateien. So ähnlich wie ein Dokument in der Textverarbeitung. Sie wissen bestimmt, wie einfach es ist, darin etwas zu ändern. Den Inhalt oder die Schrift oder die Abstände?«

Ich nickte.

»Ja, und für jemand mit Grundkenntnissen in digitaler Bildverarbeitung ist es genauso einfach, Computervideos zu verändern. Das sind keine Fotos und auch keine Filme oder Bänder. Videostreams im Computer sind einfach ein Haufen Pixel. Die kann jeder manipulieren. Man schneidet sie weg, hängt was anderes rein und schon läuft eine Mischung aus beiden Programmen.«

Ich sah Shauna an. »Aber sie sah älter aus auf dem Video«, widersprach ich. »Anders.«

Shauna sagte: »Farrell?«

Er drückte eine andere Taste. Bogie war wieder da. Als die Kamera diesmal auf Ingrid Bergman schwenkte, sah Shauna aus wie siebzig.

»Alterungs-Simulations-Software«, erklärte Farrell. »Wird vor allem für die Suche nach vermissten Kindern verwendet, um sie älter zu machen, damit man sie leichter erkennen kann, wenn sie eine Zeit lang verschwunden sind. Inzwischen kann man aber in jedem Software-Laden eine abgespeckte Version kaufen. Ich kann auch jede Einzelheit von Shaunas Aussehen verändern – die Frisur, die Augenfarbe, die Größe ihrer Nase. Ich kann ihre Lippen dicker oder dünner machen, ihr eine Tätowierung verpassen und so weiter.«

»Herzlichen Dank, Farrell«, sagte Shauna.

Sie entließ ihn mit einem Blick, den selbst ein Blinder verstanden hätte. »Entschuldigen Sie mich«, sagte er, bevor er sich rar machte.

Ich konnte keinen klaren Gedanken fassen.

Als Farrell außer Hörweite war, sagte Shauna: »Mir war ein Fototermin im letzten Monat eingefallen. Eins von den Bildern war eigentlich perfekt – der Sponsor war ganz begeistert –, aber mir war der Ohrring verrutscht. Wir haben das Bild hergebracht. Farrell hat kurz hier was rausgeschnitten und da wieder eingefügt und *voilà* saß der Ohrring wieder am richtigen Fleck.«

Ich schüttelte den Kopf.

»Überleg doch mal, Beck. Das FBI glaubt, du hättest Elizabeth umgebracht, kann es dir aber nicht beweisen. Hester hat mir erklärt, wie verzweifelt die inzwischen sind. Da ist mir der Gedanke gekommen: Vielleicht versuchen sie, dich aus der Reserve zu locken. Und wie könnten sie dich besser aus der Reserve locken, als dir diese E-Mails zu schicken?«

»Aber die Kusszeit …«

»Was ist damit?«

»Woher sollten die von der Kusszeit wissen?«

»Ich weiß darüber Bescheid. Linda weiß es. Ich würde wetten, dass Rebecca es weiß, und vielleicht wissen es auch Elizabeths Eltern. Es ist nicht das bestgehütete Geheimnis der Welt.«

Ich spürte, wie mir die Tränen in die Augen schossen. Ich versuchte, etwas zu sagen, und krächzte dann: »Das ist alles nur ein Riesenschwindel?«

»Möglich, Beck. Ich weiß es wirklich nicht. Aber lass uns das Ganze mal rational angehen. Wenn Elizabeth noch lebt, wo ist sie dann die letzten acht Jahre gewesen? Warum sollte sie gerade jetzt von den Toten auferstehen – zur gleichen Zeit, wo das FBI anfängt, dich des Mordes an ihr zu verdächtigen. Und, mal ganz ehrlich, glaubst du wirklich, dass sie noch lebt? Ich weiß, dass du dir das wünschst. Scheiße, ich wünsche es mir auch. Aber versuchen wir, rational zu bleiben. Wenn du es dir einmal richtig überlegst, was kommt dir dann logischer vor?«

Ich taumelte zurück und sackte auf einen Stuhl. Jede Spur von Hoffnung schwand. Es brach mir das Herz.

Ein Schwindel. War all das nur ein Schwindel gewesen?

17

ALS SIE REBECCA SCHAYES' ATELIER in Beschlag genommen hatten, rief Larry Gandle seine Frau an. »Es wird heute später«, sagte er.

»Denk an deine Tablette«, ermahnte ihn Patty.

Gandle hatte eine leichte Zuckerkrankheit, die durch eine Diät und eine Tablette am Tag behandelt wurde. Kein Insulin.

»Mach ich.«

Eric Wu, der immer noch seinen Walkman eingestöpselt hatte, breitete an der Tür sorgfältig eine Plastikplane aus.

Gandle beendete das Gespräch und zog ein Paar Latexhandschuhe an. Die Suche würde ebenso gründlich wie zeitaufwändig werden. Wie die meisten Fotografen bewahrte Rebecca Schayes tonnenweise Negative auf. Vor ihnen standen vier randvolle Metall-Aktenschränke. Sie waren Rebecca Schayes' Termine durchgegangen. Um diese Zeit müsste sie gerade eine Session zu Ende bringen. Dann würde sie in gut einer Stunde in die Dunkelkammer gehen. Sie hatten nicht genug Zeit.

»Weißt du, was uns weiterbringen würde?«, fragte Wu.

»Und?«

»Wenn wir auch nur den Hauch einer Ahnung hätten, wonach wir eigentlich suchen.«

»Beck kriegt diese kodierten E-Mails«, sagte Gandle. »Und was tut er? Er geht zum ersten Mal seit acht Jahren die damalige beste Freundin seiner Frau besuchen. Wir müssen wissen, wieso.«

Wu erkannte, worauf er hinauswollte. »Und warum warten wir nicht einfach auf sie und fragen nach?«

»Das werden wir, Eric.«

Wu nickte bedächtig und wandte sich ab.

In der Dunkelkammer entdeckte Gandle einen langen Metalltisch. Er sah ihn sich näher an. Stabil. Die Größe kam auch hin. Man konnte jemanden drauflegen und die Gliedmaßen an den Tischbeinen festbinden.

»Wie viel Klebeband haben wir dabei?«

»Genug«, erwiderte Wu.

»Dann tu mir den Gefallen«, sagte Gandle, »und leg die Spritzdecke unter den Tisch.«

Noch eine halbe Stunde bis zur Bat-Street-Nachricht.

Shaunas Darbietung hatte mich getroffen wie ein überraschender linker Haken. Ich war zu Boden gegangen und hatte mich anzählen lassen müssen. Doch dann war etwas Komisches passiert.

Ich war wieder auf die Beine gekommen. Ich war aufgestanden, hatte mir den Staub vom Körper geklopft und angefangen, mich zu bewegen.

Wir saßen in meinem Wagen. Shauna hatte darauf bestanden, mit zu mir zu kommen. Sie würde sich in ein paar Stunden mit einer Limousine abholen lassen. Ich wusste, dass sie mitkam, um mich zu trösten, merkte aber auch, dass sie noch nicht nach Hause gehen wollte.

»Eins versteh ich trotzdem nicht«, sagte ich. Shauna sah mich an.

»Das FBI meint also, ich hätte Elizabeth ermordet, stimmt's?«

»Stimmt.«

»Warum sollten die mir dann E-Mails schicken, in denen sie vorgeben, sie wäre noch am Leben?«

Shauna wusste keine Antwort.

»Überleg doch mal«, sagte ich. »Du behauptest, das Ganze wäre eine komplexe Verschwörung, mit der sie mich dazu bringen wollen, mich irgendwie zu verraten. Wenn ich Elizabeth aber umgebracht hätte, wüsste ich doch, dass das ein Trick sein muss.«

»Sie wollen dich aus der Reserve locken«, sagte Shauna.

»Aber das ist doch unlogisch. Wenn sie mich aus der Reserve locken wollen, könnten sie mir E-Mails schicken, in denen sie vorgeben – was weiß ich –, irgendwelche Zeugen des Mordes zu sein oder so was.«

Shauna dachte darüber nach. »Ich glaube, die wollen dich nur nervös machen, Beck.«

»Schon, aber trotzdem. Das passt nicht zusammen.«

»Okay, also wann kommt die nächste Nachricht?« Ich sah auf die Uhr. »Zwanzig Minuten.«

Shauna lehnte sich zurück. »Dann lass uns abwarten, was drin steht.«

In einer Ecke von Rebecca Schayes' Atelier stellte Eric Wu seinen Laptop auf den Fußboden.

Zuerst überprüfte er den Computer in Becks Büro. Der war aus. Es war kurz nach acht. Die Klinik war längst geschlossen. Er schaltete auf den Computer in Becks Wohnung. Erst sah er nichts, dann:

»Beck hat sich gerade eingewählt«, meldete Wu.

Larry Gandle ging zu ihm hinüber. »Können wir reingehen und die Nachricht vor ihm lesen?«

»Das wäre keine gute Idee.«

»Warum nicht?«

»Wenn wir uns zuerst einloggen und er es dann versucht, bekommt er eine Meldung, dass sich schon jemand unter diesem Namen eingeloggt hat.«

»Und dann weiß er, dass ihn jemand beobachtet.«

»Ja. Aber das ist auch völlig überflüssig. Wir beobachten ihn in Echtzeit. Sobald er die Nachricht liest, haben wir sie hier auch auf dem Bildschirm.«

»Okay, dann sag mir Bescheid, wenn es so weit ist.«

Wu warf einen kurzen Blick auf den Bildschirm. »Er hat gerade die Bigfoot-Site aufgerufen. Es müsste jeden Moment so weit sein.«

Ich tippte *bigfoot.com* ein und drückte die Return-Taste.

Mein rechtes Bein fing an zu zucken. Das passiert häufig, wenn ich nervös bin. Shauna legte mir ihre Hand aufs Knie. Das Zucken wurde langsamer und hörte dann ganz auf. Sie nahm die Hand weg. Mein Knie blieb ungefähr eine Minute ruhig, dann fing es wieder an. Shauna legte wieder ihre Hand darauf und es ging von vorne los.

Shauna versuchte, die Sache cool anzugehen, doch ich merkte, dass sie mich mit prüfenden Blicken maß. Sie war meine beste Freundin. Sie würde mich bis zum Schluss unterstützen. Aber unter diesen Umständen wäre es idiotisch, sich nicht die Frage zu stellen, ob ich noch ganz richtig tickte. Es heißt, Geistesgestörtheit – genau wie Herzattacken und Intelligenz – sei erblich. Der Gedanke ging mir durch den Kopf, seit ich Elizabeth das erste Mal auf der Street-Cam gesehen hatte. Er war nicht unbedingt ermutigend.

Mein Vater war bei einem Autounfall umgekommen, als ich zwanzig war. Sein Wagen war in eine Schlucht gestürzt. Ein Augenzeuge – ein LKW-Fahrer aus Wyoming – berichtete, dass der Buick meines Vater direkt geradeaus über den Fahrbahnrand hinausgefahren war. Es war eine kalte Nacht gewesen. Die Straße war zwar geräumt, aber dennoch glatt.

Viele Leute meinten – zumindest hinter vorgehaltener Hand –, er hätte Selbstmord begangen. Das glaube ich nicht. Zwar hatte er sich in den letzten Monaten vor seinem Tod etwas zurückgezogen und war sehr still geworden. Ich frage mich auch oft, ob ihn das anfälliger für den Unfall gemacht hatte. Aber Selbstmord? Niemals.

Die Reaktion meiner Mutter, einer immer schon labilen Person mit mehreren vermeintlich leichten Neurosen, hatte darin bestanden, langsam den Verstand zu verlieren. Sie war im wahrsten Sinne des Wortes in sich zusammengesunken. Linda pflegte sie noch drei Jahre lang, bis sie schließlich der Einweisung in ein Heim zustimmte. Linda besucht sie dauernd. Ich nicht.

Nach einer kurzen Pause baute die Bigfoot-Homepage sich auf. Ich klickte auf das Feld *Username* und gab *Bat Street* ein.

Dann drückte ich die Tabulator-Taste und gab in das Passwortfeld *Teenage* ein. Ich drückte die Return-Taste.

Nichts geschah.

»Du hast vergessen, auf *Login* zu klicken«, sagte Shauna.

Ich sah sie an. Sie zuckte die Achseln. Ich klickte auf das Icon.

Der Bildschirm wurde weiß. Dann erschien das Werbebanner einer CD-Kette. Der Balken am unteren Bildrand schwappte langsam nach rechts und links. Die Prozentzahl stieg langsam. Als sie bei ungefähr 18 Prozent angekommen war, verschwand sie und ein paar Sekunden später erschien eine Nachricht.

ERROR – Falscher Username oder falsches Passwort

»Probier's noch mal«, sagte Shauna.

Das tat ich. Auf dem Bildschirm erschien dieselbe Fehlermeldung. Der Computer teilte mir mit, dass das Mail-Konto nicht existierte.

Was bedeutete das?

Ich hatte keine Ahnung. Ich überlegte, welche Gründe es dafür geben konnte, dass das Konto nicht existierte.

Ich sah auf die Uhr: 20:13:34. Kusszeit.

War das die Antwort? Konnte es sein, dass das Konto – wie gestern der Link – noch nicht eingerichtet war? Ich dachte kurz darüber nach. Es war zwar möglich, kam mir jedoch unwahrscheinlich vor.

Als hätte sie meine Gedanken gelesen, sagte Shauna: »Vielleicht sollten wir es um Viertel nach noch einmal versuchen.«

Also versuchte ich es um Viertel nach acht noch einmal. Dann um zwanzig nach.

Ich bekam immer wieder dieselbe Fehlermeldung.

»Da hat das FBI wohl den Stecker gezogen«, sagte Shauna.

Ich schüttelte den Kopf. Ich war noch nicht bereit, aufzugeben. Mein Bein fing wieder an zu zucken. Mit einer Hand beruhigte Shauna es, mit der anderen nahm sie einen Anruf auf ihrem Handy entgegen. Sie fing an, jemanden am anderen Ende der Leitung anzublaffen. Ich sah auf die Uhr. Ich versuchte es noch einmal.

Nichts. Noch zwei Mal. Nichts. Inzwischen war es halb neun.

»Sie, äh, könnte sich verspätet haben«, sagte Shauna. Ich runzelte die Stirn.

»Als du sie gestern gesehen hast«, beharrte Shauna, »wusstest du nicht, wo sie war, stimmt's?«

»Stimmt.«

»Dann ist sie vielleicht in einer anderen Zeitzone«, sagte Shauna. »Vielleicht hat sie sich deshalb verspätet.«

»Eine andere Zeitzone?« Ich runzelte immer noch die Stirn. Shauna zuckte die Achseln.

Wir warteten noch eine Stunde. Ich muss Shauna hoch anrechnen, dass sie kein Wort im Sinne von »hab ich doch gleich gesagt« von sich gab. Nachdem noch ein bisschen Zeit verstrichen war, legte sie mir die Hand auf die Schulter und sagte: »Hey, ich hab eine Idee.«

Ich drehte mich zu ihr um.

»Ich geh rüber ins andere Zimmer und warte da«, sagte Shauna. »Vielleicht hilft das.«

»Wie soll das gehen?«

»Pass auf, wenn das hier ein Film wäre, käme jetzt die Stelle, wo ich, von deinem Irrsinn vollkommen genervt, aus dem Zimmer stürme, und zack, erscheint die Nachricht auf dem Bildschirm, so dass nur du sie siehst, und hinterher halten dich immer noch alle für verrückt. Wie in dieser *Scooby-Doo*-Folge, wo nur Shaggy und er den Geist sehen, und ihnen keiner glaubt.«

Ich dachte darüber nach. »Ist einen Versuch wert«, meinte ich.

»Gut. Dann geh ich mal ’ne Weile in die Küche. Lass dir Zeit. Wenn die Nachricht kommt, rufst du mich.«

Sie stand auf.

»Du willst mich bloß bei Laune halten, oder?«, fragte ich. Shauna überlegte kurz. »Ja, da hast du wohl Recht.«

Mit diesen Worten verließ sie das Zimmer. Ich drehte mich um, starrte auf den Bildschirm und wartete.

18

»DA PASSIERT NICHTS«, sagte Eric Wu. »Beck versucht immer wieder, sich einzuloggen, kriegt aber nur diese Fehlermeldung.«

Larry Gandle wollte schon eine weitere Frage stellen, als er das Surren des Fahrstuhls hörte. Er sah auf die Uhr.

Rebecca Schayes war pünktlich.

Eric Wu wandte sich von seinem Computer ab. Er sah Larry Gandle mit diesem ganz bestimmten Blick an, bei dem Larry immer einen Schritt zurückweichen wollte. Gandle zog seine Waffe aus der Tasche – diesmal eine 9-Millimeter-Pistole. Für alle Fälle. Wu runzelte die Stirn. Er ging zur Tür und schaltete das Licht aus.

Sie warteten im Dunkeln.

Zwanzig Sekunden später hielt der Fahrstuhl in ihrer Etage.

Rebecca Schayes dachte nur noch selten an Elizabeth und Beck. Schließlich waren inzwischen acht Jahre vergangen. Doch die Ereignisse von heute Morgen hatten ein lange unterdrücktes Gefühl in ihr wachgerüttelt. Ein quälendes Gefühl.

Wegen des *Autounfalls.*

Nach all den Jahren hatte Beck sie doch noch danach gefragt. Vor acht Jahren hatte Rebecca ihm alles darüber erzählen wollen. Aber Beck hatte nicht zurückgerufen. Als die Zeit verstrich – und nachdem jemand festgenommen worden war –, sah sie keinen Sinn mehr darin, in der Vergangenheit herumzuwühlen. Sie hätte Beck nur wehgetan. Und nachdem KillRoy verhaftet worden war, spielte es eigentlich auch keine Rolle mehr.

Aber das quälende Gefühl – das Gefühl, dass die Verletzungen, die Elizabeth beim *Autounfall* davongetragen hatte, gewissermaßen ein Vorbote ihres Mordes gewesen waren – hatte sich gehalten, obwohl es ihr vollkommen unlogisch vorkam. Mehr noch, das quälende Gefühl verfolgte sie, und sie hatte sich sogar zwischenzeitlich gefragt, ob sie, Rebecca, wenn sie damals darauf bestanden hätte, *wirklich nachdrücklich darauf bestanden hätte,* die Wahrheit über diesen *Autounfall* zu erfahren, ob sie ihre Freundin dann vielleicht – nur vielleicht – hätte retten können.

Mit der Zeit war dieses Gefühl jedoch verblasst. Letztendlich war Elizabeth eine Freundin gewesen, und darüber, auch wenn es eine sehr gute Freundin ist, kommt man hinweg. Vor drei Jahren war Gary Lamont in ihr Leben getreten und damit hatte sich alles verändert. Ja, Rebecca Schayes, die unkonventionelle Fotografin aus Greenwich Village, hatte sich in einen geldgeilen Börsenhändler von der Wall Street verliebt. Sie hatten geheiratet und waren in einen noblen Wolkenkratzer an der Upper West Side gezogen.

Komisch, wie das Leben manchmal so spielte.

Rebecca stieg in den Frachtaufzug und zog das Metallgitter herunter. Das Licht war aus, was in diesem Gebäude nicht weiter ungewöhnlich war. Der Aufzug setzte sich langsam in Bewegung. Das Surren hallte zwischen den alten Steinwänden wider. Manchmal hörte man von unten das Wiehern der Pferde, jetzt jedoch war es still. Der Duft von Heu lag in der Luft und vermengte sich mit ein paar strengeren Gerüchen.

Sie war oft noch spätabends hier. Wenn sich die Einsamkeit mit den nächtlichen Geräuschen der Stadt mischte, kam sie sich besonders *künstlerisch* vor.

Wieder dachte sie an das Gespräch, das sie gestern Abend mit Gary geführt hatte. Er wollte aus New York City wegziehen, am liebsten in ein großes Haus in Sands Point auf Long Island, wo er aufgewachsen war. Der Gedanke, in einen Vorort zu ziehen, erschreckte sie. Es war nicht nur ihre Liebe zur Großstadt, sie wusste auch, dass es der ultimative Verrat an ihrem bisherigen Leben als Bohemien war. Sie würde zu etwas werden, was sie sich nie zu werden geschworen hatte: ihre Mutter und die Mutter ihrer Mutter.

Der Fahrstuhl stoppte. Sie schob das Gitter hoch und ging den Korridor entlang. Hier oben waren alle Lichter aus. Sie nahm ihre

Haare und band sie zu einem dicken Pferdeschwanz zusammen. Sie sah auf die Uhr. Schon fast neun. Das Gebäude müsste leer sein. Zumindest was Menschen betraf.

Ihre Absätze klickerten auf dem kalten Zementboden. In Wahrheit – und dank ihrer Boheme-Lebensweise hatte Rebecca echte Probleme, diese Wahrheit zu akzeptieren – stellte sie fest, dass ihr, je mehr sie darüber nachdachte, immer klarer wurde, dass sie Kinder wollte und die Großstadt alles andere als der perfekte Ort war, sie aufzuziehen. Kinder brauchten Gärten und Schaukeln und frische Luft und …

Rebecca Schayes fasste gerade einen Entschluss – einen Entschluss, den ihr Börsenmakler-Gatte Gary zweifelsohne mit Begeisterung aufgenommen hätte –, als sie den Schlüssel ins Schloss steckte und die Tür ihres Ateliers öffnete. Sie trat ein und schaltete das Licht an.

Und da sah sie den seltsam gebauten Asiaten.

Einen kurzen Moment sah der Mann sie einfach nur an. Rebecca erstarrte in seinem Blick. Dann trat er neben sie und trieb ihr eine Faust ins Kreuz.

Es fühlte sich an wie der Schlag mit einem Vorschlaghammer in die Nieren.

Rebecca fiel auf die Knie. Der Mann ergriff sie mit zwei Fingern am Hals. Er drückte auf einen Nervenstrang. Rebecca sah viele helle Lichter. Der Mann grub die Finger seiner anderen Hand wie Eispickel in ihren Bauch. Als er ihre Leber erreichte, traten ihr die Augen aus dem Kopf. Die Schmerzen waren schlimmer, als sie es je für möglich gehalten hätte. Sie wollte schreien, brachte aber nur ein ersticktes Grunzen heraus.

Von der anderen Seite des Zimmers durchschnitt eine Männerstimme den Nebel.

»Wo ist Elizabeth?«, fragte die Stimme. Zum ersten Mal. Aber nicht zum letzten.

19

ICH BLIEB VOR DEM VERFLUCHTEN COMPUTER sitzen und trank dabei ziemlich viel. Ich versuchte auf zig verschiedene Arten, mich in die Website einzuloggen. Erst mit dem Explorer, dann mit Netscape. Ich löschte den Cache, lud die Seiten neu, meldete mich bei meinem Provider ab und wieder an.

Es nützte nichts. Ich bekam immer noch dieselbe Fehlermeldung. Um zehn kam Shauna wieder ins Wohnzimmer. Ihre Wangen glühten vom Alkohol. Meine wohl auch. »Kein Glück?«

»Geh nach Hause«, sagte ich. Sie nickte. »Ja, ist wohl besser.«

Fünf Minuten später stand die Limousine vor der Tür. Shauna schwankte, ziemlich angeschlagen von Bourbon und *Rolling-Rock-Bier*, zum Bordstein. Ich folgte ihr.

Shauna öffnete die Tür und drehte sich zu mir um. »Bist du je in Versuchung gekommen, sie zu betrügen? Als ihr verheiratet wart, meine ich.«

»Nein«, sagte ich.

Shauna schüttelte enttäuscht den Kopf. »Du hast ja absolut keine Ahnung, wie man sich das Leben schwer machen kann.«

Ich gab ihr einen Abschiedskuss und ging zurück ins Haus. Wieder glotzte ich den Bildschirm wie eine Reliquie an. Es änderte sich nichts.

Ein paar Minuten später kam Chloe zu mir. Sie stieß mir ihre kalte Nase an die Hand. Unsere Blicke trafen sich durch ihre wirren Haare, und ich schwöre, dass Chloe verstand, was ich fühlte. Ich gehöre nicht zu denen, die Hunden menschliche Gefühle zuschreiben – einer der Gründe ist, dass ich fürchte, ich könnte sie damit erniedrigen –, aber ich glaube dennoch, dass sie die Grundstimmungen und Launen ihres menschlichen Gegenübers verstehen. Es heißt, Hunde könnten Angst riechen. Ist es dann so weit hergeholt, dass sie auch Freude, Wut oder Kummer riechen können?

139

Ich sah Chloe lächelnd an und streichelte ihr den Kopf. Sie legte mir tröstend eine Pfote auf den Arm. »Willst du spazieren gehen, altes Mädel?«, sagte ich.

Chloes Antwort bestand darin, wie ein Zirkusclown auf Speed herumzuhüpfen. Ich habe Ihnen ja schon gesagt, dass es die einfachen Dinge im Leben sind, die zählen.

Die kühle Nachtluft kribbelte mir in der Lunge. Ich versuchte, mich auf Chloe zu konzentrieren – die übermütigen Schritte, der wedelnde Schwanz –, aber ich war, nun ja, am Boden zerstört. Am Boden zerstört. Ich verwende diese Redewendung nicht oft. Aber hier fand ich sie angemessen.

Ich glaubte nicht an Shaunas allzu glatte Hypothese mit dem Digital-Trick. Selbstverständlich konnte man Bilder manipulieren und in ein Video einbauen. Und selbstverständlich konnte jemand von der Kusszeit gewusst haben. Und selbstverständlich hätte man ihre Lippen auch »Es tut mir Leid« sagen lassen können. Und selbstverständlich trug meine Sehnsucht dazu bei, die Illusion zum Leben zu erwecken und mich für solche Machenschaften empfänglich zu machen.

Vor allem aber: Shaunas Hypothese war sehr viel logischer als eine Rückkehr von den Toten.

Dem standen jedoch zwei Dinge entgegen, die einen Großteil des eben Gesagten widerlegten. Erstens bin ich nicht der Typ, der sich in seine Fantasie flüchtet. Ich bin ein erschreckend langweiliger Mensch und stehe fester mit beiden Beinen auf der Erde als die meisten anderen. Zweitens: Die Sehnsucht mag zwar mein Denkvermögen getrübt haben, und mit digitalen Bildern konnte man eine Menge machen.

Aber nicht diese Augen …

Ihre Augen. Elizabeths Augen. Es war ausgeschlossen, dachte ich, dass das alte Bilder waren, die in ein digitales Video eingebaut worden waren. Es waren die Augen meiner Frau. War ich als rational denkender Mensch mir da sicher? Nein, natürlich nicht. Ich bin kein Narr. Aber nach dem, was ich gesehen, und den Fragen, die ich

140

aufgeworfen hatte, hatte ich Shaunas Video-Vorführung als mehr oder weniger unbedeutend abgetan. Ich war in dem Glauben nach Hause gekommen, dass ich eine Nachricht von Elizabeth bekommen würde. Und jetzt wusste ich nicht weiter. Der Alkohol tat wohl sein Übriges.

Chloe blieb stehen, um irgendetwas ausführlich zu beschnüffeln. Ich wartete unter einer Straßenlaterne und betrachtete meinen in die Länge gezogenen Schatten.

Kusszeit.

Chloe bellte, als sich in einem Busch etwas bewegte. Ein Eichhörnchen rannte über die Straße. Chloe knurrte und tat so, als wolle sie es jagen. Das Eichhörnchen drehte sich um und sah uns an. Chloe gab ein Junge-hast-du-ein-Glück-dass-ich-an-der-Leine-bin-Kläffen von sich. Sie meinte es nicht so. Chloe war ein reinrassiger Feigling.

Kusszeit.

Ich legte den Kopf auf die Seite, wie Chloe es macht, wenn sie ein eigenartiges Geräusch hört.

Noch einmal dachte ich über das nach, was ich gestern auf meinem Bildschirm gesehen hatte – und überlegte, was der Absender alles angestellt hatte, um das Ganze geheim zu halten. Die anonyme E-Mail, in der mir aufgetragen wurde, den Link zur *Kusszeit* anzuklicken. Die zweite E-Mail, in der stand, dass ein Konto in meinem Namen eingerichtet würde.

Sie beobachten dich …

Irgendjemand versuchte mit allen Mitteln, diese Kontakte geheim zu halten.

Kusszeit.

Wenn jemand – okay, wenn Elizabeth mir bloß eine Nachricht zukommen lassen wollte, warum hatte sie mich nicht einfach angerufen oder eine E-Mail geschrieben? Wozu dann diese ganzen Verrenkungen?

Die Antwort lag auf der Hand: Geheimhaltung. Jemand – ich sage jetzt nicht wieder Elizabeth – wollte das alles geheim halten.

141

Und wenn du ein Geheimnis hast, folgt daraus natürlich, dass du es vor jemandem geheim halten willst. Und vielleicht beschattet dieser Jemand dich, oder er sucht dich, oder er ist auf andere Weise darauf aus, dich zu finden. Oder du leidest einfach unter Verfolgungswahn. Normalerweise würde ich auf Verfolgungswahn tippen, aber …

Sie beobachten dich …

Was bedeutete das genau? Wer beobachtet mich? Das FBI? Doch wenn das FBI selbst hinter den E-Mails steckte, warum sollte es mich warnen? Das FBI wollte, dass ich etwas tat.

Kusszeit …

Ich erstarrte. Mit einer ruckartigen Bewegung sah Chloe mich an. Herrgott noch mal, wie konnte ich nur so blöd sein?

Sie hatten das Klebeband gar nicht gebraucht.

Rebecca Schayes lag auf dem Tisch und winselte wie ein sterbender Hund am Straßenrand. Manchmal stammelte sie etwas, manchmal auch zwei oder drei Wörter hintereinander, die jedoch keinen zusammenhängenden Satz oder Satzteil bildeten. Weinen konnte sie nicht mehr. Sie hatte längst aufgehört, sie anzuflehen. Ihre Augen waren immer noch weit aufgerissen und starrten fassungslos ins Unendliche; sie sahen nichts mehr. Ihr Verstand hatte sich vor einer Viertelstunde während eines markerschütternden Schreis verabschiedet.

Erstaunlicherweise hatte Wu keine Verletzungsspuren hinterlassen. Rebecca sah allerdings zwanzig Jahre älter aus.

Rebecca Schayes hatte nichts gewusst. Dr. Beck war wegen eines alten Autounfalls zu ihr gekommen, der in Wirklichkeit gar kein Autounfall gewesen war. Es gab auch Fotos von den Verletzungen. Beck war davon ausgegangen, dass sie diese Fotos gemacht hatte. Das hatte sie nicht.

Das Kribbeln in Larry Gandles Bauch – das angefangen hatte, als er zum ersten Mal von den am See gefundenen Leichen gehört hatte – wurde immer stärker. An jenem Abend war irgendetwas schief gegangen, so viel stand fest. Aber langsam fürchtete Larry Gandle, dass alles schief gegangen sein könnte.

Es war Zeit, die Wahrheit herauszukitzeln.

Er hatte mit seinem Späher gesprochen. Beck ging mit seinem Hund spazieren. Allein. Angesichts der Beweise, die Wu ihm unterschieben würde, war das ein furchtbar schlechtes Alibi. Die FBI-Agenten würden sich kringeln vor Lachen.

Larry Gandle trat an den Tisch. Rebecca Schayes blickte auf und stieß ein unheimliches Geräusch hervor, eine Mischung aus einem erstickten Stöhnen und einem hysterischen Lachen.

Er presste ihr die Waffe auf die Stirn. Wieder stieß sie diesen Laut hervor. Er drückte zwei Mal ab, und es wurde still in der Welt.

Ich machte mich auf den Heimweg, doch dann fiel mir die Warnung wieder ein:

Sie beobachten dich.

Warum sollte ich das Risiko eingehen? Nur drei Blocks weiter war ein Kinko's-Internetcafé. Es war rund um die Uhr geöffnet. Als ich zur Tür kam, wusste ich, warum. Es war Mitternacht und der Laden war voll. An den Computern saßen jede Menge erschöpfte Geschäftsleute mit Papieren, Overheadfolien und Präsentationspostern.

Ich stellte mich in ein Labyrinth aus Samtkordeln und wartete, dass ich an die Reihe kam. Das Ganze erinnerte mich an einen Besuch bei der Bank vor Einführung der Geldautomaten. Die Frau vor mir trug ein Kostüm – um Mitternacht – und hatte so große Tränensäcke unter den Augen, dass man sie für einen Gepäckträger hätte halten können. Hinter mir zog ein lockiger Mann im dunklen Trainingsanzug ein Handy aus der Tasche und fing an, die Tasten zu traktieren.

»Sir?«

Ein Mann in einem Kinko's-Kittel zeigte auf Chloe.

»Mit dem Hund können Sie hier nicht rein.«

Ich wollte bereits erwidern, dass ich schon drin sei, überlegte es mir dann aber doch anders. Die Frau im Kostüm zeigte keinerlei Reaktion. Der lockige Typ im dunklen Trainingsanzug sah mich mit einem Da-kann-man-nichts-machen-Achselzucken an.

143

Ich ging raus, band Chloe an eine Parkuhr und ging wieder hinein. Der lockige Mann ließ mich wieder auf meinen Platz in der Schlange. Anständige Manieren.

Nach zehn Minuten war ich dran. Der Kinko's-Bedienstete war jung und sehr agil. Er zeigte mir ein Terminal und erläuterte äußerst langatmig das minutengenaue Abrechnungssystem.

Nickend ließ ich seinen Vortrag über mich ergehen und loggte mich ein.

Kusszeit.

Mir wurde klar, dass darin der Schlüssel liegen musste. In der ersten E-Mail hatte Kusszeit gestanden, nicht 18:15 Uhr. Wieso? Die Antwort war einfach. Es war ein Code – für den Fall, dass die E-Mail in die falschen Hände geriet. Dem Absender war bewusst, dass die Möglichkeit bestand, E-Mails abzufangen. Er wollte sichergehen, dass nur ich mit dem Begriff *Kusszeit* etwas anfangen konnte.

Da hatte ich es.

Erst den Namen des Kontos: Bat Street. Als Elizabeth und ich klein waren, waren wir auf dem Weg zum *Little League*-Softballplatz mit unseren Fahrrädern meist die Morewood Street entlanggefahren. Dort wohnte eine unheimliche alte Frau. Von ihrem gelben Haus blätterte die Farbe ab. Sie lebte allein und schimpfte unentwegt mit den spielenden Kindern. In jedem Viertel oder jeder Kleinstadt gibt es solche keifenden alten Frauen. Meist haben sie einen Spitznamen. Unsere nannten wir:

Bat Lady.

Ich rief wieder die Bigfoot-Site auf. In das Username-Feld gab ich Morewood ein.

Neben mir wiederholte der agile, junge Kinko's-Bedienstete seinen Internet-Sermon für den lockigen Mann im dunklen Trainingsanzug. Ich drückte die Tabulator-Taste und klickte in das Passwort-Feld.

Der *Teenage*-Hinweis war einfacher. In unserem vorletzten Jahr auf der Highschool waren wir an einem Freitagnachmittag zu Jordan Goldmans Haus gegangen. Wir müssen ungefähr zu zehnt gewesen sein. Jordan hatte herausgefunden, wo sein Vater ein Porno-Video versteckt hatte. Keiner von uns hatte je eins gesehen. Wir sahen es uns an, lachten beklommen, machten die üblichen abfälligen Bemerkungen und kamen uns herrlich unanständig vor. Als wir einen Namen für unser universitätsinternes Softball-Team suchten, schlug Jordan vor, den albernen Filmtitel zu nehmen:

Teenage Sex Poodles.

Ich gab Sex Poodles ein. Dann schluckte ich und klickte auf das Login-Icon.

Ich sah zum lockigen Mann hinüber. Er blickte konzentriert auf das Ergebnis einer Yahoo!-Suche. Ich sah zum Empfangstisch. Die Frau im Kostüm stand mit gerunzelter Stirn vor einem weiteren der Für-Mitternacht-viel-zu-fröhlichen Kinko's-Mitarbeiter.

Ich wartete auf die Fehlermeldung. Dieses Mal jedoch kam keine. Eine Willkommen-Seite baute sich auf. Oben auf dem Bildschirm stand:

Hi, Morewood!

Darunter ging es weiter:

Sie haben 1 E-Mail in Ihrer Mailbox.

Mein Herz flatterte wie ein Vogel in meinem Brustkorb.

Ich klickte auf das *Neue-Mail*-Symbol und mein Bein fing wieder an zu zucken. Shauna war nicht da, um es zu beruhigen. Durchs Fenster sah ich meine angebundene Chloe. Sie fing meinen Blick auf und begann zu bellen. Ich legte den Finger auf meine Lippen und bedeutete ihr, dass sie still sein sollte.

Die E-Mail erschien:

Washington Square Park. Ich bin an der Südost-Ecke.
Morgen 17 Uhr.
Du wirst beschattet.

Unten stand noch:

Was auch geschieht, ich liebe dich.

Hoffnung, dieser gefangene Vogel, der einfach nicht sterben will, brach aus seinem Käfig aus. Ich lehnte mich zurück. Tränen schossen mir in die Augen, und zum ersten Mal seit langer Zeit erlaubte ich mir ein breites Lächeln.

Elizabeth. Sie war immer noch der klügste Mensch, den ich kannte.

20

UM ZWEI UHR NACHTS KROCH ICH ins Bett und legte mich auf den Rücken. Dank der vielen Drinks fing die Decke an, sich zu drehen. Ich griff nach den Bettkanten und hielt mich fest.

Shauna hatte mich vorhin gefragt, ob ich je in Versuchung gekommen war, Elizabeth zu betrügen. Den letzten Teil – als ihr verheiratet wart – hatte sie hinzugefügt, weil sie den anderen Vorfall schon kannte.

Rein formal betrachtet habe ich Elizabeth einmal betrogen, obwohl der Begriff eigentlich nicht passt. Der Begriff Betrug beinhaltet doch, dass man einem anderen Schaden zugefügt hat. Und ich bin mir ganz sicher, dass Elizabeth durch besagtes Ereignis keinen Schaden davongetragen hat. Jedenfalls hatte ich im ersten Jahr auf dem College an jenem ziemlich erbärmlichen Initiationsritus teilgenommen, der als universitärer One-Night-Stand bekannt ist. Aus Neugier, nehme ich an. Rein experimentell und nur körperlich. Es hat mir nicht besonders gefallen. Ich erspare Ihnen das altbekannte Sex-ohne-Liebe-ist-bedeutungslos-Klischee. Ist er nicht. Während ich es jedoch für relativ einfach halte, mit jemandem sexuell zu verkehren, den man nicht näher kennt oder nicht sonderlich mag, glaube ich, dass es schwierig ist, den Rest der Nacht mit dieser Person zu verbringen. Die Anziehung war rein hormoneller Natur. Nachdem ich mich, äh, erleichtert hatte, wollte ich weg. Sex ist etwas für alle, der Ausklang nur für Liebende.

Hübsche Rechtfertigung, finden Sie nicht auch?

Sollte es eine Rolle spielen, kann ich noch hinzufügen, dass ich den Verdacht hege, dass Elizabeth etwas Ähnliches getan hat. Wir waren uns einig, dass wir auch andere Leute *kennen lernen* wollten – *kennen lernen*, ein äußerst vager und dabei umfassender Begriff –, als wir aufs College kamen. Damit ließ sich folglich jede Affäre zu einem weiteren Beziehungstest hochstilisieren. Immer wenn wir darauf zu sprechen kamen, stritt Elizabeth ab, dass es einen anderen gegeben hatte. Ich machte es allerdings genauso.

Das Bett drehte sich weiter, während ich mir die Frage stellte: Und was nun?

Eine Möglichkeit war, einfach bis morgen um fünf zu warten. Aber bis dahin konnte ich nicht nur herumsitzen. Das hatte ich schon lange genug getan, danke schön. Tatsache war – was ich sogar mir selbst nur sehr ungern eingestand –, dass ich am See gezögert hatte. Aus Angst. Ich war aus dem Wasser geklettert und hatte gezaudert. Damit hatte ich dem unbekannten Angreifer die Möglichkeit gegeben, mir einen Schlag zu verpassen. Und nach dem ersten Schlag hatte ich mich gar nicht mehr gewehrt. Ich war nicht auf den Schläger losgegangen. Ich hatte ihn nicht angegriffen oder auch nur die Faust geballt. Ich war einfach zu Boden gegangen. Ich war in Deckung gegangen und hatte meine Frau dem stärkeren Mann überlassen.

Das würde mir nicht noch einmal passieren.

Ich überlegte, ob ich trotz allem noch einmal mit meinem Schwiegervater reden sollte – mir war keineswegs entgangen, dass Hoyt bei meinem letzten Besuch nicht unbedingt gesprächig gewesen war –, doch was hätte das gebracht? Entweder log Hoyt, oder … mehr fiel mir dazu nicht ein. Aber die Nachricht war unmissverständlich gewesen. *Kein Sterbenswort.* Die einzige Möglichkeit, ihn eventuell zum Reden zu bringen, wäre, ihm zu erzählen, was ich auf dieser Street-Cam gesehen hatte. Dazu jedoch war ich noch nicht bereit.

Ich krabbelte aus dem Bett und setzte mich an den Computer. Ich fing wieder an, im Internet herumzusurfen. Bei Sonnenaufgang hatte ich eine Art Plan.

Gary Lamont, Rebecca Schayes' Ehemann, geriet nicht sofort in Panik. Seine Frau arbeitete abends oft länger, manchmal bis spät in die Nacht, oder sie schlief sogar auf der alten Liege hinten in der Ecke ihres Ateliers. Als es langsam auf vier Uhr morgens zuging und Rebecca immer noch nicht zu Hause war, machte er sich zwar Sorgen, geriet jedoch nicht in Panik.

Das versuchte er sich zumindest einzureden.

Gary wählte die Nummer ihres Ateliers, erreichte aber nur den Anrufbeantworter. Auch das war nicht unüblich. Rebecca hasste es, wenn sie bei der Arbeit gestört wurde. Sie hatte sich nicht einmal einen Nebenanschluss in die Dunkelkammer legen lassen. Er hinterließ eine Nachricht und ging wieder ins Bett.

Er schlief unruhig, wachte immer wieder auf und überlegte, ob er noch etwas tun sollte, aber dann wäre Rebecca nur sauer geworden. Sie legte großen Wert auf ihre Unabhängigkeit, und wenn in ihrer ansonsten gut funktionierenden Beziehung Spannungen auftraten, hatte es meist mit seinem eher *traditionellen* Lebensstil zu tun, durch den er *ihre Kreativität beschnitt.* Wie sie es auszudrücken pflegte.

Also ließ er ihr Raum. Um ihrer Kreativität freien Lauf zu lassen, oder was auch immer.

Um sieben Uhr morgens waren die Sorgen in echte Angst umgeschlagen. Garys Anruf weckte Arturo Ramirez, Rebeccas hageren, immer ganz in Schwarz gekleideten Assistenten.

»Ich bin grad erst nach Haus gekommen«, beschwerte Arturo sich schläfrig.

Gary erklärte ihm die Situation. Arturo, der in Straßenkleidung eingeschlafen war, zog sich gar nicht erst um. Er rannte aus der Tür. Gary versprach, ebenfalls zum Atelier zu kommen. Er schwang sich in die Linie A in Richtung Downtown.

Arturo war zuerst da und stellte fest, dass die Tür zum Atelier nur angelehnt war. Er stieß sie auf.

»Rebecca?«

Keine Antwort. Noch einmal rief Arturo ihren Namen. Wieder nichts. Er trat ein und sah sich um. Sie war nicht da. Er öffnete die Tür zur Dunkelkammer. Der übliche stechende Geruch der Entwicklungsflüssigkeiten dominierte zwar, vermischte sich aber mit einem anderen schwachen Aroma, das er nicht richtig zuordnen konnte, von dem ihm aber trotzdem die Haare zu Berge standen.

Etwas unverkennbar Menschliches.

Als Gary um die Ecke kam, hörte er den Schrei.

21

AM MORGEN KAUFTE ICH MIR EINEN BAGEL zum Frühstück und fuhr eine Dreiviertelstunde auf der Route 80 Richtung Westen. In New Jersey ist die Route 80 ein ziemlich unscheinbarer Streifen Asphalt. Hinter Saddle Brook werden die Gebäude weitgehend von einheitlichen Baumreihen zu beiden Seiten der Straße abgelöst. Nur Verkehrsschilder durchbrechen das monotone Bild.

Als ich die Ausfahrt 163 bei Gardensville herunterfuhr, bremste ich kurz ab und warf einen Blick ins hohe Gras. Mein Herz pochte heftig. Ich war hier noch nie gewesen – die letzten acht Jahre hatte ich diesen Abschnitt der Interstate bewusst gemieden –, aber hier war es passiert: Keine 100 Meter von hier hatte man Elizabeths Leiche gefunden.

Ich warf noch einen kurzen Blick auf die Wegbeschreibung, die ich mir letzte Nacht ausgedruckt hatte. Auf Mapquest.com war sogar das Büro des Gerichtsmediziners verzeichnet, daher kannte ich den Weg auf 100 Meter genau. Das Gebäude hatte im Erdgeschoss eine Reihe Schaufenster, deren Jalousien geschlossen waren und weder Werbung noch andere Aufschriften trugen. Darüber erhob sich ein schlichter, schmuckloser Backstein-Quader – doch was sollte man auch anderes von einem Leichenschauhaus erwarten? Ich war ein paar Minuten vor halb neun da und parkte auf dem Hof. Das Büro war noch geschlossen. Gut.

Ein kanariengelber Cadillac Seville fuhr auf den Stellplatz mit der Aufschrift: Timothy Harper, County Medical Examiner. Der Fahrer drückte seine Zigarette aus – ich staune immer wieder, wie viele Leichenbeschauer rauchen – und stieg aus. Harper war wie ich knapp eins achtzig groß, hatte olivbraune Haut und lichtes, graues Haar. Als er mich an der Tür stehen sah, setzte er eine ernste Miene auf. Wegen einer guten Nachricht kam niemand morgens um halb neun ins Leichenschauhaus.

Langsam näherte er sich. »Kann ich Ihnen helfen?«

»Dr. Harper?«

»Ja, der bin ich.«

»Ich bin Dr. David Beck.« Doktor. Wir waren also Kollegen.

»Ich würde Sie gerne kurz sprechen.«

Der Name entlockte ihm keine Reaktion. Er zog einen Schlüssel aus der Tasche und öffnete die Tür. »Gehen wir doch in mein Büro.«

»Vielen Dank.«

Ich folgte ihm einen Korridor entlang. Harper betätigte ein paar Lichtschalter. Widerstrebend sprangen die Neonröhren an der Decke an. Der Fußboden war mit verschrammtem Linoleum ausgelegt. Das Ganze sah eigentlich nicht wie ein Leichenschauhaus aus, sondern erinnerte eher an eine gesichtslose Kfz-Zulassungsstelle, aber womöglich war dieser Effekt beabsichtigt. Der Hall unserer Schritte legte sich unter das Summen der Neonröhren, als wolle er den Rhythmus vorgeben. Harper hob ein paar Briefe auf und sortierte sie rasch im Gehen.

Auch Harpers Büro war schmucklos. Der Metallschreibtisch hätte einem Grundschullehrer gehören können. Davor standen ein paar strapazierfähige Stühle aus lackiertem Holz. An der Wand hingen mehrere Diplome. Er hatte auch an der Columbia University studiert, allerdings fast 20 Jahre vor mir. Keine Familienfotos, keine Golfpokale, keine Plexiglas-Briefbeschwerer. In dieses Büro kamen die Besucher nicht zum Plaudern. Ihnen war bestimmt nicht nach lächelnden Enkelkindern zumute.

Harper faltete die Hände und legte sie auf den Schreibtisch.

»Was kann ich für Sie tun, Dr. Beck?«

»Vor acht Jahren«, fing ich an, »wurde meine Frau hier untersucht. Sie war eines der Opfer des Serienmörders, der unter dem Namen KillRoy bekannt geworden ist.«

Gesichter von Menschen zu deuten war noch nie meine Stärke. Ich habe auch Schwierigkeiten, jemandem direkt in die Augen zu sehen. Und mit Körpersprache kenne ich mich auch nicht aus. Doch als ich Harper jetzt beobachtete, konnte ich nicht umhin, mich zu wundern, was einen gestandenen Gerichtsmediziner, einen Mann, der gewissermaßen mit den Toten zusammenlebte, derart erbleichen lassen konnte.

»Ich erinnere mich«, sagte er leise.

»Haben Sie die Obduktion durchgeführt?«

»Ja. Na ja, zum größten Teil.«

»Zum größten Teil?«

»Ja. Die Bundesbehörden waren damals auch beteiligt. Wir haben den Fall gemeinsam bearbeitet, aber da das FBI keine eigenen Leichenbeschauer hat, habe ich die Leitung übernommen.«

»Einen Moment bitte«, sagte ich. »Können Sie mir erzählen, was Sie gesehen haben, als die Leiche eingeliefert wurde?«

Harper rutschte auf seinem Stuhl hin und her. »Darf ich fragen, warum Sie das wissen wollen?«

»Ich bin ein trauernder Ehemann.«

»Das ist acht Jahre her.«

»Jeder trauert auf seine Art, Doktor.«

»Ja, das stimmt natürlich, aber …«

»Aber was?«

»Ich würde gern wissen, was Sie hier wollen?«

Ich beschloss, den direkten Weg zu nehmen. »Sie machen doch Fotos von jeder Leiche, die hier eingeliefert wird, oder?«

Er zögerte. Ich merkte es. Er sah, dass ich es merkte, und räusperte sich. »Ja. Seit ein paar Jahren machen wir Digitalaufnahmen. Dadurch können wir Fotos und diverse andere Details im Computer speichern. Das hilft sowohl bei der Diagnose als auch beim Katalogisieren.«

Ich nickte desinteressiert. Er wollte nur Zeit schinden. Als er fertig war, fragte ich: »Haben Sie bei der Obduktion meiner Frau auch Fotos gemacht?«

»Ja, selbstverständlich. Aber – wie lange, sagten Sie, ist das her?«

»Acht Jahre.«

»Damals haben wir noch Polaroid-Bilder gemacht.«

»Und wo finde ich diese Fotos jetzt, Doktor?«

»In der Akte.«

Ich sah zum hohen Aktenschrank hinüber, der wie ein Wachposten in der Ecke stand.

»Nein, nicht hier«, fuhr er schnell fort. »Der Fall Ihrer Frau ist abgeschlossen. Ihr Mörder wurde gefasst und verurteilt. Außerdem ist es länger als fünf Jahre her.«

»Und wo sind sie dann?«

»Im Aktenlager in Layton.«

»Ich würde die Fotos gern sehen, falls das möglich ist.«

Er notierte etwas und betrachtete den Zettel nickend. »Ich werde sehen, was sich machen lässt.«

»Doktor?«

Er blickte auf.

»Sie sagten, Sie erinnern sich an meine Frau.«

»Ja, also, ein bisschen zumindest. Wir bekommen hier nicht viele Morde, und schon gar nicht welche von so großem öffentlichem Interesse.«

»Erinnern Sie sich noch, in welchem Zustand die Leiche war?«

»Eigentlich nicht. Wenigstens nicht an Einzelheiten oder so.«

»Wissen Sie noch, wer sie identifiziert hat?«

»Sie waren es nicht?«

»Nein.«

Harper kratzte sich an der Schläfe. »Ihr Vater, oder?«

»Können Sie sich noch erinnern, wie lange er für die Identifikation der Leiche gebraucht hat?«

»Wie lange?«

»Hat er sie sofort erkannt? Hat es ein paar Minuten gedauert? Fünf Minuten? Oder zehn?«

»Das kann ich wirklich nicht sagen.«

»Sie wissen nicht, ob er sie sofort erkannt hat?«

»Da kann ich Ihnen nicht weiterhelfen, tut mir Leid.«

»Sie haben gerade gesagt, dass es ein großer Fall war.«

»Ja.«

»Vielleicht sogar Ihr größter?«

»Vor drei Jahren hatten wir hier diesen Pizzaservice-Lustmord«, sagte er. »Aber ja, es war jedenfalls einer der größten.«

»Und trotzdem wissen Sie nicht mehr, ob der Vater der Toten Schwierigkeiten hatte, sie zu identifizieren?«

Diese Befragung gefiel ihm nicht. »Bei allem Respekt, Dr. Beck, ich verstehe nicht, worauf Sie hinauswollen.«

»Ich bin ein trauernder Ehemann. Ich stelle Ihnen nur ein paar einfache Fragen.«

»Ihr Ton«, sagte er, »kommt mir ein bisschen feindselig vor.«

»Müsste er das sein?«

»Was soll das denn heißen?«

»Woher wussten Sie, dass sie von KillRoy umgebracht worden ist?«

»Ich wusste es nicht.«

»Und wie kam das FBI ins Spiel?«

»Es gab da ein paar Anzeichen …«

»Meinen Sie das eingebrannte K?«

»Ja.«

Ich kam langsam in Fahrt und hatte das seltsame Gefühl, dass ich das Richtige tat. »Sie wurde also von der Polizei eingeliefert. Daraufhin haben Sie die Leiche untersucht und dabei das eingebrannte K entdeckt …«

»Nein, sie waren von Anfang an dabei. Die Leute vom FBI, meine ich.«

»Schon bevor die Leiche hier war?«

Er sah in die Luft, entweder weil er überlegte oder weil er sich etwas ausdachte. »Oder direkt danach. Das weiß ich nicht mehr.«

»Wie haben die so schnell von der Leiche erfahren?«

»Weiß ich nicht.«

»Sie haben auch keine Vermutung?«

Harper verschränkte die Arme vor der Brust. »Ich könnte spekulieren, dass einer der Officers am Tatort das Brandzeichen entdeckt und das FBI informiert hat. Aber das wäre reine Mutmaßung.«

Mein Pieper vibrierte an meinem Gürtel. Ich sah mir die Nummer an. Ein Notfall in der Klinik.

»Es tut mir Leid, dass Sie einen solchen Verlust erlitten haben«, sagte er professionell. »Ich verstehe, dass Ihnen der Tod Ihrer Frau großen Kummer bereitet hat, bin heute aber leider sehr beschäftigt. Vielleicht können wir in ein oder zwei Wochen einen Termin vereinbaren …«

»Wie lange dauert es, bis die Akte meiner Frau hier ist?«, fragte ich.

»Ich weiß gar nicht, ob ich Ihnen einfach so Einblick in die Akte gewähren darf. Ich muss mich zuerst einmal …«

»Der Freedom of Information Act.«

»Bitte?«

»Ich habe es heute Morgen nachgeschlagen. Der Fall meiner Frau ist abgeschlossen. Als Angehöriger habe ich das Recht, ihre Akte einzusehen.«

Das musste Harper wissen – ich war bestimmt nicht der Erste, der einen Obduktionsbericht sehen wollte. Er fing auch gleich an, etwas übereifrig zu nicken. »Trotzdem müssen Sie den Dienstweg einhalten und die entsprechenden Formulare ausfüllen.«

»Wollen Sie mich hinhalten?«, fragte ich.

»Wie bitte?«

»Meine Frau ist einem furchtbaren Verbrechen zum Opfer gefallen.«

»Das ist mir klar.«

»Und ich habe das Recht, ihre Akte einzusehen. Wenn Sie das verzögern, frage ich mich, warum. Ich habe nie öffentlich über meine Frau oder ihren Mörder gesprochen. Ich bin gerne bereit, das jetzt nachzuholen. Und am Ende fragen wir uns dann alle, warum der hiesige Gerichtsmediziner mir bei einer so einleuchtenden Bitte das Leben schwer macht.«

»Das hört sich an wie eine Drohung, Dr. Beck.«

Ich stand auf. »Ich komme morgen Früh wieder«, sagte ich. »Es wäre schön, wenn die Akte meiner Frau dann hier bereitläge.«

Ich handelte. Das war ein verdammt gutes Gefühl.

22

DIE BEIDEN DETECTIVES ROLAND DIMONTE UND KEVIN KRINSKY von der Mordkommission des New York Police Department waren als Erste am Tatort, noch vor den Kollegen von der Schutzpolizei. Dimonte, ein Mann mit fettigem Haar und einer Vorliebe für scheußliche Schlangenlederstiefel sowie zerkaute Zahnstocher, übernahm das Kommando. Er bellte Befehle.

Der Tatort wurde unverzüglich abgeriegelt. Ein paar Minuten später machten sich die Leute von der Spurensicherung darüber her.

»Sorgt dafür, dass die Zeugen sich nicht untereinander absprechen können«, ordnete Dimonte an.

Es gab nur zwei Zeugen: den Ehemann und diesen merkwürdigen Wechselbalg in Schwarz. Der Ehemann kam Dimonte ziemlich aufgelöst vor, das konnte allerdings auch Schauspielerei sein. Aber immer schön der Reihe nach.

Dimonte, der weiter auf seinem Zahnstocher herumkaute, nahm den Wechselbalg beiseite – er hieß auch noch Arturo. Der Junge war ziemlich blass. Normalerweise hätte Dimonte auf Drogen getippt, aber der Kerl hatte gereihert, als er die Leiche entdeckte.

»Alles okay?«, fragte Dimonte. Als würde ihn das interessieren.

Arturo nickte.

Dimonte fragte ihn, ob in Bezug auf das Opfer in letzter Zeit etwas Ungewöhnliches vorgefallen sei. Ja, antwortete Arturo. Und was? Rebecca hatte gestern einen Anruf bekommen und danach war sie ganz verstört gewesen. Wer angerufen hatte? Arturo wusste es nicht genau, aber eine Stunde später – es war vielleicht auch schneller gegangen, Arturo war sich nicht sicher – war ein Mann vorbeigekommen, um mit Rebecca zu sprechen. Als der Mann wieder ging, war Rebecca völlig am Ende gewesen.

Wissen Sie noch, wie der Mann hieß?

»Beck«, sagte Arturo. »Sie nannte ihn Beck.«

Shauna steckte Marks Laken in den Trockner. Linda erschien hinter ihr.

»Er macht wieder ins Bett«, sagte Linda.

»Du merkst aber auch alles.«

»Ach komm, sei nicht so.« Linda ging. Shauna öffnete den Mund, um sich zu entschuldigen, bekam aber kein Wort heraus. Als sie das erste Mal – das *einzige* Mal – aus der gemeinsamen Wohnung ausgezogen war, hatte Mark das sehr übel aufgenommen. Damals hatte das mit dem Bettnässen angefangen. Als Linda und sie sich versöhnt hatten, hörte es wieder auf. Bis jetzt.

»Er weiß, was los ist«, sagte Linda. »Er spürt die Spannungen.«

»Und was kann ich dagegen tun, Linda?«

»Das Nötige.«

»Ich zieh nicht wieder aus. Das hab ich dir versprochen.«

»Das reicht aber offenbar nicht.«

Shauna warf ein Weichspülvlies in die Waschmaschine. Ihr Gesicht wirkte abgespannt. Das konnte sie jetzt wirklich nicht brauchen. Sie war ein hoch bezahltes Modell. Sie konnte nicht mit Tränensäcken und stumpfem Haar bei der Arbeit erscheinen. Diesen Scheiß konnte sie einfach nicht brauchen.

Sie hatte das alles satt. Sie hatte diese Häuslichkeit satt, die einfach nicht zu ihr passte. Sie hatte den Druck dieser verdammten Gutmenschen satt. Dabei war die Bigotterie gar nicht das Hauptproblem. Aber der Druck, der auf ein lesbisches Paar mit Kind ausgeübt wurde – und zwar von vermeintlich wohlgesinnten Freunden –, nahm einem die Luft zum Atmen. Die glaubten, wenn ihre Beziehung scheiterte, würde gleich das ganze Konzept der lesbischen Liebe mit den Bach runtergehen, und lauter solchen Mist. Als ob Hetero-Paare sich nie trennten. Shauna war keine Vorkämpferin. So viel war klar. Ob es nun selbstsüchtig war oder nicht, sie würde sich nicht im Namen des *Allgemeinwohls* opfern.

Sie fragte sich, ob es Linda genauso ging.

»Ich liebe dich«, sagte Linda.

»Ich liebe dich auch.«

Sie sahen sich an. Mark machte wieder ins Bett. Fürs Allgemeinwohl würde Shauna sich nicht opfern. Für Mark schon.

»Und was machen wir jetzt?«, fragte Linda.

»Wir biegen das wieder gerade.«

»Meinst du, wir kriegen das hin?«

»Liebst du mich?«

»Das weißt du doch«, erwiderte Linda.

»Hältst du mich immer noch für das aufregendste und vollkommenste Wesen, das je auf Gottes grüner Erde gewandelt ist?«

»Aber ja doch«, beteuerte Linda.

»Ich auch.« Shauna lächelte ihr zu. »Ich bin ein narzisstisches Miststück.«

»Aber ja doch.«

»Aber dein narzisstisches Miststück.«

»Ganz genau.«

Shauna trat näher an sie heran. »Ich bin nicht für ein Leben mit einfachen Beziehungen geschaffen. Ich bin unbeständig.«

»Du bist sexy, wenn du unbeständig bist«, sagte Linda.

»Ich bin sogar sexy, wenn ich's nicht bin.«

»Halt die Klappe und küss mich.«

Es klingelte an der Haustür. Linda sah Shauna an. Die zuckte die Achseln. Linda drückte den Knopf der Gegensprechanlage und sagte: »Ja?«

»Spreche ich mit Linda Beck?«

»Wer ist da?«

»Hier ist Special Agent Kimberly Green vom Federal Bureau of Investigation. Ich bin mit meinem Partner Special Agent Rick Peck hier. Wir würden gerne raufkommen und Ihnen ein paar Fragen stellen.«

Shauna beugte sich vor, ehe Linda etwas sagen konnte. »Unsere Anwältin heißt Hester Crimstein«, rief sie in die Gegensprechanlage. »Sie können sie anrufen.«

»Sie werden nicht verdächtigt, ein Verbrechen begangen zu haben. Wir würden Ihnen nur gern ein paar Fragen stellen …«

»Hester Crimstein«, unterbrach Shauna ihn. »Ihre Nummer haben Sie bestimmt. Und ansonsten wünsche ich Ihnen noch einen ganz besonders schönen Tag.«

Shauna ließ den Knopf los. Linda sah sie an. »Was war das denn?«

»Dein Bruder steckt in Schwierigkeiten.«

»Was?«

»Setz dich«, sagte Shauna. »Wir müssen reden.«

Raisa Markov, die Krankenschwester, die sich um Dr. Becks Großvater kümmerte, öffnete auf ein kräftiges Klopfen hin. Die Special Agents Carlson und Stone, die jetzt mit den Detectives Krinsky und Dimonte vom New York Police Department zusammenarbeiteten, hielten ihr das Schriftstück unter die Nase.

»Durchsuchungsbefehl«, verkündete Carlson.

Raisa trat wortlos zur Seite. Sie war in der Sowjetunion aufgewachsen. Aggressive Polizisten brachten sie nicht aus der Ruhe.

Acht von Carlsons Männern strömten durch die Tür und fingen an, Haus und Garten zu durchsuchen.

»Alles auf Video aufnehmen«, rief Carlson. »Keine Schlampereien.«

Sie beeilten sich, weil sie hofften, ihren halben Schritt Vorsprung vor Hester Crimstein auf diese Weise halten zu können. Carlson wusste, dass sich Crimstein wie viele ihrer gewieften Kollegen in der Post-O.J.-Simpson-Ära an Vorwürfe polizeilicher Inkompetenz und/oder polizeilichen Fehlverhaltens klammerte wie eine Napfschnecke. Carlson, seinerseits ein gewiefter Gesetzeshüter, würde das nicht zulassen. Jeder Schritt, jede Bewegung, jeder Atemzug wurde festgehalten und verifiziert.

Als Carlson und Stone in Rebecca Schayes' Atelier geplatzt waren, hatte Dimonte keine Freudensprünge gemacht. Man hatte mit allerhand Macho-Posen das Revier markiert, wie es beim Aufeinandertreffen von örtlicher Polizei und FBI Brauch war. Zwischen der

159

örtlichen Mordkommission und dem FBI gibt es – speziell in einer Metropole wie New York City – nur wenig Verbindendes.

Eins davon war Hester Crimstein.

Beide Dienststellen wussten, dass Crimstein es meisterhaft verstand, klare Sachverhalte zu vernebeln und Fälle an die Öffentlichkeit zu zerren. Bei einem Fall wie diesem würde ihnen die ganze Welt auf die Finger schauen. Keiner wollte für einen eventuellen Misserfolg verantwortlich sein. Das war die treibende Kraft bei dieser Angelegenheit. Also gingen sie ein Bündnis ein, das etwa so viel galt wie ein Händedruck zwischen Palästinensern und Israelis. Denn beide Seiten wussten, dass sie ihre Beweise schnell finden und erfassen mussten – bevor Hester Crimstein den Schlamm aufrührte.

Das FBI hatte den Durchsuchungsbefehl besorgt. Sie brauchten nur über die Federal Plaza zum Southern District Federal Court zu gehen.

Dimonte und das NYPD hätten für einen Durchsuchungsbefehl zum County Courthouse in New Jersey gemusst – mit Hester Crimstein auf den Fersen hätten sie damit viel zu viel kostbare Zeit verschwendet.

»Agent Carlson!«

Der Schrei kam von draußen. Carlson stürzte aus dem Haus. Stone trottete hinter ihm her. Dimonte und Krinsky folgten ihnen. Am Bordstein stand ein junger FBI-Beamter vor einem offenen Mülleimer.

»Was ist?«, fragte Carlson.

»Hat vielleicht gar nichts zu bedeuten, Sir, aber …« Der junge Beamte zeigte auf etwas, das wie ein Paar hastig weggeworfener Latexhandschuhe aussah.

»Einpacken«, sagte Carlson. »Und wir brauchen sofort einen Schmauchspuren-Test.« Carlson sah Dimonte an. Hier war wieder ein bisschen Kooperation gefragt – diesmal auf dem Weg gesunden Konkurrenzdenkens. »Wie lange braucht Ihr Labor dafür?«

»Einen Tag«, sagte Dimonte. Er hatte einen frischen Zahnstocher im Mund und bearbeitete ihn ziemlich heftig. »Vielleicht zwei.«

»Zu lange. Dann lassen wir die Beweisstücke in unser Labor nach Quantico fliegen.«

»Kommt überhaupt nicht in Frage«, fauchte Dimonte.

»Vereinbart war, dass wir jeweils die schnellste Möglichkeit nutzen.«

»Hier geht's schneller«, sagte Dimonte. »Ich kümmere mich darum.«

Carlson nickte. Darauf hatte er spekuliert. Wenn man die örtliche Polizei auf Trab bringen wollte, brauchte man nur damit zu drohen, ihnen den Fall aus der Hand zu nehmen. Konkurrenz. Prima Sache.

Eine halbe Stunde später hörte er einen zweiten Schrei, diesmal aus der Garage. Wieder rannten sie hin.

Stone stieß einen kurzen Pfiff aus. Dimonte glotzte. Carlson bückte sich, um das Beweisstück näher in Augenschein zu nehmen. Unter den Zeitungen in der Recycling-Tonne lag eine 9-Millimeter-Pistole. Ein kurzes Schnüffeln verriet ihnen, dass die Waffe erst kürzlich benutzt worden war.

Stone wandte sich an Carlson. Er passte auf, dass sein Lächeln nicht von einer Videokamera erfasst wurde.

»Jetzt haben wir ihn«, sagte er leise.

Carlson schwieg. Er sah zu, wie der Mann von der Spurensicherung die Waffe in eine Plastiktüte steckte. Dann dachte er nach und runzelte die Stirn.

23

DER NOTRUF AUF MEINEM PIEPER betraf TJ. Er hatte sich den Arm
an einem Türrahmen aufgeschürft. Bei den meisten Kindern wäre
der Fall mit einem Desinfektionsspray und einem kurzen, heftigen
Brennen auf der Haut erledigt gewesen. TJ musste über Nacht im
Krankenhaus bleiben. Als ich ankam, hing er schon am Tropf. Hämophilie wird mit Blutpräparaten wie Kryopräzipitate oder gefrore-
nem Blutplasma behandelt. Ich hatte eine Schwester beauftragt, sie
ihm sofort zu verabreichen.

Wie bereits erwähnt war ich Tyrese vor sechs Jahren zum ersten
Mal begegnet, als er mit Handschellen gefesselt im Krankenhausflur
wüste Obszönitäten brüllte. Eine Stunde zuvor war er mit seinem
neun Monate alten Sohn TJ in die Notaufnahme gestürmt. Ich war
zwar auch da, aber nicht für die Notaufnahme zuständig. Der Dienst
habende Arzt kümmerte sich um TJ.

Der Junge war lethargisch und reagierte kaum auf seine Umgebung. Er atmete flach. Tyrese, der sich laut Akte *unberechenbar* verhalten haben soll (wie, fragte ich mich, sollte ein Vater sich verhalten,
der sein krankes Kind gerade in die Notaufnahme eines Kranken-
hauses gebracht hat), erklärte dem Dienst habenden Arzt, dass es
dem Jungen von Stunde zu Stunde schlechter gegangen sei. Der
Dienst habende Arzt warf der Schwester einen vielsagenden Blick
zu. Die Schwester nickte und ging telefonieren. Für alle Fälle.

Eine Fundoskopie ergab, dass das Kind beidseits multiple reti-
nale Einblutungen hatte, das heißt, hinten in beiden Augen waren
die Blutgefäße geplatzt. Als der Arzt diese Fakten zusammenfügte –
Netzhautblutungen, schwere Lethargie und, na ja, dieser Vater, stellte
er seine Diagnose:

Schütteltrauma. Das so genannte Shaken-Baby-Syndrom.

Der bewaffnete Sicherheitsdienst rückte an. Sie legten Tyrese

Handschellen an, und in diesem Augenblick hörte ich die wüsten Flüche. Ich ging um die Ecke, um nachzusehen, was los war. Zwei Polizisten vom NYPD trafen ein. Mit ihnen eine erschöpfte Frau vom Kinderschutzzentrum. Tyrese flehte, man möge ihm glauben. Alle schüttelten in Wohin-soll-das-noch-alles-führen-Manier den Kopf. Ich hatte im Krankenhaus schon jede Menge solcher Szenen erlebt. Das hier war noch relativ harmlos. Ich hatte dreijährige Mädchen mit Geschlechtskrankheiten behandelt. Einmal habe ich bei einem vierjährigen Jungen mit inneren Blutungen einen Vergewaltigungstest durchgeführt. In diesen wie allen anderen Fällen von Kindsmissbrauch, mit denen ich zu tun hatte, war der Täter immer entweder ein Familienmitglied oder der gerade aktuelle Freund der Mutter gewesen.

Der böse Mann lauert nicht auf dem Spielplatz, Kinder. Er wohnt bei euch im Haus.

Ich wusste auch – und diese Statistik verblüfft mich immer wieder –, dass über 95 Prozent der ernsthaften Schädel-Hirn-Verletzungen bei Kindern auf Kindsmisshandlung zurückzuführen waren. Damit standen die Chancen sehr gut – oder schlecht, kam ganz darauf an, wie man es betrachtete –, dass Tyrese seinen Sohn misshandelt hatte.

Wir hören in der Notaufnahme alle möglichen Ausreden. Das Baby ist vom Sofa gefallen. Es hat die Backofentür auf den Kopf bekommen. Sein großer Bruder hat ein Spielzeug auf ihn geworfen. Wenn man lange genug hier arbeitet, wird man zynischer als ein im Dienst ergrauter Großstadtpolizist. Eigentlich verkraften gesunde Kinder solche Unfälle nämlich ziemlich gut. Es ist äußerst selten, dass ein Kind allein durch einen Sturz vom Sofa Netzhautblutungen erleidet.

Mit der Diagnose Kindsmisshandlung konnte ich leben. Jedenfalls auf den ersten Blick.

Doch irgendwie kam es mir seltsam vor, wie Tyrese um Hilfe flehte. Nicht, dass ich ihn für unschuldig hielt. Auch ich urteile gelegentlich vorschnell aufgrund der äußeren Erscheinung – oder, um es in einen politisch korrekteren Begriff zu fassen, des ethnischen Täterprofils.

Das tun wir alle. Wenn Sie die Straße überqueren, um einer Gang schwarzer Jugendlicher aus dem Weg zu gehen, haben Sie ein ethnisches Täterprofil im Kopf; wenn Sie nicht über die Straße gehen, weil Sie Angst haben, als Rassist dazustehen, haben Sie ein ethnisches Täterprofil im Kopf; wenn Sie die Gang sehen und sich nichts dabei denken, kommen Sie von einem Planeten, auf dem ich noch nie gewesen bin.

Der Grund für mein Stutzen war eine bloße Parallele. Während meines turnusmäßigen Wechsels nach Short Hills, New Jersey, einen wohlhabenden Vorort, war mir ein ganz ähnlicher Fall untergekommen. Eine weiße Mutter mit ihrem weißen Ehemann, beide tadellos gekleidet, waren in einem Range Rover mit allen Extras vorgefahren und hatten ihre sechs Monate alte Tochter in die Notaufnahme gebracht. Die Tochter, ihr drittes Kind, hatte dieselben Symptome gezeigt wie TJ.

Niemand hatte dem Vater Handschellen angelegt.

Ich ging also zu Tyrese hinüber. Er starrte mich mit finsterem Ghettoblick an. Auf der Straße hätte er mich damit einschüchtern können. Hier war es, als versuche der große böse Wolf das Steinhaus umzupusten. »Wurde Ihr Sohn in diesem Krankenhaus geboren?«, fragte ich.

Tyrese antwortete nicht.

»Wurde Ihr Sohn hier geboren, ja oder nein?«

Er bekam sich so weit in den Griff, dass er ein »Yeah« herausbekam.

»Wurde er hier beschnitten?«

Tyrese intensivierte das Starren. »Bist du so 'ne Art Schwuler oder was?«

»Gibt's da mehr als eine Art?«, gab ich zurück. »Wurde er hier beschnitten, ja oder nein?«

Widerwillig grunzte Tyrese: »Yeah.«

Ich fand TJs Sozialversicherungsnummer und gab sie in den Computer ein. Seine Daten erschienen auf dem Monitor. Ich suchte nach der Beschneidung. Normal. Verdammt. Doch dann entdeckte

ich noch einen Eintrag. TJ war nicht zum ersten Mal im Krankenhaus. Im Alter von zwei Wochen hatte sein Vater ihn wegen einer
Nabelblutung hergebracht.

Merkwürdig.

Darauf hatten wir ein paar Bluttests durchgeführt, wobei die Polizei darauf bestanden hatte, Tyrese währenddessen festzuhalten.
Ihm war das egal. Er wollte nur, dass die Tests gemacht wurden. Ich
versuchte, das Ganze zu beschleunigen, habe aber – wie die meisten
Menschen – keine Macht in dieser Bürokratie. Trotzdem bestätigte
das Labor anhand der Blutproben, dass die partielle Thromboplas-
tinzeit verlängert war, Quick-Wert und Thrombozytenzahl jedoch
im normalen Bereich lagen. Ja, schon gut, aber gedulden Sie sich.

Meine Hoffnungen – und Befürchtungen – bestätigten sich. Der
Junge war nicht von seinem in ein klassisches Ghetto-Outfit gekleideten Vater misshandelt worden. Der Grund für die Netzhautblutungen war Hämophilie. Außerdem war der Junge dadurch erblindet.

Die Leute vom Sicherheitsdienst seufzten, nahmen Tyrese die
Handschellen ab und verschwanden wortlos. Tyrese rieb sich die
Handgelenke. Keiner entschuldigte sich bei ihm oder fand ein Wort
des Mitleids für den Mann, den man zu Unrecht beschuldigt hatte,
seinen nunmehr blinden Sohn misshandelt zu haben.

Stellen Sie sich mal vor, was in den reichen Vororten los gewesen
wäre.

Seitdem ist TJ mein Patient.

Jetzt stand ich im Krankenhauszimmer, streichelte TJ über den
Kopf und sah in seine blinden Augen. Normalerweise sehen Kinder mich mit ungetrübter Ehrfurcht an, einer Mischung aus Furcht
und Verehrung. Meine Kollegen glauben, dass Kinder besser als
Erwachsene verstehen, was mit ihnen geschieht. Ich glaube, es ist
wahrscheinlich viel einfacher. Kinder halten ihre Eltern gleichzeitig für furchtlos und allmächtig – und plötzlich stehen diese Über-
menschen da und sehen mich, den Doktor, mit einem angsterfüllten
Verlangen an, das normalerweise der religiösen Ekstase vorbehalten
ist.

Was könnte für ein kleines Kind Furcht einflößender sein? Ein paar Minuten später schloss TJ die Augen. Er schlief ein.

»Er ist bloß gegen den Türrahmen gelaufen«, sagte Tyrese. »Weiter nichts. Er ist blind. Da passiert so was schon mal, oder?«

»Er muss über Nacht hier bleiben«, sagte ich. »Aber dann ist alles wieder okay.«

»Und wie?« Tyrese sah mich an. »Wie soll alles okay sein, wenn er nicht aufhören kann, zu bluten?«

Ich wusste keine Antwort.

»Ich muss ihn da rausholen.«

Er meinte nicht das Krankenhaus.

Tyrese griff in die Tasche und fing an, Scheine von einer Rolle zu schälen. Ich war nicht in der Stimmung dafür. Also hob ich eine Hand und sagte: »Ich komm später wieder.«

»Danke fürs Kommen, Doc.«

Ich wollte ihn schon daran erinnern, dass ich wegen seines Sohnes gekommen war, nicht seinetwegen, behielt es dann aber doch lieber für mich.

Vorsichtig, dachte Carlson mit rasendem Puls. Ganz, ganz vorsichtig.

Die vier – Carlson, Stone, Krinsky und Dimonte – saßen mit dem stellvertretenden Bezirksstaatsanwalt Lance Fein am Konferenztisch. Fein, ein ehrgeiziges Wiesel mit ständig wogenden Augenbrauen und einem so wächsernen Gesicht, dass man befürchten musste, es würde bei großer Hitze zerschmelzen, setzte sein Pokerface auf.

Dimonte sagte: »Lochen wir den Wichser ein.«

»Noch einmal«, sagte Lance Fein. »Stellen Sie es so dar, dass sogar Alan Dershowitz ihn wegsperren würde.«

Dimonte nickte seinem Partner zu. »Fang an, Krinsky. Besorg's mir.« Krinsky zog seinen Notizblock aus der Tasche und fing an vorzulesen.

»Rebecca Schayes wurde mit einer 9-Millimeter-Automatik aus sehr kurzer Entfernung zweimal in den Kopf geschossen. Bei einer von den Bundesbehörden angeordneten Hausdurchsuchung wurde in Dr. Becks Garage eine 9-Millimeter-Automatik-Pistole sichergestellt.«

»Fingerabdrücke auf der Waffe?«, fragte Fein.

»Nein. Aber durch einen ballistischen Test wurde festgestellt, dass die in Dr. Becks Garage gefundene Pistole die Mordwaffe ist.«

Dimonte lächelte und hob eine Augenbraue. »Kriegt hier noch jemand steife Nippel?«

Feins Augenbrauen furchten sich und sanken herab. »Fahren Sie bitte fort«, sagte er.

»Bei derselben Durchsuchung wurde in einem Mülleimer auf Dr. Becks Grundstück ein Paar Latexhandschuhe gefunden. Der rechte Handschuh zeigt Schmauchspuren. Dr. Beck ist Rechtshänder.« Dimonte legte die Schlangenlederstiefel hoch und schob den Zahnstocher im Mund hin und her. »Oh, yeah, Baby, tiefer, tiefer. Jaaa, so mag ich's.«

Fein runzelte die Stirn. Krinsky, der unverwandt auf den Block blickte, leckte sich den Zeigefinger und blätterte um.

»Am selben Handschuh hat das Labor ein Haar gefunden, dessen Farbe eindeutig mit der von Rebecca Schayes' Haaren übereinstimmt.«

»Oh Gott! Oh Gott!« Wie bei einem vorgetäuschten Orgasmus fing Dimonte an zu schreien. Vielleicht war es auch ein echter.

»Wir warten noch auf das Ergebnis eines beweiskräftigen DNS-Tests«, fuhr Krinsky fort. »Des Weiteren wurden am Tatort Fingerabdrücke von Dr. Beck gefunden, allerdings nicht in der Dunkelkammer, in der die Leiche lag.«

Krinsky schloss seinen Notizblock. Alle Blicke richteten sich auf Lance Fein.

Fein stand auf und rieb sich das Kinn. Auch wenn Dimonte übertrieb, mussten sie doch alle ein gewisses Schwindelgefühl unterdrücken. Im Zimmer knisterte die Spannung einer unmittelbar bevorstehenden Verhaftung, diese berauschende, süchtig machende Hochstimmung, die die wirklich berühmt-berüchtigten Fälle mit sich brachten. Sie würden Pressekonferenzen geben, Anrufe von Politikern entgegennehmen und ihre Fotos in den Zeitungen sehen. Nur Nick Carlson war ein klein wenig besorgt. Er spielte mit einer Büroklammer herum, verbog sie und richtete sie dann wieder. Er konnte einfach nicht damit aufhören. Irgendetwas war ihm unter die Hirnrinde gekrochen und hatte sich dort festgesetzt. Es war noch nicht recht fassbar, saß aber da und war höllisch lästig. Zum einen störten ihn all die Abhöreinrichtungen in Dr. Becks Haus. Irgendjemand hatte es verwanzt. Auch das Telefon. Und es schien niemanden zu interessieren, wer das getan hatte und wozu.

»Lance?«, fragte Dimonte.

Lance Fein räusperte sich. »Ist Ihnen Dr. Becks aktueller Aufenthaltsort bekannt?«, erkundigte er sich.

»Er ist in seiner Klinik«, sagte Dimonte. »Zwei meiner Polizisten lassen ihn nicht aus den Augen.«

Fein nickte.

»Na kommen Sie schon, Lance«, sagte Dimonte. »Gib's mir, mein Großer.«

»Rufen wir zuerst Ms Crimstein an«, entschied Fein. »Aus Höflichkeit.«

Shauna erzählte Linda fast alles. Sie ließ nur den Teil aus, in dem Beck Elizabeth auf dem Monitor *gesehen* hatte. Nicht etwa, weil sie die Geschichte geglaubt hätte. Sie hatte mehr oder weniger bewiesen, dass es ein digitaler Trick gewesen war. Aber Beck hatte darauf bestanden. Kein Sterbenswort. Es gefiel ihr zwar nicht, Linda etwas verschweigen zu müssen, doch es war ihr lieber, als Becks Vertrauen zu missbrauchen.

Linda sah Shauna die ganze Zeit in die Augen. Sie nickte nicht, sagte nichts und rührte sich auch nicht. Als Shauna fertig war, fragte sie: »Hast du die Fotos gesehen?«

»Nein.«

»Wie ist die Polizei da rangekommen?«

»Weiß ich nicht.«

Linda stand auf. »David hätte Elizabeth niemals irgendetwas angetan.«

»Ich weiß.«

Linda schlang die Arme um ihren Oberkörper. Sie holte ein paar Mal tief Luft und wurde blass.

»Ist alles okay?«, fragte Shauna.

»Was verheimlichst du mir?«

»Wie kommst du darauf, dass ich dir etwas verheimliche?« Linda sah sie bloß an.

»Frag deinen Bruder«, sagte Shauna.

»Warum?«

»Das muss er dir selbst sagen.«

Wieder klingelte es an der Tür. Diesmal ging Shauna zur Gegensprechanlage.

»Ja?«

»Hier ist Hester Crimstein.«

Shauna drückte den Summer und ließ die Wohnungstür offen stehen. Zwei Minuten später stürzte Hester ins Zimmer.

»Kennt ihr die Fotografin Rebecca Schayes?«

»Klar«, sagte Shauna. »Ich hab sie allerdings lange nicht mehr gesehen. Linda?«

»Das ist Jahre her«, stimmte Linda zu. »Sie hat damals in der Stadt mit Elizabeth zusammengewohnt. Warum?«

»Sie wurde gestern Abend ermordet«, sagte Hester. »Die Polizei glaubt, dass Beck es war.«

Beide Frauen erstarrten, als hätte ihnen jemand eine Ohrfeige verpasst. Shauna gewann als Erste die Fassung zurück.

»Aber ich war gestern Abend bei Beck«, sagte sie. »Bei ihm zu Hause.«

»Bis wann?«

»Bis wann brauchst du denn?«

Hester runzelte die Stirn. »Fang nicht mit so was an, Shauna. Wann bist du gegangen?«

»So gegen zehn, halb elf. Wann wurde sie umgebracht?«

»Weiß ich noch nicht. Aber ich habe eine Quelle vor Ort. Er sagt, sie haben sehr stichhaltige Beweise gegen ihn.«

»Das ist doch idiotisch.«

Ein Handy klingelte. Hester Crimstein griff nach ihrem und nahm den Anruf entgegen. »Ja?«

Der Anrufer schien sehr lange zu reden. Hester hörte schweigend zu. Ihre Züge erschlafften, als müsste sie eine Niederlage hinnehmen. Ein bis zwei Minuten später klappte sie das Telefon mit einem lauten Schnappen zu, ohne sich verabschiedet zu haben.

»Ein Höflichkeitsanruf«, murmelte sie.

»Was?«

»Sie stellen einen Haftbefehl gegen deinen Bruder aus. Wir haben eine Stunde, um ihn bei der Polizei abzuliefern.«

24

ICH DACHTE DIE GANZE ZEIT an den Washington Square Park. Ich sollte zwar erst in vier Stunden dort sein. Abgesehen von unvorhersehbaren Notfällen war heute aber mein freier Tag. Free as a bird, wie Lynyrd Skynyrd gesungen hatte – und dieser Vogel wollte zum Washington Square Park ziehen.

Ich wollte gerade die Klinik verlassen, als mein Pieper wieder einmal sein hässliches Lied anstimmte. Ich seufzte und sah mir die Nummer an. Es war Hester Crimsteins Handy. Und die Nachricht trug den Notfall-Code.

Das war garantiert keine gute Nachricht.

Einen Moment lang spielte ich mit dem Gedanken, nicht zurückzurufen – einfach weiterzuziehen –, aber was hätte das gebracht? Ich ging wieder zu meinem Untersuchungszimmer. Die Tür war geschlossen und die rote Markierung war zu sehen. Das bedeutete, dass ein anderer Arzt darin einen Patienten behandelte.

Ich ging den Flur entlang, bog nach links ab und entdeckte auf der Gynäkologie- und Entbindungsstation ein leeres Zimmer. Ich kam mir vor wie ein Spion im Feindeslager. Im ganzen Raum blinkte überreichlich Metallisches. Umgeben von gynäkologischen Stühlen und anderen beängstigend mittelalterlich aussehenden Geräten wählte ich die Nummer.

Hester Crimstein sparte sich die Begrüßung. »Beck, wir haben ein Riesenproblem. Wo sind Sie?«

»Ich bin in der Klinik. Was ist denn los?«

»Beantworten Sie mir eine Frage«, sagte Hester Crimstein.

»Wann haben Sie Rebecca Schayes zum letzten Mal gesehen?« Mein Herz begann, schnell und heftig zu klopfen. »Gestern, wieso?«

»Und davor?«

»Vor acht Jahren.«

Crimstein fluchte unterdrückt.

»Was ist los?«, wiederholte ich.

»Rebecca Schayes wurde gestern Abend in ihrem Atelier ermordet. Man hat ihr zwei Mal in den Kopf geschossen.«

Es war ein Gefühl, als würde ich ins Leere fallen, ähnlich wie direkt vor dem Einschlafen. Meine Knie wurden weich. Mit einem Bums landete ich auf dem Stuhl. »Herrgott …«

»Beck, hören Sie mir zu. Hören Sie mir genau zu.«

Ich erinnerte mich, wie Rebecca gestern ausgesehen hatte.

»Wo waren Sie gestern Abend?«

Ich hielt den Hörer zur Seite und holte tief Luft. Tot. Rebecca war tot. Seltsamerweise ging mir das Bild ihrer schönen, glänzenden Haare nicht aus dem Kopf. Ich dachte an ihren Mann. Ich dachte daran, wie er nachts allein in ihrem gemeinsamen Bett liegen und immer daran denken würde, wie sich ihre Haare auf dem Kissen aufgefächert hatten.

»Beck?«

»Zu Hause«, sagte ich. »Ich war mit Shauna zu Hause.«

»Und danach?«

»Spazieren.«

»Wo?«

»Um den Block.«

»Um welchen Block?« Ich antwortete nicht.

»Hören Sie mir zu, Beck, okay? Die Polizei hat die Mordwaffe auf Ihrem Grundstück gefunden.«

Ich hörte die Wörter, doch ihre Bedeutung drang nicht bis in mein Großhirn vor. Der Raum war plötzlich winzig. Es gab kein Fenster. Ich bekam kaum Luft.

»Haben Sie mich verstanden?«

»Ja«, sagte ich. Dann, als ich langsam den Sinn erfasste, fügte ich hinzu: »Das ist unmöglich.«

»Hören Sie, dafür haben wir jetzt keine Zeit. Sie werden verhaftet. Ich habe mit dem zuständigen Generalstaatsanwalt gesprochen.

Er ist ein Wichser vor dem Herrn, gibt Ihnen aber die Gelegenheit, sich zu stellen.«

»Verhaftet?«

»Hören Sie mir zu, Beck.«

»Ich habe nichts getan.«

»Das ist jetzt erst einmal irrelevant. Die werden Sie verhaften. Sie werden Sie vor Gericht stellen. Dann kriegen wir Sie auf Kaution frei. Ich bin schon auf dem Weg zur Klinik, um Sie abzuholen. Bleiben Sie, wo Sie sind. Reden Sie mit niemandem, verstanden? Weder mit der Polizei noch mit dem FBI und mit Ihrem neuen Freund in der Zelle schon gar nicht. Haben Sie das verstanden?«

Mein Blick blieb auf der Uhr über der Untersuchungsliege hängen. Es war ein paar Minuten nach zwei. Washington Square. Ich dachte an den Washington Square. »Ich kann mich jetzt nicht verhaften lassen, Hester.«

»Es kommt alles in Ordnung.«

»Wie lange dauert das?«, fragte ich.

»Wie lange dauert was?«

»Bis ich auf Kaution freikomme?«

»Das kann ich nicht genau sagen. Ich glaube nicht, dass die Kaution an sich zum Problem wird. Sie sind nicht vorbestraft. Sie sind ein rechtschaffener Bürger mit Wurzeln und Bindungen in der Gesellschaft. Wahrscheinlich wird nur Ihr Pass eingezogen ...«

»Aber wie lange dauert das?«

»Was dauert wie lange, Beck? Ich verstehe Sie nicht.«

»Bis ich wieder draußen bin?«

»Hören Sie, ich werde versuchen, das Verfahren zu beschleunigen, okay? Aber selbst wenn die sich beeilen – und das kann ich Ihnen wirklich nicht versprechen –, müssen sie trotzdem erst Ihre Fingerabdrücke nach Albany schicken. Das ist Vorschrift. Wenn wir Glück haben – und da brauchen wir eine Menge Glück –, kriegen wir es hin, dass die Haftprüfung um Mitternacht stattfindet.«

Mitternacht.

Angst legte sich wie ein stählernes Band um meine Brust. Gefängnis hieß, den Termin am Washington Square Park zu verpassen. Meine Verbindung zu Elizabeth war so schrecklich zerbrechlich. Wie Fäden aus Muranoglas. Wenn ich nicht um fünf am Washington Square war …

»Geht nicht«, sagte ich.

»Was?«

»Sie müssen das hinauszögern, Hester. Die können mich morgen verhaften.«

»Das soll doch wohl ein Witz sein, ja? Hören Sie, wahrscheinlich sind sie schon da und beobachten Sie.«

Ich stieß die Tür auf, steckte den Kopf hindurch und blickte den Flur entlang.

Von meiner Position aus konnte ich nur einen Teil des Empfangsbereichs sehen, die rechte Ecke, aber das reichte.

Ich sah zwei Cops – aber vielleicht waren da noch mehr.

»Herrgott«, sagte ich, zog mich ins Zimmer zurück und lehnte die Tür an.

»Beck?«

»Ich kann heute nicht ins Gefängnis gehen«, sagte ich. »Nicht jetzt.«

»Verlieren Sie jetzt nicht die Nerven, Beck, okay? Bleiben Sie, wo Sie sind. Rühren Sie sich nicht von der Stelle, sagen Sie nichts, tun Sie einfach gar nichts. Bleiben Sie in Ihrem Büro und warten Sie auf mich. Ich bin auf dem Weg.«

Sie beendete das Gespräch.

Rebecca war tot. Die dachten, ich hätte sie umgebracht. Das war natürlich lächerlich, aber es musste eine Verbindung geben. Gestern hatte ich sie seit acht Jahren zum ersten Mal wieder gesehen. Am gleichen Abend war sie tot.

Was zum Teufel war hier los?

Ich öffnete die Tür und spähte zum Empfangsbereich hinüber. Die Cops sahen nicht in meine Richtung. Ich schlüpfte aus dem Zimmer und ging leise den Flur entlang in die entgegengesetzte Richtung. Dort befand sich ein Notausgang. Durch ihn konnte ich

174

verschwinden. Dann konnte ich mich auf den Weg zum Washington Square Park machen.

Geschah das alles wirklich? Wollte ich tatsächlich vor der Polizei fliehen?

Ich wusste es nicht. Aber als ich an der Tür war, warf ich einen kurzen Blick über die Schulter. Einer der Cops sah mich. Er deutete mit dem Finger auf mich und lief auf mich zu.

Ich stieß die Tür auf und rannte los.

Es war nicht zu fassen. Ich flüchtete vor der Polizei.

Der Notausgang führte auf eine düstere Straße direkt hinter der Klinik. Ich kannte die Straße nicht. Das mag seltsam klingen, aber dies hier war nicht mein Viertel. Ich kam her, arbeitete hier und ging wieder. Ich verbrachte den ganzen Tag in einem fensterlosen Zimmer und wurde durch den Mangel an Tageslicht immer verdrießlicher. Schon einen Block von meinem Arbeitsplatz entfernt befand ich mich auf mir vollkommen unbekanntem Terrain.

Da ich mich für irgendeine Richtung entscheiden musste, hielt ich mich rechts. Ich hörte, wie hinter mir die Tür aufflog.

»Halt! Polizei!«

Das riefen sie wirklich. Ich rannte weiter. Würden sie schießen? Ich bezweifelte es. Einen unbewaffneten Mann auf der Flucht in den Rücken zu schießen, zog doch ziemlich ernste Konsequenzen nach sich. Es war zwar nicht vollkommen ausgeschlossen – jedenfalls nicht in diesem Viertel –, aber doch sehr unwahrscheinlich.

Die Straße war fast leer, die wenigen Passanten jedoch betrachteten mich mit kaum mehr Interesse als Fernsehzuschauer, die sich durch die Kanäle zappten. Ich rannte weiter. Verschwommen rauschte die Welt an mir vorbei. Ich ließ einen gefährlich aussehenden Mann mit einem gefährlich aussehenden Rottweiler hinter mir zurück. An den Ecken saßen alte Männer und jammerten über den Tag. Frauen trugen zu viele Plastiktüten. Jugendliche, die vermutlich in der Schule hätten sein sollen, lehnten an allem, was sich dazu eignete – einer cooler als der andere.

Und ich? Ich flüchtete vor der Polizei. Irgendwie wollte mir das nicht in den Kopf.

Meine Beine fingen an zu kribbeln, doch das Bild Elizabeths, ihr Blick in die Kamera, spornte mich an, trieb mich immer weiter.

Ich atmete zu hastig.

Wir haben alle schon von der Wirkung des Adrenalins gehört, wie es einen beflügelt und ungeahnte Kräfte freisetzt, aber das Ganze hat auch eine Kehrseite. Es wirkt berauschend, und man verliert die Kontrolle. Es schärft die Sinne so sehr, dass sie am Ende fast gelähmt sind. Man muss diese Mächte zähmen, sonst drohen sie einen niederzuzwingen.

Ich flitzte in eine enge Passage – so machen sie das im Fernsehen immer –, die aber als Sackgasse zwischen den übel riechendsten Müllcontainern dieses Planeten endete. Ich scheute wie ein Pferd vor dem Gestank. Früher, vielleicht in jenen Tagen, als LaGuardia noch Bürgermeister von New York war, hatte sich einmal grüne Farbe auf den Müllbehältern befunden. Die war jetzt durch Rost ersetzt worden. An vielen Stellen hatte dieser Rost Löcher ins Metall gefressen, was den Ratten den Zugang erleichterte. Sie strömten durch die Löcher wie Klärschlamm durch ein Rohr.

Ich suchte nach einem Ausweg, einer Tür oder irgendetwas, fand jedoch nichts. Es gab hier keine Hinterausgänge. Ich überlegte, ob ich ein Fenster einschlagen und hineinklettern sollte, musste aber feststellen, dass alle Fenster in den unteren Stockwerken vergittert waren.

Der einzige Weg hinaus war der, auf dem ich hereingekommen war – und dort würde mich die Polizei zweifellos sehen.

Ich saß in der Falle.

Ich sah nach links, nach rechts und komischerweise sah ich dann nach oben.

Feuerleitern.

Über mir hingen diverse Feuerleitern. Von meiner inneren Adrenalinquelle immer noch gut versorgt, sprang ich mit aller Kraft hoch, streckte beide Hände in die Luft und fiel auf den Hintern.

Ich probierte es noch einmal. Keine Chance. Die Leitern waren viel zu hoch.

Und was jetzt?

Vielleicht konnte ich einen Müllcontainer herüberziehen, mich darauf stellen und dann springen. Aber die Deckel der Müllbehälter waren vollkommen verrottet. Und auf dem Abfall hätte ich immer noch viel zu tief gestanden, falls ich überhaupt festen Halt unter die Füße bekam.

Ich holte tief Luft und versuchte nachzudenken. Der Gestank machte mich fertig. Er kroch in meine Nase und setzte sich dort fest. Ich ging ein paar Schritte zurück.

Statisches Rauschen. Wie aus einem Polizei-Funkgerät.

Ich drückte mich mit dem Rücken an die Wand und lauschte. Verstecken. Ich musste mich verstecken.

Das Rauschen wurde lauter. Ich hörte Stimmen. Die Cops kamen näher. Ich war vollkommen ungeschützt. Ich drückte mich flacher an die Wand, als würde mir das etwas helfen. Als würden sie mich für ein Wandgemälde halten, wenn sie um die Ecke kamen.

Sirenen heulten durch die stille Luft. Sirenen, die hinter mir her waren.

Schritte. Sie kamen eindeutig näher. Es gab nur ein Versteck. Ich versuchte festzustellen, welcher Müllcontainer am wenigsten stank, schloss die Augen und sprang hinein.

Saure Milch. *Sehr* saure Milch. Das war der erste Geruch, der mir in die Nase stach. Aber nicht der einzige. Dazu kam einer, der an Erbrochenes erinnerte, und dann noch schlimmere. Ich saß mitten drin. In etwas Feuchtem, Fauligem. Es klebte an mir. Meine Kehle entschied sich für den Würgereflex. Der Mageninhalt kam mir hoch.

Ich hörte, wie jemand am Eingang der Gasse vorbeirannte. Ich blieb unten.

Eine Ratte huschte über mein Bein.

Fast hätte ich geschrien, aber irgendetwas in meinem Unterbewusstsein erstickte den Schrei. Gott, war das absurd. Ich hielt die

Luft an. Das ging nicht sehr lange gut. Ich versuchte, durch den Mund zu atmen, fing aber sofort wieder an zu würgen. Ich hielt mir das Hemd vor Nase und Mund. Das half, wenn auch nicht sehr viel. Das statische Rauschen war verschwunden. Die Schritte auch.

Hatte ich sie überlistet?

Falls ja, würde es nicht lange vorhalten. Neue Polizeisirenen kamen hinzu, heulten im Einklang mit den anderen, eine wahre Rhapsody in Blue. Inzwischen hatten die Cops bestimmt reichlich Verstärkung angefordert. Irgendjemand würde gleich noch einmal nachsehen. Sie würden noch einmal alles durchkämmen. Was dann?

Ich griff nach der Kante des Müllcontainers, um mich hochzuziehen. Der Rost schnitt mir in die Handfläche. Meine Hand fuhr zum Mund. Blut. Der Kinderarzt in mir dachte sofort an die Tetanusgefahr; der Rest erkannte, dass Tetanus eine meiner geringsten Sorgen war.

Ich lauschte.

Keine Schritte. Kein statisches Rauschen. Sirengeheul, doch das war nicht anders zu erwarten gewesen. Weitere Verstärkung. In unserer schönen Stadt lief ein Mörder frei herum. Die Guten kamen in großer Zahl herbei, ihn zu fangen. Sie würden das Gebiet absperren und ein Netz darüber werfen.

Wie weit war ich gelaufen?

Ich wusste es nicht. Nicht weit genug. Ich musste so viel Abstand wie irgend möglich zwischen mich und die Klinik bringen.

Und das hieß, dass ich aus dieser Gasse raus musste.

Ich kroch wieder zum Eingang. Noch immer hörte ich keine Schritte oder statisches Rauschen. Ein gutes Zeichen. Ich versuchte, mich einen Moment zu konzentrieren und nachzudenken. Flüchten war schon mal ein guter Plan, der aber durch ein Ziel noch erheblich verbessert würde. Schlag dich nach Osten durch, entschied ich, obwohl in dieser Richtung unsichere Gegenden lagen. Ich erinnerte mich, dort oberirdisch verlegte Gleise gesehen zu haben.

Die U-Bahn.

Damit könnte ich hier rauskommen. Ich brauchte nur in einen Zug zu steigen, ein paar Mal überraschend die Fahrtrichtung zu wechseln und könnte so vermutlich verschwinden. Aber wo war der nächste Bahnhof?

Ich war gerade dabei, meinen inneren U-Bahn-Plan durchzugehen, als ein Polizist in die Gasse einbog.

Er sah so jung aus, so anständig, so frisch gewaschen und rotwangig. Die blauen Hemdsärmel waren ordentlich aufgerollt wie zwei Aderpressen auf seinen drallen Bizepsen. Als er mich sah, zuckte er zusammen – ebenso überrascht, mich zu sehen, wie ich, ihn zu sehen.

Wir erstarrten beide. Bei ihm hielt sich diese Starre jedoch den Bruchteil einer Sekunde länger.

Wäre ich wie ein Boxer oder Kung-Fu-Kämpfer auf ihn losgegangen, hätte ich mir hinterher vermutlich meine Zähne aus dem Mund pulen können wie Holzsplitter. Aber das tat ich nicht. Ich reagierte panisch. Aus reiner Angst.

Ich stürzte mich direkt auf ihn.

Das Kinn fest auf die Brust gepresst, senkte ich den Kopf, zielte direkt auf die Körpermitte und ging wie eine Rakete auf ihn los. Elizabeth hatte Tennis gespielt.

Sie hatte einmal gesagt, wenn der Gegner am Netz stünde, sei es oft das Beste, ihm den Ball mitten auf den Körper zu hämmern, weil er dann nicht wisse, in welche Richtung er ausweichen solle. Bis er sich entschieden hat, ist schon ein Teil seiner Reaktionszeit vergangen.

Genau das geschah auch hier.

Mein Körper knallte auf seinen. Ich packte seine Schultern und klammerte mich daran wie ein Affe an einen Zaun. Wir fielen. Ich zog die Knie an und stieß sie ihm in den Bauch. Mein Kinn hatte ich weiterhin fest auf die Brust gepresst, mein Schädel befand sich direkt unter dem Unterkiefer des jungen Cops.

Wir schlugen furchtbar hart auf den Boden.

Ich hörte ein Knacken. Ein heißer Schmerz schoss mir von der

Stelle, wo meine Schädeldecke auf seinen Kiefer geprallt war, durch den Körper. Der junge Cop gab ein leises *Pluuh* von sich. Die Luft entwich aus seiner Lunge. Sein Unterkiefer war wohl gebrochen. Der panische Fluchtgedanke ergriff jetzt vollständig Besitz von mir. Ich versuchte von ihm wegzukrabbeln, als wäre er eine Elektroschockwaffe, deren Berührung mich betäuben könnte.

Ich hatte einen Polizisten angegriffen.

Keine Zeit, mich damit zu befassen. Ich musste weg von ihm. Ich kam auf die Beine, wollte mich schon umdrehen und losrennen, als ich seine Hand an meinem Knöchel spürte. Ich schaute zu ihm hinab und unsere Blicke trafen sich.

Er hatte Schmerzen. Diese Schmerzen hatte ich ihm zugefügt.

Es gelang mir, auf den Beinen zu bleiben. Dann trat ich nach ihm. Ich traf ihn in die Rippen. Diesmal gab er ein gurgelndes *Pluh* von sich. Aus seinem Mund lief Blut. Ich konnte selbst nicht glauben, was ich hier tat. Ich trat noch einmal zu. Gerade so stark, dass sein Griff sich etwas lockerte. Ich riss mich los.

Dann rannte ich.

25

HESTER UND SHAUNA NAHMEN EIN TAXI zur Klinik. Linda fuhr mit der Linie 1 zum World Financial Center, um mit ihrem Anlageberater über die Liquidierung von Vermögenswerten zu sprechen, damit sie eine Kaution stellen konnten.

Ein Dutzend Polizeiwagen parkte wild durcheinander vor Becks Klinik. Alle zeigten in unterschiedliche Richtungen wie von einem Betrunkenen geworfene Darts. Auf den Dächern rotierten blaue und rote Lichter. Sirenen heulten. Es fuhren immer mehr Polizeiautos vor.

»Was ist denn hier los?«, fragte Shauna.

Hester entdeckte den stellvertretenden Staatsanwalt Lance Fein; dieser hatte sie allerdings auch schon gesehen. Er stürmte auf sie zu. Sein Gesicht war puterrot, und die Ader auf seiner Stirn pulsierte.

»Der Arsch ist abgehauen«, stieß Fein ohne jede Begrüßung hervor.

Hester hielt dem Angriff stand und konterte: »Dann müssen Ihre Leute ihn erschreckt haben.«

Zwei weitere Streifenwagen hielten vor der Klinik. Dahinter folgte ein Übertragungswagen von Channel 7. Fein fluchte leise:

»Das Fernsehen. Verdammt noch mal, Hester. Weißt du, wie ich jetzt dastehe?«

»Hör zu, Lance ...«

»Wie ein verdammter Pfuscher, der den Reichen eine Sonderbehandlung anbietet. Ganz genau so. Wie konntest du mir das antun, Hester? Weißt du, was der Bürgermeister mit mir machen wird? Er wird mir nur so zum Spaß den Arsch aufreißen. Und Tucker ...«, Tucker war der Generalstaatsanwalt von Manhattan, »... Herrgott noch mal, kannst du dir vorstellen, was der mit mir anstellt?«

»Mr Fein!«

181

Einer der Polizisten rief nach ihm. Fein warf beiden noch einen bösen Blick zu, ehe er sich mit einer scharfen Bewegung abwandte.

Hester sah Shauna an. »Ist Beck verrückt geworden?«

»Er hat Angst«, sagte Shauna.

»Er flieht vor der Polizei!«, schrie Hester. »Verstehst du? Weißt du, was das heißt?« Sie zeigte auf den Übertragungswagen. »Die Medien sind hier, zum Teufel noch mal. Sie werden über den flüchtigen Mörder berichten. Das ist gefährlich. Es sieht nach einem Schuldeingeständnis aus. Und das macht einen schlechten Eindruck auf die Leute, die später in der Jury sitzen werden.«

»Beruhige dich«, bat Shauna.

»Ich soll mich beruhigen? Weißt du, was er getan hat?«

»Er ist getürmt. Weiter nichts. So wie OJ, stimmt's? Dem hat das bei der Jury ja wohl auch nicht geschadet.«

»Wir reden hier nicht von OJ, Shauna. Wir reden von einem reichen weißen Arzt.«

»Beck ist nicht reich.«

»Darum geht's nicht, verdammt noch mal. Mit dieser Sache hat er sich alles vermasselt. Die Kaution kannst du vergessen. Eine faire Verhandlung auch.« Sie holte tief Luft und verschränkte die Arme. »Und Fein ist nicht der Einzige, dessen Ruf hier kompromittiert wird.«

»Von wem redest du?«

»Von mir!«, kreischte Hester. »Beck hat auf einen Schlag meine Glaubwürdigkeit bei der Generalstaatsanwaltschaft ruiniert. Wenn ich verspreche, dass ich einen Verdächtigen ausliefere, dann muss ich ihn auch ausliefern.«

»Hester?«

»Was ist?«

»Dein Ruf geht mir im Moment vollkommen am Arsch vorbei.« Plötzlich wurde es laut hinter ihnen. Sie drehten sich um und sahen einen Krankenwagen die Straße entlang rasen. Sie hörten einen Schrei. Dann noch einen. Die Polizisten flitzten herum, als hätte man zu viele Kugeln gleichzeitig in einen Flipper geschossen.

Schlitternd kam der Krankenwagen zum Stehen. Die Sanitäter – ein Mann und eine Frau – sprangen aus der Kabine. Sie bewegten sich schnell. Viel zu schnell. Sie öffneten die Hecktür und holten eine Trage heraus.

»Hierher!«, schrie jemand. »Hier ist er!«

Shauna stockte das Herz. Sie lief zu Lance Fein hinüber. Hester folgte ihr. »Was ist?«, fragte Hester. »Was ist passiert?«

Fein beachtete sie nicht.

»Lance?«

Schließlich sah er sie an. Die Muskeln in seinem Gesicht bebten vor Wut. »Dein Mandant.«

»Was ist mit ihm? Ist er verletzt?«

»Er hat gerade einen Polizisten zusammengeschlagen.«

Es war Irrsinn.

Durch die Flucht hatte ich die erste Grenze überschritten, aber der Angriff auf den jungen Cop … Jetzt gab es kein Zurück mehr. Also rannte ich. Ich sprintete so schnell ich konnte.

»Officer verletzt!«

Das rief tatsächlich jemand. Darauf hörte ich weitere Schreie. Und wieder statisches Rauschen. Sirenen. Der Kreis um mich wurde enger. Mir schlug das Herz bis zum Hals. Mechanisch hob ich die Beine, eins nach dem anderen. Sie wurden steif und schwer, als fingen Muskeln und Bänder an zu versteinern. Ich war nicht in Form. Rotz lief mir aus der Nase. Er vermischte sich mit dem Dreck, der sich auf meiner Oberlippe angesammelt hatte, und lief mir in den Mund.

Ich wechselte immer wieder die Straßenseite, als könnte ich die Polizei dadurch verwirren. Dabei drehte ich mich nicht um und sah nach meinen Verfolgern. Ich wusste, dass sie hinter mir her waren. Die Sirenen und das Rauschen verrieten es mir.

Ich hatte keine Chance.

Ich lief durch Viertel, in die ich mich normalerweise nicht einmal mit dem Auto getraut hätte. Ich sprang über einen Zaun und rannte durch das hohe Gras auf einem Gelände, das wohl mal ein Kinderspielplatz gewesen war. Man hörte immer von steigenden Baupreisen in Manhattan, aber hier, in der Nähe des Harlem River Drive, gab es unbebaute Grundstücke voll Scherben und rostigen Überresten von Schaukeln, Klettergerüsten und Dingen, die vermutlich einmal Autos gewesen waren.

Vor einem Hochhauskomplex mit Sozialwohnungen beäugte mich eine Gruppe schwarzer Teenager in Gangsta-Pose und den zugehörigen Klamotten wie einen leckeren Nachtisch. Irgendetwas hatten sie vor – ich wusste nicht, was –, bis sie merkten, dass die Polizei hinter mir her war.

Sie begannen, mich anzufeuern.

»Lauf, Milchgesicht, lauf!«

Ich nickte ihnen kurz zu, als ich vorbeisauste, ein Marathonläufer, dankbar für jede Unterstützung von den Zuschauern. Einer schrie: »Diallo!« Ich rannte weiter, doch ich wusste natürlich, wer Amadou Diallo war. Jeder in New York wusste das. Er war von 41 Polizeikugeln durchlöchert worden – und er war unbewaffnet gewesen. Im ersten Moment dachte ich, sie wollten mich davor warnen, dass die Polizei gleich das Feuer eröffnen würde.

Aber so war es gar nicht gemeint.

Die Verteidigung im Amadou-Diallo-Prozess hatte behauptet, die Polizisten hätten geglaubt, Diallo wolle eine Waffe ziehen, als er nach seinem Portemonnaie griff, um sich auszuweisen. Seitdem taten viele Menschen ihren Protest kund, indem sie schnell in ihre Tasche griffen, das Portemonnaie herauszogen und *Diallo!* riefen. Polizisten berichteten, dass sie es immer noch jedes Mal mit der Angst bekamen, wenn eine Hand so in einer Tasche verschwand.

So auch jetzt. Meine neuen Verbündeten – ein Bündnis, das vermutlich auf der Tatsache beruhte, dass sie mich für einen Mörder hielten – zückten ihre Portemonnaies. Die beiden Cops, die mir auf den Fersen waren, zögerten. Es reichte, um meinen Vorsprung ein kleines bisschen zu vergrößern.

Doch was brachte das?

Mir brannte die Kehle. Ich atmete viel zu schnell. Meine Turn-schuhe fühlten sich an wie bleierne Stiefel. Ich wurde nachlässig, hob die Füße nicht mehr richtig und geriet ins Stolpern. Ich verlor das Gleichgewicht, schlitterte übers Straßenpflaster und schürfte mir Hände, Knie und Gesicht auf.

Ich kam zwar wieder auf die Beine, aber mir zitterten die Knie. Sie kamen immer näher.

Das schweißnasse Hemd klebte auf meiner Haut. In meinen Ohren hörte ich dieses Brandungsrauschen. Laufen war mir immer verhasst gewesen. Fanatische Jogger schildern gern, wie sie süch-tig nach den Verzückungen des Laufens geworden sind, wie sie das unter dem Namen *Runners High* bekannte Nirvana entdeckt haben. Okay. Ich war schon lange der Überzeugung, dass dieses Glücksgefühl – ähnlich wie bei autoerotischen Würgespielen – eher vom Sauerstoffmangel im Gehirn als von einem Endorphin-Rausch ausgelöst wird.

Ich verspürte jedenfalls keine Glücksgefühle.

Ich war erschöpft. Vollkommen erschöpft. Ich konnte nicht ewig so weiterlaufen. Ich sah mich um. Keine Cops. Die Straße war leer. Ich versuchte, eine Tür zu öffnen. Nichts. Ich versuchte es bei einer anderen. Das statische Rauschen war wieder zu hören. Ich rannte. Am Ende des Blocks erblickte ich eine Kellertür, die nur angelehnt war. Auch sie war verrostet. Hier war alles verrostet.

Ich beugte mich hinunter und zog an dem Metallgriff. Mit einem unwilligen Knarren gab die Tür nach. Ich starrte in die Dunkelheit hinab.

Ein Cop brüllte: »Schneidet ihm auf der anderen Seite den Weg ab!«

Ich sah mich nicht um. Schnell trat ich in das Loch. Ich fand die erste Stufe. Wacklig. Ich wollte meinen Fuß auf die zweite Stufe setzen. Aber da war keine zweite Stufe.

Einen Moment hing ich in der Luft wie Koyote Karl, der auf der Jagd nach dem Roadrunner über den Rand der Klippe hinausgelau-fen ist, ehe ich hilflos in die finstere Grube stürzte.

Ich fiel wohl höchstens drei Meter tief, doch die Zeit bis zum Aufprall kam mir sehr lang vor. Ich ruderte mit den Armen. Es nützte nichts. Mein Körper landete auf einem Zementboden, beim Aufschlag knallten Ober- und Unterkiefer ungebremst aufeinander.

Ich lag auf dem Boden und blickte nach oben. Über mir fiel die Tür zu. Das war vermutlich ein Vorteil, allerdings herrschte jetzt praktisch völlige Finsternis. Kurz inspizierte ich, wie es mir ging, der Doktor bei der Selbstdiagnose. Mir tat alles weh.

Dann hörte ich wieder die Cops. Das Heulen der Sirenen hatte nicht nachgelassen, vielleicht hatte ich aber auch nur ein Klingeln in den Ohren. Ich hörte viele Stimmen. Und jede Menge rauschende Funkgeräte.

Sie kamen immer näher.

Ich rollte mich auf die Seite, stemmte die rechte Hand auf den Boden, die verletzte Handfläche fing an zu brennen, und mein Körper erhob sich. Der Kopf war etwas langsamer; er protestierte heftig, als ich langsam auf die Beine kam. Fast wäre ich wieder hingefallen.

Und nun?

Sollte ich mich hier verstecken? Nein, das brachte nichts. Irgendwann würden sie anfangen, die Häuser nacheinander zu durchsuchen. Sie würden mich erwischen. Und selbst wenn nicht, war ich schließlich nicht mit der Absicht geflüchtet, mich in einem dunklen Keller zu verstecken. Ich war geflüchtet, um mich am Washington Square mit Elizabeth zu treffen.

Ich musste weiter. Aber wohin?

Meine Augen hatten sich inzwischen so weit an die Dunkelheit gewöhnt, dass ich ein paar vage Schemen erkennen konnte. Vor mir standen ein paar übereinander gestapelte Kartons. Dazwischen lagen mehrere Haufen Lumpen und ein paar Barhocker und links an der Wand lehnte ein zerbrochener Spiegel. Im Vorbeigehen sah ich mein Spiegelbild und wäre fast einen Schritt zurückgewichen. Eine Schnittwunde zog sich über meine Stirn. Meine Hose war an beiden Knien zerrissen, mein Hemd zerfetzt wie das des Unglaublichen Hulk. Ich war von oben bis unten mit Ruß beschmiert, so dass ich als Schornsteinfeger durchgegangen wäre.

Wo sollte ich hin?

Eine Treppe. Irgendwo musste es hier eine Treppe geben. Ich tastete mich mit spastischen Tanzschritten voran, wobei ich das linke Bein vorschob und wie einen Blindenstock benutzte. Unter meinem Fuß knirschten Glasscherben. Langsam schob ich mich weiter. Ich hörte ein Brummen und vor mir fing ein riesiger Lumpenberg an, sich zu bewegen. Wie aus dem Grab griff eine Hand nach mir.

Ich unterdrückte einen Schrei.

»Himmler mag Tunfischsteaks!«, schrie der Lumpenberg mich an.

Der Mann – ja, jetzt sah ich, dass es sich um einen Mann handelte – stand auf. Er war groß, schwarz und hatte einen so zerzausten weißen Bart, dass man denken konnte, er esse gerade ein Schaf.

»Hörst du?«, schrie er. »Hörst du, was ich sage?« Er kam auf mich zu. Ich wich zurück.

»Himmler! Er mag Tunfischsteaks!«

Der bärtige Mann war eindeutig wütend. Er ballte die Faust und schlug nach mir. Ohne zu überlegen, trat ich einen Schritt beiseite. Hinter dem Schlag lag so viel Kraft – vielleicht aber auch so viel Alkohol –, dass die Wucht den Mann mitriss. Er fiel vornüber. Ich verlor keine Zeit. Ich entdeckte die Treppe und rannte hinauf.

Die Tür oben war verschlossen.

»Himmler!«

Er war laut, zu laut. Ich drückte gegen die Tür. Nichts.

»Hörst du? Hörst du, was ich sage?«

Es knarrte hinter mir. Als ich mich umdrehte, sah ich etwas, das mich bis ins Mark mit Angst erfüllte.

Sonnenlicht.

Jemand hatte von draußen die Tür geöffnet, durch die ich hereingekommen war.

»Wer ist da?«

Eine gebieterische Stimme. Der Strahl einer Taschenlampe tanzte über den Kellerboden. Er erfasste den bärtigen Mann.

»Himmler mag Tunfischsteaks!«

»Schreist du da so rum, alter Mann?«

»Hörst du, was ich sage?«

Ich stemmte meine Schulter mit aller Kraft gegen die Tür. Es knackte im Türrahmen. Ich hatte Elizabeths Bild vor Augen – das vom Computermonitor, wo sie mir mit erhobenem Arm zuwinkte. Ich legte noch mehr Kraft hinein.

Die Tür sprang auf.

Ich stürzte auf den Fußboden, ich war im Erdgeschoss direkt neben der Haustür.

Und nun?

Auch hier waren Cops ganz in der Nähe – wie mir das Rauschen verriet – und der, der die Kellertür geöffnet hatte, sprach noch immer mit Himmlers Biograf. Ich hatte nur wenig Zeit. Ich brauchte Hilfe.

Aber von wem?

Shauna konnte ich nicht anrufen. Die Polizei ließ sie bestimmt nicht aus den Augen. Bei Linda war es das Gleiche. Hester würde darauf bestehen, dass ich mich stellte.

Die Eingangstür wurde geöffnet.

Ich rannte den Flur entlang. Der Linoleumboden war dreckig. Die Türen waren alle aus Metall und fest geschlossen. Abblätternde Farbe dominierte die Inneneinrichtung. Ich stieß eine Brandschutztür auf und rannte die Treppe hinauf. Im dritten Stock verließ ich das Treppenhaus.

Auf dem Flur stand eine alte Frau.

Überrascht sah ich, dass sie weiß war. Ich vermute, dass sie den Tumult gehört hatte und vor die Tür getreten war, um nachzusehen, was dort los war. Wie angewurzelt blieb ich stehen. Sie war so weit von ihrer Wohnungstür entfernt, dass ich an ihr vorbei …

Sollte ich? Sollte ich so weit gehen, um hier herauszukommen? Ich sah sie an. Sie sah mich an. Dann zog sie eine Pistole.

Ach, Herrgott …

»Was wollen Sie?«, fragte sie.

Zu meiner eigenen Überraschung antwortete ich: »Könnte ich bei Ihnen wohl einmal kurz telefonieren?«

Sie reagierte sofort. »Zwanzig Dollar.«

Ich griff in die Tasche und gab ihr das Geld. Die alte Frau nickte und ließ mich hinein. Die Wohnung war winzig und gepflegt. Auf den Polstermöbeln und den dunklen Holztischen lagen Spitzendeckchen.

»Hier drüben«, sagte sie.

Es war ein Telefon mit Wählscheibe. Ich quetschte meinen Zeigefinger in die kleinen Löcher. Komisch. Ich hatte die Nummer noch nie angerufen – und auch nicht vorgehabt, das jemals zu tun –, kannte sie aber auswendig. Ein Psychiater hätte vermutlich ein Fass aufgemacht. Ich wählte zu Ende und wartete.

Nach dem zweiten Klingeln sagte eine Stimme: »Yo.«

»Tyrese? Hier ist Dr. Beck. Ich brauche Ihre Hilfe.«

26

SHAUNA SCHÜTTELTE DEN KOPF. »Beck soll jemanden verletzt haben? Das kann nicht sein.«

Die Ader auf der Stirn des stellvertretenden Generalstaatsanwalts Fein fing wieder an zu pulsieren. Er trat so nahe an sie heran, dass sein Gesicht direkt vor ihrem war. »Er hat in einer Gasse einen Polizisten angegriffen. Vermutlich hat er dem Mann den Unterkiefer und ein paar Rippen gebrochen.« Fein beugte sich noch weiter vor, so dass kleine Speicheltröpfchen auf Shaunas Wangen landeten. »Haben Sie mich verstanden?«

»Ich habe Sie verstanden«, sagte Shauna. »Und jetzt gehen Sie auf Abstand, Mr Mundgeruch, oder ich trete Ihnen so in die Eier, dass Sie's am Gaumenzäpfchen spüren.«

Fein blieb noch einen Moment in Sie-können-mich-mal-Pose stehen und wandte sich dann ab.

Hester Crimstein tat es ihm nach. Sie ging Richtung Broadway davon. Shauna folgte ihr.

»Wo willst du hin?«

»Ich bin raus«, sagte Hester.

»Was?«

»Such ihm einen anderen Anwalt, Shauna.«

»Das ist nicht dein Ernst.«

»Doch.«

»Du kannst ihn doch nicht einfach sitzen lassen.«

»Du siehst doch, dass ich das kann.«

»Das ist eine Vorverurteilung.«

»Ich habe der Staatsanwaltschaft mein Wort gegeben, dass er sich stellt«, sagte sie.

»Scheiß auf dein Wort. Hier geht's in erster Linie um Beck, nicht um dich.«

»Dir vielleicht.«

»Du stellst deine Interessen über die deines Mandanten?«

»Ich arbeite nicht für Menschen, die so was tun.«

»Das glaubst du doch selbst nicht. Du hast sogar einen Serienvergewaltiger verteidigt.«

Sie winkte ab. »Ich bin raus.«

»Du bist bloß eine miese mediengeile Heuchlerin.«

»Autsch, Shauna.«

»Ich geh damit an die Öffentlichkeit.«

»Was?«

»Ich bring das in die Medien.«

Hester blieb stehen. »Und was willst du denen sagen? Hester Crimstein weigert sich, einen Mörder und Lügner zu vertreten? Prima. Mach das. Ich zieh Beck so in den Dreck, dass Jeffrey Dahmer dagegen wie eine nette Verabredung aussieht.«

»Du hast gar keinen Dreck, in den du ihn ziehen könntest.« Hester zuckte die Achseln. »Das hat mich noch nie gestört.«

Die beiden Frauen starrten einander an. Keine wich dem Blick der anderen aus.

»Dir mag mein Ruf unwichtig erscheinen«, sagte Hester, plötzlich leise. »Das ist er aber nicht. Wenn sich die Generalstaatsanwaltschaft nicht auf mein Wort verlassen kann, bin ich für meine anderen Mandanten wertlos. Und für Beck auch. So einfach ist das. Ich lasse meine Kanzlei – und meine Mandanten – nicht wegen der Launen dieses Kerls den Bach runtergehen.«

Shauna schüttelte den Kopf. »Verpiss dich.«

»Eins noch.«

»Was?«

»Wenn man unschuldig ist, haut man nicht ab, Shauna. Dein Beck? Hundert zu eins, dass er Rebecca Schayes umgebracht hat.«

»Ist gebongt«, sagte Shauna. »Und ich muss dir auch noch was sagen, Hester. Wenn ich von dir auch nur ein schlechtes Wort über Beck höre, wird man dich mit einer Suppenkelle begraben müssen. Haben wir uns verstanden?«

Hester antwortete nicht. Sie trat einen Schritt zurück. In diesem Augenblick zerrissen die Schüsse die Luft.

Ich kroch gerade eine rostige Feuertreppe hinunter, als das Geräusch von Schüssen mich fast umgeworfen hätte. Ich drückte mich auf den rauen Metallboden eines Treppenabsatzes und wartete.

Wieder Schüsse.

Und Schreie. Ich hätte mit so etwas rechnen müssen, aber es ging mir trotzdem durch Mark und Bein. Tyrese hatte gesagt, ich solle hier rausklettern und auf ihn warten. Ich hatte keine Ahnung gehabt, wie er mich hier rausholen wollte. Langsam jedoch sah ich klarer.

Ein Ablenkungsmanöver.

Ich hörte, wie in der Ferne jemand rief: »Scheiße. Da ballert ’n Weißer rum!« Dann eine andere Stimme. »’n Weißer mit ’ner Knarre! ’n Weißer mit ’ner Knarre!«

Weitere Schüsse.

Aber – so sehr ich auch horchte – kein statisches Rauschen mehr. Ich blieb in Deckung und versuchte, nicht zu denken. Mein Gehirn schien einen Kurzschluss zu haben. Vor drei Tagen war ich ein fürsorglicher Arzt gewesen, der durch sein eigenes Leben schlafwandelte. Seitdem hatte ich einen Geist gesehen, E-Mails von einer Toten bekommen, war zum Verdächtigen nicht nur in einem, sondern in zwei Mordfällen geworden, hatte mich einer Festnahme entzogen, einen Polizisten verletzt und die Hilfe eines einschlägig bekannten Drogenhändlers in Anspruch genommen.

Nicht schlecht für 72 Stunden. Fast hätte ich laut losgelacht.

»Yo, Doc.«

Ich schaute nach unten. Da stand Tyrese. Neben ihm ein anderer Schwarzer, wohl Anfang zwanzig und nur wenig kleiner als das Haus. Der Große blickte durch eine coole Fick-dich-Sonnenbrille mit absolut ausdrucksloser Miene zu mir auf.

»Na los, Doc. Action.«

Ich rannte die Feuertreppe hinunter. Tyrese sah sich nach allen

Seiten um. Der Große hatte die Arme über der Brust verschränkt und stand vollkommen reglos da. Am Ende der Treppe geriet ich kurz ins Stocken, weil die Leiter hochgezogen war und ich nicht wusste, wie man sie löste.

»Yo, Doc. Der Hebel links.«

Ich entdeckte ihn, zog daran, und die Leiter glitt hinunter. Als ich festen Boden unter den Füßen hatte, verzog Tyrese das Gesicht und wedelte mit der Hand vor seiner Nase herum. »Scharfer Duft, Doc.«

»Sorry, aber zum Duschen hatte ich keine Zeit.«

»Hier lang.«

Tyrese überquerte mit schnellen Schritten den Hinterhof. Ich folgte ihm, musste zwischendurch jedoch immer wieder ein paar Meter rennen, um nicht den Anschluss zu verlieren. Der Große glitt schweigend hinter uns her. Er drehte den Kopf weder nach rechts noch nach links, trotzdem hatte ich den Eindruck, dass ihm kaum etwas entging.

Auf der Straße stand ein schwarzer BMW mit laufendem Motor. Er hatte verspiegelte Scheiben, eine aufwändige Antenne und das hintere Nummernschild war mit einer Kette eingerahmt. Obwohl die Türen geschlossen waren, spürte ich den Rap, der im Wagen lief. Der Bass vibrierte in meiner Brust wie eine Stimmgabel.

»Der Wagen«, meinte ich stirnrunzelnd, »ist der nicht ein bisschen auffällig?«

»Wenn ein Cop einen schneeweißen Doktor verfolgt, wo sucht er ihn da zuletzt?«

Er hatte nicht ganz Unrecht.

Der Große öffnete die Hintertür. Die Musik dröhnte lauter als ein Black-Sabbath-Konzert. Tyrese verbeugte sich wie ein Portier. Ich stieg ein. Er folgte mir. Der Große quetschte sich hinters Lenkrad.

Ich verstand kaum etwas von dem, was der Rapper von der CD mir erzählte, aber er war eindeutig schlecht auf »'de man« zu sprechen. Ich fand das plötzlich ziemlich einleuchtend.

»Das ist Brutus«, sagte Tyrese.

Er meinte den großen Fahrer. Ich versuchte, über den Rückspiegel Augenkontakt mit ihm aufzunehmen, kam aber nur bis zur Sonnenbrille.

»Schön, Sie kennen zu lernen«, sagte ich. Brutus antwortete nicht.

Ich wandte mich wieder an Tyrese. »Wie haben Sie das hingekriegt?«

»Ein paar von meinen Jungs ballern ein bisschen unten auf der 147nd Street rum.«

»Und die Polizei erwischt die nicht?« Tyrese schnaubte. »So weit kommt's noch.«

»Ist das so einfach?«

»Da schon. Wir haben 'ne Wohnung, in den Hobart Houses, Haus fünf, alles klar. Die Mieter kriegen jeder zehn Dollar im Monat dafür, dass sie ihren Müll vor die Hintertüren stellen. Die sind dann dicht, klar? Kommt kein Cop durch. Ideal für Geschäfte. Meine Jungs ballern also ein paar Mal aus den Fenstern, alles klar? Und wenn die Cops endlich drin sind, ist längst keiner mehr da.«

»Und wer hat das von dem Weißen mit 'ner Knarre gebrüllt?«

»Ein paar andere Jungs von mir. Die sind die Straße langgelaufen und haben was von 'nem irren Weißen geschrien.«

»Also ich, theoretisch.«

»Theoretisch«, wiederholte Tyrese lächelnd. »Sie kennen aber schöne, komplizierte Worte, Doc.«

Ich lehnte den Kopf zurück. Erschöpfung breitete sich in meinen Gliedern aus. Brutus fuhr nach Osten. Er überquerte die blaue Brücke am Yankee-Stadion – ich habe nie rausgefunden, wie sie heißt –, womit wir also in der Bronx waren. Anfangs saß ich etwas in mich zusammengesunken da, falls jemand ins Auto hineinsah, doch dann fiel mir wieder ein, dass die Fenster verspiegelt waren. Ich schaute hinaus.

Die Gegend war hässlich wie die Hölle, sie erinnerte an jene Bilder, mit denen in Endzeitfilmen die Zeit nach der großen Atombombenexplosion illustriert wird. Hausruinen in allen erdenklichen

Stadien des Verfalls säumten die Straßen. Viele sahen aus wie von innen zerfressen, als hätten sich die tragenden Strukturen von selbst zersetzt.

Wir fuhren ein Stück. Ich versuchte mir klar zu machen, was mit mir geschah, doch mein Hirn stellte mir immer wieder Hürden in den Weg. Einerseits begriff ich, dass ich am Rande eines Schocks stand, andererseits weigerte ich mich, auch nur darüber nachzudenken. Ich versuchte, mich auf meine direkte Umgebung zu konzentrieren. Im Laufe unserer weiteren Fahrt – auf der wir tiefer in das verwüstete Gebiet eindrangen – wurde die Anzahl der bewohnbaren Behausungen immer kleiner. Wir waren wohl nicht weiter als ein paar Meilen von der Klinik entfernt, trotzdem hatte ich keine Ahnung, wo wir uns befanden. Vermutlich immer noch in der Bronx. Wahrscheinlich in der South Bronx.

Alte Reifen und aufgerissene Matratzen lagen wie Kriegsversehrte mitten auf der Straße. Große Betonblöcke ragten aus hohem Gras hervor. Am Straßenrand standen ausgeschlachtete Autowracks, und obwohl gerade kein Feuer zu sehen war, hätte es doch gut hierher gepasst.

»Sind Sie öfter hier, Doc?«, fragte Tyrese mit einem leisen Lachen.

Ich sparte mir die Antwort.

Brutus hielt vor einem der vielen zum Abriss freigegebenen Häuser. Ein Maschendrahtzaun umgab das traurige Bauwerk. Die Fensteröffnungen waren mit Sperrholzplatten vernagelt. Auch die Tür war aus Sperrholz. Ein Zettel klebte daran. Sie öffnete sich. Ein Mann kam herausgetorkelt und hob beide Hände, um seine Augen vor der gleißenden Sonne zu schützen. Er zuckte wie Dracula vor ihrem Angriff zurück.

In meinem Kopf drehte sich alles.

»Gehen wir«, sagte Tyrese.

Brutus stieg als Erster aus. Er öffnete mir die Tür. Ich dankte ihm. Brutus blieb stoisch. Er hatte eins dieser Indianergesichter, wie die aus den Zigarrenläden, bei denen man sich weder vorstellen konnte noch wollte, dass sie jemals lächelten.

Rechts war ein Loch in den Maschendraht geschnitten. Wir bückten uns und schlüpften hindurch. Der torkelnde Mann kam auf Tyrese zu. Brutus erstarrte, doch Tyrese hob beschwichtigend die Hand. Der torkelnde Mann und Tyrese begrüßten sich herzlich mit einem komplizierten Handschlag. Dann ging jeder seiner Wege.

»Kommen Sie rein«, forderte Tyrese mich auf.

Ich senkte den Kopf und trat, immer noch benommen, durch die Tür. Zuerst kam der Geruch. Ätzender Urin und der unverkennbare Gestank von Fäkalien. Irgendetwas brannte – ich glaubte zu wissen, was. Die Wände schienen den feuchten Mief von Schweiß abzusondern. Doch es lag noch etwas anderes in der Luft. Nicht Tod und Verwesung, sondern ein Anflug des bevorstehenden Todes, eine Art Wundbrand, etwas, das starb und moderte, während es noch atmete.

Es war stickig und heiß wie in einem Hochofen. Menschliche Wesen – vielleicht 50, vielleicht auch 100 – lagen auf dem Fußboden: weggeworfene Nieten einer Lotterie. Drinnen war es dunkel. Offenbar gab es weder Strom noch fließend Wasser. Auch keine Möbel. Das Tageslicht wurde mit Brettern draußen gehalten, nur durch ein paar schmale Ritzen fiel etwas Sonne herein und teilte den Raum wie die Sense des Schnitters. Man konnte kaum mehr als ein paar Konturen und Schatten ausmachen.

Ich gebe zu, dass ich, was die Drogenszene betrifft, recht naiv bin. Die Folgen des Missbrauchs habe ich in der Notaufnahme häufig gesehen. Aber die Drogen an sich haben mich nie interessiert. Für mich war wohl der Alkohol das Gift der Wahl. Trotzdem gab es genügend Anhaltspunkte, aus denen sogar ich schließen konnte, dass wir uns in einer Crack-Höhle befanden.

»Hier entlang«, sagte Tyrese.

Wir bahnten uns einen Weg zwischen den Siechen hindurch. Brutus ging voran. Die teuer Hingestreckten teilten sich vor ihm wie das Rote Meer vor Moses. Ich reihte mich hinter Tyrese ein. Hier und da glommen Pfeifenköpfe als helle Punkte in der Dunkelheit auf. Ich musste daran denken, wie ich als Junge im Zirkus

Barnum gewesen war und wie dort in der Dunkelheit kleine Lichter herumgetanzt hatten. So sah es hier aus. Ich sah die Dunkelheit, die Schatten und die Lichtblitze.

Es gab keine Musik. Die Leute sprachen auch nicht viel. Ich hörte nur ein Raunen. Dazwischen das nasse Saugen an den Pfeifen. Gelegentlich gellten spitze Schreie durch den Raum, die kaum etwas Menschliches hatten.

Ich hörte auch Stöhnen. Einige Leute vollzogen in aller Öffentlichkeit ohne jede Scham die unanständigsten Geschlechtsakte und machten auch nicht den kleinsten Versuch, sich in so etwas wie eine Privatsphäre zurückzuziehen.

Ein Anblick – ich erspare Ihnen die Details – ließ mich vor Schreck zusammenzucken. Tyrese wirkte beinahe amüsiert, als er meine Miene sah.

»Wenn sie nichts anderes haben, tauschen sie das …«, er zeigte in die Dunkelheit, »… gegen ihre Dosis.«

Galle stieg mir in den Mund. Ich sah ihn an. Er zuckte die Achseln.

»Geschäft ist Geschäft, Doc. Money makes the world go round.« Tyrese und Brutus gingen weiter. Ich stolperte hinterher. Die meisten Innenwände waren eingestürzt. Überall hingen Menschen – alte, junge, schwarze, weiße, Männer, Frauen – scheinbar ohne Rückgrat, sie zerliefen wie Dalís Uhren.

»Sind Sie ein Crackhead, Tyrese?«, fragte ich.

»War ich mal. Mit sechzehn war ich süchtig.«

»Wie haben Sie aufgehört?«

Tyrese lächelte. »Sehen Sie den Mann da? Brutus?«

»Ist kaum zu übersehen.«

»Ich hab ihm gesagt, er kriegt tausend Dollar für jede Woche, die ich clean bleibe. Brutus ist bei mir eingezogen.«

Ich nickte. Das klang wesentlich effektiver als eine Woche in der Betty-Ford-Klinik.

Brutus öffnete eine Tür. Das Zimmer dahinter war nicht unbedingt elegant, aber immerhin gab es Tische, Stühle, sogar Lampen und einen Kühlschrank. In der Ecke stand ein tragbarer Generator. Tyrese und ich traten ein. Brutus schloss die Tür und wartete im Korridor. Wir waren allein.

»Willkommen in meinem Büro«, sagte Tyrese.

»Hilft Brutus Ihnen noch immer dabei, sich von den Drogen fern zu halten?«

Er schüttelte den Kopf. »Nee, das macht jetzt TJ. Alles klar?«

Es war klar. »Und Sie haben keine Probleme mit dem, was Sie hier tun?«

»Ich hab reichlich Probleme, Doc.« Tyrese setzte sich und forderte mich auf, dasselbe zu tun. Er sah mich kurz an, und was ich in seinen Augen sah, gefiel mir nicht. »Ich bin keiner von den Guten.«

Da ich nicht wusste, was ich dazu sagen sollte, wechselte ich das Thema. »Ich muss um fünf im Washington Square Park sein.«

Er lehnte sich zurück. »Erzählen Sie mir, was los ist.«

»Das ist eine lange Geschichte.«

Tyrese zog ein stumpfes Messer aus der Tasche und fing an, sich die Fingernägel zu säubern. »Wenn mein Junge krank ist, geh ich zum Fachmann, stimmt's?«

Ich nickte.

»Wenn Sie Probleme mit der Polizei haben, sollten Sie das Gleiche tun.«

»Hübsche Parallele.«

»Sie stecken irgendwie in der Scheiße, Doc.« Er breitete die Arme aus. »In der Scheiße kenn ich mich aus. Einen besseren Reiseführer als mich kriegen Sie nicht.«

Also erzählte ich ihm die Geschichte. Fast alles. Er nickte häufig, ich bezweifle aber, dass er mir glaubte, als ich sagte, ich hätte nichts mit den Morden zu tun. Ich bezweifle auch, dass es ihn interessierte.

»Okay«, sagte er, als ich fertig war. »Sie machen sich jetzt erst mal zurecht. Dann müssen wir uns noch über was anderes unterhalten.«

»Über was?«

Tyrese antwortete nicht. Er ging in die Ecke zu einer Art gepanzertem Spind, schloss ihn auf, griff hinein und zog eine Pistole heraus.

»*Glock*, Baby. *Glock*«, sagte er und reichte mir die Pistole. Ich erstarrte. Ein schwarzes, blutiges Bild ging mir durch den Kopf und verschwand wieder. Ich legte keinen Wert darauf, es zurückzuholen. Das war lange her. Ich streckte die Hand aus und nahm die Waffe vorsichtig mit zwei Fingern, als hätte ich Angst, mich daran zu verbrennen. »'ne Profiwaffe«, fügte er hinzu.

Ich wollte schon dankend ablehnen, doch das wäre dumm gewesen. Sie waren ohnehin wegen doppelten Mordverdachts, Angriff auf einen Polizisten, Widerstand gegen die Festnahme und vermutlich wegen diesem und jenem im Zuge meiner Flucht hinter mir her. Auf eine Anklage wegen unerlaubten Waffenbesitzes kam es da auch nicht mehr an.

»Sie ist geladen«, sagte er.

»Hat sie einen Sicherungshebel oder so was?«

»Nicht mehr.«

»Oh«, sagte ich. Ich drehte die Waffe langsam in der Hand hin und her, betrachtete sie von allen Seiten und erinnerte mich an das letzte Mal, als ich eine Waffe in der Hand hatte. Es war angenehm, wieder eine in der Hand zu halten. Hing wohl mit dem Gewicht zusammen. Mir gefiel das Material, die perfekt an die Hand angepasste Form, der kalte Stahl, das Massive. Dass es mir so gut gefiel, gefiel mir ganz und gar nicht.

»Und nehmen Sie das auch noch.« Er gab mir etwas, das wie ein Handy aussah.

»Was ist das?«, wollte ich wissen.

Tyrese runzelte die Stirn. »Wonach sieht's denn aus? Ein Handy. Aber die Karte ist geklaut. Also kann man's nicht zu Ihnen zurückverfolgen, klar?«

Ich nickte und hatte das Gefühl, ganz und gar nicht in meinem Element zu sein.

»Da ist das Bad«, sagte Tyrese und zeigte auf eine Tür rechts von mir. »'ne Dusche ist zwar nicht drin, aber 'ne Badewanne. Schrubben Sie sich das stinkende Zeug vom Arsch. Ich besorg Ihnen ein paar frische Klamotten. Dann fahren Brutus und ich Sie runter zum Washington Square.«

»Sie haben gerade gesagt, dass Sie mit mir noch über etwas anderes reden wollten.«

»Wenn Sie sich umgezogen haben«, sagte Tyrese. »Dann reden wir.«

27

Mit leicht erhobenem Kinn und gelassenem Gesicht starrte Eric Wu den ausladenden Baum an.

»Eric?« Larry Gandles Stimme.

Wu drehte sich nicht um. »Weißt du, wie dieser Baum heißt?«, fragte er.

»Nein.«

»Die Henkersulme.«

»Reizend.«

Wu lächelte. »Einige Historiker glauben, dass in diesem Park im achtzehnten Jahrhundert Hinrichtungen durchgeführt wurden.«

»Prima, Eric.«

»Yeah.«

Zwei Männer mit nackten Oberkörpern sausten auf Inlineskates vorbei. Aus einem Ghettoblaster drang Jefferson Airplane. Washington Square Park – ganz banal nach George Washington benannt – war einer jener Orte, die sich immer noch an die Sechziger zu klammern versuchten. Der Griff ließ allerdings langsam nach. Meistens gab es ein paar Demonstranten, die jedoch eher an Schauspieler in einem nostalgischen Revival erinnerten als an echte Revolutionäre. Straßenkünstler zeigten etwas zu viel Finesse. Die Obdachlosen gehörten zu jener bunten Variante, die immer ein wenig künstlich wirkt.

»Bist du sicher, dass wir hier alles im Griff haben?«, fragte Gandle.

Wu, der immer noch den Baum ansah, nickte. »Sechs Männer. Und die beiden im Lieferwagen.«

Gandle sah sich um. Der weiße Lieferwagen war mit magnetischen Tafeln bestückt, die die Aufschrift *B&T Paint* trugen. Darunter stand eine Telefonnummer und daneben befand sich ein hübsches Logo von einem Mann mit Leiter und Pinsel, der große Ähnlichkeit mit dem Mann auf der Monopoly-Schachtel hatte. Wenn jemand aufgefordert wurde, den Lieferwagen zu beschreiben, würden sich mögliche Zeugen, wenn überhaupt, an den Namen des Malerbetriebs und vielleicht noch an die Telefonnummer erinnern.

Weder das eine noch das andere existierte.

Der Lieferwagen war in zweiter Reihe geparkt. In Manhattan lenkt ein richtig geparkter Handwerkerwagen leichter den Verdacht auf sich als einer in der zweiten Reihe. Trotzdem hielten sie die Augen offen. Wenn ein Polizist ihnen zu nahe kam, würden sie wegfahren, auf einem Grundstück in der Lafayette Street die Nummernschilder und die Magnettafeln austauschen und dann wieder zurückkommen.

»Du musst zurück zum Van«, sagte Wu.

»Glaubst du, dass Beck es schafft?«

»Eher nicht«, meinte Wu.

»Ich dachte, es würde sie rauslocken, wenn er verhaftet wird«, sagte Gandle. »Dass sie ein Treffen vereinbaren würde, hatte ich nicht erwartet.«

Einer ihrer Leute – der lockige Mann, der gestern bei Kinko's einen Trainingsanzug getragen hatte – hatte die Nachricht auf dem Bildschirm gesehen. Bis diese Informationen zu ihnen vorgedrungen waren, hatte Wu die falschen Indizien in Becks Haus schon gelegt.

Egal. Es würde schon klappen.

»Wir brauchen beide, aber sie ist wichtiger«, sagte Gandle.

»Wenn alles schief läuft, bringen wir beide um. Am besten wäre aber, wenn wir sie lebendig kriegen. Damit wir feststellen können, was sie wissen.«

Wu antwortete nicht. Er starrte immer noch den Baum an.

»Eric?«

»Meine Mutter wurde an so einem Baum aufgehängt«, sagte Wu.

Gandle wusste nicht, was er darauf sagen sollte, entschied sich dann für ein: »Das tut mir Leid.«

»Sie haben sie für eine Spionin gehalten. Sechs Männer haben sie nackt ausgezogen und sich mit einer Bullenpeitsche über sie hergemacht. Sie haben stundenlang auf sie eingeschlagen. Auf den ganzen Körper. Ihre Haut war überall aufgeplatzt, sogar im Gesicht. Sie war die ganze Zeit bei Bewusstsein. Hat nicht aufgehört zu schreien. Es hat ewig gedauert, bis sie tot war.«

»Herrgott«, murmelte Gandle leise.

»Als sie fertig waren, haben sie sie an einen riesigen Baum gehängt.« Er zeigte auf die Henkersulme. »So einen wie diesen. Eigentlich wollten sie den Leuten damit eine Lektion erteilen. Damit kein anderer anfängt zu spionieren. Aber die Vögel und andere Tiere haben sie sich geholt. Nach zwei Tagen hingen nur noch ihre Knochen im Baum.«

Wu schob den Kopfhörer des Walkmans wieder auf seine Ohren.

Er wandte sich vom Baum weg. »Du musst wirklich zusehen, dass du zum Wagen kommst«, sagte er zu Gandle.

Larry konnte den Blick nur schwer von der gewaltigen Ulme lösen, dann nickte er kurz und machte sich auf den Weg.

28

ICH ZOG EINE SCHWARZE JEANS AN, deren Hüftumfang etwa dem eines LKW-Reifens entsprach. Den überschüssigen Rest krempelte ich um und zog den Gürtel fest. Das schwarze White-Sox-Trikot passte wie ein Strandkleid. Die schwarze Baseball-Kappe mit einem mir unbekannten Logo war schon getragen, so dass der Schirm nicht mehr drückte. Außerdem gab Tyrese mir eine der auch von Brutus geschätzten Fick-dich-Sonnenbrillen.

Als ich aus dem Bad kam, musste Tyrese sich das Lachen verkneifen. »Cool, Doc.«

»Ich glaube, das Wort, nach dem Sie suchen, lautet *phat*.«

Er schüttelte glucksend den Kopf. »Diese Weißen.« Dann wurde er ernst. Er schob mir einen Stapel Papiere herüber. Ich sah sie mir an. Ganz oben stand *Testament* und *Letzter Wille*. Ich sah ihn fragend an.

»Darüber wollte ich mit Ihnen reden«, sagte Tyrese.

»Über Ihr Testament?«

»Ich brauch noch zwei Jahre.«

»Wofür?«

»Wenn ich das noch zwei Jahre mache, hab ich genug Geld, um TJ hier rauszubringen. Ich schätze, meine Chancen, das zu schaffen, stehen ungefähr sechzig zu vierzig.«

»Was zu schaffen?«

Tyrese sah mir in die Augen. »Müssen Sie das wirklich fragen?« Musste ich nicht. Er sprach vom Überleben. »Wohin wollen Sie?«

Er reichte mir eine Ansichtskarte. Das Bild zeigte Sonne, Palmen und das Meer. Er hatte die Karte offenbar so oft in der Hand gehabt, dass sie schon ganz weich und zerknittert war. »Das ist unten in Florida«, sagte er mit sanfter Stimme. »Ich war da schon mal. Es ist ruhig. Sie haben einen Swimmingpool und gute Schulen. Und keiner fragt mich danach, woher ich mein Geld hab und so.«

Ich gab ihm die Karte zurück. »Ich verstehe nicht, was ich damit zu tun habe.«

»So …«, sagte er und hielt die Karte hoch, »… mach ich es, wenn die sechzig Prozent eintreten. Das …«, er zeigte auf das Testament, »… ist der Plan für die anderen vierzig.«

Ich sagte, dass ich ihn noch immer nicht verstand.

»Vor sechs Monaten war ich in Downtown, klar, Doc? Hab mir 'nen teuren Anwalt genommen. Die paar Stunden bei ihm haben mich zwei Riesen gekostet. Er heißt Joel Marcus. Wenn ich sterbe, müssen Sie zu ihm gehen. Sie sind mein Testamentsvollstrecker. Ich hab ein paar Unterlagen weggeschlossen. Da steht drin, wo das Geld ist.«

»Warum ich?«

»Sie kümmern sich um meinen Jungen.«

»Was ist mit Latisha?«

Er machte eine spöttische Geste. »Sie ist 'ne Frau, Doc. Ich bin noch gar nicht unter der Erde, da sucht die sich schon 'nen andern Stecher, klar? Kriegt wahrscheinlich noch 'n Kind. Oder sie fängt gleich wieder an zu drücken.« Er lehnte sich zurück und verschränkte die Arme. »'ner Frau kann man nicht trauen, Doc. Müssen Sie doch wissen.«

»Sie ist TJs Mutter.«

»Ja.«

»Sie liebt ihn.«

»Yeah, ich weiß. Aber sie ist bloß 'ne Frau, alles klar? Wenn man der so eine Summe gibt, ist die an einem Tag weg. Darum hab ich ein paar Treuhandfonds angelegt und so Zeug. Sie sind der Bevollmächtigte. Wenn sie Geld für TJ will, müssen Sie dem zustimmen. Sie und dieser Joel Marcus.«

Ich hätte vorbringen können, dass das sexistisch sei und er sich wie ein Neandertaler verhalte, doch ich fand, das war der falsche Zeitpunkt. Ich rutschte auf dem Stuhl herum und sah ihn an. Tyrese war ungefähr 25 Jahre alt. Ich hatte schon viele wie ihn gesehen. Ich hatte sie alle in einen Topf geworfen, ihre Gesichter waren zu einer dunklen Maske des Bösen verschwommen. »Tyrese?«

205

Er sah mich an.

»Gehen Sie jetzt.« Er runzelte die Stirn.

»Nehmen Sie das Geld, das Sie haben. Besorgen Sie sich in Florida einen Job. Wenn Sie Geld brauchen, leih ich es Ihnen. Aber nehmen Sie Ihre Familie und hauen Sie ab.«

Er schüttelte den Kopf.

»Tyrese?«

Er erhob sich. »Kommen Sie, Doc. Wir müssen los.«

»Wir suchen ihn noch.«

Lance Fein kochte, sein wächsernes Gesicht zerlief fast. Dimonte kaute. Krinsky notierte etwas. Stone zog seine Hose hoch.

Carlson wurde von einem Fax abgelenkt, das gerade im Wagen ankam.

»Was war mit den Schüssen?«, fauchte Lance Fein.

Der uniformierte Polizist – Agent Carlson hatte gar nicht erst versucht, sich seinen Namen zu merken – zuckte die Achseln.

»Niemand hat etwas gehört oder gesehen. Vermutlich besteht da kein Zusammenhang.«

»Kein Zusammenhang?«, kreischte Fein. »Sind Sie wirklich so dämlich, Benny? Die Leute sind auf der Straße herumgerannt und haben etwas von einem Weißen gebrüllt.«

»Also, jetzt weiß keiner mehr was davon.«

»Machen Sie Druck«, sagte Fein. »Setzen Sie die Kerle richtig unter Druck. Wie zum Teufel kann so ein Typ da rauskommen, verdammt noch mal?«

»Wir kriegen ihn.«

Stone tippte Carlson auf die Schulter. »Was ist los, Nick?«

Carlson sah das Fax stirnrunzelnd an. Er sagte nichts. Er war ein ordnungsliebender Mensch, das ging bei ihm schon fast ins Zwanghafte. Er wusch sich zu oft die Hände. Manchmal schloss er die Tür bis zu zehn Mal ab und wieder auf, bevor er endlich das Haus verließ. Er starrte noch eine Weile das Fax an, weil er sich darauf einfach keinen Reim machen konnte.

»Nick?«

Carlson drehte sich zu ihm um. »Die 38er, die wir in Sarah Goodharts Schließfach gefunden haben.«

»Das, zu dem der Schlüssel passte, den wir bei der Leiche gefunden haben?«

»Genau.«

»Was ist damit?«, fragte Stone.

Carlson runzelte noch immer die Stirn. »Das haut alles so nicht hin.«

»Was haut nicht hin?«

»Erstens«, fing Carlson an, »gehen wir davon aus, dass Sarah Goodharts Schließfach Elizabeth Beck gehörte, stimmt's?«

»Stimmt.«

»Aber irgendjemand hat acht Jahre lang die Rechnung für das Schließfach bezahlt«, sagte Carlson. »Elizabeth Beck ist tot. Tote zahlen keine Rechnungen.«

»Vielleicht war's ihr Vater. Ich glaube, der weiß mehr, als er sagt.«

Carlson gefiel das nicht. »Und was ist mit den Wanzen, die wir in Becks Haus gefunden haben? Was läuft da ab?«

»Ich weiß nicht«, antwortete Stone achselzuckend. »Vielleicht hatte ihn jemand aus einer anderen Abteilung in Verdacht.«

»Das hätten wir inzwischen erfahren. Und dann noch dieser Bericht über die 38er aus dem Schließfach.« Er zeigte darauf. »Hast du gesehen, was die vom ATF rausgekriegt haben?«

»Nee.«

»Bulletproof hat keine Übereinstimmung gefunden, aber das ist nicht weiter überraschend, weil da sowieso keine acht Jahre alten Daten drin sind.« Bulletproof, das Modul zur Analyse von Kugeln, wurde vom *Bureau for Alcohol, Tobacco and Firearms* verwendet und diente dazu, Verbindungen zwischen den Daten älterer Verbrechen und kürzlich entdeckter Schusswaffen herzustellen. »Aber das National Tracing Center hat etwas gefunden. Rate doch mal, wer der letzte eingetragene Besitzer war?«

Er gab Stone das Fax. Der überflog es. Dann hatte er es gefunden.

»Stephen Beck?«

»David Becks Vater.«

»Er ist tot, oder?«

»Ja.«

Stone gab Carlson das Fax zurück. »Dann hat sein Sohn die Waffe vermutlich geerbt«, sagte er. »Es war Becks Pistole.«

»Und warum sollte seine Frau sie mit diesen Fotos zusammen in einem Schließfach aufbewahren?«

Stone dachte darüber nach. »Vielleicht hatte sie Angst, dass er die Waffe gegen sie einsetzt.«

Carlson runzelte weiter die Stirn. »Wir haben irgendetwas übersehen.«

»Hör zu, Nick, machen wir's nicht noch komplizierter. Wir haben jede Menge Beweise dafür, dass Beck die Schayes ermordet hat. Das wird eine hundertprozentige Verhaftung. Und die Sache mit Elizabeth Beck vergessen wir dann einfach mal, okay?«

Carlson sah ihn an. »Wir sollen sie vergessen?«

Stone räusperte sich und hob die Hände. »Seien wir mal ehrlich, Nick. Beck den Schayes-Mord nachzuweisen ist Kinderkram. Aber den an seiner Frau – Herrgott, das ist acht Jahre her. Klar können wir noch ein bisschen was zusammenklauben, aber das reicht einfach nicht. Es ist zu lange her. Vielleicht …«, er zuckte theatralisch die Achseln, »… vielleicht sollten wir lieber keine schlafenden Hunde wecken.«

»Was zum Teufel quatschst du da eigentlich?«

Stone kam etwas näher heran und forderte Carlson mit einer Handbewegung auf, sich etwas zu ihm herunterzubeugen. »Dem einen oder anderen in der Zentrale wäre es lieber, wenn wir in dieser Angelegenheit nicht so viel Staub aufwirbeln.«

»Wer will nicht, dass wir Staub aufwirbeln?«

»Spielt doch überhaupt keine Rolle, Nick. Wir ziehen doch alle an einem Strang, stimmt's? Wenn wir feststellen, dass KillRoy Elizabeth Beck nicht umgebracht hat, bringt das nur Scherereien, oder? Wahrscheinlich verlangt sein Anwalt dann, dass der Prozess noch mal ganz von vorn aufgerollt wird …«

»Wegen des Mordes an Elizabeth Beck haben sie gegen ihn nicht einmal Anklage erhoben.«

»Aber bei uns ist sie unter KillRoy abgeheftet. Es würde Zweifel säen, sonst gar nichts. Aber so wie's ist, ist das Ganze einfach eine saubere Sache.«

»Ob etwas eine saubere Sache ist, interessiert mich absolut nicht«, erklärte Carlson. »Ich will die Wahrheit wissen.«

»Das wollen wir doch alle, Nick. Aber vor allem wollen wir Gerechtigkeit, oder? Beck kriegt lebenslänglich für den Mord an Rebecca Schayes. Und KillRoy bleibt im Knast. So soll es sein.«

»Es gibt da Ungereimtheiten, Tom.«

»Das sagst du schon die ganze Zeit, aber ich sehe keine. Du bist doch derjenige, der auf den Gedanken gekommen ist, dass Beck seine Frau ermordet haben könnte.«

»Genau«, sagte Carlson. »Seine Frau. Aber nicht Rebecca Schayes.«

»Jetzt kann ich dir nicht mehr folgen.«

»Der Schayes-Mord passt nicht ins Schema.«

»Willst du mich verarschen? Der erhärtet die ganze Sache doch. Schayes wusste was. Als wir ihr auf die Pelle gerückt sind, musste Beck sie zum Schweigen bringen.«

Wieder runzelte Carlson die Stirn.

»Was ist?«, fuhr Stone fort. »Glaubst du etwa, es war einfach nur Zufall, dass Beck sie gestern in ihrem Atelier besucht hat – gleich nachdem wir ihn unter Druck gesetzt haben?«

»Nein«, sagte Carlson.

»Was dann, Nick? Was ist los mit dir? Der Schayes-Mord passt perfekt.«

»Ein bisschen zu perfekt«, sagte Carlson.

»Ach, jetzt komm mir doch nicht mit dem Mist.«

»Ich hab da eine Frage, Tom. Wie gut hat Beck den Mord an seiner Frau geplant und ausgeführt?«

»Verdammt gut.«

»Genau. Er hat alle Zeugen umgebracht. Er hat die Leichen beseitigt. Wären der Regen und der Bär nicht gewesen, hätten wir mit leeren Händen dagestanden. Und wenn wir ehrlich sind, haben wir immer noch nicht genug für eine Anklage oder gar eine Verurteilung.«

»Und?«

»Und warum stellt Beck sich plötzlich so dämlich an? Er weiß, dass wir hinter ihm her sind. Er weiß, dass Rebecca Schayes' Assistent beeiden kann, dass er am Tag des Mordes bei ihr war. Warum ist er dann so blöd, die Pistole in der Garage liegen zu lassen? Warum schmeißt er die Handschuhe in seinen eigenen Mülleimer?«

»Das kann ich dir sagen«, sagte Stone. »Er hatte es eilig. Bei seiner Frau hatte er viel Zeit für die Planung.«

»Hast du das hier gesehen?«

Er gab Stone den Bericht des Überwachungsteams.

»Beck war heute Vormittag beim Gerichtsmediziner«, sagte Carlson. »Warum?«

»Ich weiß es nicht. Vielleicht wollte er feststellen, ob was Belastendes im Obduktionsbericht steht.«

Wieder runzelte Carlson die Stirn. Er hätte sich gern die Hände gewaschen. »Wir haben etwas übersehen, Tom.«

»Ich wüsste nicht, was. Aber wir müssen ihn doch sowieso erst mal festnehmen. Den Rest können wir dann immer noch klären, okay?«

Stone ging zu Fein hinüber. Carlson widmete sich seinen Zweifeln. Er dachte noch einmal über Becks Besuch im Büro des Gerichtsmediziners nach. Dann zog er sein Handy heraus, wischte es mit dem Taschentuch ab und tippte Ziffern ein. Als jemand abnahm, sagte er: »Geben Sie mir den Gerichtsmediziner von Sussex County.«

29

FRÜHER – NA JA, VOR ZEHN JAHREN – hatten Freunde von ihr im Chelsea Hotel an der West 23nd Street gewohnt. Die eine Hälfte des Hotels war für Touristen, die andere für Dauergäste reserviert, aber exzentrisch waren alle. Künstler, Schriftsteller, Studenten, Methadon-Süchtige jeden Schlages und jeder Glaubensrichtung. Schwarz lackierte Fingernägel, weiße Goth-Gesichter, blutroter Lippenstift, spaghettiglatte Haare – noch bevor das alles Mainstream wurde.

Daran hatte sich nicht viel geändert. Man konnte hier gut anonym bleiben.

Sie hatte am Imbiss gegenüber ein Stück Pizza gegessen, sich an der Rezeption ihren Schlüssel geben lassen und das Zimmer danach nicht mehr verlassen. New York City. Diese Stadt war früher ihre Heimat gewesen, doch es war erst ihr zweiter Besuch in acht Jahren.

Die Stadt fehlte ihr.

Mit allzu geübten Handgriffen steckte sie ihr Haar unter die Perücke. Heute war sie blond mit dunklen Haarwurzeln. Sie setzte eine Brille mit Metallrahmen auf und schob sich die Polster in den Mund. Ihre Gesichtsform veränderte sich.

Ihre Hände zitterten.

Zwei Flugtickets lagen auf dem Küchentisch. Sie würden heute Abend mit dem British-Airways-Flug 174 vom John-F.-Kennedy-Airport nach London-Heathrow fliegen, um dort von ihrer Kontaktperson neue Identitäten zu bekommen. Dann würden sie mit dem Zug nach Gatwick fahren und den Nachmittagsflug nach Nairobi nehmen. Ein Jeep würde sie in die Ausläufer des Mount Menu in Tansania bringen, wo ihnen eine dreitägige Wanderung bevorstand. Wenn sie erst angekommen waren – an einem der wenigen Orte auf dem Planeten ohne Radio, Fernsehen und Elektrizität –, waren sie frei.

Ein Ticket war auf den Namen Lisa Sherman ausgestellt. Das andere auf David Beck.

Sie drückte ihre Perücke noch einmal fest und starrte ihr Spiegelbild an. Ihr Blick verschleierte sich, und für einen kurzen Moment war sie wieder am See. Sie spürte einen Funken Hoffnung in ihrer Brust, und dieses eine Mal tat sie nichts, um ihn zu ersticken. Sie rang sich ein Lächeln ab und drehte sich um.

Mit dem Fahrstuhl fuhr sie hinunter in die Lobby, und als sie auf die 23rd Street trat, wandte sie sich nach rechts.

Zum Washington Square Park war es ein netter Spaziergang.

Tyrese und Brutus setzten mich an der Ecke West 4th Street und Lafayette Street ab, also ungefähr vier Blocks östlich vom Park. Ich kannte mich in dieser Gegend ganz gut aus. Elizabeth und Rebecca hatten zusammen am Washington Square gewohnt und waren sich in ihrer West-Village-Bude herrlich avantgardistisch vorgekommen – die Fotografin und die sozial engagierte Anwältin in ihrem Bestreben, zur Boheme zu gehören, während sie sich unter die anderen Vorort-Möchtegerns und Revoluzzer mit Treuhandvermögen mischten. Ich habe ihnen das ehrlich gesagt nie so ganz abgenommen, aber es war schon okay.

Ich studierte damals an der Columbia Medical School und wohnte offiziell an der Haven Avenue in Uptown, in der Nähe des heutigen New-York-Presbyterian-Hospital. Aber natürlich verbrachte ich den Großteil meiner Zeit hier unten.

Es waren schöne Jahre.

Noch eine halbe Stunde bis zum Treffen.

Ich ging die West 4th Street entlang, vorbei an Tower-Records in eine Gegend, die von der New York University dominiert wurde. Und die NYU zeigte auch, dass sie hier das Sagen hatte. Unmengen grellvioletter Flaggen mit dem Unilogo steckten ihren Claim ab. Das unsäglich hässliche Lila biss sich mit dem für Greenwich Village typischen blassen Backstein. Es wirkte sehr besitzergreifend, und ich war etwas überrascht, dass gerade eine so linksliberale Enklave das Ei-

212

gentum derart in den Mittelpunkt stellen sollte. Aber da sieht man's mal.

Mein Herz schlug gegen die Rippen, als wollte es ausbrechen. War sie schon da?

Ich rannte nicht. Ich versuchte cool zu bleiben und nicht daran zu denken, was mich in den nächsten ein bis zwei Stunden erwartete. Die Wunden der gerade durchgemachten Torturen brannten und juckten. Als ich mein Spiegelbild in einem Fenster sah, wurde mir klar, dass ich in der geliehenen Verkleidung absolut lächerlich aussah. Gangsta-Chic. Yo, word.

Die Hose rutschte immer wieder herunter. Ich hielt sie mit einer Hand fest und versuchte, zügig weiterzugehen.

Vielleicht war Elizabeth im Park.

Jetzt sah ich den Square. Die Südost-Ecke war nur noch einen Block entfernt. Ein Knistern lag in der Luft, vielleicht der Vorbote eines Sturms, wahrscheinlich jedoch nur meine Fantasie, die ein bisschen heiß lief. Ich ging mit gesenktem Kopf.

Hatten sie mein Foto schon im Fernsehen gezeigt? Hatten die Nachrichtensprecher ihre Sendungen mit einer Gesucht-wird-Meldung begonnen? Ich bezweifelte es. Trotzdem blickte ich unverwandt zu Boden.

Ich beschleunigte meinen Schritt. In den Sommermonaten war Washington Square mir nie ganz geheuer gewesen. Die ganze Szenerie kam mir etwas zu gewollt vor – es war zu viel los, und alle waren ein kleines bisschen zu überspannt. Tanztheater auf Messers Schneide, nannte ich es. Mein Lieblingsplatz war die sich nie ganz auflösende Menschenmenge gewesen, die sich bei den Beton-Spieltischen sammelte. Ich hatte dort ein paar Mal Schach gespielt. Ich spielte ziemlich gut, aber das Schachspiel war der große Gleichmacher in diesem Park. Reiche, Arme, Weiße, Schwarze, Obdachlose, Mieter von regulären Wohnungen und Sozialwohnungen – alle verständigten sich mittels der uralten schwarzen und weißen Figuren. Der beste Spieler, den ich hier je gesehen hatte, war ein Schwarzer, der vor der Amtszeit Bürgermeister Giulianis die meisten Nachmittage damit verbracht hatte, an Ampeln mit Schwamm und Wischer den Autofahrern das Kleingeld aus der Tasche zu ziehen.

Elizabeth war noch nicht da. Ich setzte mich auf eine Bank. Noch eine Viertelstunde.

Das Gefühl der Enge in meiner Brust vervielfachte sich. In meinem ganzen Leben hatte ich noch nie solche Angst gehabt. Ich dachte an Shaunas digitale Vorführung. Ein Trick? Ich dachte noch einmal darüber nach. Wenn das alles nur ein Trick gewesen war? Wenn Elizabeth wirklich tot war? Was sollte ich dann tun?

Das ist alles nutzlose Spekulation, sagte ich mir. Reine Energieverschwendung. Sie musste am Leben sein. Anders ging es nicht. Ich lehnte mich zurück und wartete.

»Er ist da«, sagte Eric Wu in sein Handy.

Larry Gandle sah durch das verspiegelte Lieferwagenfenster. David Beck war tatsächlich da. Er sah aus wie ein Ghetto-Schläger. Sein Gesicht war mit Kratzern und blauen Flecken übersät.

Gandle schüttelte den Kopf. »Wie hat er das denn gemacht?«

»Tja …«, antwortete Wu in seinem singenden Tonfall, »… wir können ihn ja einfach fragen.«

»Das muss reibungslos über die Bühne gehen, Eric.«

»In der Tat.«

»Ist jeder an seinem Platz?«

»Logisch.«

Gandle sah auf seine Uhr. »Sie müsste jeden Moment kommen.«

An der Südseite des Parks zwischen der Sullivan Street und der Thomson Street lag das auffallendste Gebäude am ganzen Washington Square, ein hoher Turm aus verwaschenem braunem Backstein. Die meisten nahmen an, er gehöre zur Judson Memorial Church. Das stimmte nicht. In den letzten zwanzig Jahren hatte die NYU dort einige Zimmer und Büros des Studentenwohnheims untergebracht. Das oberste Stockwerk war für jeden problemlos zugänglich, der so aussah, als gehöre er dorthin.

Sie konnte von hier oben den ganzen Park überblicken. Und als sie das tat, fing sie an zu weinen.

Beck war gekommen. Er trug eine absolut groteske Verkleidung, aber schließlich hatte sie ihm auch mitgeteilt, dass er beschattet wurde. Sie sah ihn allein auf der Bank sitzen und warten. Sein rechtes Bein zuckte. Das tat es immer, wenn er nervös war.

»Ach, Beck …«

Sie hörte die Qual, den bitteren Schmerz in ihrer Stimme. Sie konnte den Blick nicht von ihm wenden.

Was hatte sie getan? Idiotisch.

Sie zwang sich, sich abzuwenden. Ihre Beine knickten ein und sie glitt langsam mit dem Rücken an der Wand hinunter, bis sie auf dem Boden hockte. Beck war ihretwegen gekommen.

Aber sie waren auch hier.

Sie war sich vollkommen sicher. Sie hatte mindestens drei von ihnen entdeckt. Wahrscheinlich waren es mehr. Außerdem war ihr der *B&T Paint*-Lieferwagen aufgefallen. Sie hatte die angegebene Telefonnummer gewählt und festgestellt, dass sie nicht vergeben war. Dann hatte sie bei der Auskunft angerufen. Es gab keine Firma namens *B&T Paint*.

Sie hatten sie gefunden. Trotz all ihrer Vorsichtsmaßnahmen waren sie hier.

Sie schloss die Augen. Idiotisch. So etwas Idiotisches. Zu glauben, dass sie damit durchkommen würde. Wie konnte sie das zulassen? Die Sehnsucht hatte ihr Urteilsvermögen vernebelt. So viel war ihr inzwischen klar geworden. Irgendwie hatte sie sich eingeredet, sie könne eine verheerende Katastrophe – die Entdeckung der beiden Leichen am See – in eine göttliche Fügung umkehren.

Idiotisch.

Sie richtete sich auf und riskierte noch einen Blick. Ihr Herz sank wie ein Stein in einem Brunnen. Er wirkte so einsam da unten, so klein, so zerbrechlich und hilflos. Hatte Beck sich mit ihrem Tod abgefunden? Wahrscheinlich. Hatte er sich durch das, was danach kam, hindurchgekämpft und sich ein eigenes Leben aufgebaut? Auch das war anzunehmen. Hatte er sich von dem Schicksalsschlag erholt, nur um durch ihre Idiotie wieder eins übergebraten zu bekommen?

Natürlich.

Wieder weinte sie.

Sie zog die beiden Flugtickets aus der Tasche. Vorbereitung. Das war der Schlüssel für ihr Überleben. Sie war immer auf alle Eventualitäten vorbereitet. Darum hatte sie sich diesen Treffpunkt ausgesucht, einen öffentlichen Park, in dem sie sich so gut auskannte, dass sie im Vorteil war. Sie hatte diese Möglichkeit nicht wahrhaben wollen, hatte jedoch trotzdem die ganze Zeit gewusst, dass sie bestand – sogar mehr als das, dass sie die wahrscheinlichste war.

Es war vorbei.

Der kleine Spalt, wenn sich denn wirklich einer aufgetan hatte, war wieder geschlossen.

Zeit zu gehen. Allein. Und diesmal für immer.

Sie fragte sich, wie er reagieren würde, wenn sie nicht erschien. Würde er seinen Computer nach E-Mails durchforsten, die nie kamen? Würde er die Gesichter von Fremden betrachten und sich vorstellen, es wäre ihres? Würde er das Ganze einfach vergessen und weiterleben, als wäre nichts geschehen – und, wenn sie tief in ihre geheimsten Gefühle hineinhorchte, wäre ihr das recht?

Egal. Das Wichtigste war das Überleben. Zumindest seins. Sie hatte keine Wahl. Sie musste weg.

Unter größter Anstrengung riss sie ihren Blick von ihm los und rannte die Treppe hinab. Es gab einen Hinterausgang auf die West 3rd Street, sie brauchte den Park also gar nicht zu betreten. Sie drückte die schwere Metalltür auf und trat hinaus. Ein paar Meter die Donovan Street hinab, an der Ecke Bleeker Street, stieg sie in ein Taxi.

Sie lehnte sich zurück und schloss die Augen.

»Wohin?«, fragte der Fahrer.

»John-F.-Kennedy-Airport«, sagte sie.

30

ZU VIEL ZEIT VERGING.

Ich blieb auf der Bank sitzen und wartete. In der Ferne sah ich den berühmten Washington Arch. Stanford White, der prominente Architekt der Jahrhundertwende, der in einem Anfall von Eifersucht wegen eines 15-jährigen Mädchens einen Menschen umgebracht hatte, hatte den Marmorbogen angeblich *entworfen*. Ich verstand das nicht. Wie kann man etwas entwerfen, das eine perfekte Nachbildung von etwas anderem ist? Die Tatsache, dass der Washington Arch ein reines Plagiat des Pariser Arc de Triomphe ist, war nie ein Geheimnis. Die New Yorker begeisterten sich für etwas, das im Prinzip ein reiner Nachbau war. Und ich verstand einfach nicht, wieso.

Man konnte den Marmorbogen nicht mehr anfassen. Ein Maschendrahtzaun, ganz ähnlich denen, die ich eben in der South Bronx gesehen hatte, sollte *Graffiti-Künstler* fern halten. Es gab viele Zäune im Park. Fast alle Rasenflächen waren eingezäunt – die meisten sogar doppelt.

Wo war sie?

Tauben schritten mit einer Großspurigkeit herum, die man gemeinhin mit Politikern in Verbindung brachte. Viele trippelten auf mich zu. Sie pickten an meinen Turnschuhen und schienen enttäuscht zu sein, dass die nicht essbar waren.

»Da sitzt Ty sonst immer.«

Das sagte ein Obdachloser mit einem Windrad an der Mütze und Spock-Ohren. Er saß mir gegenüber.

»Aha«, sagte ich.

»Ty füttert sie. Sie mögen Ty.«

»Aha«, wiederholte ich.

»Darum kommen sie zu Ihnen. Nicht weil sie Sie mögen oder so. Sie glauben, dass Sie Ty sind. Oder ein Freund von Ty.«

»Hmh.«

Ich sah auf die Uhr. Jetzt saß ich schon fast zwei Stunden hier. Sie kam nicht. Irgendetwas war schief gegangen. Wieder fragte ich mich, ob das alles nur ein Trick gewesen war, schob den Gedanken jedoch sofort beiseite. Es war besser, davon auszugehen, dass die Nachrichten von Elizabeth stammten. Wenn das alles nur ein Trick gewesen war, würde ich es noch früh genug erfahren.

Was auch geschieht, ich liebe dich …

Das hatte in der Nachricht gestanden. Was auch geschieht. Als könnte etwas schief gehen. Als könnte etwa dazwischenkommen. Als sollte ich das Ganze dann einfach vergessen und mein Leben weiterleben.

Scheiß drauf.

Es kam mir seltsam vor. Ja, ich war am Boden zerstört. Die Polizei war hinter mir her. Ich war erschöpft, verletzt und nahe davor, den Verstand zu verlieren. Trotzdem fühlte ich mich stärker, als ich mich seit Jahren gefühlt hatte. Ich wusste nicht, warum. Aber ich wusste, dass es so bleiben sollte. Elizabeth war die Einzige, die all diese Dinge kannte – Kusszeit, die Bat Lady, die Teenage Sex Poodles. Also hatte Elizabeth mir diese E-Mails geschickt. Oder jemand hatte Elizabeth dazu gebracht, sie mir zu schicken. In beiden Fällen war sie am Leben. Dem musste ich nachgehen. Es gab keine andere Möglichkeit.

Also was jetzt?

Ich zog das Handy aus der Tasche. Eine Minute lang rieb ich mir das Kinn, und dann hatte ich eine Idee. Ich tippte die Nummer ein. Auf der anderen Seite des Wegs erhob sich ein Mann – er hatte sehr lange Zeitung gelesen – und maß mich mit verstohlenen Blicken. Das gefiel mir nicht. Vorsicht ist besser als Nachsicht. Ich stand auf und ging außer Hörweite.

Shauna ging ans Telefon. »Hallo?«

»Opa Teddys Apparat«, sagte ich.

»Beck? Was zum Teufel …?«

»In drei Minuten.«

Ich legte auf. Ich ging davon aus, dass Shauna und Lindas Telefon abgehört wurde. Die Polizei würde jedes Wort von uns mitbekommen. Aber ein Stockwerk unter ihnen wohnte Theodore Malone, ein alter Witwer. Shauna und Linda sahen manchmal nach ihm. Sie hatten einen Schlüssel für seine Wohnung. Ich würde bei ihm anrufen. Diesen Apparat konnte das FBI oder die Polizei oder sonst wer nicht abhören. Wenigstens nicht so schnell.

Ich rief die Vermittlung an und ließ mich verbinden. Shauna meldete sich atemlos. »Hallo?«

»Ich brauche eure Hilfe.«

»Hast du eine Ahnung, was hier los ist?«

»Ich nehme an, dass zur großen Verbrecherjagd auf mich geblasen wird.« Ich war eigenartig gelassen – befand mich wohl im Auge des Sturms.

»Beck, du musst dich stellen.«

»Ich habe niemanden umgebracht.«

»Ich weiß, aber wenn du weiter da draußen rumläufst …«

»Willst du mir helfen oder nicht?«, unterbrach ich sie.

»Schieß los«, sagte sie.

»Haben sie den Zeitpunkt des Mordes inzwischen rausgekriegt?«

»Gegen Mitternacht. In ihrem Szenario ist die Zeit ziemlich knapp, aber sie meinen, du hättest dich gleich auf den Weg gemacht, nachdem ich gegangen bin.«

»Okay«, sagte ich. »Du musst mir einen Gefallen tun.«

»Der wäre?«

»Erst einmal musst du Chloe holen.«

»Deinen Hund?«

»Ja.«

»Wieso?«

»Zum einen«, sagte ich, »muss sie mal raus.«

Eric Wu sprach in sein Handy. »Er telefoniert, aber unser Mann kommt nicht nahe genug ran.«

»Hat er deinen Typen entdeckt?«

»Wäre möglich.«

219

»Dann bläst er vielleicht das Treffen ab.«

Wu antwortete nicht. Er sah, wie Beck sein Handy einsteckte und sich auf den Weg durch den Park machte.

»Wir haben ein Problem«, meldete Wu.

»Was?«

»Es sieht aus, als würde er den Park verlassen.«

An beiden Enden der Leitung war es still. Wu wartete.

»Er ist uns schon mal abgehauen«, sagte Gandle.

Wu antwortete nicht.

»Das können wir nicht riskieren, Eric. Schnapp ihn dir. Schnapp ihn dir, krieg raus, was er weiß, und bring es zu Ende.«

Eric nickte in Richtung des Lieferwagens, dass er verstanden hatte. Er ging Beck nach. »Wird erledigt.«

Ich ging an der Statue des blankziehenden Garibaldi im Park vorbei. Bemerkenswerterweise hatte ich ein Ziel. An den Besuch bei KillRoy war fürs Erste nicht zu denken. Doch der PF aus Elizabeths Tagebuch, auch bekannt als Peter Flannery, staatlich zugelassener Rechtsverdreher, war eine andere Sache. Ich konnte in sein Büro gehen und mich mit ihm unterhalten. Ich hatte keine Ahnung, was ich mir davon versprach, aber wenigstens hatte ich etwas zu tun. Das war immerhin ein Anfang.

Rechts von mir war ein Spielplatz, auf dem sich keine zehn Kinder befanden. *George's Dog Park* zu meiner Linken, ein glorifizierter Hunde-Auslaufplatz, war randvoll von Vierbeinern mit Halstüchern in Begleitung ihrer zweibeinigen Herr- oder Frauchen. Auf der Bühne im Park jonglierten zwei junge Männer. Ich ging an einer Gruppe in Ponchos gehüllter Studenten vorbei, die in einem Halbkreis auf dem Rasen saßen. Ein blond gefärbter Asiate, der gebaut war wie das Ding von den Fantastic Four, schob sich rechts neben mich.

Ich sah mich um. Der Mann, der die Zeitung gelesen hatte, war verschwunden.

Das wunderte mich.

Er hatte fast genauso lange da gesessen wie ich. Jetzt, nach mehreren Stunden, ging er zum gleichen Zeitpunkt wie ich. Zufall? Wahrscheinlich schon.

Sie beobachten dich …

So hatte es in der E-Mail gestanden. Ohne jedes Vielleicht. Wenn ich so darüber nachdachte, schien sich der Absender in diesem Punkt sicher gewesen zu sein. Ich ging weiter und grübelte noch ein bisschen darüber nach. Unmöglich. Bei dem, was ich heute durchgemacht hatte, hätte mir auch der beste Agent der Welt nicht folgen können.

Der Kerl mit der Zeitung konnte mir nicht gefolgt sein. Das konnte ich mir zumindest nicht vorstellen.

Hatten sie vielleicht die E-Mail abgefangen?

Aber wie hätte das gehen sollen? Ich hatte sie gelöscht. Und sie war noch nicht einmal auf einen meiner Computer gewesen.

Ich überquerte die Westseite des Washington Square. Als ich die Straße erreichte, spürte ich, wie mir jemand eine Hand auf die Schulter legte. Erst sanft. Wie ein alter Freund, der sich von hinten angeschlichen hatte. Ich drehte mich um und sah gerade noch, dass es der Asiate mit den gefärbten Haaren war.

Dann drückte er meine Schulter.

31

SEINE FINGER BOHRTEN SICH WIE SPEERSPITZEN in das Gelenk. Schmerz – lähmender Schmerz – schoss meine linke Körperhälfte hinunter. Meine Knie gaben nach. Ich wollte schreien und mich wehren, konnte mich aber nicht bewegen. Vor uns hielt ein weißer Lieferwagen. Die Seitentür wurde aufgeschoben. Der Asiate ließ meine Schulter los und legte mir die Hand in den Nacken. Er presste seine Finger auf die beiden seitlichen Druckpunkte, und meine Augen verdrehten sich. Mit der anderen Hand spielte er an meiner Wirbelsäule herum, worauf ich mich nach vorn beugte. Ich spürte, wie ich mich krümmte.

Er schob mich zum Lieferwagen. Durch die Schiebetür griffen Hände nach mir und zogen mich hinein. Ich stürzte auf den kalten Metallboden. Im Laderaum gab es keine Sitze. Die Tür wurde geschlossen. Der Lieferwagen reihte sich wieder in den fließenden Verkehr ein.

Das Ganze – von der Hand auf meiner Schulter bis zum Losfahren des Lieferwagens – hatte vielleicht fünf Sekunden gedauert.

Die *Glock,* dachte ich.

Ich versuchte, danach zu greifen, aber jemand sprang mir auf den Rücken. Meine Hände wurden festgehalten. Ich vernahm ein Klicken und mein rechter Arm war mit Handschellen an den Wagenboden gefesselt. Sie drehten mich um und kugelten mir dabei fast die Schulter aus. Es waren zwei. Jetzt sah ich sie. Zwei Männer, beide weiß, beide um die dreißig. Ich konnte sie genau erkennen. Zu genau. Ich konnte sie identifizieren. Das musste ihnen klar sein.

Das war nicht gut.

Mit einer zweiten Handschelle fesselten sie meine andere Hand so, dass ich ausgestreckt auf dem Wagenboden lag. Dann setzten sie sich auf meine Beine. Ich war gefesselt und vollkommen ungeschützt.

»Was wollen Sie?«, fragte ich.

Keiner antwortete. Hinter der nächsten Ecke hielt der Lieferwagen kurz an. Der große Asiate stieg ein und wir fuhren weiter. Er beugte sich zu mir herunter und schien mich mit einer Art wissenschaftlicher Neugier zu begutachten.

»Warum waren Sie im Park?«, fragte er mich.

Seine Stimme verblüffte mich. Ich hatte etwas Knurriges oder Bedrohliches erwartet, doch sie war hoch, freundlich, auf gespenstische Art kindlich.

»Wer sind Sie?«, fragte ich.

Er rammte mir die Faust in den Bauch. Er schlug so hart zu, dass ich sicher war, dass seine Fingerknöchel den Boden des Lieferwagens berührt hatten. Ich versuchte, mich zu krümmen oder zusammenzurollen, aber durch die Fesseln und die auf meinen Beinen sitzenden Männer war das nicht möglich. Luft. Ich brauchte Luft. Dann hatte ich das Gefühl, ich müsste mich übergeben.

Sie beobachten dich ...

Die ganzen Vorsichtsmaßnahmen – die E-Mails ohne Unterschrift, die Codewörter, die Warnungen – erschienen mir mit einem Mal vollkommen logisch. Elizabeth hatte Angst. Ich kannte noch nicht alle Antworten – eigentlich kannte ich keine einzige Antwort –, aber immerhin hatte ich endlich verstanden, dass die verschlüsselten Botschaften ihrer Angst entsprangen. Der Angst, entdeckt zu werden. Von diesen Typen entdeckt zu werden.

Ich war am Ersticken. Jede einzelne Körperzelle gierte nach Sauerstoff. Schließlich nickte der Asiate den beiden anderen Männern zu. Sie ließen meine Knie los. Ich zog sie an die Brust, versuchte, Luft zu holen, und zuckte dabei wie ein Epileptiker. Nach einer Weile kam ich wieder zu Atem. Langsam kniete der Asiate neben mir nieder. Ich hielt seinem Blick stand. Oder versuchte es zumindest. Ich hatte nicht den Eindruck, einem Mitmenschen oder auch einem Tier in die Augen zu sehen. Er hatte die Augen eines leblosen Gegenstands.

223

Wenn man einem Aktenschrank in die Augen sehen könnte, musste das ein ähnliches Gefühl sein.

Doch ich wich seinem Blick nicht aus.

Mein Peiniger war noch jung – höchstens 20 oder 25 Jahre alt. Er legte seine Hand direkt über dem Ellbogen auf die Innenseite meines Arms. »Was wollten Sie im Park?«, fragte er wieder in seinem Singsang.

»Ich gehe gerne in den Park«, sagte ich.

Er drückte zu. Mit nur zwei Fingern. Ich schnappte nach Luft. Die Finger schnitten durch mein Fleisch und gruben sich in einen Nervenstrang. Meine Augen traten aus ihren Höhlen. Nie zuvor hatte ich solche Schmerzen verspürt. Sie ergriffen vollständig Besitz von mir. Ich zappelte wie ein sterbender Fisch am Haken. Ich wollte um mich treten, aber meine Beine fielen wie schlaffe Gummibänder zu Boden. Ich bekam keine Luft mehr.

Er hörte nicht auf.

Ich wartete darauf, dass er losließ oder seinen Griff etwas lockerte. Das tat er nicht. Ich begann zu wimmern, doch er drückte mit gelangweilter Miene weiter zu.

Der Lieferwagen fuhr weiter. Ich versuchte, dem Schmerz zu widerstehen, ihn in einzelne Teilstücke zu zergliedern, die ich dann bewältigen konnte, und Ähnliches. Aber das funktionierte nicht. Ich brauchte eine Pause. Selbst wenn es nur für eine Sekunde war. Er musste loslassen. Aber er hockte reglos neben mir, als wäre er aus Stein. Er sah mich mit seinen leeren Augen an. Der Druck in meinem Kopf stieg an. Ich konnte nicht sprechen – selbst wenn ich bereit gewesen wäre, ihm zu sagen, was er wissen wollte, wäre ich nicht dazu in der Lage gewesen. Meine Kehle war dicht. Und er wusste das. Dem Schmerz entkommen. Ich konnte an nichts anderes mehr denken. Wie konnte ich dem Schmerz entkommen? Mein ganzes Wesen sammelte sich in diesem Nervenstrang in meinem Arm. Mein ganzer Körper brannte, der Druck in meinem Schädel wuchs. Sekunden bevor mein Kopf explodierte, lockerte er plötzlich den Griff. Wieder schnappte ich nach Luft. Diesmal vor Erleichterung.

Aber die hielt nicht lange vor. Seine Hand glitt nach unten bis zu meinem Bauch und verharrte dort.

»Warum waren Sie im Park?«

Ich versuchte zu überlegen, mir eine glaubwürdige Lüge auszudenken, aber so viel Zeit ließ er mir nicht. Er griff energisch zu, und der Schmerz kam zurück, diesmal noch viel schlimmer als vorher. Seine Finger bohrten sich wie Bajonette in meine Leber. Ich warf mich hin und her, versuchte, mich gegen seinen Griff zu wehren. Mein Mund öffnete sich zu einem stummen Schrei.

Ich schleuderte den Kopf vor und zurück. Und da, inmitten einer dieser Bewegungen, sah ich den Hinterkopf des Fahrers. Der Lieferwagen war, vermutlich vor einer Ampel, zum Stehen gekommen. Der Fahrer sah direkt nach vorn – auf die Straße, wie ich annehme. Dann ging alles sehr schnell.

Ich sah, wie der Kopf des Fahrers sich zu seiner Tür drehte, als hätte er dort ein Geräusch gehört. Doch er war zu langsam. Etwas traf ihn seitlich am Kopf. Er kippte zur Seite wie eine Ente in der Schießbude. Die Vordertüren des Lieferwagens wurden aufgerissen.

»Hände hoch! Sofort!«

Pistolen erschienen. Zwei Stück. Sie zielten in den Laderaum. Der Asiate ließ los. Ich sackte zusammen und konnte mich nicht rühren.

Hinter den Pistolen sah ich zwei bekannte Gesichter. Fast hätte ich vor Freude aufgeschrien.

Tyrese und Brutus.

Einer der Weißen bewegte sich. Ganz beiläufig drückte Tyrese ab. Die Brust des Mannes explodierte. Er fiel mit offenen Augen nach hinten. Tot. Ohne jeden Zweifel. Vorn stöhnte der Fahrer, kam noch einmal zur Besinnung. Brutus rammte ihm den Ellbogen ins Gesicht. Es war wieder still.

Der andere Weiße hatte die Hände gehoben. Mein asiatischer Peiniger hatte die ganze Zeit keine Miene verzogen. Er sah sich das Ganze wie aus der Ferne an und hielt dabei die Hände reglos in die Luft.

Brutus setzte sich auf den Fahrersitz und fuhr los. Tyrese hatte seine Waffe auf den Asiaten gerichtet.

»Mach ihn los«, sagte Tyrese.

Der Weiße sah den Asiaten an. Der nickte zustimmend. Der Weiße nahm mir die Fesseln ab. Ich versuchte, mich aufzusetzen. Es fühlte sich an, als wäre etwas in mir zersprungen und die Splitter würden sich ins Gewebe bohren.

»Alles noch dran?«, fragte Tyrese. Es gelang mir, zu nicken.

»Soll ich sie abknallen?«

Ich drehte mich zu dem noch atmenden Weißen um. »Für wen arbeitet ihr?«

Der Weiße sah den jungen Asiaten an. Ich tat dasselbe.

»Für wen arbeitet ihr?«, fragte ich ihn.

Jetzt lächelte der Asiate; seine Augen veränderten sich allerdings nicht. Und dann ging wieder alles viel zu schnell.

Ich sah nicht, wie sich seine Hand bewegte, aber im nächsten Moment hatte mich der Asiate am Genick gepackt. Mühelos schleuderte er mich auf Tyrese zu. Ich flog tatsächlich kurz, strampelte mit den Beinen in der Luft herum, als könnte ich so den Flug bremsen. Tyrese sah, wie ich auf ihn zuflog, konnte jedoch nicht ausweichen. Ich landete auf ihm. Ich versuchte, mich schnell zur Seite zu rollen, doch bis wir uns schließlich auseinander sortiert hatten, war der Asiate durch die seitliche Schiebetür verschwunden.

Er war weg.

»Scheiße, Bruce Lee auf Anabolika«, sagte Tyrese. Ich nickte.

Der Fahrer bewegte sich wieder. Brutus ballte die Faust, doch Tyrese schüttelte den Kopf. »Die beiden wissen garantiert nix«, sagte er zu mir.

»Ich weiß.«

»Wir können sie alle machen oder laufen lassen.« Als spielte das keine Rolle, als könne man es mit einem Münzwurf entscheiden.

»Lassen Sie sie laufen«, sagte ich.

In einer leeren Straße, vermutlich irgendwo in der Bronx, hielt Brutus an. Der noch atmende Weiße stieg aus eigener Kraft aus.

Den Fahrer und den Toten warf Brutus raus wie zwei Müllsäcke.
Wir fuhren weiter. Ein paar Minuten lang sagte niemand ein Wort.
Tyrese verschränkte die Hände im Nacken und lehnte sich zurück.
»Gut, dass wir noch ein bisschen geblieben sind, was, Doc?« Ich
quittierte diese Bemerkung, die ich für die Untertreibung des Jahr-
tausends hielt, mit einem Nicken.

32

DIE OBDUKTIONSBERICHTE WURDEN in einem *U-Store-'Em*-Lagerhaus in Layton, New Jersey, aufbewahrt, nahe an der Grenze zu Pennsylvania. Special Agent Nick Carlson kam allein. Er mochte diese Selbstbedienungs-Lagerhäuser nicht. Sie jagten ihm das kalte Grausen ein. Rund um die Uhr geöffnet, kein Wachmann, gerade mal eine Alibi-Kamera am Eingang … Gott allein kannte die Geheimnisse, die sich hinter den verschlossenen Türen dieser Betonklötze verbargen.

Carlson wusste, dass viele Lagerräume voll mit Drogen, Schwarzgeld und Schmuggelware jeder Art waren. Das störte ihn nicht weiter. Aber er erinnerte sich noch daran, wie vor ein paar Jahren der Manager einer Ölgesellschaft entführt und in einer Kiste in einem solchen Gebäude eingelagert worden war. Er war erstickt. Carlson war dabei gewesen, als sie ihn gefunden hatten. Seitdem wurde er die Vorstellung nicht los, dass sich auch *lebendige* Menschen in diesen Schuppen befanden, dass vielleicht gerade jetzt eine vermisste Person nur ein paar Schritte von ihm entfernt in der Dunkelheit angekettet gegen ihren Knebel kämpfte.

Die Leute sagen oft, die Welt sei krank. Sie wissen gar nicht, wie Recht sie haben.

Timothy Harper, der zuständige Gerichtsmediziner, kam mit einem großen braunen Umschlag aus einem garagenartigen Raum. Er reichte Carlson den Obduktionsbericht mit dem Namen Elizabeth Beck.

»Sie müssen noch unterschreiben, dass Sie ihn mitgenommen haben«, sagte Harper.

Carlson unterschrieb das Formular.

»Beck hat Ihnen nicht gesagt, warum er den Bericht sehen will?«, fragte Carlson.

»Er hat gesagt, er wäre ein trauernder Ehemann und der Fall wäre schließlich abgeschlossen, aber ansonsten …« Harper zuckte die Achseln.

»Hat er sonst noch irgendwelche Fragen gestellt?«

»Nichts, was mir auffällig vorgekommen wäre.«

»Und wie wäre es mit dem, was Ihnen nicht auffällig vorgekommen ist?«

Harper überlegte einen Moment lang. »Er hat gefragt, ob ich noch weiß, wer die Leiche identifiziert hat.«

»Und, wussten Sie es?«

»Nein, nicht auf Anhieb.«

»Wer hat sie identifiziert?«

»Ihr Vater. Dann hat er mich gefragt, wie lange das gedauert hat.«

»Wie lange was gedauert hat?«

»Die Identifikation.«

»Das verstehe ich nicht.«

»Hab ich, ehrlich gesagt, auch nicht verstanden. Er wollte wissen, ob ihr Vater sie sofort erkannt hat oder ob es ein paar Minuten gedauert hat.«

»Wieso könnte ihn das interessieren?«

»Keine Ahnung.«

Carlson überlegte, ob ihm dazu etwas einfiel, kam jedoch nicht weiter. »Was haben Sie geantwortet?«

»Im Prinzip die Wahrheit. Dass ich mich nicht mehr daran erinnere. Ich nehme aber an, dass es ziemlich zügig ging, sonst wüsste ich es noch.«

»Sonst noch was?«

»Nein, eigentlich nicht«, sagte er. »Hören Sie, wenn wir dann hier durch wären, da warten noch zwei Kids auf mich, die sich mit einem Honda Civic um einen Telefonmast gewickelt haben.«

Carlson umklammerte die Akte in seiner Hand. »Ja«, sagte er.

»Wir sind fertig. Was ist, wenn ich noch weitere Fragen habe?«

»Dann erreichen Sie mich in meinem Büro.«

PETER FLANNERY, RECHTSANWALT stand in verblichenen Goldbuchstaben an der Strukturglasscheibe der Tür. In der Scheibe klaffte ein faustgroßes Loch. Das graue Isolierband, mit dem es überklebt war, sah ziemlich alt aus.

Ich hatte den Schirm meiner Baseball-Kappe tief ins Gesicht gezogen. Mein Unterleib schmerzte von dem Zusammenstoß mit dem großen Asiaten. Im Radiosender, der versprach, das Wichtigste aus aller Welt zu berichten, wenn man nur 22 Minuten Zeit zum Zuhören aufbringen konnte, hatten wir meinen Namen gehört. Ich wurde offiziell gesucht.

Gar nicht so einfach, das ins Hirn zu kriegen. Ich hatte Riesenprobleme, trotzdem schien das alles weit weg zu sein, als ginge es um einen entfernten Bekannten. Ich, der Mensch, der gerade hier stand, interessierte mich nicht weiter dafür. Ich konzentrierte mich auf ein einziges Ziel: Ich musste Elizabeth finden. Alles andere war nur unbedeutendes Beiwerk.

Tyrese war bei mir. Im Wartezimmer saß ein halbes Dutzend Leute. Zwei trugen aufwändige Halsmanschetten. Einer hatte einen Vogel in einem Käfig dabei. Ich wusste wirklich nicht, wozu. Keiner machte sich die Mühe, uns anzusehen, sie sahen vielmehr aus, als hätten sie sorgfältig alle Vor- und Nachteile gegeneinander abgewogen und wären zu dem Schluss gekommen, dass es nicht lohnte, den Blick in unsere Richtung zu wenden. Die Anwaltsgehilfin trug eine scheußliche Perücke und musterte uns, als wären wir gerade aus einem Hundearsch gefallen.

Ich teilte ihr mit, dass ich Peter Flannery sprechen wollte.

»Er bespricht sich gerade mit einem Klienten.« Sie ließ keine Kaugummiblase platzen, aber viel fehlte nicht.

Dann übernahm Tyrese. Mit der Fingerfertigkeit eines Zauberers zückte er eine Rolle Geldscheine, die dicker war als mein Handgelenk. »Sagen Sie ihm, wir zahlen einen Vorschuss.« Und grinsend fuhr er fort: »Sie bekommen auch einen, wenn wir sofort zu ihm können.«

Zwei Minuten später wurden wir in Mr Flannerys Allerheiligstes geführt. Das Büro roch nach Zigarrenrauch und Möbelpolitur. Die

Möbel zum Selbstzusammenschrauben, wie man sie im K-mart oder bei Bradlees fand, waren dunkel gebeizt worden, um wie teure Eiche und Mahagoni auszusehen. Das Ergebnis war etwa so überzeugend wie ein Jahrmarktstoupet. An den Wänden hingen keine Urkunden, sondern nur das alberne Zeug, mit dem man bei Leuten Eindruck schinden konnte, die leicht zu beeindrucken waren. Ein Dokument belegte Flannerys Mitgliedschaft in der *International Wine-tasting Association*. Ein anderes proklamierte prunkvoll, dass er im Jahr 1996 an einer *Long Island Legal Conference* teilgenommen hatte. Nicht schlecht! Dann gab es noch verblichene Fotos des jüngeren Flannery mit Leuten, bei denen es sich vermutlich um Prominente oder Lokalpolitiker handelte. Ich erkannte allerdings niemanden. Den Ehrenplatz hinter dem Schreibtisch zierte das eindrucksvoll auf eine Holzplatte montierte Standard-Bürofoto eines Golf-Vierers.

»Bitte«, sagte Flannery mit einer ausladenden Geste. »Nehmen Sie Platz, meine Herren.«

Ich setzte mich. Tyrese blieb stehen, verschränkte die Arme und lehnte sich an die Wand.

»Also«, sagte Flannery, wobei er das Wort wie ein Stück Kautabak in die Länge zog, »was kann ich für Sie tun?«

Peter Flannery sah aus wie ein abgetakelter Sportler. Von seinen ehemals goldenen Locken war nicht mehr viel übrig. Sein Gesicht war in die Breite gegangen. Er trug einen dreiteiligen Viskose-Anzug – das hatte ich schon länger nicht mehr gesehen – und zur Krönung in der Westentasche eine Taschenuhr an einer falschen Goldkette.

»Ich habe ein paar Fragen zu einem alten Fall«, sagte ich.

Seine Augen strahlten noch in jugendlichem Eisblau. Er sah mich an. Auf dem Schreibtisch stand ein Foto von Flannery, einer pummeligen Frau und einem vielleicht vierzehnjährigen Mädchen, das unverkennbar mit Pubertätsproblemen kämpfte. Sie lächelten, wirkten aber angespannt, als bereiteten sie sich auf einen schweren Schicksalsschlag vor.

»Ein alter Fall?«, wiederholte er.

»Meine Frau war vor acht Jahren bei Ihnen. Ich muss wissen, worum es ging.«

Flannery sah kurz zu Tyrese hinüber. Der stand immer noch mit verschränkten Armen und Sonnenbrille an der Wand. »Ich kann Ihnen nicht ganz folgen. Handelte es sich um eine Scheidungssache?«

»Nein«, sagte ich.

»Dann …?« Er hob die Hände und gab mir mit einem Achselzucken zu verstehen, dass er mir ja gern geholfen hätte. »Anwaltliche Schweigepflicht. Ich wüsste nicht, was ich da für Sie tun kann.«

»Ich glaube nicht, dass Sie sie vertreten haben.«

»Sie verwirren mich, Mister …« Er wartete darauf, dass ich die Leerstelle füllte.

»Beck«, sagte ich. »Und Doktor, nicht Mister.«

Als er den Namen hörte, fiel ihm das Doppelkinn auf die Brust. Ich fragte mich, ob er die Nachrichten gehört hatte, nahm jedoch nicht an, dass das der Grund dafür war.

»Meine Frau heißt Elizabeth.« Flannery sagte nichts.

»Sie erinnern sich doch an sie?«

Wieder warf er Tyrese einen kurzen Blick zu.

»War sie Ihre Klientin, Mr Flannery?«

Er räusperte sich. »Nein«, sagte er. »Nein, sie war nicht meine Klientin.«

»Aber Sie erinnern sich an sie.«

Flannery rutschte auf seinem Stuhl herum. »Ja.«

»Worüber haben Sie mit ihr gesprochen?«

»Das ist lange her, Dr. Beck.«

»Wollen Sie damit sagen, Sie erinnern sich nicht mehr daran?« Er gab keine direkte Antwort. »Ihre Frau«, sagte er, »wurde ermordet, nicht wahr? Ich weiß noch, dass ich damals etwas über ihren Tod in den Nachrichten gesehen habe.«

Ich versuchte, beim Thema zu bleiben. »Warum war sie bei Ihnen, Mr Flannery?«

»Ich bin Anwalt«, sagte er und hätte sich beinahe in die Brust geworfen.

»Aber Sie haben sie nicht vertreten.«

»Trotzdem«, sagte er und versuchte die Oberhand zu gewinnen.

»Ich kann meine Arbeitszeit nicht einfach so vergeuden.« Er hustete in seine Hand. »War nicht von einem Vorschuss die Rede?«

Ich sah über meine Schulter, aber Tyrese war schon unterwegs. Er hatte die Banknotenrolle in der Hand und pellte Scheine ab. Dann warf er drei Hunderter auf den Schreibtisch, maß Flannery mit einem entschlossenen Blick durch die Sonnenbrille und nahm seinen Platz an der Wand wieder ein.

Flannery betrachtete das Geld, rührte es jedoch nicht an. Er tippte die Fingerspitzen aneinander, dann legte er die Handflächen zusammen. »Und wenn ich mich weigere, es Ihnen zu erzählen?«

»Ich wüsste nicht, warum Sie das tun sollten«, erwiderte ich.

»Ihre Gespräche mit ihr fallen doch nicht unter die Schweigepflicht, oder?«

»Das meine ich nicht«, sagte Flannery. Er sah mir in die Augen und zögerte. »Haben Sie Ihre Frau geliebt, Dr. Beck?«

»Sehr.«

»Haben Sie wieder geheiratet?«

»Nein«, sagte ich. Dann: »Was hat das mit dieser Angelegenheit zu tun?«

Er lehnte sich zurück. »Gehen Sie«, sagte er. »Nehmen Sie Ihr Geld und gehen Sie.«

»Es ist wichtig, Mr Flannery.«

»Wieso? Ihre Frau ist seit acht Jahren tot. Der Mörder sitzt in der Todeszelle.«

»Was wollen Sie mir vorenthalten?«

Flannery antwortete nicht sofort. Tyrese löste sich wieder von der Wand. Er trat näher an den Schreibtisch heran. Flannery beobachtete ihn und überraschte mich, indem er einen müden Seufzer ausstieß. »Tun Sie mir einen Gefallen«, sagte er zu Tyrese. »Hören Sie mit dem Theater auf, okay? Ich habe Spinner vertreten, gegen die sehen Sie aus wie Mary Poppins.«

Tyrese wollte offenbar reagieren, doch das hätte uns nicht weitergebracht. Ich sagte seinen Namen. Er drehte sich zu mir um. Ich schüttelte den Kopf. Tyrese ging zurück zur Wand. Flannery zupfte an seiner Unterlippe herum. Ich ließ ihn machen. Ich hatte Zeit.

»Ich kann mir nicht vorstellen, dass Sie das wirklich wissen wollen«, meinte er schließlich.

»Doch, das will ich.«

»Davon kommt ihre Frau auch nicht zurück.«

»Vielleicht schon«, entgegnete ich.

Das weckte sein Interesse. Er sah mich mit gefurchter Stirn an, aber irgendetwas gab nach.

»Bitte«, sagte ich.

Er drehte sich mit dem Stuhl zur Seite, lehnte sich weit zurück und starrte hinauf zu den Rollos, die irgendwann zu Zeiten des Watergate-Skandals angefangen hatten, zu vergilben und die ersten Risse zu bekommen. Er faltete die Hände über dem Bauch. Ich beobachtete, wie sie sich mit seinen Atemzügen auf und ab bewegten.

»Ich war damals Pflichtverteidiger«, fing er an. »Sie wissen, was das ist?«

»Sie haben die Armen verteidigt«, sagte ich.

»So in der Art. In den Miranda-Rechten heißt es, dass man auch dann das Recht auf einen Strafverteidiger hat, wenn man sich keinen leisten kann. Ich war einer von denen, die man dann zugewiesen bekommt.«

Ich nickte, was er allerdings nicht sah, da er immer noch zu den Rollos hinaufstarrte.

»Jedenfalls war ich damals mit einem der namhaftesten Mordprozesse des Staates betraut.«

Etwas Kaltes kroch in meine Magengrube. »Mit welchem?«, fragte ich.

»Mit dem Brandon-Scope-Mord. Der Milliardärssohn. Erinnern Sie sich noch daran?«

Vor Schreck erstarrte ich. Ich konnte kaum atmen. Kein Wunder, dass mir der Name Flannery bekannt vorgekommen war. Brandon Scope.

Fast hätte ich den Kopf geschüttelt, allerdings nicht, weil ich mich nicht an den Fall erinnerte, sondern weil ich wollte, dass er mehr erzählte.

Um keine Unklarheiten aufkommen zu lassen, hier eine kurze Zusammenfassung: Brandon Scope wurde im Alter von 33 Jahren bei einem Raubüberfall ermordet. Das war vor acht Jahren. Ja, vor acht Jahren. Etwa zwei Monate vor Elizabeths Tod. Er war von zwei Kugeln getroffen in einer Harlemer Sozialbausiedlung abgeladen worden. Man hatte ihn ausgeraubt. Die Medien zogen alle Register. Sie wiesen immer wieder auf Brandon Scopes karitative Tätigkeit hin. Sie schilderten, dass er den Straßenkindern geholfen und lieber mit Armen und Obdachlosen als im multinationalen Konzern seines Vaters gearbeitet hatte. Dieser Tenor durchzog sämtliche Meldungen. Es war einer der Morde, die *die Nation erschütterten* und in deren Folge viel mit Fingern auf Missstände gezeigt und die Hände gerungen wurden. Sein Vater gründete im Namen des Ermordeten eine wohltätige Stiftung. Meine Schwester Linda leitet sie. Sie können sich nicht vorstellen, wie viel Gutes sie dort tut.

»Ja, ich erinnere mich«, sagte ich leise.

»Wissen Sie auch noch, dass damals jemand verhaftet wurde?«

»Ein Junge von der Straße«, sagte ich. »Einer der Jugendlichen, denen er geholfen hatte, stimmt's?«

»Genau. Die Polizei hatte den damals zweiundzwanzigjährigen Helio Gonzales verhaftet. Er wohnte im Barker House in Harlem. Die Liste seiner Vorstrafen war so lang wie das Ruhmesblatt eines Mitglieds der Hall of Fame. Bewaffneter Raubüberfall, Brandstiftung, schwere Körperverletzung, weiß Gott ein sonniges Gemüt, dieser Mister Gonzales.«

Ich bekam einen trockenen Mund. »Wurde die Anklage nicht später wieder fallen gelassen?«, erkundigte ich mich.

»Ja. Sie hatten im Prinzip nicht viel gegen ihn in der Hand. Man hat seine Fingerabdrücke am Tatort gefunden, aber da waren auch jede Menge andere. In dem Gebäude, in dem Gonzales lebte, wurden Haare von Scope und sogar ein paar passende Blutspuren entdeckt. Allerdings war Scope vorher schon ein paar Mal dort gewesen. Wir hätten ohne weiteres behaupten können, dass die Spuren daher stammten. Die Indizien reichten aber für eine Verhaftung, und die Cops waren sicher, dass im Lauf der Zeit noch mehr auftauchen würde.«

»Und was ist dann passiert?«, wollte ich wissen.

Flannery sah mich noch immer nicht an. Mir gefiel das nicht. Flannery lebte in einer Staubsaugervertreterwelt der blank geputzten Schuhe und des Blickkontakts. Ich kannte diese Typen. Ich wollte nichts mit ihnen zu tun haben, aber ich kannte sie.

»Die Polizei wusste den exakten Todeszeitpunkt«, fuhr er fort.

»Der Gerichtsmediziner hatte die Lebertemperatur gemessen. Scope war um dreiundzwanzig Uhr ermordet worden. Plus/minus eine halbe Stunde, aber mehr war nicht zu holen.«

»Ich verstehe nicht«, sagte ich, »was das mit meiner Frau zu tun haben soll.«

Wieder tippte er die Fingerspitzen aneinander. »Soweit mir bekannt ist, hat Ihre Frau auch mit den Armen gearbeitet«, sagte er.

»Im gleichen Büro wie das Opfer, um genau zu sein.«

Ich wusste nicht, worauf er hinauswollte, war mir aber sicher, dass es mir nicht gefallen würde. Für den Bruchteil einer Sekunde fragte ich mich, ob Flannery nicht doch Recht hatte, ob ich vielleicht wirklich nicht hören wollte, was er mir zu sagen hatte, ob ich nicht einfach aufstehen und die ganze Sache vergessen sollte. Doch ich drängte: »Und?«

»Das ist edel«, sagte er mit einem kurzen Nicken. »Mit den Armen und Unterdrückten zu arbeiten.«

»Freut mich, dass Sie das so sehen.«

»Ursprünglich hatte ich deshalb mit dem Jurastudium begonnen. Um den Armen zu helfen.«

Ich schluckte Galle herunter und setzte mich etwas aufrechter hin. »Würden Sie mir jetzt bitte erzählen, was meine Frau damit zu tun hat?«

»Sie hat ihn freigekriegt.«

»Wen?«

»Meinen Klienten. Helio Gonzales. Ihre Frau hat dafür gesorgt, dass er freikam.«

Ich runzelte die Stirn. »Wie?«

»Sie hat ihm ein Alibi verschafft.«

Mir stockte das Herz. Und die Lunge. Fast hätte ich mir auf die Brust geschlagen, um meine Körperfunktionen wieder in Gang zu setzen.

»Wie?«, fragte ich noch einmal.

»Wie sie ihm ein Alibi verschafft hat?«

Ich nickte benommen, aber er sah mich immer noch nicht an. Ich presste ein »Ja« heraus.

»Ganz einfach«, sagte er. »Sie war in der fraglichen Zeit mit Helio zusammen.«

Mein Verstand fing an, wild zu strampeln; ganz allein auf dem offenen Meer und kein Rettungsring in Sicht. »Darüber habe ich in den Zeitungen nie etwas gelesen.«

»Es wurde geheim gehalten.«

»Warum?«

»Zum einen auf Wunsch Ihrer Frau. Außerdem wollte die Generalstaatsanwaltschaft nicht, dass die unberechtigte Verhaftung in aller Öffentlichkeit diskutiert wird. Also wurde alles so diskret wie möglich zu Ende gebracht. Dazu kam, dass es, äh, Schwierigkeiten mit der Aussage Ihrer Frau gab.«

»Was für Schwierigkeiten?«

»Am Anfang hat sie gewissermaßen gelogen.«

Weiteres Strampeln. Ich ging unter. Kam wieder an die Oberfläche. Strampelte.

»Was erzählen Sie da?«

»Ihre Frau hatte behauptet, sie hätte mit Gonzales zum Zeitpunkt der Tat im Büro der Stiftung eine Berufsberatung durchgeführt. Das hat ihr eigentlich niemand abgenommen.«

»Wieso nicht?«

Skeptisch zog er eine Augenbraue hoch. »Berufsberatung um elf Uhr nachts?«

Ich nickte benommen.

»In meiner Funktion als Verteidiger von Mister Gonzales habe ich Ihre Frau darauf hingewiesen, dass die Polizei ihr Alibi überprüfen würde. Dass zum Beispiel in den Korridoren Sicherheitskameras angebracht seien und es Videobänder von den Leuten geben könnte, die gekommen und gegangen waren. Da hat sie dann ausgepackt.«

Er brach ab.

»Reden Sie weiter«, sagte ich.

»Es ist doch ganz offensichtlich, oder?«

»Sagen Sie es mir trotzdem.«

Flannery zuckte die Achseln. »Sie wollte sich – und Ihnen, nehme ich an – die Peinlichkeit ersparen. Deshalb hat sie auf Geheimhaltung bestanden. Sie war in Gonzales' Wohnung, Dr. Beck. Sie sind schon seit zwei Monaten miteinander ins Bett gegangen.«

Ich reagierte nicht. Niemand sagte etwas. In der Ferne hörte ich einen Vogel krächzen. Vermutlich den aus dem Wartezimmer. Ich stand auf. Tyrese trat einen Schritt vor.

»Vielen Dank, dass Sie sich Zeit für mich genommen haben«, sagte ich mit der ruhigsten Stimme der Welt.

Flannery nickte den Rollos zu.

»Und es stimmt nicht«, fügte ich hinzu.

Er antwortete nicht. Doch das hatte ich auch nicht erwartet.

33

CARLSON SETZTE SICH IN DEN WAGEN. Seine Krawatte saß immer noch perfekt. Sein Jackett hatte er allerdings ausgezogen und auf einen Holzbügel an den Haken über dem Rücksitz gehängt. Die Klimaanlage leistete Schwerstarbeit. Er las die Aufschrift auf dem Umschlag des Obduktionsberichts: Elizabeth Beck, AZ 94-87002. Er öffnete den Umschlag, nahm den Inhalt heraus und breitete ihn auf dem Beifahrersitz aus.

Was hatte Dr. Beck gesucht?

Die logische Antwort hatte Stone ihm schon gegeben: Beck wollte nachsehen, ob etwas in dem Bericht stand, das ihn belastete. Diese These passte perfekt in ihre vorläufige Theorie. Und schließlich hatte Carlson selbst damit angefangen, den jahrelang akzeptierten Tathergang des Mordes an Elizabeth Beck in Frage zu stellen. Es war seine Idee gewesen, dass Dr. Beck, der Ehemann, den Mord an seiner Frau geplant hatte.

Und warum glaubte er jetzt nicht mehr daran?

Er hatte sich gewissenhaft mit den Ungereimtheiten auseinander gesetzt, die diese Theorie zu untergraben drohten, aber Stone hatte sie ebenso überzeugend widerlegt. Und ein paar Ungereimtheiten gab es schließlich bei jedem Fall. Das wusste Carlson. Dass alles perfekt zusammenpasste, kam einfach nicht vor. Wenn es doch einmal vorkam, konnte man zehn zu eins darauf wetten, dass man etwas übersehen hatte.

Und wieso zweifelte er dann an Becks Schuld?

Vielleicht hatte es damit zu tun, dass der Fall einfach zu eindeutig geworden war, sämtliche Indizien plötzlich perfekt ineinander griffen und alles in ihre Theorie passen wollte. Vielleicht basierten seine Zweifel aber auch auf so etwas Unzuverlässigem wie *Einge-bung* – wobei Carlson wirklich kein Anhänger dieses Aspekts der

Ermittlungsarbeit war. Die Eingebung wurde oft herbeizitiert, wenn jemand ungestört herumpfuschen wollte, sie diente als pfiffige Technik, um Beweise und Fakten durch vages, nebulöses Zeug zu ersetzen. Carlson wusste, dass die schlechtesten Ermittler sich vor allem auf ihre Intuition verließen.

Er sah sich das Deckblatt an. Allgemeine Daten. Elizabeth Parker Beck. Ihre Adresse, ihr Geburtsdatum (zum Zeitpunkt ihres Todes war sie 25 gewesen), weiß, weiblich, ein Meter sechzig groß, 45 Kilo schwer, schlank. Eine erste Untersuchung am Fundort hatte ergeben, dass die Leichenstarre bereits wieder abgeklungen war. Sie hatte Blasen auf der Haut und aus den Körperöffnungen traten Flüssigkeiten aus. Das besagte, dass das Eintreten des Todes mehr als drei Tage zurücklag. Der Tod war durch eine Stichwunde in der Brust verursacht worden. Sie war am Blutverlust und starken inneren Blutungen durch eine Verletzung der dorsalen Aorta gestorben. Außerdem hatte sie Schnittwunden an Handflächen und Fingern, die laut Protokoll auf die Verteidigung gegen einen Angriff mit einem Messer zurückzuführen waren.

Carlson zog sein Notizbuch und den Mont-Blanc-Füller aus der Tasche. Er schrieb *Wunden durch Verteidigung gegen Angriff mit Messer?!?!* und unterstrich es mehrmals. Verteidigung? Das war nicht KillRoys Stil. KillRoy folterte seine Opfer. Er fesselte sie, tat ihnen schreckliche Dinge an, und wenn sie nicht mehr zu sich kamen, brachte er sie um.

Wieso hatte sie solche Schnittwunden an den Händen? Carlson las weiter. Er überflog Haar- und Augenfarbe und dann, in der Mitte der zweiten Seite, entdeckte er den nächsten Hammer. Elizabeth Beck war post mortem gebrandmarkt worden.

Carlson las die Stelle noch einmal. Er nahm sein Notizbuch und schrieb *post mortem* hinein. Das passte nicht. KillRoy hatte all seine Opfer gebrandmarkt, als sie noch am Leben waren. Vor Gericht war viel darüber gesprochen worden, wie sehr er den Geruch versengten Fleischs liebte, wie er die Schreie der Opfer genoss, während er ihnen das glühende Brandzeichen auf die Haut drückte.

Erst die Verteidigungswunden. Dann das. Da stimmte etwas nicht. Carlson nahm seine Brille ab und schloss die Augen. Chaos, dachte er bei sich. Chaos zerrte an seinen Nerven. Ein paar Ungereimtheiten waren normal, hier jedoch unterminierten sie das ganze Gefüge.

Einerseits bestätigte der Obduktionsbericht seine ursprüngliche Hypothese, dass der Mord an Elizabeth Beck so inszeniert war, dass der Verdacht auf KillRoy fallen musste, andererseits löste sich die Theorie plötzlich am anderen Ende auf.

Er versuchte, sich die Sache Schritt für Schritt durch den Kopf gehen zu lassen. Erstens: Warum war Beck so scharf darauf, diese Akte zu sehen? Oberflächlich betrachtet lag die Antwort jetzt auf der Hand. Jeder, der diesen Bericht aufmerksam las, würde merken, dass Elizabeth Beck mit hoher Wahrscheinlichkeit nicht von KillRoy umgebracht worden war. Mit hundertprozentiger Sicherheit konnte man das allerdings nicht sagen. Im Gegensatz zu dem, was man meist hört, sind Serienmörder nämlich keine reinen Gewohnheitstiere. KillRoy konnte seinen Modus operandi geändert oder sich ein bisschen Abwechslung gegönnt haben. Nach dieser Lektüre musste er die ganze Sache jedoch noch einmal neu überdenken.

Damit rückte aber eine Frage in den Mittelpunkt: Warum waren diese offensichtlichen Unstimmigkeiten damals niemandem aufgefallen?

Carlson ging verschiedene Möglichkeiten durch. Für den Mord an Elizabeth Beck war nie Anklage gegen KillRoy erhoben worden. Die Gründe dafür lagen jetzt auf der Hand. Vielleicht hatten die Ermittler die Wahrheit geahnt. Vielleicht hatten sie bemerkt, dass Elizabeth Beck nicht zu den anderen Fällen passte, hatten aber KillRoys Verteidigung nicht dadurch stärken wollen, dass sie diesen Umstand öffentlich machten. Das Problem bei der Anklageerhebung gegen einen Serienmörder besteht darin, dass die Staatsanwaltschaft, um die Verurteilung nicht zu gefährden, im Allgemeinen ein so weitmaschiges Netz auswirft, dass immer irgendetwas hindurchrutscht. Anderenfalls bräuchte die Verteidigung nur einen Fall auseinander zu pflücken, Unstimmigkeiten bei einem der vielen Morde aufzuzeigen, und schon infiziert dieser Makel auch die anderen Fälle. Sofern der Täter kein Geständnis abgelegt hat, bringt man daher meist nicht alle Morde vor Gericht. Man geht Schritt für Schritt vor. Da das den Ermittlern klar sein musste, hatten sie vielleicht gehofft, dass der Mord an Elizabeth Beck einfach unter den Tisch fiel.

Doch auch mit diesem Szenario gab es erhebliche Probleme. Elizabeth Becks Vater und Onkel – beides Männer mit langjähriger Erfahrung in der Strafverfolgung – hatten die Leiche gesehen. Höchstwahrscheinlich hatten sie auch diesen Obduktionsbericht gesehen. Hätten ihnen die Unstimmigkeiten nicht ins Auge fallen müssen? Hätten sie den Mörder ihrer Tochter oder Nichte laufen lassen, um KillRoys Verurteilung nicht zu gefährden? Carlson bezweifelte es.

Und was hieß das nun?

Er las weiter in der Akte und stolperte über das nächste dicke Ding. Die Klimaanlage hatte den Wagen jetzt so weit heruntergekühlt, dass er bis auf die Knochen fror. Carlson öffnete ein Fenster und zog den Schlüssel aus der Zündung. Die Überschrift lautete: Toxikologische Untersuchung. Nach Auskunft des Labors waren in Elizabeth Becks Blut Kokain und Heroin gefunden worden. Und damit nicht genug: Auch im Gewebe und in den Haaren waren Spuren dieser Drogen entdeckt worden, was belegte, dass sie sie nicht nur gelegentlich genommen hatte.

Passte das?

Er grübelte gerade darüber nach, als sein Handy klingelte. »Carlson.«

»Wir haben was«, meldete Stone. Carlson legte die Akte zur Seite. »Was?«

»Beck. Er hat einen Flug von JFK nach London gebucht. Die Maschine geht in zwei Stunden.«

»Ich bin schon unterwegs.«

Tyrese legte mir die Hand auf die Schulter, als wir nebeneinanderher gingen. »Miststücke«, sagte er zum zigsten Mal. »Denen kann man einfach nicht trauen.«

Ich schwieg.

Im ersten Moment war ich überrascht gewesen, dass Tyrese Helio Gonzales so schnell aufgespürt hatte, aber das Netzwerk der Straße ist ebenso gut entwickelt wie jedes andere. Wenn Sie einen Broker bei Morgan Stanley bitten, herauszufinden, wie man einen seiner Kollegen von Goldman Sachs erreichen kann, ist die Sache in ein paar Minuten erledigt. Wenn Sie mich bitten, einen Patienten an einen beliebigen Kollegen im gleichen Staat zu überweisen, genügt ein Anruf. Warum sollte das bei Straßenganoven anders sein?

Helio war gerade von einem vierjährigen Gefängnisaufenthalt im Norden des Staates zurückgekehrt, den man ihm für einen bewaffneten Raubüberfall verordnet hatte. Genauso sah er auch aus. Sonnenbrille, Kopftuch, ein weißes T-Shirt und darüber ein Flanellhemd, von dem er nur den obersten Knopf geschlossen hatte, so dass es wie ein Cape oder ein Paar Fledermausflügel um ihn herumwehte. Die aufgerollten Ärmel zeigten die kräftige Knast-Muskulatur mit grobschlächtigen Knast-Tätowierungen auf dem Unterarm. Knastmuskulatur ist unverkennbar. Sie ist glatter, gemeißelter als ihr schwammiges Pendant aus den Fitness-Studios.

Wir saßen irgendwo in Queens auf der Treppe vor einem Haus. Genauer kann ich es nicht sagen. Ein südamerikanischer Rhythmus brachte meinen Brustkorb zum Schwingen. Dunkelhaarige Frauen in zu eng anliegenden Spaghettiträger-Tops schlenderten vorbei. Tyrese nickte mir zu. Ich betrachtete Helio. Er grinste höhnisch. Ich ließ seine Erscheinung auf mich wirken, worauf mir sofort ein Wort in den Sinn kam: Abschaum. Unbelehrbarer, gefühlloser Abschaum. Wenn man ihn ansah, wusste man sofort, dass er eine Spur der Zerstörung hinterlassen würde. Die Frage war nur, wie breit sie war. Mir war klar, dass das keine sehr barmherzige Sichtweise war. Mir war auch klar, dass man über Tyrese das Gleiche sagen konnte, wenn man nur aufgrund der äußeren Erscheinung urteilte. Das kümmerte mich nicht. Elizabeth mochte an die Rettung der auf der Straße Verrohten und der moralisch Heruntergekommenen geglaubt haben. Ich musste in diesem Punkt noch an mir arbeiten.

»Sie sind vor ein paar Jahren wegen des Mordes an Brandon Scope verhaftet worden«, fing ich an. »Ich weiß, dass Sie wieder rausgekommen sind, und ich will Ihnen keinen Ärger machen. Aber ich muss die Wahrheit wissen.«

Helio nahm seine Sonnenbrille ab. Er sah Tyrese an. »Hast du mir etwa 'nen Cop angeschleppt?«

»Ich bin kein Cop«, sagte ich. »Ich bin der Mann von Elizabeth Beck.«

Ich wartete auf eine Reaktion. Er zuckte mit keiner Wimper.

»Sie hat Ihnen damals das Alibi verschafft.«

»Ich weiß, wer sie ist.«

»War sie an diesem Abend mit Ihnen zusammen?«

Helio ließ sich Zeit. »Yeah«, sagte er dann langsam und lächelte mir mit gelben Zähnen zu. »Sie war die ganze Nacht bei mir.«

»Sie lügen«, sagte ich.

Wieder sah Helio Tyrese an. »Was soll der Scheiß, Mann?«

»Ich muss die Wahrheit wissen«, beharrte ich.

»Glauben Sie, ich hab diesen Scope umgebracht?«

»Ich weiß, dass Sie's nicht getan haben.« Das überraschte ihn.

»Was soll der Scheiß?«, fragte er wieder.

»Ich möchte, dass Sie mir etwas bestätigen.« Helio wartete.

»Waren Sie an jenem Abend mit meiner Frau zusammen, ja oder nein?«

»Was wollen Sie hören, Mann?«

»Die Wahrheit.«

»Und wenn die Wahrheit ist, dass sie die ganze Nacht bei mir war?«

»Das ist nicht die Wahrheit«, sagte ich.

»Wieso sind Sie sich da so sicher?«

Tyrese mischte sich ein. »Sag dem Mann, was er wissen will.«

Wieder ließ Helio sich Zeit. »Es ist so gewesen, wie ich gesagt hab. Ich hab sie gevögelt, alles klar? Tut mir Leid, Mann, aber so war's halt. Wir haben's die ganze Nacht getrieben.«

Ich sah Tyrese an. »Lass uns einen Moment allein, okay?« Tyrese nickte. Er stand auf und ging zum Wagen. Dort verschränkte er die

244

Arme und lehnte sich neben Brutus an die Beifahrertür. Ich wandte mich an Helio.

»Wo sind Sie meiner Frau zum ersten Mal begegnet?«

»Im Zentrum.«

»Sie wollte Ihnen helfen.«

Er zuckte die Achseln, sah mich aber nicht an.

»Kannten Sie Brandon Scope?«

So etwas wie Angst huschte über sein Gesicht. »Ich hau ab, Mann.«

»Wir sind ganz allein, Helio. Ich trage keinen Sender. Sie können mich filzen.«

»Sie wollen, dass ich mein Alibi auffliegen lasse?«

»Ja.«

»Warum sollte ich?«

»Weil irgendjemand jeden umbringt, der irgendwas mit dieser Brandon-Scope-Geschichte zu tun hat. Gestern Abend wurde eine Freundin meiner Frau in ihrem Atelier ermordet. Mich hatten sie auch schon in der Mangel, aber Tyrese hat mich wieder rausgeholt. Meine Frau wollen sie auch umbringen.«

»Ich dachte, die ist schon tot.«

»Das ist eine lange Geschichte, Helio. Aber sie wird gerade wieder aufgewärmt. Wenn ich nicht rauskriege, was damals wirklich passiert ist, sind wir alle dran.«

Ich wusste nicht, ob das stimmte oder eine maßlose Übertreibung war. Es interessierte mich eigentlich auch nicht.

»Wo waren Sie in dieser Nacht?«, fragte ich.

»Mit ihr zusammen.«

»Ich kann beweisen, dass das nicht stimmt«, sagte ich.

»Was?«

»Meine Frau war in Atlantic City. Ich habe ihre Kreditkartenquittungen. Ich kann das beweisen. Ich kann Ihr Alibi platzen lassen wie eine Seifenblase, Helio. Und das mache ich auch. Ich weiß, dass Sie Brandon Scope nicht umgebracht haben. Aber ich schwöre Ihnen, dass ich Sie dafür hinrichten lasse, wenn Sie mir nicht die Wahrheit sagen.«

Ein Bluff. Ein dicker, fetter Bluff. Doch ich merkte, dass ich ihn erwischt hatte.

»Sie sagen mir die Wahrheit und bleiben ein freier Mann«, drängte ich.

»Ich schwör's, ich hab den Typ nicht umgebracht, Mann.«

»Ich weiß«, wiederholte ich.

Er dachte darüber nach. »Ich hab keine Ahnung, wieso sie das gemacht hat, klar?«

Ich nickte, weil ich wollte, dass er weiterredete.

»Ich hab an dem Abend ein Haus in Fort Lee ausgenommen. Darum hatte ich kein Alibi. Ich dachte, jetzt bin ich dran. Sie hat mir den Arsch gerettet.«

»Haben Sie sie gefragt, warum?«

Er schüttelte den Kopf. »Ich hab einfach nur mitgemacht, Mann. Mein Verteidiger hat mir erzählt, was sie ausgesagt hat. Ich hab das dann bestätigt. Und dann war ich ratzfatz wieder draußen.«

»Haben Sie meine Frau danach noch einmal gesehen?«

»Nee.« Er sah mich an. »Wieso sind Sie so sicher, dass Ihre Frau es nicht mit mir getrieben hat?«

»Ich kenne meine Frau.«

Er lächelte. »Glauben Sie, dass sie Sie nie betrügen würde?« Ich antwortete nicht.

Helio stand auf. »Sagen Sie Tyrese, dass er mir was schuldig ist.« Er glückste, drehte sich um und ging.

34

KEIN GEPÄCK. Ein E-Ticket, damit sie sich am Automaten einchecken konnte und nicht mit einem Angestellten sprechen musste. Sie war am Terminal nebenan, behielt die Abflug-Tafel im Auge und wartete darauf, dass das ON TIME neben ihrer Flugnummer zu BOARDING wechselte.

Sie saß auf einem Schalensitz aus Kunststoff und starrte auf das Flugfeld hinaus. Auf einem Fernseher neben ihr lief CNN. *Es folgt Headline Sports.* Sie versuchte, nicht zu denken. Vor fünf Jahren hatte sie eine Weile in einem kleinen Dorf bei Goa in Indien gewohnt. Es war zwar eigentlich nur ein heruntergekommenes Nest, trotzdem kamen eine ganze Menge Reisende wegen des 100-jährigen Yogi, der dort lebte. Sie war bei dem Yogi gewesen. Er hatte versucht, sie in Meditationstechniken, Pranayama-Atmung und geistiger Reinigung zu unterrichten. Davon war jedoch kaum etwas hängen geblieben. Manchmal konnte sie in der Schwärze versinken. Meistens tauchte dabei jedoch Beck vor ihrem inneren Auge auf.

Sie fragte sich, was sie jetzt tun sollte. Eigentlich hatte sie keine Wahl. Es ging ums Überleben. Überleben hieß Flucht. Sie hatte Chaos gestiftet und rannte jetzt wieder davon und überließ das Aufräumen den anderen. Aber blieb ihr denn etwas anderes übrig? Sie waren hinter ihr her. Sie war höllisch vorsichtig gewesen und trotzdem beobachtet worden. Acht Jahre danach.

Ein kleiner Junge lief auf eine Fensterscheibe zu und patschte fröhlich lachend mit den Händen dagegen. Ein gestresster Vater folgte ihm und nahm sein kicherndes Kind auf den Arm. Sie betrachtete die beiden, und ihre Gedanken wanderten zum Was-wäre-wenn. Rechts von ihr saß ein altes Ehepaar, das freundlich über Nichtigkeiten plauderte. Als Teenager hatten Beck und sie Mr und Mrs Steinberg Abend für Abend Arm in Arm über den Downing Place spazieren sehen; ihre

Kinder waren längst erwachsen gewesen und fortgezogen. Beck hatte ihr versprochen, dass sie im Alter auch so leben würden. Mrs Steinberg war mit 82 Jahren gestorben. Mr Steinberg, der sich erstaunlich robuster Gesundheit erfreut hatte, war ihr vier Monate später gefolgt. Es heißt, dass das bei älteren Menschen häufig passiert, dass – um es mit Bruce Springsteens Worten zu sagen – *two hearts become one.* Wenn ein Partner stirbt, folgt kurz darauf auch der andere. War das bei ihr und David auch so? Sie waren zwar nicht 61 Jahre lang zusammen gewesen wie die Steinbergs, wenn man es jedoch in Relation zu ihrem Alter sah, dabei bedachte, dass man kaum etwas über das weiß, was einem vor dem fünften Lebensjahr widerfährt, und berücksichtigte, dass Beck und sie unzertrennlich gewesen waren, seit sie sich mit sieben kennen gelernt hatten, und dass sie sich an praktisch nichts erinnern konnten, woran der oder die andere nicht beteiligt gewesen war – wenn man die gemeinsam verbrachte Zeit nicht in Jahren, sondern in prozentualen Lebensanteilen maß, hatten sie sogar noch größere Ansprüche aufeinander als die Steinbergs.

Sie drehte sich um und sah auf die Abflugtafel. Neben dem British-Airways-Flug 174 begann das Wort BOARDING zu blinken. Ihr Flug wurde aufgerufen.

Carlson und Stone standen mit ihren Kumpeln Dimonte und Krinsky bei der British-Airway-Angestellten, die für die Reservierungen zuständig war.

»Er tritt den Flug nicht an«, sagte die Frau vom Bodenpersonal. Sie hatte einen hübschen britischen Akzent, trug eine blau-weiße Uniform mit Halstuch und einem Namensschild, auf dem Emily stand.

Dimonte fluchte. Krinsky zuckte die Achseln. Das kam nicht unerwartet. Beck hatte sich der Jagd nach ihm den ganzen Tag erfolgreich entzogen. Es war kaum damit zu rechnen gewesen, dass er so dumm war, einen Flug anzutreten, den er unter seinem richtigen Namen gebucht hatte.

»Sackgasse«, sagte Dimonte.

Carlson, der noch immer den Obduktionsbericht in der Hand

hatte, fragte Emily: »Welcher Ihrer Leute kann am besten mit dem Computer umgehen?«

»Das bin wohl ich«, entgegnete sie mit einem kompetenten Lächeln.

»Ich würde gerne einen Blick auf die Reservierungen werfen.« Emily rief die entsprechende Liste auf.

»Können Sie mir sagen, wann er den Flug gebucht hat?«

»Vor drei Tagen.«

Dimonte sprang sofort darauf an. »Beck wollte abhauen. Dieser Dreckskerl.«

Carlson schüttelte den Kopf. »Nein.«

»Wieso nicht?«

»Wir sind davon ausgegangen, dass er Rebecca Schayes ermordet hat, um sie zum Schweigen zu bringen«, erläuterte Carlson. »Wieso hätte er das tun sollen, wenn er sowieso das Land verlassen wollte? Warum sollte er das Risiko eingehen, noch drei Tage zu bleiben und einen weiteren Mord zu begehen?«

Stone schüttelte den Kopf. »Du interpretierst da zu viel rein, Nick.«

»Wir haben was übersehen«, beharrte Carlson. »Wieso ist er überhaupt plötzlich auf die Idee gekommen abzuhauen?«

»Weil wir ihm im Nacken saßen.«

»Vor drei Tagen haben wir ihm noch nicht im Nacken gesessen.«

»Vielleicht hat er gewusst, dass es nur eine Frage der Zeit ist.« Wieder runzelte Carlson die Stirn.

Dimonte wandte sich an Krinsky. »Das ist Zeitverschwendung. Machen wir, dass wir hier wegkommen.« Er sah Carlson an. »Für alle Fälle lassen wir Ihnen noch ein paar Polizisten da.«

Carlson, der nur mit halbem Ohr hingehört hatte, nickte. Als die beiden weg waren, fragte er Emily: »Wollte er zusammen mit jemand anderem reisen?«

Emily drückte ein paar Tasten. »Es war eine Einzelbuchung.«

»Wie hat er den Flug gebucht? Persönlich? Telefonisch? Oder über ein Reisebüro?«

Sie drückte wieder ein paar Tasten. »Über ein Reisebüro war es nicht, das kann ich Ihnen jetzt schon sagen, weil dann ein Marker gesetzt wäre, damit wir die Kommission überweisen. Der Flug wurde direkt bei British Airways gebucht.«

Das half nicht weiter. »Wie hat er bezahlt?«

»Per Kreditkarte.«

»Könnten Sie mir bitte die Nummer geben?«

Sie gab ihm die Nummer. Er reichte sie an Stone weiter. Der schüttelte den Kopf. »Das ist keine von seinen Karten. Wenigstens keine von denen, die wir kennen.«

»Prüf sie nach«, wies Carlson ihn an.

Stone hatte sein Handy bereits in der Hand. Er nickte und wählte.

Carlson rieb sich das Kinn. »Sie sagten, er hätte den Flug vor drei Tagen gebucht?«

»Ja, genau.«

»Können Sie feststellen, um welche Uhrzeit das war?«

»Ja, das kann ich. Das Programm speichert die Zeit zusammen mit der Buchung. Es war um 18 Uhr 14.«

Carlson nickte. »Okay, prima. Können Sie mir sagen, ob noch jemand um diese Zeit herum einen Flug gebucht hat?«

Emily überlegte einen Moment. »Das habe ich noch nie versucht«, sagte sie. »Einen Augenblick, ich muss mal etwas ausprobieren.« Sie tippte etwas ein. Sie wartete. Wieder tippte sie. Sie wartete. »Eine Sortierung nach Buchungstermin ist nicht möglich.«

»Die Daten sind aber vorhanden?«

»Ja. Einen Moment.« Ihre Finger flogen über die Tastatur. »Ich kann sämtliche Daten in eine Tabellenkalkulation kopieren. Dann haben wir fünfzig Datensätze auf einmal auf dem Bildschirm. Das geht schneller.«

In der ersten Fünfziger-Gruppe fanden sie ein Ehepaar, das am selben Tag, allerdings ein paar Stunden früher gebucht hatte. Das half ihnen nicht weiter. In der zweiten Gruppe war nichts. In der dritten Gruppe knackten sie den Jackpot.

»Lisa Sherman«, verkündete Emily. »Ihr Flug wurde am selben Tag nur acht Minuten später gebucht.«

Das hatte an und für sich natürlich nicht viel zu sagen, doch Carlson spürte, wie sich ihm die Nackenhaare sträubten.

»Oh, das ist ja interessant«, fügte Emily hinzu.

»Was.«

»Die Platzreservierung.«

»Was ist damit?«

»Ihr Platz ist direkt neben dem von David Beck. Reihe sechzehn, Platz E und F.«

Er spürte, wie ein Ruck durch seinen Körper ging. »Hat sie schon eingecheckt?«

Wieder gab sie etwas ein. Der Bildschirm wurde schwarz. Dann erschien ein neues Bild. »Ja, das hat sie. Wahrscheinlich ist sie gerade auf dem Weg zum Flugzeug.«

Sie schob den Riemen der Handtasche auf die Schulter und stand auf. Mit energischem Schritt und hoch erhobenem Kopf marschierte sie los. Sie hatte immer noch Brille und Perücke auf und die Polster im Mund. So wie Lisa Sherman auf ihrem Passfoto.

Sie war noch vier Flugsteige entfernt, als sie einen Fetzen aus einem Bericht auf CNN aufschnappte. Sie blieb wie angewurzelt stehen. Ein Mann, der ein riesiges Stück Handgepäck hinter sich herzog, rannte sie fast um. Er machte eine obszöne Geste, als hätte sie ihn auf der Autobahn ausgebremst. Sie ignorierte ihn und sah auf den Fernseher.

Die Moderatorin berichtete. In der oberen rechten Bildschirmecke befand sich ein Foto ihrer alten Freundin Rebecca Schayes neben einem Foto von … von Beck.

Sie schob sich näher an den Fernseher heran. Unter den Bildern standen auf blutrotem Hintergrund die Worte: *Tod in der Dunkelkammer.*

»… David Beck verdächtigt, diesen Mord begangen zu haben. Aber war das der einzige Mord, den er begangen hat? Jack Turner weiß mehr.«

Die Moderatorin verschwand. Jetzt sah man, wie zwei Männer in NYPD-Windjacken einen schwarzen Leichensack auf einer Bahre auf die Straße rollten. Sie erkannte das Gebäude sofort, aus dem sie kamen, und hätte beinahe laut aufgestöhnt. Acht Jahre. Acht lange Jahre waren vergangen, aber Rebecca hatte ihr Atelier immer noch im selben Haus.

Eine Männerstimme, vermutlich die von Jack Turner, berichtete. »Der Mord an einer der exklusivsten Modefotografinnen New Yorks wirkt auf den ersten Blick ziemlich undurchsichtig. Rebecca Schayes wurde tot in ihrer Dunkelkammer aufgefunden. Sie hatte zwei Kugeln im Kopf, die offenbar aus kürzester Distanz abgefeuert wurden.« Sie blendeten das Foto einer strahlend lächelnden Rebecca ein. »Der Hauptverdächtige ist ein alter Freund des Opfers, der Kinderarzt Dr. David Beck, der in einer Klinik in Uptown Manhattan arbeitet.« Jetzt erschien ein Foto von Beck auf dem Bildschirm. Er lächelte nicht. Sie wäre fast umgefallen.

»Dr. Beck konnte sich heute Vormittag knapp der Festnahme entziehen. Dabei griff er einen Polizisten an und verletzte ihn. Er befindet sich derzeit noch auf freiem Fuß, ist vermutlich bewaffnet und gilt als gefährlich. Wenn Sie Hinweise über seinen Aufenthaltsort haben, wenden Sie sich bitte an folgende Polizeidienststelle …«

In gelber Schrift wurde eine Telefonnummer eingeblendet. Jack Turner las sie vor und fuhr dann fort.

»Informationen des FBI verleihen dem Fall zusätzliche Brisanz. Angeblich wird Dr. Beck mit dem Mord an zwei Männern in Verbindung gebracht, deren Leichen vor wenigen Tagen in Pennsylvania in der Nähe einer Sommerresidenz der Familie Beck aufgetaucht sind. Und nicht nur das: Dr. Beck wird außerdem verdächtigt, vor acht Jahren an der Ermordung seiner Frau Elizabeth beteiligt gewesen zu sein.«

Auf dem Bildschirm wurde das Bild einer Frau eingeblendet, die sie kaum wieder erkannte. Plötzlich fühlte sie sich nackt und in die Enge getrieben. Ihr Foto verschwand, die Moderatorin erschien und fragte: »Jack, wurde damals nicht der Serienmörder Elroy Kellerton, der unter dem Namen KillRoy bekannt geworden ist, für den Mord verantwortlich gemacht?«

»So ist es, Terese. Von Behördenseite ist momentan nicht viel zu erfahren und die offiziellen Stellen dementieren die Berichte. Unsere Informationen stammen allerdings aus äußerst zuverlässigen Quellen.«

»Gibt es denn ein mögliches Motiv für die Tat, Jack?«

»Darüber haben wir noch nichts gehört. Uns sind jedoch Spekulationen zu Ohren gekommen, dass es sich um ein Dreiecksverhältnis gehandelt haben könnte. Ms Schayes war mit einem Mr Gary Lamont verheiratet, der sich zu dieser Angelegenheit nicht äußern will. Das sind allerdings reine Mutmaßungen.«

Sie starrte noch immer auf den Fernseher und spürte, wie ihr Tränen in die Augen traten.

»Und Dr. Beck ist immer noch auf freiem Fuß?«

»Ja, Terese. Die Polizei bittet die Öffentlichkeit um ihre Mitarbeit, betont aber, dass niemand auf eigene Faust an den Verdächtigen herantreten sollte.«

Dann folgte weiteres Geschwätz. Völlig belangloses Geschwätz. Sie wandte sich ab. Rebecca. Oh Gott, nicht Rebecca. Und geheiratet hatte sie auch. Hatte sich vermutlich hübsche Kleider und ein schickes Porzellan-Service ausgesucht und auch ansonsten all das getan, worüber sie sich früher lustig gemacht hatten. Aber warum? Wie war Rebecca in diese Geschichte hineingeraten? Rebecca hatte doch absolut nichts gewusst.

Dann traf sie die Erkenntnis mit voller Wucht: Was habe ich getan?

Sie war zurückgekommen. Sie hatten sie gesucht. Wie waren sie dabei vorgegangen? Ganz einfach. Sie hatten die Leute beobachtet, die ihr nahe standen. Idiotisch. Durch ihre Rückkehr hatte sie all die Menschen, an denen ihr etwas lag, in Gefahr gebracht. Sie hatte Mist gebaut. Und jetzt war ihre Freundin tot.

»British Airways Flight 147, departing for London. All rows may now board.«

Keine Zeit für Selbstmitleid. Nachdenken. Was konnte sie tun? Die Menschen, die sie liebte, waren in Gefahr. Beck – plötzlich fiel ihr seine alberne Verkleidung wieder ein – war auf der Flucht. Er hatte

253

es mit mächtigen Gegnern zu tun. Wenn die ihm einen Mord in die Schuhe schieben wollten – und genau so sah es aus –, hatte er keine Chance.

Sie konnte nicht einfach abhauen. Nicht jetzt. Erst musste Beck in Sicherheit sein.

Sie drehte sich um und ging zum Ausgang.

Als Peter Flannery schließlich den Bericht über die Fahndung nach David Beck sah, griff er zum Telefon und wählte die Nummer eines Freundes im Büro des Generalstaatsanwalts.

Wer ist für den Fall Beck zuständig?«, fragte Flannery.

»Fein.«

Ein echtes Arschloch, dachte Flannery. »Ich hab euren Knaben heute gesehen.«

»David Beck?«

»Ja«, sagte Flannery. »Er hat mir einen Besuch abgestattet.«

»Warum?«

Flannery lehnte sich in seinen Liegesessel zurück. »Am besten stellst du mich mal zu Fein durch.«

35

ALS ES DUNKEL WURDE, brachte Tyrese mich in einem Zimmer in der Wohnung von Latishas Cousin unter. Wir konnten uns zwar nicht vorstellen, dass die Polizei etwas über meine Verbindung zu Tyrese herausbekommen würde, doch man brauchte ja kein unnötiges Risiko einzugehen.

Tyrese hatte einen Laptop. Wir loggten uns ein. Ich sah mir meine E-Mails an und hoffte auf eine weitere Nachricht von meinem mysteriösen Absender. Auf dem E-Mail-Konto im Krankenhaus war nichts. Auf dem privaten auch nicht. Ich probierte es auf dem neuen unter bigfoot.com. Auch da war nichts.

Seit wir Flannerys Büro verlassen hatten, sah Tyrese mich immer wieder seltsam an. »Darf ich Sie was fragen, Doc?«

»Selbstverständlich.«

»Als dieser Angeber das von diesem Typen erzählt hat, der damals ermordet worden ist …«

»Brandon Scope«, warf ich ein.

»Yeah, den mein ich. Da haben Sie ausgesehen, als hätte man Ihnen eins mit 'nem Elektroschocker verpasst.«

So war ich mir auch vorgekommen. »Und Sie fragen sich, warum?« Tyrese zuckte die Achseln.

»Ich kannte Brandon Scope. Er hat im gleichen Büro wie meine Frau gearbeitet, bei einer Wohltätigkeitsstiftung. Außerdem sind sein Vater und mein Vater zusammen aufgewachsen, und mein Vater hat später auch für seinen gearbeitet. Mein Vater war sogar dafür verantwortlich, Brandon in die Verwaltung des Familienbesitzes einzuführen.«

»Hmh«, meinte Tyrese. »Und weiter?«

»Reicht das nicht?«

Tyrese wartete. Ich wandte mich zu ihm um. Er sah mich ein-

255

dringlich an und einen Moment lang hatte ich das Gefühl, er könnte bis in die dunkelsten Ecken meiner Seele blicken. Zum Glück ging das vorbei. Tyrese fragte: »Und was haben Sie jetzt vor?«

»Erst muss ich ein paar Telefongespräche führen«, sagte ich.

»Sind Sie sicher, dass man die nicht zurückverfolgen kann?«

»Wüsste nicht, wie. Aber wir können uns noch zusätzlich mit einer Konferenzschaltung über ein anderes Handy absichern. Das macht es noch mal komplizierter.«

Ich nickte. Tyrese bereitete die Telefonkonferenz vor. Ich musste eine Nummer wählen und jemandem, den ich nicht kannte, sagen, welche Nummer er wählen sollte. Tyrese ging zur Tür. »Ich guck mal nach TJ. Bin in 'ner Stunde zurück.«

»Tyrese?«

Er drehte sich zu mir um. Ich wollte mich bedanken, aber irgendwie hätte das nicht gepasst. Tyrese verstand mich auch so. »Sie müssen am Leben bleiben, Doc. Wegen dem Jungen, klar?«

Ich nickte. Er ging. Ich sah auf die Uhr und rief Shauna auf ihrem Handy an. Sie war schon beim ersten Klingeln dran. »Hallo?«

»Wie geht's Chloe?«, fragte ich.

»Prima«, antwortete sie.

»Wie viele Meilen seid ihr gegangen?«

»Mindestens drei. Eher vier oder fünf.« Erleichterung durchströmte mich. »Und was machen wir …«

Ich lächelte und brach das Gespräch ab. Ich wählte die Nummer meines Konferenzschaltungs-Partners und nannte ihm eine andere Nummer. Er murmelte, dass er doch nicht die verdammte Vermittlung wäre, tat jedoch, was ich ihm sagte.

Hester Crimstein meldete sich, als würde sie ein Stück aus dem Telefonhörer beißen. »Was?«

»Hier ist Beck«, sagte ich schnell. »Kann jemand mithören oder unterliegt das hier dem Schutz des Anwaltsgeheimnisses?«

Sie zögerte einen unbehaglichen Moment lang. »Es ist sicher«, sagte sie dann.

»Ich hatte einen Grund zu fliehen«, sagte ich.

»Schuld zum Beispiel?«

»Was?«

Wieder zögerte sie. »Tut mir Leid, Beck. Ich hab's vermasselt. Ich bin ausgerastet, als Sie abgehauen sind. Ich habe ein paar dumme Sachen zu Shauna gesagt und Ihre Verteidigung niedergelegt.«

»Hat sie mir nicht erzählt«, sagte ich. »Ich brauche Sie, Hester.«

»Ich helfe Ihnen nicht bei der Flucht.«

»Ich will nicht mehr fliehen. Ich will mich stellen. Aber nach unseren Bedingungen.«

»Sie sind gar nicht in der Lage, Bedingungen zu stellen, Beck. Die werden Sie wegsperren und darüber nachdenken, ob sie den Schlüssel wegschmeißen. Und das mit der Entlassung auf Kaution können Sie vergessen.«

»Und wenn ich Beweise dafür liefere, dass ich Rebecca Schayes nicht umgebracht habe?«

Wieder ein Zögern. »Können Sie das?«

»Ja.«

»Was für Beweise?«

»Ein hieb- und stichfestes Alibi.«

»Von wem?«

»Tja«, sagte ich, »da wird's jetzt interessant.«

Special Agent Carlsons Handy klingelte.

»Ich hab noch was«, sagte sein Partner Stone.

»Was?«

»Beck war vor ein paar Stunden bei einem billigen Rechtsverdreher namens Flannery. Er hatte einen jungen schwarzen Ganoven bei sich.«

Carlson runzelte die Stirn. »Ich dachte, Hester Crimstein ist seine Anwältin.«

»Er wollte keinen Rechtsbeistand. Er wollte was über einen alten Fall wissen.«

»Was für einen Fall?«

»Vor acht Jahren wurde irgend so ein Universal-Verbrecher na-

257

mens Gonzales verdächtigt, Brandon Scope ermordet zu haben. Elizabeth Beck hat dem Kerl ein Wahnsinns-Alibi verschafft. Beck wollte alles darüber wissen.«

»Sonst noch was?«

»Das war's«, erwiderte Stone. »Wo bist du eigentlich grade?«

»Wir sprechen uns später, Tom.« Carlson unterbrach das Gespräch und wählte eine andere Nummer.

Eine Stimme antwortete: »National Tracing Center.«

»Machen Sie Überstunden, Donna?«

»Ja, aber für heute reicht's mir jetzt, Nick. Was wollen Sie?«

»Tun Sie mir einen Riesengefallen?«

»Nein«, sagte sie. Dann seufzte sie tief und fragte: »Was?«

»Haben Sie die 38er noch, die im Goodhart-Schließfach war?«

»Was ist damit?«

Er erklärte ihr, was er von ihr wollte. Als er fertig war, fragte sie: »Das ist doch ein Witz, oder?«

»Sie kennen mich doch, Donna. Kein Sinn für Humor.«

»Das kann ich bestätigen.« Sie seufzte. »Ich reiche eine Anfrage ein, aber heute Abend wird das nichts mehr.«

»Danke, Donna. Sie sind die Größte.«

Als Shauna das Foyer des Gebäudes betrat, rief eine Stimme ihren Namen.

»Miss Shauna? Entschuldigen Sie.«

Sie musterte den Mann mit den zurückgekämmten Haaren und dem teuren Anzug.

»Und Sie sind?«

»Special Agent Nick Carlson.«

»Ich wünsche Ihnen noch einen schönen Abend, Herr Agent.«

»Wir wissen, dass er Sie angerufen hat.«

Shauna gähnte demonstrativ und hielt sich die Hand vor den Mund. »Da können Sie aber stolz auf sich sein.«

»Haben Sie je von Beihilfe und Begünstigung nach der Tat gehört?«

»Versuchen Sie nicht, mir Angst einzujagen«, sagte sie in übertrieben monotonem Tonfall. »Sonst muss ich mir hier noch mitten auf diesem billigen Teppichboden in die Hose machen.«

»Glauben Sie, ich bluffe?«

Sie streckte ihm die Arme entgegen und hielt die Handgelenke nebeneinander. »Nehmen Sie mich doch fest, Süßer.«

Sie sah sich um. »Seid Ihr sonst nicht paarweise unterwegs?«

»Ich bin allein.«

»Ist mir auch schon aufgefallen. Darf ich jetzt nach oben gehen?«

Behutsam schob Carlson seine Brille zurecht. »Ich glaube nicht, dass Dr. Beck jemanden umgebracht hat.«

Jetzt hatte er ihre Aufmerksamkeit geweckt.

»Verstehen Sie mich nicht falsch. Es gibt diverse Hinweise darauf, dass er es getan hat. Meine Kollegen sind überzeugt von seiner Schuld. Die Fahndung nach ihm läuft auf vollen Touren.«

»Hmh«, machte Shauna mit mehr als einem Anflug von Misstrauen in der Stimme. »Und Sie sind der Einzige, der das Ganze irgendwie durchschaut?«

»Ich bin der Ansicht, dass hier etwas ganz anderes vorgeht.«

»Als da wäre?«

»Ich hatte gehofft, dass Sie mir das sagen können.«

»Und wenn ich das für einen Trick halte?«

Carlson zuckte die Achseln. »Dann werde ich Sie kaum vom Gegenteil überzeugen können.«

Sie ließ sich seine Worte durch den Kopf gehen. »Ist eigentlich auch egal«, meinte sie dann. »Ich weiß sowieso nichts.«

»Sie wissen, wo er sich versteckt hält.«

»Weiß ich nicht.«

»Und wenn Sie es wüssten?«

»Dann würde ich es Ihnen nicht sagen. Aber das ist Ihnen doch längst klar.«

»Stimmt«, antwortete Carlson. »Ich darf dann wohl davon ausgehen, dass Sie mir nicht erzählen, was das Gerede über den Spaziergang seines Hundes sollte?«

Sie schüttelte den Kopf. »Aber Sie werden es bald erfahren.«

»Ihnen ist doch klar, dass er es auf der Straße nicht lange macht. Ihr Freund hat einen Polizisten angegriffen. Damit ist er Freiwild.«

Shauna sah ihn weiter mit festem Blick an. »Dagegen kann ich leider nicht viel tun.«

»Nein, wohl nicht.«

»Darf ich Sie etwas fragen?«

»Schießen Sie los«, sagte Carlson.

»Warum halten Sie ihn für unschuldig?«

»Ich bin mir selbst nicht ganz sicher. Lauter Kleinigkeiten, denke ich.« Carlson legte den Kopf schief. »Wussten Sie, dass Beck einen Flug nach London gebucht hatte?«

Shauna ließ ihren Blick durch die Lobby schweifen, um so ein paar Sekunden zu gewinnen. Ein Mann kam herein und musterte sie anerkennend. Sie ignorierte ihn. »Unsinn«, sagte sie schließlich.

»Ich komme gerade vom Flughafen«, fuhr Carlson fort. »Der Flug wurde vor drei Tagen gebucht. Er ist natürlich nicht aufgetaucht, das eigentlich Komische daran war aber, dass das Ticket mit einer Kreditkarte bezahlt wurde, die auf den Namen Laura Mills ausgestellt ist. Sagt Ihnen der Name irgendetwas?«

»Sollte er?«

»Wahrscheinlich nicht. Wir arbeiten noch daran, aber so wie es aussieht, handelt es sich um ein Pseudonym.«

»Von wem?«

Carlson zuckte die Achseln. »Kennen Sie eine Lisa Sherman?«

»Nein. Was hat die damit zu tun?«

»Sie hatte denselben Flug nach London gebucht. Außerdem sollte sie direkt neben unserem Flüchtigen sitzen.«

»Und die ist auch nicht aufgetaucht?«

»Sozusagen. Sie hat zwar eingecheckt, aber als der Flug aufgerufen wurde, ist sie nicht an Bord der Maschine gegangen. Finden Sie das nicht auch eigenartig?«

»Ich weiß nicht, wie ich das finden soll«, sagte Shauna.

»Unglücklicherweise konnte uns niemand eine Beschreibung von

Lisa Sherman geben. Sie hat kein Gepäck eingecheckt und ihr Ticket am Automaten gekauft. Daraufhin haben wir dann ihren Hintergrund überprüft. Wissen Sie, was wir da gefunden haben?«

Shauna schüttelte den Kopf.

»Nichts«, fuhr Carlson fort. »Es scheint auch wieder ein Pseudonym zu sein. Kennen Sie den Namen Brandon Scope?«

Shauna erstarrte. »Was soll das?«

»Dr. Beck hat heute in Begleitung eines jungen Schwarzen den Anwalt Peter Flannery besucht. Flannery hat beim Brandon-Scope-Mord einen Jugendlichen verteidigt. Dr. Beck hat ihn nach dem Fall gefragt, insbesondere, welche Rolle Elizabeth bei der Freilassung dieses Verdächtigen gespielt hat. Haben Sie irgendeine Ahnung, was er damit bezweckt hat?«

Shauna fing an, in ihrer Handtasche herumzuwühlen.

»Suchen Sie etwas?«

»Eine Zigarette«, sagte sie. »Haben Sie eine?«

»Nein, tut mir Leid.«

»Verdammt.« Sie hörte auf und sah ihm in die Augen. »Warum erzählen Sie mir das alles?«

»Ich habe es inzwischen mit vier Leichen zu tun. Ich will wissen, was hier vorgeht.«

»Vier?«

»Rebecca Schayes, Melvin Bartola, Robert Wolf – das sind die beiden, die wir am See gefunden haben. Und Elizabeth Beck.«

»Elizabeth wurde von KillRoy ermordet.« Carlson schüttelte den Kopf.

»Warum sind Sie sich da so sicher?«

Er zeigte ihr den braunen Umschlag. »Da wäre zuerst einmal das hier.«

»Was ist das?«

»Ihr Obduktionsbericht.«

Shauna schluckte. Angst durchzuckte ihren Körper, kribbelte bis in die Fingerspitzen. Der endgültige Beweis, so oder so. Mit aller Kraft versuchte sie, das Zittern in ihrer Stimme zu unterdrücken.

»Darf ich da mal reingucken?«

»Warum?«

Sie antwortete nicht.

»Und vor allem: Warum war Beck so scharf darauf, ihn zu sehen?«

»Ich weiß nicht, was Sie meinen«, wehrte sie ab, aber die Worte klangen selbst in ihren eigenen Ohren hohl, und sie war sicher, dass es ihm genauso ging.

»Hat Elizabeth Beck Drogen genommen?«, wollte Carlson wissen.

Die Frage kam völlig überraschend. »Elizabeth? Niemals.«

»Sind Sie sicher?«

»Natürlich. Sie hat mit Drogensüchtigen gearbeitet. Sie hätte gewusst, auf was sie sich einlässt.«

»Ich kenne einige Polizisten von der Sitte, die sich hin und wieder ein paar Stunden bei einer Prostituierten gönnen.«

»So war sie nicht. Elizabeth war bestimmt keine Klosterschülerin, aber Drogen? Niemals.«

Er zeigte auf den braunen Umschlag. »Bei der toxikologischen Untersuchung wurden sowohl Kokain als auch Heroin nachgewiesen.«

»Dann hat Kellerton ihr das Zeug verpasst.«

»Nein«, sagte Carlson.

»Woher wollen Sie das wissen?«

»Es wurden noch weitere Tests gemacht, Shauna. Gewebe- und Haaruntersuchungen. Sie zeigen, dass sie diese Drogen mehrere Monate oder länger genommen hat.«

Shaunas Knie wurden weich. Sie hielt sich an der Wand fest.

»Hören Sie mit diesen Spielchen auf, Carlson. Lassen Sie mich den Bericht lesen, okay?«

Carlson schien darüber nachzudenken. »Ich mache Ihnen einen Vorschlag«, sagte er dann. »Ich zeige Ihnen eine Seite. Sie können sich aussuchen, welche. Eine Seite mit Informationen. Wie wär's?«

»Was zum Teufel soll das, Carlson?«

»Gute Nacht, Shauna.«

»Moment, halt, einen Augenblick noch.« Sie fuhr sich mit der Zunge über die Lippen. Sie dachte an die seltsamen E-Mails. Sie dachte an Becks Flucht vor der Polizei. Sie dachte an den Mord an Rebecca Schayes und das absurde Ergebnis der toxikologischen Untersuchung. Plötzlich fand sie ihre überzeugende Vorführung zum Thema digitale Tricks nicht mehr ganz so überzeugend.

»Ein Foto«, sagte sie. »Zeigen Sie mir ein Foto des Opfers.« Carlson lächelte. »Das ist jetzt aber äußerst interessant.«

»Wieso das?«

»Hier sind keine Fotos dabei.«

»Aber ich dachte …«

»Ich verstehe das auch nicht«, unterbrach Carlson sie. »Ich habe Dr. Harper angerufen. Er war der zuständige Gerichtsmediziner.

Ich habe ihn gebeten festzustellen, wer diese Akte außer mir noch angefordert hatte. Er ist dabei, es zu überprüfen.«

»Wollen Sie sagen, dass jemand die Fotos geklaut hat?« Carlson zuckte die Achseln. »Na kommen Sie, Shauna, erzählen Sie mir, was hier vorgeht.«

Fast hätte sie es getan. Fast hätte sie ihm von den E-Mails und dem Link zur Street-Cam erzählt. Doch Beck hatte klare Anweisungen gegeben. Trotz all seiner schönen Worte konnte dieser Mann ein Feind sein. »Darf ich mir den Rest der Akte mal ansehen?«

Er streckte sie ihr langsam entgegen. Zum Teufel mit der Blasiertheit, dachte sie. Sie trat vor und riss ihm den Umschlag aus der Hand. Hastig öffnete sie ihn und hatte die Frontseite in der Hand. Während sie sie überflog, bildete sich ein Eisklotz in ihrer Magengrube. Als sie die Körpergröße und das Gewicht sah, unterdrückte sie einen Schrei.

»Was ist?«, fragte Carlson. Sie antwortete nicht.

Ein Handy klingelte. Carlson zog es aus seiner Hosentasche.

»Carlson.«

»Hier ist Tim Harper.«

»Haben Sie die alten Listen gefunden?«

»Ja.«

»Hat noch jemand Elizabeth Becks Obduktionsbericht angefordert?«

263

»Vor drei Jahren«, sagte Harper. »Gleich nachdem er ausgelagert wurde, hat jemand den Bericht für ein paar Tage mitgenommen.«

»Wer?«

»Der Vater der Verstorbenen. Er ist bei der Polizei. Sein Name ist Hoyt Parker.«

36

LARRY GANDLE UND GRIFFIN SCOPE SASSEN sich auf der Säulenveranda hinter Scopes Domizil gegenüber. Die Nacht hatte die Oberhand gewonnen, und tiefe Dunkelheit lag über dem penibel gepflegten Rasen. Die Grillen zirpten eine fast melodische Weise, so dass man den Eindruck bekommen konnte, die Superreichen könnten sogar das manipulieren. Durch die Glasschiebetüren perlte Klaviermusik. Licht aus dem Innern des Hauses tauchte ihren Sitzplatz in einen fahlen Schein und erzeugte rötliche und gelbe Schatten.

Beide Männer trugen Khakihosen, Larry dazu ein blaues Polohemd, Griffin ein Seidenhemd mit Button-down-Kragen von seinem Hongkonger Schneider. Larry wartete, während die Hand, die sein Bier hielt, langsam kalt wurde. Er betrachtete den älteren Mann, der in perfekter Copper-Penny-Haltung mit leicht erhobenem Kopf und übergeschlagenen Beinen vor ihm saß und auf sein riesiges Anwesen hinausblickte. In der rechten, locker auf die Armlehne gestützten Hand ließ er die bernsteinfarbene Flüssigkeit in seinem Cognacschwenker kreisen.

»Du hast keine Ahnung, wo er sein könnte?«, fragte Griffin.

»Nein.«

»Und die beiden Schwarzen, die ihn rausgeholt haben?«

»Ich weiß beim besten Willen nicht, was die damit zu tun haben. Aber Wu kümmert sich darum.«

Griffin trank einen Schluck von seinem Cognac. Zäh schleppte sich die Zeit dahin. »Glaubst du wirklich, dass sie noch lebt?«

Larry wollte zu langen Ausführungen ansetzen, Indizien und Hinweise für und gegen diese These vorbringen und sämtliche Möglichkeiten und Varianten aufzeigen. Doch als er den Mund öffnete, antwortete er einfach: »Ja.«

Griffin schloss die Augen. »Erinnerst du dich noch an den Tag, an dem dein erstes Kind geboren wurde?«

»Ja.«

»Warst du bei der Geburt dabei?«

»Ja.«

»Bei uns war das früher anders«, sagte Griffin. »Wir Väter sind in einem Wartezimmer mit alten Zeitschriften auf und ab gegangen. Ich erinnere mich, wie die Schwester rausgekommen ist, um mich zu holen. Sie hat mich den Korridor entlanggeführt, und dann weiß ich noch ganz genau, wie ich ins Zimmer kam und Allison mit Brandon im Arm sah. Das war ein ganz eigenartiges Gefühl, Larry. In mir ist etwas hochgestiegen, so dass ich das Gefühl hatte, ich würde gleich platzen. Es war schon fast zu rührend, zu überwältigend. Ich hab es nicht begriffen, wusste nicht, wie mir geschah. Ich denke, dass es anderen Vätern ähnlich ergeht.«

Er schwieg. Larry sah ihn an. Dem alten Mann liefen Tränen über die Wangen. Sie funkelten im schwachen Licht. Larry sagte nichts.

»Die ersten Gefühle an diesem Tag sind wohl Freude und Sorge – Sorge, weil man jetzt für diesen kleinen Menschen verantwortlich ist. Aber da war noch etwas anderes. Ich konnte es nicht genau benennen. Damals jedenfalls noch nicht. Das hat noch bis zu Brandons erstem Schultag gedauert.«

Dem alten Mann saß ein Frosch in der Kehle. Er hustete kurz, und Larry sah noch mehr Tränen. Die Klaviermusik schien leiser geworden zu sein. Die Grillen waren verstummt, als würden auch sie lauschen.

»Wir haben zusammen auf den Schulbus gewartet. Ich habe seine Hand gehalten. Brandon war damals fünf Jahre alt. Er hat zu mir hochgeschaut, so wie Kinder es in diesem Alter tun. Er hatte eine frisch gewaschene Hose an, die an einem Knie trotzdem schon einen Grasfleck hatte. Ich weiß noch, wie der gelbe Bus vorfuhr, und ich habe das Geräusch noch im Ohr, mit dem die Tür aufklappte. Dann hat Brandon meine Hand los gelassen und ist die Stufen hinaufgeklettert. Ich wollte ihn festhalten, ihn an mich drücken und mit nach Hause nehmen, aber ich konnte mich nicht rühren. Er ging den Bus entlang nach hinten, und wieder hörte ich dieses Geräusch, als die

Tür sich schloss. Brandon hat sich ans Fenster gesetzt. Ich habe ihm ins Gesicht gesehen. Er hat mir zugewinkt. Ich habe zurückgewinkt, und als der Bus losfuhr, sagte ich zu mir: *Da geht meine ganze Welt.* Dieser gelbe Bus mit den dünnen Blechwänden und dem Fahrer, den ich noch nie gesehen hatte, karrte mein Ein und Alles davon. Und in diesem Moment wurde mir klar, was ich am Tag seiner Geburt noch gefühlt hatte. Angst. Nicht nur Sorge. Sondern auch schiere, panische Angst. Krankheiten, das Alter oder den Tod kann man fürchten. Aber das ist alles nichts im Vergleich zu diesem kleinen Klumpen Angst in meinem Bauch, als ich dem Bus hinterher sah. Verstehst du mich, Larry?«

Larry nickte. »Ich glaube schon.«

»In diesem Augenblick wurde mir bewusst, dass ihm trotz all meiner Anstrengungen etwas zustoßen könnte. Ich konnte nicht immer bei ihm sein, um ihn zu beschützen. Ich habe ununterbrochen darüber nachgedacht. Das tun wir vermutlich alle. Aber als es dann passierte, als …« Er brach ab und sah Larry Gandle an. »Ich versuche immer noch, ihn zurückzuholen«, sagte er. »Ich versuche, mit Gott zu handeln, biete ihm alles, was ich habe, wenn er Brandon nur irgendwie wieder zum Leben erweckt. Das wird natürlich nicht geschehen. Wie sollte es auch. Aber jetzt kommst du und erzählst mir, dass sie noch lebt … während mein Sohn, mein Ein und Alles, unter der Erde modert.« Er schüttelte den Kopf. »Das kann ich nicht zulassen, Larry. Verstehst du?«

»Ja.«

»Ich habe schon damals versagt, als ich ihn hätte beschützen müssen. Das passiert mir nicht noch einmal.«

Griffin Scope sah wieder auf sein Grundstück hinaus. Er trank noch einen Schluck Cognac. Larry Gandle verstand. Er erhob sich und verschwand in der Dunkelheit.

Um 22 Uhr trat Carlson an die Tür des Hauses in der Goodhart Road 28. Dass es schon recht spät war, störte ihn nicht. Im Erdgeschoss hatte er noch Licht und das Flackern eines Fernsehers gesehen. Außerdem plagten Carlson andere Sorgen, als dass er womöglich jemanden beim Schönheitsschlaf stören könnte.

Er wollte gerade den Klingelknopf drücken, als die Tür von innen geöffnet wurde. Hoyt Parker erschien. Einen Moment lang standen sie sich gegenüber – wie zwei Boxer im Ring, die sich furchteinflößende Blicke zuwarfen, während der Ringrichter nichts sagende Regeln über Tiefschläge und Schläge auf den Rücken herunter leierte. Carlson wartete nicht, bis die Glocke für die erste Runde erklang. »Hat Ihre Tochter Drogen genommen?«

Hoyt Parker zuckte kaum, als er diesen Tiefschlag hinnehmen musste. »Wieso wollen Sie das wissen?«

»Kann ich reinkommen?«

»Meine Frau schläft«, sagte Hoyt, trat ganz nach draußen und schloss die Tür hinter sich. »Sie haben doch nichts dagegen, wenn wir uns hier unterhalten?«

»Wie Sie wollen.«

Hoyt verschränkte die Arme vor der Brust und wippte ein bisschen auf den Zehen. Er war ein stämmiger Mann in einer verwaschenen Jeans und einem T-Shirt, das wie angegossen gepasst hatte, als er noch fünf Kilo weniger auf die Waage brachte. Carlson wusste, das Hoyt Parker ein erfahrener Cop war. Geschickt gestellte Fallen oder Subtilität würden ihn nicht weiterbringen.

»Beantworten Sie meine Frage?«, wollte Carlson wissen.

»Nur wenn Sie mir verraten, wozu Sie das brauchen«, gab Hoyt zurück.

Carlson entschloss sich, die Taktik zu wechseln. »Warum haben Sie die Fotos aus dem Obduktionsbericht Ihrer Tochter entfernt?«

»Wie kommen Sie darauf, dass ich sie entfernt habe?« Ohne jeden Anflug von Entrüstung oder gar lautes, heuchlerisches Leugnen.

»Ich habe mir heute den Obduktionsbericht angesehen«, sagte Carlson.

»Warum?«

»Bitte?«

»Meine Tochter ist seit acht Jahren tot. Ihr Mörder sitzt im Gefängnis. Trotzdem sehen Sie sich ihren Obduktionsbericht an. Ich würde gerne wissen, warum Sie das tun.«

So würden sie sich innerhalb kürzester Zeit verrennen. Carlson entschloss sich, ein bisschen nachzugeben, seine Deckung ein kleines Stück herunterzunehmen, so dass Hoyt sich auch ein klein wenig vorwagte. Mal sehen, was dann passierte. »Ihr Schwiegersohn war gestern Morgen beim Gerichtsmediziner. Er wollte den Obduktionsbericht seiner Frau sehen. Ich hatte gehofft, feststellen zu können, was er sich davon versprach.«

»Hat er ihn gesehen?«

»Nein«, sagte Carlson. »Wissen Sie, warum er ihn so dringend sehen wollte?«

»Keine Ahnung.«

»Sie wirkten aber besorgt.«

»Genau wie Sie, finde ich so ein Verhalten äußerst suspekt.«

»Mehr noch«, sagte Carlson. »Sie wollten wissen, ob er den Bericht wirklich in den Fingern hatte. Warum?«

Hoyt zuckte die Achseln.

»Verraten Sie mir, was Sie mit den Fotos aus dem Obduktionsbericht gemacht haben?«

»Ich weiß nicht, was Sie meinen«, antwortete Hoyt tonlos.

»Sie waren der Einzige, der den Bericht angefordert hat.«

»Und was beweist das?«

»Waren die Fotos noch in der Akte, als Sie sie sich angesehen haben?«

Hoyts Augen blitzten kurz auf, doch er antwortete ohne größere Verzögerung. »Ja«, sagte er. »Ja, ich hab sie gesehen.«

Carlson konnte sich ein Lächeln nicht ganz verkneifen. »Gute Antwort.« Es war eine Falle gewesen, und Hoyt war nicht hinein getappt. »Wenn Sie nein gesagt hätten, müsste ich mich fragen, warum Sie das denn damals nicht gleich gemeldet haben, nicht wahr?«

»Sie sind ein misstrauischer Mann, Agent Carlson.«

»Hmh. Haben Sie irgendeine Vorstellung, wo diese Fotos sein könnten?«

»Wahrscheinlich hat sie jemand falsch abgeheftet.«

»Natürlich. Das könnte sein. Es scheint Sie aber nicht weiter aufzuregen.«

»Meine Tochter ist tot. Der Fall ist abgeschlossen. Worüber soll ich mich jetzt noch aufregen?«

Es war Zeitverschwendung. Oder vielleicht doch nicht ganz. Carlson erfuhr zwar nicht viel, Hoyts Benehmen sprach jedoch Bände.

»Sie glauben also immer noch, dass KillRoy Ihre Tochter ermordet hat?«

»Keine Frage.«

Carlson hielt den Obduktionsbericht hoch. »Obwohl Sie das gelesen haben?«

»Ja.«

»Die Tatsache, dass ihr viele der Wunden post mortem zugefügt wurden, bereitet Ihnen keine Bauchschmerzen?«

»Es beruhigt mich«, sagte er. »Es bedeutet, meine Tochter musste nicht so viel leiden.«

»Das meinte ich nicht. Ich rede von der Beweislage gegen Kellerton.«

»Es war nichts in der Akte, was den Schluss widerlegt, dass Kellerton sie ermordet hat.«

»Der Modus operandi entspricht nicht dem der anderen Morde.«

»Das sehe ich anders«, widersprach Hoyt. »Die Abweichungen sind einzig und allein auf die Kraft meiner Tochter zurückzuführen.«

»Da kann ich Ihnen nicht folgen.«

»Ich weiß, dass Kellerton Spaß daran hatte, seine Opfer zu foltern«, sagte Hoyt. »Ich weiß auch, dass er sie normalerweise gebrandmarkt hat, als sie noch lebten. Wir gehen aber davon aus, dass Elizabeth versucht hat zu fliehen oder sich zumindest gewehrt hat. Wir meinen, dass sie ihn dadurch praktisch gezwungen hat, sie zu töten. Anders konnte er sie nicht bändigen. Das erklärt sowohl die Schnittwunden an ihren Händen als auch, warum er sie post mortem gebrandmarkt hat.«

»Verstehe.« Ein überraschender linker Haken. Carlson versuchte,

auf den Beinen zu bleiben. Es war eine gute Antwort – eine verdammt gute sogar. Es war logisch. Selbst scheinbar wehrlose Opfer
können einem Täter jede Menge Ärger machen, wenn sie dann doch
Widerstand leisten. Mit dieser Erklärung wurden viele der offensichtlichen Unstimmigkeiten mit einem Mal wunderbar stimmig. Es
gab trotzdem noch Probleme. »Und wie erklären Sie sich das Ergebnis der toxikologischen Untersuchung?«

»Das ist irrelevant«, sagte Hoyt. »Das ist, als würde man das Opfer
einer Vergewaltigung nach ihrem Sexualleben fragen. Es spielt keine
Rolle, ob meine Tochter Abstinenzlerin oder ein Junkie war.«

»Und was war sie?«

»Das ist irrelevant«, wiederholte er.

»Bei Ermittlungen in einem Mordfall ist nichts irrelevant. Und das
wissen Sie ganz genau.«

Hoyt trat einen Schritt näher an ihn heran. »Passen Sie bloß auf«,
knurrte er.

»Wollen Sie mir drohen?«

»Keineswegs. Ich möchte Sie nur davor warnen, meine Tochter
durch Ihr unüberlegtes Verhalten noch einmal zum Opfer zu machen.«

Sie standen sich Auge in Auge gegenüber. Die Schlussglocke hatte
geläutet. Jetzt warteten sie auf eine Entscheidung, die in jedem Fall
unbefriedigend ausfallen würde, für wen die Punktrichter auch vo-
tierten.

»Ist das alles?«, fragte Hoyt.

Carlson nickte und trat einen Schritt zurück. Parker griff nach
dem Türknauf.

»Hoyt?«

Hoyt drehte sich zu ihm um.

»Damit wir uns nicht missverstehen«, sagte Carlson. »Ich glaube
Ihnen kein Wort von dem, was Sie gerade gesagt haben. Ist das so
weit klar?«

»Wie Kloßbrühe«, sagte Hoyt.

37

Als Shauna nach Hause kam, ließ sie sich schwer auf ihren Lieblingsplatz auf dem Sofa fallen. Linda setzte sich zu ihr und klopfte sich auf den Schoß. Shauna legte ihren Kopf hinein. Sie schloss die Augen, während Linda ihr Haar streichelte.

»Ist alles in Ordnung mit Mark?«, fragte Shauna.

»Ja«, sagte Linda. »Verrätst du mir, wo du gewesen bist?«

»Das ist eine lange Geschichte.«

»Ich sitze die ganze Zeit hier und warte nur darauf, etwas über meinen Bruder zu erfahren.«

»Er hat mich angerufen«, sagte Shauna.

»Was?«

»Er ist in Sicherheit.«

»Gott sei Dank.«

»Und er hat Rebecca nicht umgebracht.«

»Ich weiß.«

Shauna drehte den Kopf zur Seite und sah nach oben. Linda blinzelte. »Das wird wieder«, beschwichtigte Shauna.

Linda nickte und wandte sich ab.

»Was ist denn?«

»Ich habe diese Fotos gemacht«, sagte Linda. Shauna richtete sich auf.

»Elizabeth kam zu mir ins Büro. Sie hatte ziemliche Schmerzen. Ich wollte sie ins Krankenhaus bringen. Sie hat abgelehnt. Sie wollte nur, dass es dokumentiert wird.«

»Es war kein Autounfall?« Linda schüttelte den Kopf.

»Wer hat das getan?«

»Ich musste ihr versprechen, es niemandem zu sagen.«

»Das ist acht Jahre her«, wandte Shauna ein. »Nun rede schon.«

»So einfach ist das nicht.«

»Und wieso nicht? Wieso ist sie überhaupt zu dir gekommen? Und wie kannst du auch nur daran denken, jemanden zu schützen, der …« Sie sah Linda an. Linda wich ihrem Blick nicht aus, und Shauna dachte daran, was Carlson ihr erzählt hatte.

»Brandon Scope«, sagte sie leise. Linda antwortete nicht.

»Er hat sie verprügelt. Großer Gott. Kein Wunder, dass sie zu dir gekommen ist. Sie wollte, dass es geheim bleibt. Rebecca oder ich hätten sie zur Polizei geschickt. Ganz im Gegensatz zu dir.«

»Ich musste es ihr versprechen«, sagte Linda.

»Und das hast du einfach so akzeptiert?«

»Was hätte ich denn tun sollen?«

»Du hättest sie aufs Revier schleifen können.«

»Wir sind nicht alle so stark und tapfer wie du, Shauna.«

»Komm mir nicht mit dem Scheiß.«

»Sie wollte nicht zur Polizei«, beharrte Linda. »Sie hat gesagt, sie bräuchte noch Zeit. Sie hätte noch nicht genug Beweise.«

»Beweise wofür?«

»Dafür, dass er auf sie losgegangen ist, nehme ich an. Ich weiß es nicht. Sie hat mir nicht zugehört. Und ich konnte sie ja schließlich nicht dazu zwingen.«

»Na klar – genau so wird es sich abgespielt haben.«

»Was soll das denn jetzt wieder heißen?«

»Du hast für eine Wohltätigkeitsorganisation gearbeitet, die vor allem von seiner Familie finanziert wird und für die er das Aushängeschild war«, sagte Shauna. »Was wäre wohl passiert, wenn die Öffentlichkeit erfährt, dass dieser Wohltäter eine Frau zusammengeschlagen hat?«

»Ich musste es ihr versprechen.«

»Und du warst nur allzu froh, dass du den Mund halten konntest, stimmt's? Du wolltest deine verdammte Stiftung schützen.«

»Das ist nicht fair …«

»Du hast dich und die Stiftung über ihr Wohl gestellt.«

»Weißt du eigentlich, wie viel Gutes wir tun?«, schrie Linda. »Weißt du, wie vielen Menschen wir helfen?«

273

»Bezahlt mit dem Blut von Elizabeth Beck«, sagte Shauna. Linda gab ihr eine Ohrfeige. Shaunas Wange schmerzte. Die beiden Frauen starrten sich schwer atmend an. »Ich wollte es melden«, sagte Linda. »Sie hat mich davon abgehalten. Vielleicht war ich schwach, ich weiß es nicht. Aber sag so etwas ja nicht noch einmal.«

»Und als Elizabeth am See entführt wurde – was um alles in der Welt hast du da gedacht?«

»Ich habe gedacht, dass da ein Zusammenhang bestehen könnte. Dann bin ich zu Elizabeths Vater gegangen und habe ihm alles erzählt, was ich wusste.«

»Wie hat er reagiert?«

»Er hat sich bei mir bedankt und gesagt, er wüsste Bescheid. Ich sollte niemandem etwas davon erzählen, weil die Situation sehr heikel wäre. Und dann, als klar wurde, dass KillRoy der Mörder war ...«

»Da hast du dich entschlossen, den Mund zu halten.«

»Brandon Scope war tot. Wem hätte es genützt, wenn man seinen Namen nachträglich in den Schmutz gezogen hätte?«

Das Telefon klingelte. Linda griff danach. Sie sagte »Hallo«, hörte einen Moment zu und reichte Shauna den Hörer. »Für dich.«

Shauna nahm ihn, ohne sie dabei anzusehen. »Hallo?«

»Komm zu mir ins Büro«, sagte Hester Crimstein.

»Was zum Teufel soll ich da?«

»Entschuldigungen sind nicht meine Stärke, Shauna. Also einigen wir uns einfach darauf, dass ich ein Riesenrindvieh bin, und machen weiter. Besorg dir ein Taxi und komm her. Wir müssen einen Unschuldigen retten.«

Als der stellvertretende Generalstaatsanwalt Lance Fein in Crimsteins Besprechungszimmer stürmte, sah er aus wie ein übernächtigtes Wiesel auf einer Überdosis Amphetamin. Die Detectives Dimonte und Krinsky von der Mordkommission folgten ihm auf dem Fuß. Ihre Gesichter waren angespannt wie Klaviersaiten.

Hester und Shauna standen hinter dem Konferenztisch. »Meine

Herren«, sagte Hester mit einer weit ausholenden Geste, »bitte nehmen Sie Platz.«

Fein musterte sie kurz und warf dann Shauna einen feindseligen Blick zu. »Ich bin nicht hergekommen, um mich von Ihnen an den Eiern ziehen zu lassen.«

»Nein, das machen Sie zu Hause sicher besser«, erwiderte Hester. »Setzen Sie sich.«

»Wenn Sie wissen, wo er ist …«

»Setzen Sie sich, Lance. Sonst krieg ich Migräne.«

Alle nahmen Platz. Dimonte legte seine Schlangenleder-Stiefel auf den Tisch.

Hester stieß sie mit beiden Händen hinunter, ohne dass ihr Lächeln auch nur einen Moment nachließ. »Meine Herren. Ich möchte Sie hiermit darauf aufmerksam machen, dass diese Zusammenkunft einem gemeinsamen Ziel dient: der Rettung Ihrer Karrieren. Also lassen Sie uns ohne lange Vorrede zur Sache kommen, in Ordnung?«

»Ich will wissen …«

»Psst, Lance. Ich rede. Ihre Aufgabe besteht darin, zuzuhören und vielleicht gelegentlich zu nicken und Dinge wie ›Ja, Ma'am‹ und ›Danke, Ma'am‹ einzuwerfen. Ansonsten, tja, ansonsten werden die Medien Sie auf kleiner Flamme rösten.«

Lance Fein sah sie böse an. »Sie waren doch diejenige, die einem Verbrecher zur Flucht verholfen hat, Hester.«

»Sie sind ja so sexy, wenn Sie den harten Mann raushängen lassen, Lance. Na ja, das entsprach jetzt nicht ganz der Wahrheit. Aber hören Sie zu, damit ich nicht alles zwei Mal sagen muss, okay? Ich will Ihnen einen Gefallen tun, Lance. Ich helfe Ihnen, damit Sie nicht wie ein Volltrottel dastehen. Wie ein Trottel schon, das lässt sich nicht ändern, aber wenn Sie genau zuhören, vielleicht nicht wie ein Volltrottel. Können Sie mir so weit folgen? Gut. Erstens, ich habe gehört, dass Sie den Zeitpunkt des Todes von Rebecca Schayes inzwischen genau bestimmen konnten. Mitternacht, plus/minus eine halbe Stunde. So weit sind wir uns doch einig?«

»Na und?«

Hester sah Shauna an. »Willst du es ihm sagen?«

»Nein, mach nur.«

»Aber schließlich hast du die ganze Arbeit gemacht.« Fein sagte: »Hören Sie auf mit dem Scheiß, Crimstein.«

Hinter ihnen wurde die Tür geöffnet. Hesters Sekretärin reichte ihrer Chefin einen Stapel Zettel und eine kleine Tonbandkassette.

»Danke, Cheryl.«

»Keine Ursache.«

»Sie können jetzt gehen. Und morgen brauchen Sie nicht so früh zu kommen.«

»Danke.«

Cheryl verließ das Zimmer. Hester holte ihre Halbbrille aus der Tasche. Sie setzte sie auf und fing an, die Seiten zu lesen.

»Langsam vergeht mir die Lust, Hester.«

»Mögen Sie Hunde, Lance?«

»Was?«

»Hunde? Ich persönlich mag sie ja nicht so. Aber dieser … Shauna, hast du das Foto dabei?«

»Hier.« Shauna hielt ein großes Foto von Chloe so in die Luft, dass es alle sehen konnten. »Sie ist ein Bearded Collie.«

»Ist sie nicht niedlich, Lance?«

Lance Fein stand auf. Krinsky tat es ihm nach. Dimonte rührte sich nicht von der Stelle. »Mir reicht's.«

»Wenn Sie jetzt gehen«, sagte Hester, »dann pisst dieser Hund Ihnen dermaßen in die Karriere, dass Sie Gefahr laufen, darin zu ertrinken.«

»Was reden Sie da eigentlich?«

Sie reichte Fein zwei Zettel. »Der Hund beweist, dass Beck den Mord nicht begangen haben kann. Beck war gestern Nacht bei Kinko's. Er hat den Hund mit hineingenommen. Wenn ich richtig verstanden habe, hat das einen ziemlichen Aufstand gegeben. Hier sind vier Aussagen unabhängiger Zeugen, die Beck eindeutig identifiziert haben. Er hat sich da einen Computerplatz geben lassen, um genau zu sein, von null Uhr vier bis null Uhr dreiundzwanzig, wenn man ihren Abrechnungsunterlagen Glauben schenkt.« Sie grinste. »Hier, Freunde. Jeder nur eine Kopie bitte.«

»Erwarten Sie, dass ich das einfach so akzeptiere?«

»Keineswegs. Sie dürfen es selbstverständlich überprüfen. Bitte sehr.«

Hester schob je eine Kopie zu Krinsky und Dimonte hinüber. Krinsky nahm seine und fragte, ob er mal telefonieren dürfe.

»Aber natürlich«, beteuerte Crimstein. »Falls es allerdings um Fern- oder andere gebührenpflichtige Gespräche geht, möchte ich Sie bitten, diese auf Kosten des Reviers zu führen.« Sie lächelte ihn zuckersüß an. »Wenn Sie so freundlich wären.«

Feins Gesichtsfarbe wandelte sich immer mehr ins Aschfahle, je länger er auf den Zettel starrte.

»Überlegen Sie gerade, ob Sie an der Spanne für den Todeszeitpunkt vielleicht doch noch ein wenig drehen können?«, fragte Hester. »Nur zu, aber gucken Sie sich das noch mal ganz genau an. Es gibt praktisch keine Lücke zwischen den beiden Alibis. Sie decken die ganze Zeit ab.«

Fein zitterte richtiggehend. Er murmelte etwas, das sich auf Echse gereimt haben könnte.

»Immer mit der Ruhe, Lance«, mahnte Hester und schnalzte missbilligend mit der Zunge. »Eigentlich müssten Sie sich bei mir bedanken.«

»Was?«

»Stellen Sie sich mal vor, wie ich Sie hätte vorführen können. Der ganze Medienapparat läuft auf vollen Touren, Sie stehen vor laufenden Kameras und wollen die dramatische Verhaftung dieses hinterhältigen Mörders bekannt geben. Sie haben Ihre beste Macker-Krawatte angelegt und reden von der Sicherheit auf den Straßen und dass das gesamte Team bei der Ergreifung dieser Bestie zusammengearbeitet hat, obwohl die Lorbeeren dafür eigentlich Ihnen zustehen. Sie verharren im Blitzlichtgewitter. Sie lächeln, sprechen die Reporter mit ihren Vornamen an und stellen sich die ganze Zeit vor, wie Sie an Ihrem großen Eichenschreibtisch im

Gouverneurspalast sitzen – und dann, peng, lasse ich den Ballon platzen. Ich übergebe den Medien Becks wasserdichtes Alibi. Stellen Sie sich das mal vor, Lance. Mannomann, da hab ich aber was bei Ihnen gut, nicht wahr?«

Fein bedachte sie mit einem giftigen Blick. »Trotzdem hat er einen Polizisten angegriffen.«

»Nein, Lance, das hat er nicht. Überlegen wir doch einmal und sehen wir uns das Ganze aus einem anderen Blickwinkel an. Tatsache ist, dass Sie, der stellvertretende Generalbundesanwalt Lance Fein, die falschen Schlussfolgerungen gezogen haben. Sie haben einem Unschuldigen Ihre Sturmtruppen auf den Hals gehetzt – und zwar nicht nur einem einfachen, unbescholtenen Mann, sondern einem Arzt, der auf viel Geld verzichtet, um sozial Schwachen eine ordentliche medizinische Versorgung zukommen zu lassen, statt lukrative Privatpatienten zu behandeln.« Sie lehnte sich lächelnd zurück. »Oh, das klingt schon ganz gut. Mal sehen, wie wir weitermachen. Während Sie also für Gott weiß was für Summen Hunderte von Polizisten mit der Waffe im Anschlag auf die Verfolgung dieses unschuldigen Mannes ansetzen, stellt ihn ein junger, muskulöser Beamter in einer finsteren Gasse und fängt an, auf ihn einzudreschen. Da sonst niemand zu sehen ist, nimmt der junge Cop die Bestrafung dieses verängstigten Mannes selbst in die Hand. Der arme, zu Unrecht verfolgte Dr. David Beck, ein junger Witwer, wie ich noch hinzufügen könnte, hat daraufhin nur versucht, sich in Notwehr diesen Polizisten vom Hals zu halten.«

»Das kauft Ihnen keiner ab.«

»Natürlich kauft man mir das ab, Lance. Ich möchte nicht unbescheiden erscheinen, aber kennen Sie jemanden, der solche Geschichten besser verkaufen kann als meine Wenigkeit? Und warten Sie nur, bis Sie meine philosophischen Überlegungen zum Vergleich dieses Falls mit dem Fall Richard Jewell gehört haben oder die Ausführungen zur Übereifrigkeit der Generalstaatsanwaltschaft, die offenbar so scharf darauf war, Dr. David Beck, jenem Held der Armen und Unterdrückten, dieses Verbrechen anzuhängen, dass sie offenbar falsches Beweismaterial in sein Haus eingeschmuggelt hat.«

»Eingeschmuggelt?« Fein stand kurz vor einem Herzinfarkt. »Sind Sie übergeschnappt?«

»Kommen Sie, Lance, wir wissen, dass Dr. David Beck es nicht getan haben kann. Durch die Aussagen von vier – ach, zum Teufel, bis zum Ende dieses Gesprächs haben wir noch ein paar mehr – unabhängigen, nicht beeinflussten Zeugen können wir eindeutig beweisen, dass er den Mord nicht begangen hat. Und wie ist dann das ganze Beweismaterial in sein Haus gekommen? Das waren natürlich Sie, Mr Fein, Sie und Ihre Sturmtruppen. Wenn ich mit Ihnen durch bin, sieht Mark Fuhrman aus wie Mahatma Gandhi.«

Feins Hände ballten sich zu Fäusten. Er schluckte ein paar Mal und lehnte sich langsam zurück. »In Ordnung«, sagte er dann langsam. »Angenommen, das Alibi hält der Überprüfung stand ...«

»Oh, das wird es.«

»*Angenommen*, das tut es, was wollen Sie dann?«

»Tja, also das ist jetzt eine ganz hervorragende Frage. Sie stecken in der Klemme, Lance. Wenn Sie ihn verhaften, stehen Sie wie ein Trottel da. Wenn Sie den Haftbefehl aufheben, stehen Sie auch wie ein Trottel da. Ich bin mir nicht sicher, ob ich Ihnen da irgendein Hintertürchen öffnen kann.« Hester Crimstein erhob sich und fing an, im Zimmer auf und ab zu gehen, als spräche sie ihr Schlussplädoyer. »Ich habe mir das Ganze angesehen und darüber nachgedacht, und ich glaube, ich habe eine Möglichkeit gefunden, den Schaden möglichst gering zu halten. Wollen Sie sie hören?«

Fein starrte sie immer noch böse an. »Reden Sie.«

»In einem Punkt dieser ganzen Angelegenheit haben Sie sich klug verhalten. Nur in diesem einen, aber das reicht vielleicht schon. Sie haben den Medien Ihre Visage vorenthalten. Ich vermute, das lag daran, dass es ein wenig peinlich gewesen wäre, zu erklären, wie dieser Arzt Ihren Leuten durch die Lappen gehen konnte. Aber es ist gut. Damit kann man sämtliche bisher gemachte Aussagen und Berichte auf Gerüchte und unzuverlässige Informanten schieben.

Sie tun also Folgendes, Lance. Sie berufen eine Pressekonferenz ein. Sie erzählen dort, dass die Gerüchte nicht den Tatsachen entsprechen und Dr. Beck als wichtiger Zeuge gesucht wird, weiter nichts. Er ist kein Tatverdächtiger – Sie sind sich sogar sicher, dass er nichts mit dem Verbrechen zu tun hat –, aber Sie haben erfahren, dass er einer der Letzten war, der das Opfer lebend gesehen hat, und daher müssen Sie ihn unbedingt sprechen.«

»Das kriegen wir nie durch.«

»Oh doch, das kriegen wir durch. Am Anfang wird's vielleicht ein bisschen klemmen, aber wir kriegen es durch. Und zwar meinetwegen, Lance. Ich bin Ihnen etwas schuldig, weil mein Junge getürmt ist. Also werde ich, die heimtückische Feindin der Generalstaatsanwaltschaft, Ihnen zur Seite stehen. Ich lasse die Öffentlichkeit wissen, wie gut Sie mit uns kooperiert haben, dass Sie sehr darauf bedacht waren, die Rechte meines Klienten zu wahren, dass Dr. Beck und ich Ihre Ermittlungen rückhaltlos unterstützen und dass wir uns auf die weitere Zusammenarbeit mit Ihnen freuen.«

Fein schwieg.

»Wie ich schon sagte, Lance. Wir können es so drehen, dass das Ganze gegen Sie läuft, oder so, dass es für Sie läuft.«

»Und was verlangen Sie dafür?«

»Sie lassen diese ganzen lächerlichen Anklagen wegen Angriffs auf einen Polizisten und Widerstands gegen die Staatsgewalt fallen.«

»Niemals.«

Hester bedeutete ihm, das Zimmer zu verlassen. »Ich lese den Rest dann in der Witzecke nach.«

Feins Schultern sackten ein winziges Stückchen herab. Dann stimmte er mit leiser Stimme zu. »Wenn wir zustimmen«, sagte er, »wird Ihr Klient dann mit uns kooperieren? Beantwortet er meine Fragen?«

»Bitte, Lance, tun Sie nicht so, als wären Sie in der Ausgangsposition für irgendwelche Verhandlungen. Ich habe Ihnen gesagt, wie der Deal aussieht. Nehmen Sie an – oder versuchen Sie Ihr Glück bei der Presse. Sie haben die Wahl. Die Zeit läuft.« Sie bewegte den Zeigefinger hin und her und machte Ticktack-Geräusche.

Fein sah Dimonte an. Der kaute weiter auf seinem Zahnstocher herum. Krinsky legte den Hörer auf und nickte Fein zu. Fein nickte Hester zu. »Und wie geht's jetzt weiter?«

38

ICH WACHTE AUF, hob den Kopf und hätte beinahe laut aufgeschrien. Meine Muskeln waren nicht einfach nur steif oder übersäuert: Mein Körper schmerzte an Stellen, von denen ich noch nie gehört hatte. Ich versuchte, die Beine aus dem Bett zu schwingen. Schwingen war keine gute Idee. Es war eine sehr schlechte Idee. Langsam lautete heute Morgen die Devise.

Am schlimmsten schmerzten meine Beine. Sie erinnerten mich daran, dass ich, obwohl ich gestern fast einen Marathon hingelegt hatte, praktisch vollkommen untrainiert war. Ich versuchte, mich auf die Seite zu rollen. Die Weichteile, die der Asiate malträtiert hatte, fühlten sich an, als wären die Nähte geplatzt. Mein Körper verlangte nach Kodeintabletten, aber ich wusste, dass Kodein mich müde machen würde, und das konnte ich mir jetzt nicht leisten.

Ich sah auf die Uhr. Sechs Uhr morgens. Zeit, Hester zurückzurufen. Sie war nach dem ersten Klingeln am Apparat.

»Es hat geklappt«, sagte sie. »Sie sind frei.« Ich verspürte nur geringe Erleichterung.

»Was werden Sie jetzt tun?«, fragte sie. Gute Frage. »Ich weiß noch nicht.«

»Einen Moment bitte.« Im Hintergrund hörte ich eine weitere Stimme. »Shauna will Sie sprechen.«

Nach einem kurzen Rascheln, als das Telefon weitergegeben wurde, sagte Shauna: »Wir müssen reden.«

Shauna, die noch nie für leere Höflichkeitsfloskeln oder belanglose Plaudereien zu haben war, klang selbst für ihre Verhältnisse recht angespannt und vielleicht sogar – schwer vorstellbar – ängstlich. Mein Herz fing an zu flimmern.

»Was ist?«

»Nicht am Telefon«, wehrte sie ab.

»Ich kann in einer Stunde bei dir sein.«

»Ich habe Linda noch nichts von, äh, du weißt schon, erzählt.«

»Dann wird es vielleicht langsam Zeit«, sagte ich.

»Yeah, okay.« Dann fügte sie überraschend zärtlich hinzu: »Ich hab dich lieb, Beck.«

»Ich dich auch.«

Halb humpelte, halb krabbelte ich zur Dusche. Möbelstücke boten mir Halt bei meinem steifbeinigen Gestolpere, so dass ich es ohne zu stürzen schaffte. Ich blieb so lange unter dem Strahl stehen, bis es kein warmes Wasser mehr gab. Es half, die Schmerzen zu lindern, wenn auch nur minimal.

Tyrese suchte mir einen Jogginganzug aus violettem Velourssamt heraus, wie Al-Sharpton ihn in den Achtzigern getragen hatte. Fast hätte ich ihn um eine Goldkette mit einem riesigen Goldmedallion gebeten.

»Wo wollen Sie jetzt hin?«, erkundigte er sich.

»Erst mal zu meiner Schwester.«

»Und dann?«

»Zur Arbeit, denke ich.« Tyrese schüttelte den Kopf.

»Was ist?«, fragte ich.

»Sie haben da ein paar üble Typen gegen sich aufgebracht, Doc.«

»Ist mir auch schon aufgefallen.«

»Bruce Lee lässt sich das bestimmt nicht so ohne weiteres gefallen.«

Ich dachte darüber nach. Er hatte Recht. Selbst wenn ich wollte, hätte ich nicht einfach nach Hause gehen und darauf warten können, dass Elizabeth wieder mit mir in Kontakt trat. Außerdem hatte ich die Schnauze voll von der Passivität: Freundliche Gelassenheit stand einfach nicht mehr auf dem Plan. Ebenso wichtig war jedoch, dass die Männer aus dem Lieferwagen die Angelegenheit nicht einfach auf sich beruhen und mich fröhlich meiner Wege ziehen lassen würden.

»Ich halt Ihnen den Rücken frei, Doc. Zusammen mit Brutus. Bis alles vorbei ist.«

Ich wollte schon etwas Heldenhaftes von mir geben wie *Das kann ich nicht annehmen*. Doch wenn man auch nur den Bruchteil einer Sekunde darüber nachdachte, kam man zu dem Schluss, dass sie entweder auf mich aufpassen oder Drogen verkaufen konnten. Tyrese wollte – musste vielleicht sogar – helfen, und wenn ich ehrlich war, brauchte ich seine Hilfe. Ich konnte ihn warnen, ihm klar machen, was für ein Risiko er damit einging, wobei er sich mit dieser Sorte Gefahren weit besser auskannte als ich. Am Ende akzeptierte ich sein Angebot mit einem Nicken.

Der Anruf vom National Tracing Center erreichte Carlson früher als erwartet.

»Wir haben es schon«, sagte Donna.

»Wieso?«

»Schon mal was von IBIS gehört?«

»Ja, gerüchteweise.« Er wusste, dass IBIS für *Integrated Ballistic Identification System* stand, ein neues Computerprogramm, mit dem das Bureau of Alcohol, Tobacco and Firearms Daten über Kugeln und Patronenhülsen speicherte. Es war Teil des neuen Ceasefire-Programms des ATF, mit dem die Waffen im Land besser kontrolliert werden sollten.

»Wir brauchen die Originalkugel gar nicht mehr«, fuhr sie fort.

»Die haben einfach vor Ort die Bilder eingescannt und zu uns geschickt. Wir haben die hier digitalisiert und auf dem Bildschirm verglichen.«

»Und?«

»Sie hatten Recht, Nick«, sagte sie. »Sie stimmen überein.« Carlson trennte die Verbindung und wählte eine andere Nummer. Als der Mann am anderen Ende antwortete, fragte er: »Wo ist Dr. Beck?«

39

AUF DEM GEHWEG STIESS BRUTUS ZU UNS. Ich sagte: »Guten Morgen.« Er antwortete nicht. Noch immer hatte ich den Mann nicht sprechen gehört. Ich setzte mich auf den Rücksitz. Tyrese nahm grinsend neben mir Platz. Erst gestern Abend hatte er einen Menschen umgebracht. Er hatte mir damit zwar das Leben gerettet, aber so unbekümmert, wie er sich verhielt, hätte ich nicht einmal sagen können, ob er sich noch daran erinnerte, den Abzug gedrückt zu haben.

Eigentlich hätte ich besser als jeder andere verstehen müssen, was in ihm vorging, tat es aber nicht. Ich bin kein Freund unantastbarer moralischer Grundsätze. Ich sehe da durchaus Grautöne. Und ich fälle meine Urteile selbst. Elizabeth hatte eindeutigere Moralprinzipien gehabt. Sie wäre entsetzt gewesen, dass ein Leben ausgelöscht worden war. Dabei hätte es sie nicht interessiert, dass das Opfer mich hatte entführen, foltern und danach wahrscheinlich umbringen wollen. Oder doch? Ich bin mir nicht mehr sicher. Die bittere Wahrheit ist, dass ich nicht alles über sie wusste. Und sie wusste ganz sicher nicht alles über mich.

Im Zuge meiner Ausbildung war mir beigebracht worden, moralische Urteile nie zur Grundlage meines Handelns zu machen. Da zählt nur die Triage: Diejenigen, die am schwersten verletzt sind, werden als Erste behandelt. Egal wer sie sind oder was sie getan haben, man kümmert sich immer zuerst um den, dessen Leben am stärksten bedroht ist. Das ist eine reizende Theorie, deren Notwendigkeit mir durchaus einleuchtet. Aber wenn, sagen wir, mein Neffe Mark mit einer Stichwunde eingeliefert werden würde und der pädophile Serientäter, der ihm diese Wunde zugefügt hat, eine lebensbedrohliche Schussverletzung davongetragen hätte, tja, also, kommen Sie. In einer solchen Situation fällt man ein moralisches

Urteil, und tief im Herzen weiß man, dass einem das keine großen Probleme bereitet.

Sie könnten sagen, dass ich mich da auf furchtbar dünnes Eis begebe. Ich würde Ihnen wohl zustimmen, Ihnen allerdings auch entgegenhalten, dass man den größten Teil seines Lebens dort verbringt. Das Problem liegt darin, dass es Folgen hat, wenn man im Bereich der Grautöne lebt – nicht nur theoretische, die Flecken auf der Seele, sondern auch ganz handfeste, in Stein gemeißelte, unvorhersehbare Verwüstungen, die solche moralischen Entscheidungen nach sich ziehen. Ich fragte mich, was passiert wäre, wenn ich von Anfang an die Wahrheit gesagt hätte. Und ich bekam eine Heidenangst.

»Ziemlich schweigsam heute, Doc.«

»Yeah«, sagte ich.

Brutus setzte mich vor Lindas und Shaunas Wohnung am Riverside Drive ab.

»Wir sind gleich um die Ecke«, sagte Tyrese. »Wenn Sie was brauchen, haben Sie meine Nummer.«

»Alles klar.«

»Haben Sie die *Glock?*«

»Ja.«

Tyrese legte mir die Hand auf die Schulter. »Es geht um Sie oder die, Doc«, sagte er. »Einfach drauf halten.«

Da gab es keine Grautöne.

Ich stieg aus dem Wagen. Mütter und Kindermädchen schoben komplizierte Kinderwagenmodelle an mir vorbei, klappbar, höhenverstellbar, mit Schaukelvorrichtung und eingebauten Spieluhren, vor- und zurückschwenkbar, mit Platz für mehr als ein Kind und ein Sortiment von Windeln, Tüchern, Babybrei, Saftkartons (für das ältere Geschwisterchen), Wechselkleidung, Flaschen und sogar Auto-Verbandskästen. Ich kannte all das aus meiner eigenen Arbeit (nur weil man sich die Arztrechnung von Medicaid bezahlen ließ, hieß das nicht, dass man sich nicht den exklusiven Peg-Perego-Kombiwagen leisten konnte), und stellte fest, dass der Anblick freundlicher Normalität in derselben Umgebung, in der ich meinen gestrigen Höllentrip durchgemacht hatte, wie ein Lebenselixier auf mich wirkte.

Ich drehte mich zum Gebäude um. Linda und Shauna liefen mir entgegen. Linda war zuerst da. Sie schlang ihre Arme um mich. Ich erwiderte ihre Umarmung. Es fühlte sich schön an.

»Alles okay?«, fragte Linda.

»Mir geht's gut«, sagte ich.

Meine Zusicherungen hielten Linda nicht davon ab, die Frage noch mehrmals in unterschiedlichen Varianten zu wiederholen. Shauna stand gut einen Meter neben uns. Ich sah sie über die Schulter meiner Schwester hinweg an. Sie wischte sich Tränen aus den Augen. Ich lächelte ihr zu.

Im Fahrstuhl umarmten und küssten wir uns weiter. Shauna war nicht ganz so überschwänglich wie sonst, sie schien sich ein wenig zurückzuhalten. Ein Außenstehender hätte annehmen können, dass es sich so gehörte, dass Shauna die zärtliche Wiedervereinigung von Bruder und Schwester nicht stören wollte. Dieser Außenseiter hätte Shauna nicht von Cher unterscheiden können. Shauna war wunderbar beständig. Sie war empfindlich, fordernd, komisch, großherzig und über alle Maßen loyal. Sie verstellte sich nie. Wenn in Ihrem Wörterbuch auch Antonyme aufgeführt sind und Sie dort das Gegenteil eines *schüchternen Pflänzchens* nachschlagen, könnte man diesen Eintrag mit ihrem Antlitz illustrieren. Shauna nahm sich nicht zurück. Sie würde selbst dann nicht zurückweichen, wenn man ihr mit einem Bleirohr ins Gesicht schlug.

In mir begann es zu kribbeln.

Als wir in der Wohnung waren, wechselten Linda und Shauna einen Blick. Linda nahm ihren Arm von meiner Schulter. »Shauna will erst einmal allein mit dir reden«, sagte sie. »Ich bin in der Küche. Willst du ein Sandwich?«

»Nein, danke«, sagte ich.

Linda gab mir einen Kuss und umarmte mich noch einmal, als wollte sie sich vergewissern, dass ich wirklich da und aus Fleisch und

Blut war. Dann verließ sie das Zimmer. Ich sah Shauna an. Sie blieb auf Distanz. Ich streckte die Hände zu einer *Und jetzt?*-Geste aus.

»Warum bist du abgehauen?«, fragte Shauna.

»Ich hatte noch eine E-Mail bekommen«, sagte ich.

»Unter dieser Bigfoot-Adresse?«

»Ja.«

»Warum kam sie so spät?«

»Sie hat einen Code benutzt«, sagte ich. »Es hat ein bisschen gedauert, bis ich darauf gekommen bin.«

»Was für einen Code?«

Ich erzählte ihr von der Bat Lady und den Teenage Sex Poodles. Als ich fertig war, sagte sie: »Und darum hast du auch den Computer bei Kinko's benutzt? Weil dir das beim Spazierengehen mit Chloe eingefallen ist?«

»Ja.«

»Was genau stand in der E-Mail?«

Ich verstand nicht, warum Shauna mir all diese Fragen stellte. Außer dem schon Gesagten galt für Shauna, dass sie sich stets für das große Ganze interessierte. Details waren nicht ihre Stärke; die trübten nur das Bild und verwirrten sie. »Sie wollte sich gestern Nachmittag um fünf am Washington Square Park mit mir treffen«, sagte ich. »Sie hat mich gewarnt, dass ich beobachtet werde. Und dann hat sie noch geschrieben, dass sie mich liebt, egal was auch geschieht.«

»Und deshalb bist du geflohen?«, fragte sie. »Um das Treffen nicht zu verpassen?«

Ich nickte. »Hester meinte, ich würde frühestens um Mitternacht auf Kaution freikommen.«

»Warst du rechtzeitig im Park?«

»Ja.«

Shauna trat einen Schritt näher an mich heran. »Und?«

»Sie ist nicht aufgetaucht.«

»Und trotzdem bist du noch immer davon überzeugt, dass diese E-Mail von Elizabeth ist?«

»Eine andere Erklärung gibt es nicht«, beharrte ich. Sie lächelte, als ich das sagte.

»Was ist?«, fragte ich.

»Erinnerst du dich noch an meine Freundin Wendy Petino?«

»Eine Kollegin von dir«, sagte ich. »Mehr Schrauben locker als an meinem alten Fahrrad.«

Shauna lächelte über meine Beschreibung. »Sie hat mich einmal zu einem Abendessen mit ihrem« – sie malte mit den Fingern Anführungszeichen in die Luft – »*spirituellen Guru* eingeladen. Sie behauptete, er könne Gedanken lesen, die Zukunft vorhersagen und lauter solches Zeug. Er hat ihr geholfen, mit ihrer toten Mutter Kontakt aufzunehmen. Wendys Mutter hatte Selbstmord begangen, als Wendy sechs Jahre alt war.«

Ich ließ sie reden, unterbrach nicht mit der nahe liegenden Frage: *Worauf willst du hinaus?* Shauna ließ sich Zeit, doch ich wusste, dass sie irgendwann auf den Punkt kommen würde.

»Wir sind also fertig mit dem Essen. Der Kellner bringt uns Kaffee. Wendys Guru – er hieß Omay oder so – starrt mich mit seinen strahlenden, durchdringenden Augen an, du kennst diese Blicke, und erzählt mir dann, er spürt – das sagt er so, er spürt –, dass ich skeptisch sei und dass ich meine Meinung sagen solle. Du kennst mich. Ich erzähl ihm also, dass er ein Scheißkerl ist und ich die Schnauze voll davon habe, wie er meine Freundin über den Tisch zieht. Omay wird natürlich nicht wütend, was mich dann endgültig ankotzt. Er gibt mir jedenfalls eine kleine Karte und sagt, ich solle etwas draufschreiben – irgendetwas, das wichtig ist in meinem Leben, ein Datum, die Initialen eines Freundes oder einer Freundin, was ich will. Ich schau mir die Karte an. Sie sieht aus wie eine ganz normale weiße Karte. Trotzdem frag ich ihn, ob ich eine von meinen nehmen kann. Er sagt, dass es ihm egal ist. Ich nehme also eine von meinen Visitenkarten und drehe sie um. Er gibt mir einen Kugelschreiber, aber wieder beschließe ich, meinen eigenen zu nehmen – falls es ein Trickkugelschreiber ist oder sonst irgendetwas, das ich nicht kenne, okay? Das stört ihn auch nicht.

Dann habe ich deinen Namen aufgeschrieben. Nur Beck. Er nimmt die Karte. Ich behalte seine Hand im Auge, achte darauf, dass er sie nicht umdreht oder so was, er reicht die Karte aber bloß weiter an Wendy. Er bittet sie, darauf Acht zu geben. Dann nimmt er meine Hand. Er schließt die Augen, fängt an zu zittern, als hätte er einen Anfall, und ich schwöre, dass ich gespürt habe, wie etwas durch mich hindurchströmt. Und dann macht Omay die Augen auf und fragt: ›Wer ist Beck?‹«

Sie ließ sich aufs Sofa fallen. Ich setzte mich neben sie.

»Tja, also ich weiß, dass manche Menschen sehr fingerfertig sind und so weiter, aber ich war dabei. Ich hatte ihn nicht aus dem Auge gelassen. Und beinah hätte ich es ihm abgenommen. Omay hatte besondere Fähigkeiten. Es gab, wie du gesagt hast, keine andere Erklärung. Wendy saß mit so einem zufriedenen Lächeln im Gesicht neben mir. Ich hatte keine Ahnung, wie er das gemacht hatte.«

»Er hat vorher über dich recherchiert«, sagte ich. »Er wusste von unserer Freundschaft.«

»Nichts für ungut, aber wäre er nicht davon ausgegangen, dass ich Lindas Namen oder den meines Sohnes aufgeschrieben hätte? Woher sollte er wissen, dass ich mich für dich entscheide?«

Da war was dran. »Und jetzt glaubst du also an seine übersinnlichen Fähigkeiten?«

»Beinahe, Beck. Ich sagte, ich hätte es ihm beinah abgenommen. Der gute alte Omay hatte Recht. Ich bin skeptisch. Es deutete zwar alles darauf hin, dass er ein Medium war, trotzdem wusste ich, dass das nicht sein konnte. Weil es so etwas wie Medien einfach nicht gibt – genauso wie es keine Geister gibt.« Sie brach ab. Nicht sehr feinfühlig, meine liebe Shauna.

»Ich habe dann ein paar Erkundigungen eingeholt«, fuhr sie fort.

»Das Gute daran, ein berühmtes Model zu sein, ist, dass du alle Welt anrufen kannst und dass die auch mit dir reden. Ich habe es also bei einem Illusionisten probiert, den ich vor ein paar Jahren mal am Broadway gesehen hatte. Er hat sich die Geschichte angehört und gelacht. Ich hab ihn gefragt, was daran denn so komisch ist. Er stellte mir eine Frage: Hat dieser Guru das nach dem Essen gemacht? Ich war überrascht. Was zum Teufel hatte das mit der Sache zu tun? Aber ich antwortete, ja, woher wussten Sie das? Er fragte, ob wir Kaffee getrunken hätten. Wieder bejahte ich. Hat er seinen schwarz getrunken? Und noch ein Ja.« Jetzt lächelte sie.

»Weißt du inzwischen, wie er's gemacht hat, Beck?« Ich schüttelte den Kopf. »Keine Ahnung.«

»Als er die Karte an Wendy weitergereicht hat, war sie kurz über seiner Kaffeetasse. Schwarzer Kaffee, Beck. Der reflektiert wie ein Spiegel. Dadurch konnte er sehen, was ich aufgeschrieben hatte. Es war nur ein dämlicher Zaubertrick. Ganz einfach, oder? Wenn man die Karte über eine Tasse Kaffee hält, ist es genauso, als würde man sie über einen Spiegel halten. Und ich hätte ihm fast geglaubt. Verstehst du, was ich dir sagen will?«

»Klar«, erwiderte ich. »Du glaubst, ich bin genauso leichtgläubig wie die verschrobene Wendy.«

»Ja und nein. Pass auf, Beck, Omays Schwindel basiert zum großen Teil auf Wunschdenken. Wendy ist auf das Brimborium reingefallen, weil sie es glauben wollte.«

»Und ich wünsche mir, dass Elizabeth noch lebt?«

»Mehr als ein Verdurstender in der Wüste sich eine Oase wünscht«, sagte sie. »Aber darum geht's mir eigentlich nicht.«

»Um was dann?«

»Ich habe gelernt, dass es falsch ist, zu glauben, es gäbe keine andere Erklärung, nur weil man sie nicht findet. Es heißt wirklich nur, dass man nicht drauf kommt.«

Ich lehnte mich zurück und legte die Beine übereinander. Ich sah sie an. Sie wich meinem Blick aus. Das tat sie sonst nie. »Was geht hier vor, Shauna?«

Sie sah mich nicht an.

»Das ist unlogisch«, sagte ich.

»Ich dachte, ich hätte mich verdammt klar ausgedrückt ...«

»Du weißt, was ich meine. Das ist nicht deine Art. Am Telefon hast du gesagt, wir müssten reden. Allein. Und wieso? Um mir zu sagen, dass meine Frau trotz allem weiterhin tot ist?« Ich schüttelte den Kopf. »Das nehm ich dir nicht ab.«

Shauna reagierte nicht.

»Sag mir, was los ist«, drängte ich.

Sie drehte sich zu mir um. »Ich habe Angst«, sagte sie in einem Tonfall, bei dem mir die Nackenhaare zu Berge standen.

»Wovor?«

Die Antwort ließ etwas auf sich warten. Ich hörte Linda in der Küche herumräumen, das Klappern von Tellern und Besteck, das saugende Geräusch beim Öffnen des Kühlschranks. »Diese lange Warnung, die ich dir eben habe zukommen lassen«, fuhr Shauna schließlich fort, »war mindestens ebenso sehr auf mich gemünzt wie auf dich.«

»Ich kann dir nicht folgen.«

»Ich habe etwas gesehen.« Ihre Stimme erstarb. Sie holte tief Luft und setzte noch einmal an. »Ich habe etwas gesehen, das ich mit Logik nicht wegdiskutieren kann. Genau wie bei meiner Geschichte über Omay weiß ich, dass es eine andere Erklärung geben muss. Ich komme aber nicht drauf.« Ihre Hände fingen an, herumzuzappeln, ihre Finger spielten mit Knöpfen und entfernten nicht vorhandene Fussel von ihrem Kostüm. Dann sagte sie: »Ich fange an, dir zu glauben, Beck. Ich halte es für möglich, dass Elizabeth noch lebt.«

Mein Herz schlug mir bis zum Hals.

Sie erhob sich schnell. »Ich mixe mir einen Mimosa. Trinkst du einen mit?«

Ich schüttelte den Kopf.

Sie wirkte überrascht. »Bist du sicher, dass du keinen …«

»Sag mir, was du gesehen hast, Shauna.«

»Den Obduktionsbericht.«

Fast wäre ich vom Sofa gefallen. Es dauerte einen Moment, bis ich meine Stimme wiedergefunden hatte. »Wieso?«

»Kennst du Nick Carlson vom FBI?«

»Er hat mich vernommen«, sagte ich.

»Er hält dich für unschuldig.«

»Als ich mit ihm gesprochen hab, hat sich das aber anders ange-hört.«

»Jetzt tut er es. Als alle Hinweise auf dich deuteten, ist es ihm zu einfach geworden.«

»Das hat er gesagt?«

»Ja.«

»Und du glaubst ihm?«

»Das mag vielleicht ein bisschen naiv klingen, aber ja, ich glaube ihm.«

Ich verließ mich auf Shaunas Menschenkenntnis. Wenn sie sagte, dass man Carlson trauen konnte, war er entweder ein fantastischer Lügner, oder er hatte das abgekartete Spiel durchschaut.

»Ich versteh es immer noch nicht«, sagte ich. »Was hat das mit der Obduktion zu tun?«

»Carlson ist zu mir gekommen. Er wollte wissen, was du vorhast. Ich hab ihm nichts gesagt. Aber er hatte deine Schritte zurückver-folgt. Er wusste, dass du Elizabeths Obduktionsbericht angefordert hast, und wollte wissen, warum. Also hat er den Gerichtsmediziner angerufen und sich die Akte geben lassen. Er hatte sie bei sich. Um festzustellen, ob ich ihm weiterhelfen könnte.«

»Er hat sie dir gezeigt?« Sie nickte.

Meine Kehle war trocken. »Hast du die Fotos der Leiche gesehen?«

»Es waren keine drin, Beck.«

»Was?«

»Carlson meinte, jemand hätte sie gestohlen.«

»Wer?«

Sie zuckte die Achseln.

»Der Einzige, der die Akte sonst noch eingesehen hat, war Eliza-beths Vater.«

Hoyt. Immer wieder Hoyt. Ich sah sie an. »Hast du sonst irgend-etwas im Bericht gesehen?«

Dieses Mal nickte sie etwas zaghafter.

»Und?«

»Darin steht, Elizabeth hatte ein Drogenproblem, Beck. Nicht nur, dass sie Drogen in ihrem Körper gefunden haben. Die Tests hätten gezeigt, dass sie regelmäßig über einen langen Zeitraum Drogen genommen hat.«

»Unmöglich«, sagte ich.

»Vielleicht, vielleicht aber auch nicht. Das allein hätte nicht gereicht, um mich zu überzeugen. Menschen können ihren Drogenkonsum lange verheimlichen. Es ist zwar unwahrscheinlich, aber nicht so unwahrscheinlich wie die Möglichkeit, dass sie noch lebt. Vielleicht waren die Testergebnisse falsch, oder sie haben sie falsch interpretiert. So was in der Art. Da würde man schon was finden. Irgendeine Erklärung gibt es immer, stimmt's?«

Ich fuhr mit der Zunge über meine Lippen. »Und wofür gab es keine?«, fragte ich.

»Ihre Größe und ihr Gewicht«, sagte Shauna. »Laut Bericht war Elizabeth eins sechzig groß und rund fünfundvierzig Kilo schwer.«

Noch ein Tiefschlag. Meine Frau war knapp eins fünfundfünfzig groß und wog gut fünfzig Kilo. »Das passt ja überhaupt nicht«, sagte ich.

»Ganz und gar nicht.«

»Sie lebt, Shauna.«

»Vielleicht«, gestand sie ein, und ihr Blick wanderte in Richtung Küche. »Aber da wäre noch etwas.«

Shauna drehte sich um und rief nach Linda. Linda trat in den Türrahmen und blieb dort stehen. Plötzlich wirkte sie sehr klein.

Sie rang die Hände und wischte sie an ihrer Schürze ab. Verwirrt sah ich meine Schwester an.

»Was ist?«, fragte ich.

Linda berichtete. Sie erzählte von den Bildern, davon, wie Elizabeth mit der Bitte zu ihr gekommen war, sie zu fotografieren, und wie bereitwillig sie Brandon Scopes Geheimnis für sich behalten hatte. Sie beschönigte nichts und versuchte auch nicht, sich zu rechtfertigen, doch das war wohl auch gar nicht nötig. Sie stand einfach da, breitete die ganze Geschichte vor mir aus und wartete auf den unvermeidlichen Schlag. Ich hörte mit gesenktem Kopf zu. Ich konnte sie nicht ansehen, verzieh ihr aber sofort. Wir haben alle unsere Schwachpunkte. Alle.

Ich wollte sie umarmen und sagen, dass ich Verständnis für ihr Verhalten hätte, aber das gelang mir dann doch nicht. Als sie fertig war, nickte ich bloß und sagte: »Danke, dass du mir das erzählt hast.«

Mit diesen Worten war sie gewissermaßen entlassen. Linda verstand und ging. Shauna und ich saßen fast eine ganze Minute schweigend nebeneinander.

»Beck?«

»Elizabeths Vater hat mich belogen«, sagte ich. Sie nickte.

»Ich muss mit ihm reden.«

»Er hat dir schon beim ersten Mal nichts gesagt.« Das stimmt allerdings, dachte ich.

»Glaubst du, diesmal wird es anders?«

Geistesabwesend tätschelte ich die *Glock* in meinem Hosenbund. »Möglich.«

Carlson wartete im Flur auf mich. »Dr. Beck?«

Am anderen Ende der Stadt stellte sich die Generalstaatsanwaltschaft gerade der Presse. Die Reporter nahmen Feins verschlungene Erläuterungen über meine Rolle in der Angelegenheit natürlich skeptisch auf.

Es wurden viele Rückzieher gemacht, der schwarze Peter wurde anderen zugeschoben und so weiter. Doch dadurch wurde das Ganze eigentlich nur noch verworrener. Und je verworrener, desto besser. Das entstandene Durcheinander zog dann ausführliche Richtigstellungen, Klarstellungen, Erläuterungen und diverse andere -*ungen* nach sich. Weder die Presse noch ihr Publikum lassen sich für solche komplizierten Erzählstrukturen begeistern.

Wahrscheinlich wäre Mr Fein trotzdem nicht so glimpflich davongekommen, hätte die Generalstaatsanwaltschaft nicht zufällig dieselbe Pressekonferenz dazu genutzt, Anklage gegen mehrere zentrale Mitglieder der Stadtverwaltung zu erheben und dabei die Bemerkung fallen zu lassen, dass die *Tentakel der Korruption* – diese Formulierung ist von ihnen – womöglich bis ins Büro des Bürgermeisters reichten. Die Medien, ein Organismus, dessen Aufmerksamkeitsspanne etwa der eines mit Schokolade abgefüllten Zweijährigen entspricht, stürzten sich augenblicklich auf das neue Spielzeug und beförderten das alte mit einem Tritt unters Bett.

Carlson kam auf mich zu. »Ich hätte ein paar Fragen an Sie.«

»Jetzt nicht«, wehrte ich ab.

»Ihr Vater besaß eine Pistole.«

Ich stand wie angewurzelt da. »Was?«

»Stephen Beck, Ihr Vater, besaß eine 38er Smith and Wesson. Aus der Registrierung geht hervor, dass er sie nur wenige Monate vor seinem Tod gekauft hat.«

»Was soll das denn jetzt wieder?«

»Ich nehme an, dass Sie diese Waffe geerbt haben. Trifft das zu?«

»Ich rede nicht mit Ihnen.« Ich drückte auf den Fahrstuhlknopf.

»Wir haben die Waffe«, sagte er. Ich sah ihn verdutzt an. »Sie war in Sarah Goodharts Schließfach. Zusammen mit den Fotos.«

Ich traute meinen Ohren nicht. »Warum haben Sie mir das nicht längst erzählt?«

Carlson sah mich mit einem schiefen Lächeln an.

»Ach so, klar. Bis vor kurzem war ich ja noch der Schurke«, sagte ich. Dann wandte ich mich demonstrativ ab und fügte hinzu:

»Ich weiß nicht, wieso das eine Rolle spielt.«

»Doch, das wissen Sie.«

Wieder drückte ich auf den Fahrstuhlknopf.

»Sie haben mit Peter Flannery gesprochen«, fuhr Carlson fort.

»Sie haben nach dem Brandon-Scope-Mord gefragt. Ich wüsste gern, warum.«

Dieses Mal nahm ich meinen Daumen nicht mehr vom Fahrstuhlknopf, sondern hielt ihn gleich gedrückt. »Haben Sie irgendwas mit den Fahrstühlen angestellt?«

»Ja. Was wollten Sie von Peter Flannery?«

Mein Gehirn arbeitete auf Hochtouren. Ich hatte eine Idee, die allerdings schon unter normalen Voraussetzungen nicht ungefährlich war. Shauna vertraute diesem Mann. Vielleicht konnte ich das auch tun. Zumindest ein bisschen. Genug. »Weil wir beide denselben Verdacht haben«, sagte ich.

»Und worin besteht der?«

»Wir fragen uns, ob KillRoy meine Frau umgebracht hat.« Carlson verschränkte die Arme vor der Brust. »Und was hat Peter Flannery damit zu tun?«

»Sie haben meine Schritte zurückverfolgt, stimmt's?«

»Ja.«

»Dasselbe wollte ich bei Elizabeth tun. Nach acht Jahren. In ihrem Terminkalender habe ich Flannerys Initialen und seine Telefonnummer gefunden.«

»Verstehe«, meinte Carlson. »Und was haben Sie von Mr Flannery erfahren?«

»Nichts«, log ich. »Es war eine Sackgasse.«

»Oh, das halte ich aber für ausgesprochen unwahrscheinlich«, sagte Carlson.

»Wie meinen Sie das?«

»Kennen Sie sich mit Schusswaffenspuren aus?«

»Nur aus dem Fernsehen.«

»Lassen Sie es mich ganz kurz zusammenfassen: Jede Waffe hinterlässt auf den aus ihr abgefeuerten Geschossen charakteristische Spuren. Kratzer, Rillen und so weiter, die sich der Waffe eindeutig zuordnen lassen. Wie Fingerabdrücke bei einem Menschen.«

»So weit war mir das auch klar.«

»Nach Ihrem Besuch in Flannerys Kanzlei habe ich die 38er testen lassen, die wir in Sarah Goodharts Schließfach gefunden haben. Wissen Sie, was dabei rausgekommen ist?«

Ich schüttelte den Kopf, obwohl ich es wusste.

Carlson ließ sich Zeit und sagte dann: »Mit der Pistole Ihres Vaters, die Sie nach seinem Tod geerbt haben, wurde Brandon Scope erschossen.«

Eine Tür öffnete sich und eine Mutter trat mit ihrem Sohn in den Flur. Der Teenager quengelte herum und ließ in pubertärem

Trotz die Schultern hängen. Die Mutter hatte die Lippen geschürzt und kam mit hoch erhobenem Kopf in einer Davon-will-ich-nichts-hören-Haltung auf uns zu. Carlson murmelte etwas in sein Walkie-Talkie. Wir traten von den Fahrstühlen zurück und maßen einander mit starren Blicken.

»Agent Carlson, halten Sie mich für einen Mörder?«

»Wenn ich ganz ehrlich sein soll«, erwiderte er, »bin ich mir nicht mehr so sicher.«

Ich fand diese Antwort seltsam. »Sie wissen natürlich, dass ich nicht verpflichtet bin, mit Ihnen zu reden. Genau genommen könnte ich auf der Stelle Hester Crimstein anrufen und alles, was Sie mir hier zu entlocken versuchen, in Grund und Boden stampfen.«

Er sah mich aufgebracht an, machte sich aber nicht die Mühe, es abzustreiten. »Worauf wollen Sie hinaus?«

»Geben Sie mir zwei Stunden.«

»Wozu?«

»Zwei Stunden«, wiederholte ich.

Er dachte darüber nach. »Unter einer Bedingung.«

»Und die wäre?«

»Sagen Sie mir, wer Lisa Sherman ist.«

Das stellte mich vor ein echtes Rätsel. »Ich kenne den Namen nicht.«

»Sie sollten gestern Abend mit ihr zusammen in einem Flugzeug das Land verlassen.«

Elizabeth.

»Ich habe keine Ahnung, wovon Sie reden«, beharrte ich. Der Fahrstuhl war da. Die Tür glitt zur Seite. Die Mutter mit den geschürzten Lippen und ihr schlaffer Sohn traten hinein. Sie drehte sich zu uns um. Mit einer Geste deutete ich an, dass sie die Tür noch einen Moment für mich aufhalten sollte.

»Zwei Stunden«, sagte ich.

Carlson nickte widerstrebend. Ich sprang in den Fahrstuhl.

40

»Du kommst zu spät!«, rief der kleine Fotograf Shauna mit seinem affektierten französischen Akzent zu. »Und du siehst aus wie – *comment dit-on?* – wie etwas, das man die Toilette hinunterspült.«

»Du mich auch, Frédéric«, fauchte Shauna zurück, ohne zu wissen, ob er so hieß – es war ihr in diesem Moment auch vollkommen egal. »Wo kommst du überhaupt her? Brooklyn?«

Er warf die Hände in die Luft. »Ich kann so nicht arbeiten!« Aretha Feldman, Shaunas Agentin, eilte herbei. »Keine Sorge, François. Unser Visagist wird Wunder an ihr vollbringen. Wenn sie kommt, sieht sie immer furchtbar aus. Wir sind gleich wieder da.« Aretha packte sie fest am Ellbogen, ohne dass ihr Lächeln schwand.

Mit gedämpfter Stimme sagte sie zu Shauna: »Was zum Teufel ist denn mit dir los?«

»Lass den Scheiß.«

»Fang jetzt nicht an, die Primadonna zu spielen.«

»Ich hab 'ne harte Nacht hinter mir, okay?«

»Nein, überhaupt nicht okay. Setz dich da auf den Schminkstuhl.«

Als der Visagist Shaunas Gesicht sah, schnappte er vor Schreck nach Luft.

»Was sind das denn für riesige Tränensäcke? Machen wir jetzt Werbung für Samsonite?«

»Haha.« Shauna wollte sich setzen.

»Ach ja«, sagte Aretha. »Das hier hat jemand für dich abgegeben.« Sie hielt ihr einen Umschlag hin.

Shauna warf einen Blick darauf. »Was ist das?«

»Keine Ahnung. Ist vor zehn Minuten per Kurier für dich angekommen. Er hat gesagt, es wäre dringend.«

Sie gab Shauna den Umschlag. Shauna nahm ihn in die Hand und drehte ihn um. Sie sah die vertraute Handschrift auf der Vorderseite – nur ein einziges Wort, »Shauna« – und spürte, wie sich ihr Magen zusammenzog.

Ohne den Blick von der Schrift abzuwenden, sagte sie zu Aretha: »Moment noch.«

»Wir haben jetzt keine Zeit …«

»Moment.«

Visagist und Agentin traten zur Seite. Shauna riss den Umschlag auf. Eine weiße Karte mit einer kurzen handgeschriebenen Notiz fiel heraus. Sie lautete: »Geh zur Toilette.«

Shauna versuchte, ruhig und gleichmäßig zu atmen. Sie stand auf. »Was ist?«, fragte Aretha.

»Ich muss pinkeln«, verkündete Shauna und war selbst überrascht, wie ruhig ihre Stimme klang. »Wo ist hier das Klo?«

»Den Flur entlang auf der linken Seite.«

»Bin gleich wieder da.«

Kurz darauf stand Shauna vor der Tür der Damentoilette. Sie ließ sich nicht öffnen. Shauna klopfte. »Ich bin's«, sagte sie und wartete. Nach ein paar Sekunden hörte sie, wie der Riegel zurückgeschoben wurde. Dann war es wieder still. Shauna holte tief Luft und drückte wieder gegen die Tür. Sie ging auf. Shauna trat auf die Fliesen und blieb wie angewurzelt stehen. Vor der Kabine am anderen Ende des Raums stand ein Geist.

Shauna unterdrückte einen Schrei.

Die dunkle Perücke, der Gewichtsverlust, die Metallbrille konnten sie nicht täuschen.

»Elizabeth …«

»Schließ die Tür ab, Shauna.«

Shauna gehorchte, ohne nachzudenken. Als sie sich wieder umdrehte, trat sie einen Schritt auf ihre alte Freundin zu. Elizabeth wich zurück.

»Bitte nicht. Wir haben keine Zeit.«

Shauna war wohl zum ersten Mal in ihrem Leben sprachlos.

»Du musst Beck davon überzeugen, dass ich tot bin«, sagte Elizabeth.

»Das fällt dir aber früh ein.«

Ihr Blick schweifte durch den kleinen Raum, als suche sie nach einem Fluchtweg. »Es war ein Fehler, zurückzukommen. Ein riesiger, hirnverbrannter Fehler. Ich kann nicht bleiben. Du musst ihm sagen …«

»Wir haben den Obduktionsbericht gelesen, Elizabeth«, unterbrach Shauna sie. »Diesen Geist kriegt man nicht wieder in die Flasche zurück.«

Elizabeth schloss die Augen. Shauna fragte: »Was ist passiert?«

»Ich hätte nicht zurückkommen dürfen.«

»Das sagtest du schon.«

Elizabeth fing an, auf ihrer Unterlippe herumzukauen. Dann: »Ich muss weg.«

»Du kannst nicht weg«, sagte Shauna.

»Was?«

»Du kannst nicht noch einmal weglaufen.«

»Wenn ich hier bleibe, stirbt er.«

»Dann ist er schon tot«, gab Shauna zurück.

»Du verstehst das nicht.«

»Brauch ich auch nicht. Wenn du jetzt wieder verschwindest, überlebt er das nicht. Ich habe acht Jahre darauf gewartet, dass er über deinen Tod hinwegkommt. So läuft das nämlich normalerweise. Alte Wunden verheilen. Das Leben geht weiter. Bei Beck war das anders.« Sie trat einen Schritt näher an Elizabeth heran. »Ich kann dich nicht wieder gehen lassen.«

Beide hatten Tränen in den Augen.

»Warum du abgehauen bist, ist mir egal«, sagte Shauna und kam noch näher. »Wichtig ist nur, dass du wieder da bist.«

»Ich kann nicht bleiben«, widersprach Elizabeth matt.

»Du musst.«

»Selbst wenn das sein Tod ist?«

»Ja«, sagte Shauna, ohne zu zögern. »Selbst dann. Und du weißt, dass ich Recht habe. Darum bist du ja hier. Du weißt, dass du nicht wieder verschwinden kannst. Und du weißt auch, dass ich dich nicht weg lasse.«

Shauna trat noch einen Schritt näher an sie heran.

»Ich kann nicht ewig fliehen«, sagte Elizabeth leise.

»Ich weiß.«

»Ich weiß nicht, was ich jetzt tun soll.«

»Ich auch nicht. Aber Flucht steht diesmal nicht zur Debatte. Erklär es ihm, Elizabeth. Er wird dich verstehen.«

Elizabeth sah sie an. »Weißt du, wie sehr ich ihn liebe?«

»Ja«, nickte Shauna. »Ich weiß.«

»Ich will nicht schuld sein, wenn er noch mehr durchmachen muss.«

Shauna sagte: »Zu spät.«

Sie waren keinen halben Meter mehr voneinander entfernt. Shauna wollte sie umarmen, traute sich aber nicht.

»Kannst du ihn irgendwie erreichen?«, fragte Elizabeth.

»Ja, er hat mir eine Handy-Nummer …«

»Sag ihm Dolphin. Ich bin heute Abend da.«

»Ich habe keine Ahnung, was das heißen soll.«

Elizabeth schob sich schnell an ihr vorbei, öffnete die Toilettentür, schaute kurz hinaus und trat auf den Flur. »Er weiß schon, was ich meine«, sagte sie. Dann war sie verschwunden.

41

WIE ÜBLICH SASS ICH MIT TYRESE auf dem Rücksitz. Der Morgen-
himmel war grabsteinfarben, aschgrau. Nachdem wir die George
Washington Bridge überquert hatten, sagte ich Brutus, wo er abbie-
gen sollte. Tyrese musterte mein Gesicht durch seine Sonnenbrille.
Schließlich fragte er: »Wohin fahren wir?«

»Zu meinen Schwiegereltern.« Tyrese sah mich weiter fragend
an.

»Mein Schwiegervater ist ein New Yorker Cop«, fügte ich hinzu.

»Wie heißt er?«

»Hoyt Parker.«

Brutus lächelte. Tyrese ebenfalls.

»Kennen Sie ihn?«

»Yeah. Hab selbst noch nicht mit dem Mann gearbeitet, aber der
Name ist bekannt.«

»Was heißt *mit dem Mann gearbeitet?*«

Tyrese tat meine Frage mit einer kurzen Handbewegung ab. Wir
verließen die Stadt. Die letzten drei Tage hatten einige aberwitzige Erfahrungen mit sich gebracht – mit zwei Drogenhändlern
in einem Wagen mit verspiegelten Scheiben durch das Viertel zu
fahren, in dem ich aufgewachsen war, konnte man als eine weitere verbuchen. Ich gab Brutus noch ein paar Mal die Richtung an,
dann hielten wir vor dem erinnerungsschwangeren zweigeschossi-
gen Haus in der Goodhart Road.

Ich stieg aus. Brutus und Tyrese machten sich aus dem Staub. Ich
ging zur Tür, drückte auf den Klingelknopf und lauschte dem langen Ton. Die Wolken wurden dunkler. Ein Blitz zerteilte den Himmel. Ich drückte noch einmal auf die Klingel. Schmerz durchzuckte
meinen Arm. Von der gestrigen Folter und Überbelastung tat mir
immer noch alles weh. Einen Augenblick lang fragte ich mich, was

geschehen wäre, wenn Tyrese und Brutus mir nicht geholfen hätten. Dann verdrängte ich diesen Gedanken mit aller Macht.

Schließlich hörte ich Hoyts Stimme: »Wer ist da?«

»Beck«, sagte ich.

»Die Tür ist offen.«

Ich griff nach dem Knauf. Kurz bevor ich das Messing berührte, hielt ich inne. Komisch. Ich war in meinem Leben unzählige Male hier gewesen, konnte mich aber nicht daran erinnern, dass Hoyt jemals gefragt hatte, wer an der Tür war. Er gehörte zu den Menschen, die es vorzogen, anderen in die Augen zu sehen. Hoyt Parker versteckte sich nicht. Er hatte vor nichts und niemandem Angst, und das würde er verdammt noch mal mit jedem Schritt, den er tat, beweisen. Wenn jemand klingelte, öffnete er die Tür und trat dem Besucher entgegen.

Ich sah mich um. Tyrese und Brutus waren verschwunden – in einem Vorort mit fast ausschließlich weißen Bewohnern vor dem Haus eines Polizisten herumzulungern, wäre nicht sehr clever gewesen.

»Beck?«

Ich hatte keine Wahl. Ich dachte an die *Glock*. Als ich mit der linken Hand zum Türknauf griff, legte ich die rechte auf die Hüfte. Für alle Fälle. Ich drehte den Knauf, stieß die Tür auf und steckte den Kopf durch den Spalt.

»Ich bin in der Küche«, rief Hoyt.

Ich trat ein und schloss die Tür hinter mir. Es roch nach Zitrone – einer dieser Duftspender, die man in die Steckdose steckte, um Gerüche zu neutralisieren. Ich atmete flach.

»Isst du mit?«, fragte Hoyt.

Ich konnte ihn immer noch nicht sehen. »Danke, nein.«

Ich stapfte über den dicken Teppich zur Küche. Diesmal zuckte ich vor den alten Fotos auf dem Kamin nicht zurück. Als ich in der Küche war, sah ich mich um. Leer. Ich wollte mich schon wieder umdrehen, als ich den kalten Stahl an der Schläfe spürte. Plötzlich legte sich eine Hand um meinen Hals und riss ihn hart zurück.

»Bist du bewaffnet, Beck?«

Ich rührte mich nicht und schwieg.

Hoyt presste die Pistole weiter an meine Schläfe, lockerte den Griff der anderen Hand und fing an, mich abzutasten. Er fand die *Glock*, zog sie aus meinem Hosenbund und stieß sie mit dem Fuß übers Linoleum in die andere Küchenecke.

»Wer hat dich hergebracht?«

»Ein paar Freunde«, brachte ich heraus.

»Was für Freunde?«

»Was soll der Scheiß, Hoyt?«

Er trat zurück. Ich drehte mich um. Die Pistole war auf meine Brust gerichtet. Die Mündung kam mir riesig vor; sie öffnete sich wie ein gewaltiges Maul, das mich zu verschlingen drohte. Ich konnte den Blick kaum von diesem kalten, dunklen Tunnel abwenden.

»Bist du hier, um mich umzubringen?«, fragte Hoyt.

»Was? Nein.« Ich zwang mich, ihm ins Gesicht zu sehen. Hoyt war unrasiert. Seine Augen waren blutunterlaufen. Er schwankte. Er hatte getrunken. Und zwar eine ganze Menge.

»Wo ist Mrs Parker?«, fragte ich.

»Sie ist in Sicherheit.« Eine seltsame Antwort. »Ich hab sie weggeschickt.«

»Warum?«

»Kannst du dir doch denken.«

Allmählich konnte ich es mir zumindest vorstellen.

»Warum sollte ich dich umbringen, Hoyt?«

Er hatte seine Waffe immer noch auf meine Brust gerichtet.

»Trägst du immer eine versteckte Pistole, Beck? Dafür kann ich dich in den Knast bringen.«

»Du hast mir Schlimmeres angetan«, entgegnete ich. Seine Gesichtszüge erschlafften. Er stöhnte leise.

»Wessen Leiche haben wir damals eingeäschert, Hoyt?«

»Du hast ja keine Ahnung.«

»Ich weiß, dass Elizabeth lebt«, sagte ich.

Seine Schultern sanken herab, aber die Waffe blieb, wo sie war.

Ich sah, wie sich die Muskeln in seiner Hand spannten, und dachte einen Augenblick lang, er würde abdrücken. Ich überlegte, ob ich ausweichen sollte, aber dann hätte er mich wahrscheinlich mit dem zweiten Schuss erwischt.

»Setz dich«, sagte er leise.

»Shauna hat den Obduktionsbericht gelesen. Wir wissen, dass die Frau im Leichenschauhaus nicht Elizabeth war.«

»Setz dich«, wiederholte er und hob die Waffe ein wenig. Ich halte es durchaus für möglich, dass er mich erschossen hätte, wäre ich seiner Aufforderung nicht nachgekommen. Er führte mich wieder ins Wohnzimmer. Ich setzte mich auf die hässliche Couch, die Zeuge so vieler erinnerungswürdiger Augenblicke geworden war, hatte aber den Eindruck, dass sie alle nur kleine Feuerzeugfunken gewesen waren im Vergleich zu dem Fegefeuer, das gleich in diesem Raum ausbrechen würde.

Hoyt setzte sich mir gegenüber. Er hatte die Pistole immer noch auf meine Brust gerichtet. Er gönnte der Hand keine Pause. Hatte er wohl in der Ausbildung gelernt. Er wirkte vollkommen erschöpft, wie ein Ballon mit einem winzigen Loch, der unmerklich Luft verliert.

»Was ist passiert?«, wollte ich wissen.

Er beantwortete meine Frage nicht. »Wie kommst du darauf, dass sie noch lebt?«

Ich stutzte. Sollte ich mich geirrt haben? Wusste er womöglich gar nichts davon? Nein, entschied ich sofort. Er hatte die Leiche gesehen. Er hatte sie identifiziert. Er musste Bescheid wissen. Aber dann fiel mir die E-Mail wieder ein.

Kein Sterbenswort ...

War es ein Fehler gewesen, hierher zu kommen?

Auch nicht. Die Nachricht stammte aus der Zeit vor diesen ganzen Verwicklungen – praktisch aus einer anderen Ära. Ich musste eine Entscheidung treffen. Ich musste in Aktion treten, einen weiteren Stein ins Rollen bringen.

»Hast du sie gesehen?«, fragte er.

»Nein.«

»Wo ist sie?«

»Ich weiß es nicht«, sagte ich.

Plötzlich neigte Hoyt den Kopf zur Seite. Er legte den Zeigefinger auf die Lippen. Dann erhob er sich und schlich zum Fenster. Die Jalousien waren heruntergezogen. Er spähte seitlich daran vorbei.

Ich stand auf.

»Setz dich.«

»Erschieß mich doch, Hoyt.« Er sah mich an.

»Sie steckt in Schwierigkeiten«, sagte ich.

»Und du glaubst, du kannst ihr helfen?« Er schnaubte höhnisch.

»Ich hab euch beiden in jener Nacht das Leben gerettet. Und was hast du getan?«

In meiner Brust krampfte sich etwas zusammen. »Ich wurde bewusstlos geschlagen«, sagte ich.

»Genau.«

»Du …« Ich konnte kaum sprechen. »Du hast uns gerettet?«

»Setz dich.«

»Wenn du weißt, wo sie ist …«

»Dann würde ich jetzt nicht mit dir reden.«

Ich trat noch einen Schritt auf ihn zu. Und noch einen. Er richtete die Pistole auf mich. Ich ging weiter. Ich ging so lange weiter, bis die Mündung seiner Waffe auf mein Brustbein drückte.

»Du erzählst mir jetzt, was los ist«, sagte ich, »oder du bringst mich um.«

»Willst du es wirklich darauf ankommen lassen?«

Ich sah ihm gerade in die Augen und hielt vielleicht zum ersten Mal, seit wir uns kannten, seinem Blick stand.

Irgendetwas geschah mit uns, wir verstanden uns gegenseitig ein klein wenig. Bei ihm war wohl auch Resignation mit im Spiel, genau kann ich es allerdings nicht sagen. Jedenfalls blieb ich, wo ich war. »Kannst du dir eigentlich vorstellen, wie sehr mir deine Tochter fehlt?«

»Setz dich, David.«

»Erst wenn …«

»Ich erzähl's dir ja«, sagte er leise. »Setz dich.«

Während ich langsam zur Couch zurückging, ließ ich ihn nicht aus den Augen. Dann nahm ich Platz. Er legte die Pistole auf den Beistelltisch. »Willst du einen Drink?«

»Nein.«

»Nimm lieber einen.«

»Jetzt nicht.«

Er zuckte die Achseln und ging zu der billigen Vitrine, in der sich die Hausbar befand. Die Gläser standen ungeordnet herum, schlugen bei jeder Bewegung des alten, klapprigen Möbels klirrend aneinander, und ich war inzwischen absolut sicher, dass dies heute nicht sein erster Gang zur Hausbar war. Er ließ sich Zeit beim Einschenken.

Ich wollte ihn zur Eile antreiben, hielt mich aber zurück, weil ich meinte, ihn fürs Erste genug gedrängt zu haben. Er musste sich ein bisschen sammeln, seine Gedanken ordnen, das Ganze von unterschiedlichen Seiten betrachten. Nichts anderes war zu erwarten gewesen.

Er nahm das Glas in beide Hände und setzte sich in den Sessel.

»Ich hab dich nie so recht gemocht«, meinte er. »Wobei das eigentlich nicht gegen dich persönlich ging. Du kommst aus einer guten Familie. Dein Vater war ein anständiger Mann, und deine Mutter, na ja, sie hat sich zumindest Mühe gegeben, oder?« In einer Hand hielt er den Drink, mit der anderen fuhr er sich durchs Haar. »Aber ich hatte immer das Gefühl, dass deine Beziehung zu meiner Tochter …«, er blickte zur Decke, suchte da oben nach den richtigen Worten, »… sie in ihrer Entwicklung gehemmt hat. Mir ist jetzt erst klar geworden … ja, was für ein unglaubliches Glück ihr beide gehabt habt.«

Es wurde ein paar Grad kälter im Zimmer. Ich versuchte, mich nicht zu bewegen und ruhig zu atmen, damit er nicht den Faden verlor.

»Die Nacht am See«, begann er. »Da fange ich an. Als sie sie holen wollten.«

»Wer wollte sie holen?«

Er starrte in sein Glas. »Unterbrich mich nicht«, sagte er. »Hör einfach zu.«

Ich nickte, aber er sah mich nicht an. Er starrte weiter in seinen Drink und suchte am Grunde des Glases nach Antworten.

»Eigentlich müsstest du wissen, wer sie holen wollte«, sagte er.

»Jetzt zumindest. Die beiden Männer, deren Leichen sie da oben gefunden haben.« Unvermittelt durchstreifte sein Blick den Raum. Er griff nach seiner Pistole, stand auf und sah wieder an der Jalousie vorbei aus dem Fenster. Ich wollte schon fragen, was er denn da draußen suchte, ihn aber auch nicht aus dem Konzept bringen.

»Mein Bruder und ich sind erst ziemlich spät angekommen. Fast wäre es zu spät gewesen. Wir haben uns so aufgebaut, dass wir sie auf halber Strecke zwischen der Straße und dem Haus stoppen konnten. Du weißt schon, da, wo die beiden Felsen sind.«

Er blickte kurz zum Fenster und sah mich dann an. Ich kannte die beiden Felsen. Sie waren knapp einen Kilometer vom See entfernt. Beide waren riesig, rund, fast gleich groß und standen einander zu beiden Seiten des Weges gegenüber. Es gab jede Menge Legenden darüber, wie sie dahin gekommen waren.

»Ken und ich haben uns dahinter versteckt. Als sie näher kamen, habe ich einen Reifen zerschossen. Sie haben angehalten, um nachzusehen, was passiert ist. Als sie ausgestiegen sind, habe ich beiden in den Kopf geschossen.«

Nachdem er noch einmal aus dem Fenster gesehen hatte, setzte Hoyt sich wieder in den Sessel. Er legte die Pistole auf den Tisch und starrte weiter in seinen Drink. Ich wartete schweigend.

»Die beiden haben in Griffin Scopes Auftrag gehandelt«, sagte er. »Sie sollten Elizabeth erst ausfragen und sie dann umbringen. Ken und ich haben Wind von dem Plan bekommen und sind zum See gefahren, um sie aufzuhalten.« Er hob die Hand, als wollte er eine Frage abwehren, obwohl ich nicht gewagt hatte, den Mund aufzumachen. »Das Wie und das Warum spielen jetzt keine Rolle. Griffin Scope wollte, dass Elizabeth stirbt. Mehr brauchst du nicht zu wissen. Und dass ein paar seiner Jungs dabei auf der Strecke bleiben, hätte ihn nicht aufgehalten. Wo die herkamen, gab's noch mehr davon. Er ist wie so ein mythisches Ungeheuer, dem zwei Köpfe nachwachsen, wenn man einen abschlägt.« Er sah mich an.

»Gegen so eine Macht kommt man nicht an, Beck.« Er trank einen kräftigen Schluck. Ich sagte nichts.

»Ich möchte, dass du an diese Nacht zurückdenkst und dich in meine Lage versetzt«, fuhr er fort, rückte etwas näher an mich heran und versuchte, mich auf seine Seite zu ziehen. »Zwei tote Männer liegen auf dem Feldweg. Einer der mächtigsten Männer der Welt hat sie geschickt, um dich zu töten. Er hat keinerlei Bedenken, wenn nötig auch Unbeteiligte umzubringen, solange er dich nur erwischt. Was machst du jetzt? Nehmen wir an, wir wären zur Polizei gegangen. Was hätten wir denen sagen sollen? Ein Mann wie Scope hinterlässt keine Spuren – und selbst wenn, hat er mehr Cops und Richter in der Tasche als ich Haare auf dem Kopf. Wir wären tot gewesen. Jetzt frage ich dich, Beck. Du stehst da. Vor dir liegen zwei Leichen. Was würdest du tun?«

Ich ging davon aus, dass es sich um eine rhetorische Frage handelte.

»Ich habe Elizabeth damals diese Fakten unterbreitet, so wie ich es mit dir jetzt auch mache. Ich habe ihr gesagt, dass Scope uns aus dem Weg räumen würde, um an sie heranzukommen. Wenn sie geflohen wäre – untergetaucht zum Beispiel –, hätte er uns gefoltert, bis wir ihm verraten hätten, wo sie ist. Oder er hätte sich an meine Frau gehalten. Oder an deine Schwester. Er hätte alles getan, um an Elizabeth heranzukommen und sie umzubringen.« Er beugte sich näher zu mir. »Verstehst du es jetzt? Siehst du, dass wir nur eine Möglichkeit hatten?«

Ich nickte, weil es plötzlich offensichtlich war. »Sie mussten glauben, dass Elizabeth tot ist.«

Er lächelte, und ich bekam am ganzen Körper Gänsehaut. »Ich

hatte ein bisschen was gespart. Mein Bruder Ken noch ein bisschen mehr. Außerdem hatten wir die entsprechenden Kontakte. Elizabeth ist untergetaucht. Wir haben sie außer Landes gebracht. Sie hat sich die Haare abgeschnitten und gelernt, sich zu verkleiden. Das war vermutlich etwas übertrieben. Keiner hat richtig nach ihr gesucht. Die letzten acht Jahre war sie fürs Rote Kreuz, UNICEF und ähnliche Organisationen in der Dritten Welt unterwegs.«

Ich wartete. Ich hatte noch viele offene Fragen, ließ ihn jedoch gewähren. Allmählich wurde mir bewusst, was das für mich bedeutete, und es erschütterte mich zutiefst. Elizabeth. Sie war am Leben. Sie war die letzten acht Jahre am Leben gewesen. Sie hatte geatmet, gelebt und gearbeitet ... Ich konnte das nicht alles aufnehmen; es war wie eines dieser unlösbaren mathematischen Probleme, bei denen Computer regelmäßig abstürzen.

»Wahrscheinlich fragst du dich, woher wir die Leiche hatten, die im Leichenschauhaus lag.«

Ich nickte.

»Das war eigentlich ganz einfach. Wir kriegen immer wieder unbekannte Frauenleichen rein. Die werden dann im Leichenschauhaus abgelegt, bis irgendjemand sie nicht mehr sehen kann. Dann werden sie auf Potter's Field draußen auf Roosevelt Island beerdigt. Ich habe einfach auf die nächste weiße Unbekannte gewartet, die halbwegs auf die Beschreibung passte. Das hat länger gedauert, als ich erwartet hatte. Das Mädel war vermutlich eine Prostituierte, die von ihrem Zuhälter erstochen worden ist, aber genau werden wir's natürlich nie erfahren. Wir konnten Elizabeths Mord schließlich nicht unabgeschlossen zu den Akten legen. Man braucht einen Täter, Beck. Wir haben uns für KillRoy entschieden. Es war allgemein bekannt, dass KillRoy seinen Opfern ein K in die Wange brannte. Das haben wir bei der Leiche getan. Damit brauchten wir nur noch die richtige Identifikation. Wir haben überlegt, sie bis zur Unkenntlichkeit zu verbrennen, aber dann wären Zähne, Gebiss und zahnärztliche Unterlagen ins Spiel gekommen. Also haben wir es riskiert. Die Haarfarbe passte. Hautfarbe und Alter kamen ungefähr hin. Wir haben uns eine Stadt mit einer eigenen, kleinen Gerichtsmedizin gesucht und die Leiche dort abgeladen. Wir haben selbst anonym bei der Polizei angerufen und darauf geachtet, dass wir etwa gleichzeitig mit der Leiche im Büro des Gerichtsmediziners ankamen. Dann brauchte ich nur noch eine tränenreiche Identifikation hinzulegen. Die meisten Mordopfer werden von Familienmitgliedern identifiziert. Das habe ich also getan und Ken hat es bestätigt. Wer sollte das in Frage stellen? Wieso sollten Vater und Onkel eines Opfers lügen?«

»Ihr seid ein Wahnsinnsrisiko eingegangen«, sagte ich.

»Wir hatten keine Wahl.«

»Es muss andere Möglichkeiten gegeben haben.«

Er beugte sich zu mir herüber. Ich roch seinen Atem. Die Falten um seine Augen hingen schlaff herunter. »Noch einmal, Beck, stell dir vor, dass du mit den beiden Leichen auf dem Feldweg stehst – Scheiße, es ist was ganz anderes, wenn man auf dem Sofa sitzt und in Ruhe darüber nachdenkt. Trotzdem: Was hätten wir tun sollen?«

Ich wusste keine Antwort.

»Wir hatten auch noch andere Probleme«, fügte Hoyt hinzu und lehnte sich etwas zurück. »Wir konnten nie ganz sicher sein, dass Scopes Leute uns das Ganze wirklich abkaufen. Zu unserem Glück sollten die beiden Kanaillen nach dem Mord das Land verlassen. Wir haben Flugtickets nach Buenos Aires bei ihnen gefunden. Die beiden waren Herumtreiber, unzuverlässige Typen. Das half natürlich. Scopes Leute haben uns die Sache zwar abgenommen, uns aber trotzdem im Auge behalten – nicht so sehr, weil sie dachten, Elizabeth wäre noch am Leben, sondern weil sie Angst hatten, sie hätte uns irgendwie Belastungsmaterial zugespielt.«

»Was für Belastungsmaterial?«

Er überging die Frage. »Dein Haus, dein Telefon und wahrscheinlich auch dein Büro sind seit acht Jahren verwanzt. Meins übrigens auch.«

Deshalb die sorgfältig verschlüsselten E-Mails. Ich ließ meinen Blick durch den Raum schweifen.

»Ich hab gestern alles abgesucht«, sagte er. »Das Haus ist sauber.«

Als er eine kurze Pause machte, wagte ich, eine Frage einzuwerfen. »Warum ist Elizabeth jetzt zurückgekommen?«

»Weil sie bescheuert ist«, erwiderte er, und zum ersten Mal hörte ich Zorn in seiner Stimme. Ich ließ ihm etwas Zeit. Er beruhigte sich, die roten Flecken in seinem Gesicht verblassten wieder. »Wir hatten die beiden Leichen begraben«, sagte er leise.

»Was ist mit ihnen?«

»Elizabeth hat die Nachrichten im Internet verfolgt. Als sie las, dass man sie entdeckt hatte, dachte sie genau wie ich, dass die Scopes die Wahrheit herausfinden könnten.«

»Dass sie noch am Leben ist.«

»Ja.«

»Aber wenn sie im Ausland geblieben wäre, hätten sie Gott und die Welt in Bewegung setzen müssen, um sie zu finden.«

»Das habe ich ihr auch gesagt. Aber sie meinte, das würde die Scopes nicht von ihrer Suche abhalten. Sie würden auf mich losgehen. Oder auf ihre Mutter. Oder auf dich. Aber …«, wieder brach er ab und senkte den Kopf, »… ich weiß gar nicht, ob das wirklich so wichtig war.«

»Wie meinst du das?«

»Manchmal habe ich den Eindruck, sie wollte, dass so etwas passiert.« Er spielte mit seinem Drink, ließ das Eis kreisen. »Sie wollte zu dir zurück, David. Ich glaube, die Leichen waren nur ein Vorwand.«

Wieder wartete ich. Er trank noch einen Schluck. Dann spähte er wieder aus dem Fenster. »Du bist dran.«

»Was?«

»Jetzt brauche ich ein paar Antworten von dir«, sagte er. »Zum Beispiel, wie sie mit dir Kontakt aufgenommen hat. Wie hast du es geschafft, der Polizei zu entkommen? Wo ist sie deiner Ansicht nach?«

Ich zögerte, überlegte aber nicht lange. Eigentlich hatte ich auch keine Wahl. »Elizabeth hat mir anonyme E-Mails geschrieben. Sie hat einen Code benutzt, den nur ich verstehe.«

313

»Was heißt das?«

»Sie hat auf gemeinsame Erinnerungen angespielt.«

Hoyt nickte. »Sie wusste, dass du möglicherweise beobachtet wirst.«

»Ja.« Ich beugte mich etwas vor. »Was weißt du über Griffin Scopes Leute?«, fragte ich.

Er wirkte verwirrt. »Seine Leute?«

»Arbeitet so ein muskulöser Asiate für ihn?«

Der letzte Rest Farbe verschwand wie durch eine offene Wunde aus Hoyts Gesicht. Er sah mich ehrfürchtig an, fast als wollte er sich bekreuzigen.

»Eric Wu«, sagte er mit gedämpfter Stimme.

»Ich bin Mr Wu gestern über den Weg gelaufen.«

»Unmöglich«, stieß er hervor.

»Wieso?«

»Dann wärst du tot.«

»Ich hatte Glück.« Ich erzählte ihm die Geschichte. Er war den Tränen nahe.

»Wenn Wu sie gefunden hat, wenn er sie schon vor dir erwischt hat …« Er schloss die Augen und versuchte das Bild zu vertreiben.

»Hat er nicht«, beschwichtigte ich.

»Woher willst du das wissen?«

»Wu hat mich gefragt, was ich im Park gemacht habe. Wenn er sie schon in seiner Gewalt hatte, hätte er sich das sparen können.« Er nickte langsam, trank sein Glas aus und schenkte sich den nächsten Drink ein. »Aber sie wissen jetzt, dass sie noch lebt«, sagte er. »Das bedeutet, dass sie hinter uns her sind.«

»Dann werden wir uns wehren«, sagte ich, und das klang sehr viel mutiger, als ich mich fühlte.

»Hast du mir nicht zugehört? Dem mythischen Ungeheuer wachsen immer noch mehr Köpfe nach.«

»Doch am Ende siegt immer der Held.«

Diese letzte Bemerkung tat er mit einer spöttischen Geste ab. Nicht ganz zu Unrecht, könnte man sagen. Ich sah ihn an. Die Standuhr schlug. Ich dachte über das bisher Gesagte nach.

»Du musst mir auch noch den Rest erzählen«, sagte ich.

»Unwichtig.«

»Es hat mit dem Mord an Brandon Scope zu tun, stimmt's?« Er schüttelte unwillig den Kopf.

»Ich weiß, dass Elizabeth Helio Gonzales ein Alibi verschafft hat«, sagte ich.

»Das ist alles unwichtig, Beck. Vertrau mir.«

»Hab ich schon mal probiert. War ein Reinfall«, gab ich zurück. Er trank noch einen Schluck.

»Elizabeth hatte unter dem Namen Sarah Goodhart ein Schließfach angemietet«, sagte ich. »Da drin haben sie diese Fotos gefunden.«

»Ich weiß«, sagte Hoyt. »Wir hatten es in dieser Nacht ziemlich eilig. Ich wusste nicht, dass sie ihnen den Schlüssel schon gegeben hatte. Wir hatten ihre Taschen ausgeleert, aber nicht in ihren Schuhen nachgesehen. Eigentlich wäre das auch egal gewesen. Es war nicht geplant, dass sie je gefunden werden.«

»In dem Schließfach waren nicht nur die Fotos«, fuhr ich fort. Behutsam stellte Hoyt sein Glas ab.

»Die alte Pistole von meinem Vater war auch drin. Eine 38er. Erinnerst du dich noch an sie?«

Hoyt sah zu Boden und sagte dann leise: »Smith and Wesson. Ich hab ihn damals beim Kauf beraten.«

Ich merkte, dass ich wieder anfing zu zittern. »Hast du gewusst, dass Brandon Scope mit dieser Waffe erschossen worden ist?«

Er kniff die Augen fest zusammen, als hoffe er, das Ganze würde sich als Alptraum entpuppen.

»Erzähl mir, was passiert ist, Hoyt.«

»Du weißt, was passiert ist.«

Ich hörte nicht auf zu zittern. »Erzähl's mir trotzdem.«

Jedes Wort traf mich wie ein Schlag in den Magen. »Elizabeth hat Brandon Scope erschossen.«

Ich schüttelte den Kopf. Ich wusste, dass das nicht stimmte.

»Sie hat Seite an Seite mit ihm in diesem sozialen Projekt gearbeitet. Es war nur eine Frage der Zeit, bis sie über die Wahrheit stolperte. Dass Brandon jede Menge schmutziger kleiner Geschäfte laufen hatte und gern der knallharte Gangster gewesen wäre.«

»Davon hat sie mir nie was erzählt.«

»Davon hat sie keinem was erzählt, Beck. Aber Brandon hat's rausgekriegt. Um sie zu warnen, hat er sie halb totgeprügelt. Ich wusste damals natürlich auch nichts davon. Mir hatte sie auch die Geschichte von dem Unfall erzählt.«

»Sie hat ihn nicht umgebracht«, wiederholte ich.

»Es war Notwehr. Als sie nicht aufgehört hat, Nachforschungen anzustellen, ist Brandon bei euch ins Haus eingebrochen. Diesmal hatte er ein Messer dabei. Er ist auf sie losgegangen und sie hat ihn erschossen. Reine Notwehr.«

Ich konnte nicht aufhören, den Kopf zu schütteln.

»Sie hat mich weinend angerufen. Ich bin zu euch gefahren. Als ich ankam …«, er machte eine kurze Pause, holte Luft, »… war er schon tot. Elizabeth hatte die Pistole. Sie wollte, dass ich die Polizei rufe. Ich habe es ihr ausgeredet. Ob Notwehr oder nicht, Griffin Scope hätte sie umgebracht und ihr vorher noch sonst was angetan. Ich habe ihr gesagt, dass sie mir ein paar Stunden Zeit lassen soll. Anfangs wollte sie nicht, aber schließlich hat sie mich machen lassen.«

»Ihr habt die Leiche weggeschafft«, sagte ich.

Er nickte. »Ich kannte Gonzales. Der Drecksack hatte ein erfülltes Verbrecherleben vor sich. Ich kenne diese Sorte gut genug, um das sagen zu können. Er war gerade wegen eines Formfehlers von einer Mordanklage freigesprochen worden. Man hätte keinen Besseren finden können, um ihm die Sache anzuhängen.«

Ich sah immer klarer. »Aber das hat Elizabeth nicht zugelassen.«

»Das hatte ich auch nicht erwartet«, sagte er. »Aber sie hat in den Nachrichten von der Verhaftung gehört und sich entschlossen, ihm dieses Alibi zu verschaffen. Um Gonzales …«, er zeichnete mit den Fingern sarkastische Gänsefüßchen in die Luft, »… vor einem schweren Justizirrtum zu schützen.« Er schüttelte den Kopf. »Alles für die

Katz. Wenn sie dem Scheißkerl einfach die Schuld in die Schuhe geschoben hätte, wäre die ganze Geschichte längst vergessen.«

Ich sagte: »Und Scopes Leute haben rausgekriegt, dass sie das Alibi erfunden hat.«

»Ja. Muss ihnen irgendein Insider gesteckt haben. Daraufhin haben sie ihre eigenen Leute losgeschickt, und die sind dann dahinter gekommen, dass sie Brandon auf der Spur war. Damit war alles ziemlich klar.«

»An diesem Abend am See«, sagte ich, »ging es also um Rache.« Er dachte nach. »Zum Teil schon. Zum Teil ging es aber auch darum, die Wahrheit über Brandon Scope zu vertuschen. Er war als Held gestorben. Seinem Vater lag viel an diesem Vermächtnis.« Genau wie meiner Schwester, dachte ich.

»Ich begreife immer noch nicht, warum sie das Zeug in einem Schließfach aufbewahrt hat«, grübelte ich.

»Beweismaterial«, sagte er.

»Wofür?«

»Dafür, dass sie Brandon Scope umgebracht hat. Und dafür, dass es Notwehr war. Egal, was sonst noch geschah, Elizabeth wollte nicht, dass jemand anderes die Schuld an ihrer Tat bekam. Ziemlich naiv, findest du nicht auch?«

Nein, fand ich nicht. Ich saß einfach da und versuchte, die Wahrheit sacken zu lassen. Es ging nicht. Zumindest noch nicht. Weil es nicht die volle Wahrheit war. Das wusste ich besser als jeder andere. Ich sah meinen Schwiegervater an, die erschlaffende Haut, das dünner werdende Haar, der hängende Bauch, der noch beeindruckende, aber immer kraftlosere Körper. Hoyt dachte, er wüsste, was wirklich mit seiner Tochter geschehen war. Und er hatte keine Ahnung, wie falsch er damit lag.

Es donnerte. Regen trommelte wie kleine Fäuste an die Fenster.

»Du hättest es mir sagen können«, meinte ich.

»Und was hättest du getan, Beck? Wärst du ihr gefolgt? Wärt ihr zusammen geflohen? Sie hätten die Wahrheit herausbekommen und uns alle umgebracht. Sie haben dich beobachtet. Das tun sie immer noch. Wir haben es niemandem erzählt. Nicht einmal Elizabeths Mutter. Und wenn du noch einen Beweis dafür brauchst, dass wir das Richtige getan haben, sieh dich einfach um. Es ist acht Jahre her. Sie hat dir bloß ein paar anonyme E-Mails geschickt. Und jetzt schau dich um.«

Eine Autotür wurde zugeschlagen. Hoyt sprang wie eine Raubkatze zum Fenster. Wieder spähte er hinaus. »Der Wagen, in dem du gekommen bist. Mit zwei Schwarzen.«

»Sie kommen meinetwegen.«

»Bist du sicher, dass die nicht für Scope arbeiten?«

»Hundertprozentig.« Wie aufs Stichwort klingelte mein neues Handy. Ich ging ran.

»Alles okay?«, fragte Tyrese.

»Ja.«

»Kommen Sie raus.«

»Warum?«

»Trauen Sie dem Cop?«

»Ich bin mir nicht sicher.«

»Kommen Sie raus.«

Ich erklärte Hoyt, dass ich gehen musste. Er war so ausgelaugt, dass es ihm egal zu sein schien. Ich nahm die *Glock* und hastete zur Tür. Tyrese und Brutus warteten auf mich. Der Regen hatte etwas nachgelassen, doch das war uns allen egal.

»Ein Anruf für Sie. Gehen Sie da rüber.«

»Warum?«

»Privat«, sagte Tyrese. »Ich will das nicht hören.«

»Ich vertraue Ihnen.«

»Tun Sie einfach, was ich Ihnen sage, Mann.«

Ich ging außer Hörweite. Ich sah, wie die Jalousie hinter mir ein wenig zur Seite geschoben wurde. Hoyt spähte heraus. Ich sah Tyrese an. Er gestikulierte, dass ich das Telefon ans Ohr halten sollte. Das tat ich.

Dann sagte Tyrese: »Leitung steht, fangt an.«

Als Nächstes hörte ich Shaunas Stimme. »Ich habe sie gesehen.«

Ich stand ganz still da.

»Sie hat gesagt, dass du sie heute Abend am Dolphin treffen sollst.«

Ich verstand. Die Leitung wurde unterbrochen. Ich ging zurück zu Tyrese und Brutus. »Ich muss nachher allein an einen bestimmten Ort«, sagte ich. »So, dass man mir nicht folgen kann.«

Tyrese sah Brutus an. »Steigen Sie ein«, sagte er dann.

42

BRUTUS FUHR WIE EIN VERRÜCKTER. Er raste falsch herum durch Einbahnstraßen und wendete urplötzlich mitten auf der Straße. Er schnitt von der rechten Spur quer durch dichten Verkehr und bog an einer roten Ampel links ab. Wir kamen ausgezeichnet voran.

Am MetroPark in Iselin fuhr in zwanzig Minuten ein Zug nach Port Jervis ab. Dort konnte ich mir dann einen Wagen mieten. Als sie mich am Bahnhof absetzten, blieb Brutus im Wagen sitzen. Tyrese begleitete mich zum Schalter.

»Sie haben gesagt, dass ich abhauen und nie wieder zurückkommen soll«, sagte Tyrese.

»Stimmt.«

»Vielleicht«, sagte er, »sollten Sie sich das auch mal überlegen.« Ich streckte die Hand aus, damit er sie schütteln konnte. Er ignorierte sie und umarmte mich heftig. »Danke«, sagte ich leise.

Er ließ mich los, hob kurz die Schultern, wodurch seine Jacke etwas runterrutschte, und rückte sich die Sonnenbrille zurecht. »Jaja, alles klar.« Er wartete nicht auf eine Antwort, drehte sich um und ging zum Wagen.

Der Zug kam pünktlich an und fuhr pünktlich wieder ab. Ich ließ mich auf einen leeren Sitz fallen und versuchte, nicht nachzudenken. Es klappte nicht. Ich sah mich um. Der Waggon war ziemlich leer. Zwei junge Mädchen plapperten im Ey-weißte- und Du-sagmal-Jargon. Mein Blick wanderte weiter. Er fiel auf eine Zeitung – ein lokales Boulevardblatt, um genauer zu sein –, die jemand auf dem Sitz liegen gelassen hatte.

Ich ging hinüber und sah sie mir an. Die Titelseite zeigte das Foto einer jungen Filmschauspielerin, die Ladendiebstahl begangen hatte. Ich blätterte ein bisschen weiter und suchte nach den Cartoons oder den neuesten Sportergebnissen – irgendetwas, das mich vom Grübeln ablenken könnte. Ich blieb dann allerdings an einem Foto von, tja, meiner Wenigkeit hängen. Gesucht. Faszinierend, wie niederträchtig ich auf dem dunklen Foto aussah – wie ein Terrorist aus dem Mittleren Osten.

Und dann sah ich etwas darunter. Und meine ohnehin aus den Fugen geratene Welt brach erneut zusammen.

Ich hatte den Artikel gar nicht richtig gelesen. Mein Blick war nur kurz über die Seite geschweift. Dabei waren mir die Namen ins Auge gefallen. Zum ersten Mal. Die Namen der Männer, deren Leichen man am See gefunden hatte. Ich kannte einen von ihnen.

Melvin Bartola.

Das war vollkommen unmöglich.

Ich ließ die Zeitung fallen und rannte los. Durch die Schiebetüren hindurch. Zwei Waggons weiter vorne fand ich den Schaffner.

»Welches ist die nächste Haltestelle?«, fragte ich.

»Ridgemont, New Jersey.«

»Gibt es dort eine Bibliothek in Bahnhofsnähe?«

»Woher soll ich das wissen?« Ich stieg trotzdem aus.

Eric Wu spannte seine Finger an. Mit einem kurzen, kräftigen Stoß drückte er die Tür auf.

Sie hatten nicht lange gebraucht, um herauszufinden, wer die beiden Schwarzen waren, die Dr. Beck zur Flucht verholfen hatten. Larry Gandle hatte Freunde bei der Polizei. Wu hatte ihnen die Männer beschrieben und dann die dazu passenden Verbrecherfotos durchgesehen. Nach ein paar Stunden hatte er einen Schläger namens Brutus Cornwall identifiziert. Sie hatten ein paar Leute angerufen und erfahren, dass Brutus für einen Drogenhändler namens Tyrese Barton arbeitete.

Ganz einfach.

Die Sicherheitskette zerriss. Die Tür flog auf und knallte gegen die Wand. Latisha blickte erschrocken auf. Sie wollte schreien, aber Wu war zu schnell. Er hielt ihr den Mund zu und neigte sich ganz nahe zu ihrem Ohr. Ein anderer von Gandle angeheuerter Mann folgte ihm.

»Psst«, sagte Wu beinahe sanft.

TJ spielte auf dem Fußboden mit seinen Spielzeugautos. Er drehte den Kopf in Richtung des Lärms und sagte: »Mama?«

Eric Wu sah lächelnd zu ihm hinab. Er ließ Latisha los und kniete sich auf den Boden. Latisha versuchte, ihn aufzuhalten, doch der andere Mann hielt sie fest. Wu legte dem Jungen seine riesige Hand auf den Kopf. Er streichelte TJs Haar und drehte sich zu Latisha um.

»Können Sie mir sagen, wo ich Tyrese finde?«, fragte er.

Als ich aus dem Zug ausgestiegen war, nahm ich ein Taxi zur Autovermietung. Der Angestellte im grünen Jackett erklärte mir den Weg zur Bibliothek. Nach etwa drei Minuten war ich da. Die Bibliothek in Ridgemont war ein modernes Backsteingebäude im kolonialen Stil mit großen Panoramafenstern, Birkenholzregalen, Balkons, Türmchen und einer Cafeteria. Im zweiten Stock bei den Nachschlagewerken fand ich eine Bibliothekarin, bei der ich mich nach einem Internet-Terminal erkundigte.

»Haben Sie einen Ausweis?«, fragte sie.

Hatte ich. Sie sah ihn an. »Sie müssen Ihren Wohnsitz hier im Landkreis haben.«

»Bitte«, flehte ich. »Es ist sehr wichtig.«

Ich dachte, sie würde nicht nachgeben, aber sie ließ sich erweichen. »Wie lange brauchen Sie denn ungefähr?«

»Höchstens ein paar Minuten.«

»Das …«, sie zeigte auf einen Computer hinter mir, »… ist unser Express-Terminal. Das kann jeder für zehn Minuten benutzen.« Ich bedankte mich und ging hinüber. Über *Yahoo!* fand ich die Website des *New Jersey Journal*, der größten Zeitung von Bergen und Passaic County. Das Erscheinungsdatum kannte ich genau. Der zwölfte Januar vor zwölf Jahren. Ich ging ins *Search Archive*-Feld und gab die Daten ein.

Die Website enthielt nur die Artikel der letzten sechs Jahre. Verdammt.

Ich wandte mich wieder an die Bibliothekarin. »Ich suche einen zwölf Jahre alten Artikel aus dem *New Jersey Journal*«, sagte ich.

322

»Im Internet-Archiv haben Sie ihn nicht gefunden?« Ich schüttelte den Kopf.

»Mikrofiche«, verkündete sie und klatschte beim Aufstehen die Handflächen auf die Seitenlehnen ihres Stuhls. »Welcher Monat?«

»Januar.«

Die Bibliothekarin war eine korpulente Frau, die sich schwerfällig bewegte. Sie holte eine Rolle aus einem Schubladenschrank und half mir, den Film ins Lesegerät einzufädeln. Ich setzte mich davor. »Viel Erfolg«, sagte sie.

Ich spielte mit dem Knopf herum wie mit dem Gasgriff eines neuen Motorrads. Kreischend lief der Mikrofiche durch die Maschine. Ich stoppte ihn alle paar Sekunden und sah nach, wo ich war. Nach nicht einmal zwei Minuten hatte ich das richtige Datum. Der Artikel war auf der dritten Seite.

Als ich die Schlagzeile sah, bildete sich ein Klumpen in meiner Kehle.

Ich schwöre, dass ich das Quietschen der Reifen manchmal wirklich gehört habe, obwohl ich mehrere Kilometer vom Ort des Geschehens entfernt in meinem Bett geschlafen hatte. Die Erinnerung schmerzte noch immer – vielleicht nicht so extrem wie die an die Nacht, in der ich Elizabeth verloren hatte –, doch es war meine erste unmittelbare Erfahrung mit Sterblichkeit und menschlicher Tragödie, und so etwas vergisst man nicht. Selbst nach zwölf Jahren erinnerte ich mich noch an sämtliche Einzelheiten jener Nacht, die allerdings wie von einem Tornado durcheinander gewirbelt worden waren – das Klingeln an der Haustür vor Sonnenaufgang, die Polizisten mit den ernsten Gesichtern, Hoyt einer von ihnen, ihre leisen, sorgfältig gewählten Worte, unsere ungläubige Verzweiflung, die langsame Erkenntnis, Lindas kummervolles Gesicht, meine unablässigen Tränen, meine Mutter, die es immer noch nicht wahrhaben wollte, die mich zur Ruhe mahnte und mir sagte, ich solle zu weinen aufhören. Ihr schon damals angegriffener Verstand hatte der Belastung nicht standgehalten, und sie herrschte mich an, ich solle mich nicht wie ein Baby benehmen, beharrte darauf, dass alles in

Ordnung war, bis sie plötzlich ganz dicht an mich heran kam und staunte, wie groß meine Tränen waren, zu groß, sagte sie, so große Tränen gehören höchstens in das Gesicht eines Kindes, nicht in das eines Erwachsenen. Dann hatte sie eine Träne berührt, sie zwischen Daumen und Zeigefinger verrieben und gesagt: »Hör auf zu weinen, David!« Sie war immer wütender geworden, weil ich nicht aufhören konnte, bis sie schließlich losgebrüllt hatte, dass ich aufhören sollte zu heulen, bis Linda und Hoyt dazwischengegangen waren, sie beruhigt hatten, und ihr irgendjemand – weder zum ersten noch zum letzten Mal – ein Beruhigungsmittel gegeben hatte. All das stürzte in einem furchtbaren Schwall noch einmal auf mich ein. Und dann las ich den Artikel und spürte, wie der Aufprall mich auf eine ganz neue Art und Weise erschütterte.

Auto in Schlucht gestürzt
Ein Toter. Ursache unbekannt.
Gestern Nacht gegen 3 Uhr stürzte ein von Stephen Beck aus Green River, New Jersey, gesteuerter Ford Taurus bei Mahwah nahe der Grenze nach New York von einer Brücke. In Folge der Schneestürme herrschte Straßenglätte.
Die Polizei hat jedoch noch keine Angaben zur Unfallursache gemacht. Der einzige Zeuge des Unfalls, Melvin Bartola, ein LKW-Fahrer aus Cheyenne, Wyoming …

Ich las nicht weiter. Selbstmord oder Unfall. Das hatten sich alle gefragt. Jetzt wusste ich, dass sie alle Unrecht gehabt hatten.

Brutus sagte: »Was ist los?«

»Ich weiß nicht, Mann.« Nachdem er einen Moment lang überlegt hatte, fügte Tyrese hinzu: »Ich will nicht wieder zurück.«

Brutus antwortete nicht. Tyrese sah seinen alten Freund an. Sie kannten sich seit der dritten Klasse. Brutus war schon damals kein großer Redner gewesen. War wahrscheinlich damit ausgelastet gewesen, sich zwei Mal am Tag verprügeln zu lassen – zu Hause und in der Schule −, bis er darauf gekommen war, dass seine einzige Überlebenschance darin bestand, das härteste Arschloch im ganzen Viertel zu werden. Seit er elf war, hatte er immer eine Pistole mit in die Schule genommen. Mit vierzehn hatte er zum ersten Mal einen Menschen umgebracht.

»Hast du nicht auch die Nase voll, Brutus?«

Brutus zuckte die Achseln. »Was anderes haben wir nicht gelernt.«

Regungslos und niederschmetternd hing die Wahrheit in der Luft. Tyreses Handy klingelte. »Yo.«

»Hallo, Tyrese.«

Tyrese erkannte die seltsame Stimme nicht. »Wer ist da?«

»Wir sind uns gestern begegnet. In einem weißen Lieferwagen.« Sein Blut verwandelte sich in Eis. Bruce Lee, dachte Tyrese. Oh Scheiße … »Was wollen Sie?«

»Ich hab hier jemanden, der gerne mal hallo sagen möchte.« Nach einem kurzen Schweigen sagte TJ: »Daddy?«

Tyrese riss sich die Sonnenbrille vom Gesicht. Er erstarrte. »TJ? Geht's dir gut?«

Aber Eric Wu war wieder am Apparat. »Ich suche Dr. Beck, Tyrese. TJ und ich hatten gehofft, dass du uns dabei helfen könntest.«

»Ich weiß nicht, wo er ist.«

»Oh, das ist aber jammerschade.«

»Ich schwöre bei Gott, ich weiß es nicht.«

»Verstehe«, sagte Wu. Dann fuhr er fort: »Bleib doch noch einen Moment dran, Tyrese, okay? Ich möchte, dass du dir das anhörst.«

43

DER WIND BLIES, die Bäume tanzten, das Orangerot des Sonnen-
untergangs wich allmählich einem schimmernden Bleigrau. Er-
schreckenderweise fühlte sich die Nachtluft genauso an wie vor
acht Jahren, als ich zum letzten Mal in der Nähe dieses geheiligten
Bodens gewesen war.

Ich fragte mich, ob Griffin Scopes Leute wohl daran dachten,
Lake Charmaine im Auge zu behalten. Dabei spielte das eigentlich
keine Rolle. Dafür war Elizabeth zu clever. Wie schon erwähnt,
war hier ein Sommercamp gewesen, bevor Opa den See gekauft
hatte. Elizabeths Hinweis – Dolphin – war der Name der Hütte,
in der die ältesten Kinder geschlafen hatten, weil sie am tiefsten
im Wald versteckt lag. Wir hatten uns damals kaum je dorthin
getraut.

Der Mietwagen kämpfte sich den Fahrweg hinauf, auf der früher die Lebensmittel angeliefert worden waren. Er war kaum noch
als Weg zu erkennen. Von der Hauptstraße aus war er gar nicht zu
sehen, das hohe Gras verbarg ihn wie den Eingang zur Bat-Höhle.
Für alle Fälle hing immer noch eine Kette mit einem BETRETEN
VERBOTEN-Schild davor. Kette und Schild waren zwar noch da,
aber man sah ihnen die jahrelange Vernachlässigung an. Ich hielt
an, löste die Kette und schlang sie um den Baum.

Dann setzte ich mich wieder ins Auto und fuhr hinauf zur alten
Kantine. Davon war nicht mehr viel übrig. Es lagen noch ein paar
verrostete Überbleibsel von Herden und Öfen herum, dazwischen
ein paar Töpfe und Pfannen. Das meiste war jedoch längst von
Unkraut und Gebüsch überwuchert. Ich stieg aus und atmete die
frische Waldluft ein. Ich versuchte, nicht an meinen Vater zu denken, doch als ich von der Lichtung bis zum See hinunter blicken
konnte, wo sich der silbrige Mond auf der glatten Oberfläche spie-

gelte, hörte ich wieder das Gebrüll des alten Geistes, und ich fragte mich, ob er diesmal nicht nach Rache schrie.

Ich ging den Pfad entlang, obwohl auch der kaum noch vorhanden war. Eigenartig, dass Elizabeth diesen Treffpunkt gewählt hatte. Ich habe ja schon erwähnt, dass sie nicht gern in den Ruinen des alten Sommercamps gespielt hatte. Linda und ich waren staunend über Schlafsäcke oder gerade geleerte Konservendosen gestolpert und hatten uns gefragt, was für ein Herumtreiber die wohl zurückgelassen hatte und ob er womöglich noch in der Nähe war. Elizabeth, die mit Abstand die Klügste von uns war, hatte kein Interesse an solchen Spielereien. Sonderbare Orte und Ungewissheit machten ihr Angst.

Ich brauchte zehn Minuten bis zur Hütte. Sie war in erstaunlich gutem Zustand. Die Wände standen noch, das Dach war in Ordnung, nur die Holztreppe zur Tür war zersplittert. Das Dolphin-Schild hing senkrecht an einem Nagel über der Tür. Weinranken, Moos und ein Sortiment an Pflanzen, deren Namen ich nicht kannte, hatte es nicht draußen gehalten. Sie hatten die Hütte umzingelt, sich hineingekämpft, waren durch Löcher und Fenster gekrochen, hatten die Bausubstanz verschlungen, so dass sie zu einem Teil der Landschaft geworden war.

»Du bist wieder da«, sagte eine Stimme, und ich erschrak. Eine Männerstimme.

Meine Reaktion war rein instinktiv. Ich sprang zur Seite, ließ mich zu Boden fallen, rollte mich ab, zog die *Glock* und zielte. Der Mann hob lediglich die Hände. Ich sah ihn an und hielt weiter die *Glock* auf ihn gerichtet. Mit so einer Gestalt hatte ich nicht gerechnet. Der dichte Bart sah aus wie ein von Krähen geplündertes Rotkehlchennest. Er hatte lange, verfilzte Haare und trug einen zerfledderten Tarnanzug. Einen Augenblick lang dachte ich, ich wäre wieder in der Stadt und stünde einem obdachlosen Bettler gegenüber. Aber Körperhaltung und Verhalten passten nicht dazu. Der Mann stand ruhig und aufrecht da. Er sah mir direkt in die Augen.

»Wer zum Teufel sind Sie?«, fragte ich.

»Es ist lange her, David.«

»Ich kenne Sie nicht.«

»Nein, eigentlich nicht. Aber ich kenne dich.« Er zeigte mit der Hand auf die Koje hinter mir. »Ich habe dir und deiner Schwester beim Spielen zugeguckt.«

»Ich weiß nicht, was Sie meinen.«

Er lächelte. Seine Zähne, die alle noch vorhanden waren, glänzten weiß vor seinem Bart. »Ich bin der wilde Mann.«

In der Ferne hörte ich eine Schar Gänse schnattern, die auf dem See zur Landung ansetzte. »Was wollen Sie?«, fragte ich.

»Gar nichts«, sagte er immer noch lächelnd. »Darf ich die Hände runternehmen?«

Ich nickte. Er ließ die Hände fallen. Ich senkte die Waffe, behielt sie jedoch in der Hand. Ich dachte darüber nach, was er gesagt hatte, und fragte: »Wie lange verstecken Sie sich hier schon?«

»Mit ein paar Unterbrechungen seit …«, er schien kurz nachzurechnen, wobei er die Finger benutzte, »… dreißig Jahren.« Er grinste, als er meinen entgeisterten Gesichtsausdruck sah. »Ja, ich kenne dich, seit du so groß warst.« Er hielt die Hand in Kniehöhe. »Ich habe gesehen, wie du aufgewachsen bist und …« Er schwieg.

»Seit du zum letzten Mal hier warst, ist viel Zeit vergangen, David.«

»Wer sind Sie?«

»Ich heiße Jeremiah Renway«, antwortete er. Der Name sagte mir nichts.

»Ich bin auf der Flucht vor der Polizei.«

»Und warum zeigen Sie sich jetzt?«

Er zuckte die Achseln. »Wahrscheinlich weil ich mich freue, dich zu sehen.«

»Woher wollen Sie wissen, dass ich Sie nicht bei der Polizei verpfeife?«

»Ich glaube, du bist mir was schuldig.«

»Wieso?«

»Ich habe dir das Leben gerettet.«

Die Erde schien unter mir nachzugeben.

»Was glaubst du denn, wer dich aus dem Wasser gezogen hat?«, wollte er wissen.

Ich war völlig perplex.

»Wer hat dich ins Haus gebracht? Und wer hat den Krankenwagen gerufen?«

Ich öffnete den Mund, bekam aber keinen Ton heraus.

»Und …«, das Lächeln wurde breiter, »… wer hat denn wohl die Leichen so weit ausgegraben, dass sie jemand findet?«

Es dauerte eine Weile, bis ich wieder ein Wort herausbekam.

»Warum?«, stieß ich dann hervor.

»Kann ich auch nicht genau sagen«, antwortete er. »Weißt du, vor langer Zeit habe ich etwas Böses getan. Ich glaube, das war meine Chance zur Wiedergutmachung oder so was.«

»Was wollen Sie damit sagen? Was haben Sie gesehen?«

»Alles«, antwortete Renway. »Ich habe gesehen, wie sie deine Frau geschnappt haben. Ich habe gesehen, wie sie dir den Baseballschläger über den Kopf gehauen haben. Ich habe gesehen, wie sie deiner Frau versprochen haben, dich rauszuholen, wenn sie ihnen verrät, wo sie etwas Bestimmtes finden. Ich habe gesehen, wie deine Frau ihnen den Schlüssel gegeben hat. Ich habe gesehen, wie sie gelacht und deine Frau ins Auto gezerrt haben, während du weiter im Wasser lagst.«

Ich schluckte. »Haben Sie gesehen, wie sie erschossen wurden?«

Wieder lächelte Renway. »Genug geplaudert, Junge. Sie wartet auf dich.«

»Ich versteh Sie nicht.«

»Sie wartet auf dich«, wiederholte er und wandte sich ab. »Am Baum.« Ohne Vorwarnung sprintete er in den Wald, flitzte wie ein Reh durchs Unterholz. Ich blieb stehen und sah ihn im Dickicht verschwinden.

Am Baum.

Ich rannte los. Zweige peitschten mir ins Gesicht. Es war mir egal. Meine Beine sehnten sich nach einer Rast. Ich schenkte ihnen keine Beachtung. Meine Lunge protestierte. Ich zwang sie zum Weiteratmen. An dem etwas phallischen Felsen bog ich rechts ab und lief um die Biegung. Da stand der Baum. Als ich näher kam, spürte ich, wie mir Tränen in die Augen stiegen.

Unsere eingeritzten Initialen – E.P. + D.B. – waren mit der Zeit nachgedunkelt. Genau wie die dreizehn Striche, die wir hineingeritzt hatten. Ich starrte sie kurz an, streckte dann zaghaft die Hand aus und streichelte die Rillen. Nicht die Initialen. Nicht die dreizehn Striche. Meine Finger fuhren über die acht frischen, noch weißen Striche, aus denen Harz sickerte.

Dann hörte ich sie sagen: »Ich weiß, du findest das kitschig.« Mein Herz explodierte. Ich drehte mich um. Und da war sie.

Ich konnte mich nicht rühren. Ich konnte nicht sprechen. Ich starrte ihr nur ins Gesicht. Ihr schönes Gesicht. Diese Augen. Ich fühlte mich wie im freien Fall, als würde ich einen dunklen Schacht hinabstürzen. Ihr Gesicht war schmaler, die Yankee-Wangenknochen traten etwas stärker hervor, und ich glaube nicht, dass ich je in meinem Leben etwas so Vollkommenes gesehen hatte.

Ich erinnerte mich an die Träume, die mich genarrt hatten – die nächtlichen Augenblicke des Entkommens, in denen ich sie in den Armen hielt, ihr Gesicht streichelte und die ganze Zeit den Eindruck hatte, dass mich etwas von ihr wegriss, wobei ich selbst in diesen Momenten der Glückseligkeit wusste, dass es nicht real war, dass ich schon bald wieder in die Welt des Wachseins zurückgeworfen werden würde. Die Angst, dass es auch jetzt so sein könnte, überrollte mich, presste mir die Luft aus der Lunge.

Elizabeth schien meine Gedanken lesen zu können und nickte, als wollte sie sagen: *Ja, es ist wahr.* Sie machte einen zaghaften Schritt auf mich zu. Ich konnte kaum atmen, doch es gelang mir, den Kopf zu schütteln, auf die frisch eingeritzten Striche zu zeigen und zu sagen: »Nein, ich finde es romantisch.«

Sie erstickte ihr Schluchzen mit der Hand und rannte auf mich zu. Ich breitete die Arme aus, und sie sprang hinein. Ich drückte sie an mich. Ich drückte sie an mich, so fest ich konnte. Mit geschlossenen Augen. Ich roch den Flieder und den Zimt in ihren Haaren. Sie presste ihr Gesicht an meine Brust und schluchzte. Wir umarmten uns, klammerten uns aneinander. Sie … passte noch immer zu mir. Die Konturen, die Linien unserer Körper brauchten sich nicht neu auszurichten. Ich legte die Hand um ihren Hinterkopf. Ihr Haar war kürzer, aber es fühlte sich immer noch genauso an. Ich spürte, dass sie zitterte, und ich bin sicher, dass es ihr mit mir nicht anders erging.

Unser erster Kuss war heftig und vertraut und beängstigend inbrünstig. Zwei Menschen, die endlich wieder an die Oberfläche gekommen waren, nachdem sie die Tiefe des Wassers, in das sie eingetaucht waren, vollkommen falsch eingeschätzt hatten. Die Jahre schmolzen dahin, der Winter machte dem Frühling Platz. So viele Gefühle überwältigten mich. Ich versuchte nicht, sie zu ordnen oder zu verstehen. Ich ließ es einfach geschehen.

Sie hob den Kopf und sah mir in die Augen. Ich konnte mich nicht rühren. »Es tut mir Leid«, sagte sie, und ich dachte, mein Herz würde gleich wieder zerspringen.

Ich umklammerte sie. Ich umklammerte sie und fragte mich, ob ich es je riskieren könnte, sie wieder loszulassen. »Verlass mich bloß nicht noch einmal«, sagte ich.

»Niemals.«

»Versprochen?«

»Versprochen.«

Wir hielten uns umschlungen. Ich drückte mich an ihre wunderbare Haut. Ich streichelte ihren muskulösen Rücken. Ich küsste ihren Schwanenhals. Ich blickte sogar zum Himmel hinauf und hielt sie dabei einfach nur fest. Wie?, fragte ich mich. Wie konnte es etwas anderes sein als ein weiterer grausamer Scherz? Wie konnte sie am Leben und wieder bei mir sein?

Es war mir egal. Ich wünschte mir so sehr, dass es wahr war. Ich wünschte mir, dass es weiterging.

Aber noch während ich sie so an mich drückte, riss mich das Klingeln des Handys aus meiner Traumwelt. Einen Augenblick lang überlegte ich, ob ich es einfach klingeln lassen sollte, doch nach al-

lem, was passiert war, hatte ich keine Wahl. Menschen, die wir lieb-
ten, hatten uns geholfen. Wir konnten sie nicht einfach links liegen
lassen. Das wussten wir beide. Immer noch einen Arm um Elizabeth
gelegt – ich wollte sie nie wieder loslassen –, hielt ich das Telefon ans
Ohr und sagte: »Hallo?«

Es war Tyrese. Und während er sprach, spürte ich, wie mir langsam wieder alles entglitt.

44

WIR PARKTEN AUF DEM UNBEWOHNTEN GRUNDSTÜCK bei der Riker-Hill-Grundschule und gingen Hand in Hand über das Schulgelände. Selbst im Dunkeln erkannte ich, dass sich nicht viel geändert hatte seit den Tagen, als Elizabeth und ich hier herumgetobt waren. Der Kinderarzt in mir konnte allerdings nicht umhin, die neuen Sicherheitsvorkehrungen zu bemerken. Die Schaukeln hatten dickere Ketten, und die Sitze waren mit Gurten versehen. Unter den Klettergerüsten war weicher Rindenmulch ausgestreut, falls ein Kind herunterfiel. Aber das Kickballfeld, der Fußballplatz und die Asphaltfläche mit dem draufgemalten Himmel und Hölle sahen noch genauso aus wie damals, als wir klein waren.

Wir gingen am Fenster der zweiten Klasse von Miss Sobel vorbei, doch alles, was wir hier erlebt hatten, war so lange her, dass wir höchstens noch einen Hauch von Nostalgie empfanden. Noch immer Hand in Hand, verschwanden wir im Gehölz. Obwohl wir beide diesen Pfad seit zwanzig Jahren nicht mehr gegangen waren, kannten wir den Weg. Zehn Minuten später standen wir im Garten von Elizabeths Elternhaus in der Goodhart Road. Ich sah sie an. Mit feuchten Augen blickte sie auf das Haus ihrer Kindheit.

»Und deine Mutter weiß nichts?«, fragte ich.

Sie schüttelte den Kopf. Dann sah sie mich an. Ich nickte und ließ ganz langsam ihre Hand los.

»Willst du das wirklich tun?«, fragte sie.

»Ich habe keine Wahl«, sagte ich.

Ich gab ihr keine Gelegenheit zu widersprechen. Ich ging zum Haus. An der Glasschiebetür schirmte ich die Augen mit den Händen ab und schaute hinein. Hoyt war nicht zu sehen. Ich ging zur Hintertür. Sie war offen. Ich drehte den Knauf und trat ein. Es war niemand da. Ich wollte schon wieder gehen, als ich sah, dass in der

Garage Licht brannte. Ich ging durch die Küche in die Waschküche. Langsam öffnete ich die Tür zur Garage.

Hoyt Parker saß auf dem Fahrersitz seines Buick Skylark. Der Motor war aus. Er hatte einen Drink in der Hand. Als ich die Tür öffnete, hob er seine Pistole. Als er mich sah, ließ er sie wieder sinken und legte sie neben sich. Ich ging zur Beifahrertür. Sie war nicht verschlossen. Ich öffnete die Tür und setzte mich neben ihn.

»Was willst du, Beck?« Er lallte ein wenig.

»Sag Griffin Scope, er soll den Jungen freilassen«, sagte ich.

»Keine Ahnung, wovon du redest«, antwortete er ohne die geringste Überzeugungskraft.

»Schutzgeld, kleines Extra, Nebenverdienst, ist mir vollkommen egal, wie du es nennst, Hoyt. Ich weiß, was los ist.«

»Du weißt gar nichts.«

»Die Nacht am See«, sagte ich, »als du Elizabeth überredet hast, nicht zur Polizei zu gehen.«

»Darüber haben wir schon gesprochen.«

»Aber ich bin neugierig, Hoyt. Wovor hattest du wirklich Angst – dass sie sie umbringen oder dass sie dich auch verhaften?«

Träge wanderte sein Blick zu mir herüber. »Wenn ich sie nicht überredet hätte abzuhauen, wäre sie jetzt tot.«

»Da will ich dir gar nicht widersprechen«, sagte ich. »Muss dir trotzdem sehr gelegen gekommen sein – zwei Fliegen mit einer Klappe. Du hast ihr Leben gerettet, und du musstest nicht ins Gefängnis.«

»Und wieso hätte ich ins Gefängnis gehen sollen?«

»Willst du bestreiten, dass du für Scope gearbeitet hast?«

Er zuckte die Achseln. »Meinst du etwa, ich war der Einzige auf seiner Gehaltsliste?«

»Nein«, sagte ich.

»Warum hätte ich mir also größere Sorgen machen sollen als die anderen Cops?«

»Weil du etwas anderes getan hast.«

Er leerte seinen Drink, griff nach der Flasche und schenkte sich noch einen ein. »Ich hab keinen Schimmer, wovon du redest.«

334

»Weißt du, in was Elizabeth da ihre Nase gesteckt hat?«

»Brandon Scopes illegale Aktivitäten«, sagte er. »Prostitution. Minderjährige. Drogen. Der Kerl wollte der Obergangster sein.«

»Und sonst?«, sagte ich und versuchte mein Zittern in den Griff zu kriegen.

»Was meinst du damit?«

»Wenn sie weitergesucht hätte, wäre sie vielleicht auf ein größeres Verbrechen gestoßen.« Ich holte tief Luft. »Stimmt's, Hoyt?«

Als ich das sagte, erschlafften seine Züge. Er wandte sich ab und starrte geradeaus durch die Windschutzscheibe.

»Einen Mord«, sagte ich.

Ich versuchte, seinem Blick zu folgen, sah dort aber nur die Sears-Craftsman-Werkzeuge ordentlich an einer gelochten Platte hängen. Die Schraubenzieher mit den gelb-schwarzen Griffen waren nach Größe sortiert, die für Schlitzschrauben links, für Kreuzschlitze rechts. Dazwischen hingen drei Maulschlüssel und ein Hammer.

Ich sagte: »Elizabeth war nicht die Erste, die Brandon Scope das Handwerk legen wollte.« Dann brach ich ab und wartete. Ich wartete so lange, bis er mich anschaute. Es dauerte eine Weile, aber schließlich tat er es. Und ich sah es in seinen Augen. Er blinzelte nicht und versuchte nicht, es zu leugnen. Ich sah es. Und er wusste, dass ich es sah.

»Hast du meinen Vater umgebracht, Hoyt?«

Er nahm einen kräftigen Schluck aus seinem Glas, ließ ihn kurz im Mund kreisen und schluckte schwer. Etwas Whiskey blieb in seinem Mundwinkel hängen. Er wischte ihn nicht ab. »Schlimmer«, sagte er und schloss die Augen. »Ich habe ihn verraten.«

Die Wut in meiner Brust wollte überkochen, meine Stimme klang jedoch überraschend ruhig. »Warum?«

»Ach komm, David. Das muss dir doch inzwischen klar geworden sein.«

Wieder packte mich die Wut. »Mein Vater hat mit Brandon Scope gearbeitet«, fing ich an.

»Mehr noch«, unterbrach er mich. »Griffin Scope hatte deinen Vater gebeten, Brandon anzulernen. Sie haben sehr eng zusammengearbeitet.«

»So wie später Brandon und Elizabeth.«

»Ja.«

»Und während dieser Zusammenarbeit hat mein Vater entdeckt, was für ein Monster Brandon in Wirklichkeit war. Stimmt's?«

Hoyt trank einfach weiter.

»Er wusste nicht, was er machen sollte«, fuhr ich fort. »Er hatte Angst, es jemandem zu erzählen, konnte es aber auch nicht einfach auf sich beruhen lassen. Die Schuld hat an ihm genagt. Darum war er in den Wochen vor seinem Tod so still.« Ich hielt inne und dachte an meinen Vater: verängstigt, allein, ausweglos. Warum hatte ich das damals nicht erkannt? Warum hatte ich nicht über meinen Horizont hinausgeblickt und seinen Schmerz gesehen? Warum war ich nicht auf ihn zugegangen? Warum hatte ich ihm nicht geholfen?

Ich sah Hoyt an. Ich hatte eine Pistole in der Tasche. Es wäre so einfach gewesen. Ich hätte nur die Waffe zu ziehen und abzudrücken brauchen. Peng. Weg.

Nur dass ich aus eigener Erfahrung wusste, dass das keine Lösung war. Ganz im Gegenteil.

»Weiter«, sagte Hoyt.

»Irgendwann hat Dad sich dann einem Freund anvertraut. Aber nicht irgendeinem Freund, sondern einem Cop. Einem Cop, der für die Stadt arbeitete, in der die Verbrechen begangen wurden.« Wieder geriet mein Blut in Wallung. »Dir, Hoyt.«

In seinem Gesicht bewegte sich etwas.

»Liege ich so weit richtig?«

»So ziemlich«, antwortete er.

»Du hast es den Scopes erzählt, stimmt's?«

Er nickte. »Ich dachte, sie würden ihn versetzen oder so was. Ihn von Brandon fern halten. Ich hätte nie erwartet …« Er verzog das Gesicht, offenbar gefiel ihm das Rechtfertigende in seiner Stimme nicht. »Wie bist du drauf gekommen?«

»Zum einen der Name Melvin Bartola. Er war Zeuge des angeblichen Unfalls, bei dem mein Vater umgekommen ist, aber natürlich hat auch er für Scope gearbeitet.« Das Lächeln meines Vaters blitzte vor meinem geistigen Auge auf. Ich ballte die Fäuste. »Und dazu kam die Lüge, dass du mir das Leben gerettet hättest«, fuhr ich fort. »Du bist zum See zurückgekommen, nachdem du Bartola und Wolf erschossen hattest. Aber nicht um mich zu retten. Du hast kurz nachgeschaut, keine Bewegung gesehen, und du dachtest wohl, ich wäre tot.«

»Ich dachte, du wärst tot«, wiederholte er. »Das heißt nicht, dass ich mir deinen Tod gewünscht habe.«

»Wortklauberei«, sagte ich.

»Ich hab nie gewollt, dass dir etwas passiert.«

»Aber als es dann doch dazu gekommen ist, warst du nicht gerade untröstlich«, sagte ich. »Du bist zum Wagen zurückgegangen und hast Elizabeth erzählt, ich sei ertrunken.«

»Ich wollte sie überreden unterzutauchen«, sagte er. »Das half natürlich.«

»Du musst ziemlich überrascht gewesen sein, als du erfahren hast, dass ich noch am Leben bin.«

»Eher schockiert. Wie hast du das überhaupt gemacht?«

»Spielt keine Rolle.«

Hoyt lehnte sich erschöpft zurück. »Wahrscheinlich nicht«, stimmte er zu. Wieder veränderte sich sein Gesichtsausdruck. Mit der nächsten Frage überraschte er mich: »Und was willst du sonst noch wissen?«

»Du streitest nichts davon ab?«

»Nein.«

»Und du kanntest Melvin Bartola, stimmt's?«

»Stimmt.«

»Bartola hat dir den Tipp mit dem geplanten Mord an Elizabeth gegeben«, sagte ich. »Ich weiß nicht, was da passiert ist. Vielleicht hat er Gewissensbisse bekommen. Vielleicht wollte er nicht, dass sie stirbt.«

»Bartola und Gewissensbisse?« Er gluckste. »Jetzt mach mal halb-lang. Er war ein hinterhältiger, asozialer Aasgeier. Er ist zu mir ge-kommen, weil er dachte, er könnte ein zweites Mal abkassieren. Erst bei den Scopes und gleich noch mal bei mir. Ich hab ihm gesagt, er kriegt das Doppelte und ich helfe ihm, das Land zu verlassen, wenn er mir hilft, Elizabeths Tod vorzutäuschen.«

Ich nickte, jetzt hatte ich verstanden. »Also haben Bartola und Wolf Scopes Leuten erzählt, dass sie nach dem Mord für eine Weile abhauen würden. Ich habe mich schon gefragt, warum ihr Verschwin-den nicht mehr Unruhe verursacht hat, aber dank deiner Vorberei-tung sollten Bartola und Wolf das Land verlassen.«

»Ja.«

»Und was ist passiert? Hast du sie gelinkt?«

»Männern wie Bartola und Wolf kann man nicht trauen. Egal wie viel ich ihnen bezahlt hätte, ich wusste, dass sie wieder zurückkommen und mehr verlangen würden. Das Landleben würde ihnen zu lang-weilig werden, oder sie würden sich besaufen und in einer Bar damit herumprahlen. Ich hab mein Leben lang mit solchem Gesindel zu tun gehabt. Das konnte ich nicht riskieren.«

»Also hast du sie umgebracht.«

»Ja«, sagte er ohne auch nur einen Anflug des Bedauerns.

Jetzt wusste ich alles. Nur nicht, wie wir aus dieser Geschichte her-auskommen sollten. »Sie haben einen kleinen Jungen in ihrer Gewalt«, sagte ich. »Ich habe versprochen, dass ich mich stelle, wenn sie ihn laufen lassen. Ruf sie an. Du hilfst mir bei der Übergabe.«

»Sie trauen mir nicht mehr.«

»Du hast lange für Scope gearbeitet«, sagte ich. »Denk dir was aus.«

Hoyt dachte darüber nach. Wieder starrte er seine Werkzeuge an, und ich fragte mich, was er dort sah. Dann hob er langsam die Pis-tole und richtete sie auf mein Gesicht. »Ich glaube, ich habe eine Idee«, sagte er.

Ich blinzelte nicht. »Mach das Garagentor auf, Hoyt.« Er rührte sich nicht.

Ich streckte die Hand aus und drückte auf den Knopf der Fernbedienung für das automatische Garagentor. Surrend fuhr das Tor nach oben. Hoyt sah zu. Elizabeth stand bewegungslos davor. Als das Tor ganz offen war, sah sie ihren Vater mit starrem Blick an.

Er zuckte zusammen.

»Hoyt?«, sagte ich.

Sein Kopf schnellte zu mir herum. Mit einer Hand griff er mir ins Haar. Er drückte mir die Pistole aufs Auge. »Sag ihr, sie soll aus dem Weg gehen.«

Ich rührte mich nicht.

»Sag's, oder du bist dran.«

»Das tust du nicht. Nicht vor ihren Augen.«

Er beugte sich näher zu mir herüber. »Mach schon, verdammt noch mal.« Es klang eher nach einer dringenden Bitte als nach einem feindseligen Befehl. Ich sah ihn an und ein eigenartiges Gefühl erfasste mich. Hoyt ließ den Wagen an. Ich sah nach vorne und winkte Elizabeth, dass sie aus dem Weg gehen sollte. Sie zögerte, trat aber schließlich zur Seite. Hoyt wartete, bis der Weg frei war. Dann trat er aufs Gas. Mit einem Ruck flogen wir an ihr vorbei. Als wir davon rasten, drehte ich mich um und sah Elizabeth durch die Heckscheibe immer matter und verschwommener werden, bis sie schließlich ganz verschwunden war.

Wieder einmal.

Ich lehnte mich zurück und fragte mich, ob ich sie wiedersehen würde. Ich hatte mich selbstsicher gegeben, konnte meine Chancen aber durchaus realistisch einschätzen. Sie war dagegen gewesen. Ich hatte ihr erklärt, dass ich es tun musste. Jetzt musste ich einmal der Beschützer sein. Das hatte ihr nicht gefallen, aber sie hatte es verstanden.

Ich hatte in den letzten Tagen erfahren, dass sie am Leben war. Hätte ich dafür mein Leben gegeben? Mit Freude. Das wurde mir jetzt bewusst. Ein seltsam friedliches Gefühl machte sich in mir breit, als ich mit dem Mann ins Ungewisse fuhr, der meinen Vater umgebracht hatte. Die Schuld, die so lange auf mir gelastet hatte, fiel endlich von mir ab. Ich wusste jetzt, was ich zu tun hatte – was ich opfern musste –, und fragte mich, ob es je eine andere Möglichkeit gegeben hatte oder ob mir ein solches Ende vorherbestimmt gewesen war.

Ich wandte mich an Hoyt und sagte: »Elizabeth hat Brandon Scope nicht erschossen.«

»Ich weiß«, unterbrach er mich, und dann sagte er etwas, das mich bis ins Mark erschütterte. »Das war ich.«

Ich erstarrte.

»Brandon hat Elizabeth zusammengeschlagen«, fuhr er schnell fort. »Er wollte sie umbringen. Also hab ich ihn erschossen, als er ins Haus kam. Dann habe ich es, wie gesagt, Gonzales angehängt. Elizabeth wusste, was ich getan habe. Sie wollte nicht, dass ein Unschuldiger dafür in den Knast geht. Also dachte sie sich ein Alibi aus. Als Scopes Leute das hörten, kamen sie ins Grübeln. Als dann der Verdacht aufkam, dass Elizabeth die Mörderin sein könnte …«, er brach ab, blickte starr auf die Straße, nahm allen Mut zusammen und fuhr fort, »… Gott steh mir bei, da habe ich sie in dem Glauben gelassen.«

Ich reichte ihm das Handy. »Ruf an«, sagte ich.

Er rief einen Mann namens Larry Gandle an. Ich war Gandle im Lauf der Jahre ein paar Mal begegnet. Sein Vater war mit meinem Vater auf die Highschool gegangen. »Ich habe Beck«, sagte Hoyt zu ihm. »Wir kommen zu den Stallungen, aber ihr müsst den Jungen freilassen.«

Larry Gandles Antwort konnte ich nicht hören.

»Sobald wir wissen, dass der Junge in Sicherheit ist, kommen wir«, sagte Hoyt. »Und erzähl Griffin, ich hab, was er sucht. Wir können das Ganze zu Ende bringen, ohne dass mir oder meiner Familie was passiert.«

Wieder sagte Gandle etwas, dann wurde die Verbindung unterbrochen. Hoyt gab mir das Telefon zurück.

»Bin ich Teil deiner Familie, Hoyt?«

Wieder richtete er seine Pistole auf meinen Kopf. »Zieh langsam die *Glock* raus, Beck. Vorsichtig, mit zwei Fingern.«

Ich tat, was er verlangte. Er fuhr das elektrische Fenster auf meiner Seite herunter. »Wirf sie raus.«

Ich zögerte. Er drückte mir den Lauf seiner Waffe ans Auge. Ich schnippte die *Glock* aus dem Fenster. Ich hörte nicht, wie sie zu Boden fiel.

Wir fuhren schweigend weiter und warteten darauf, dass das Handy wieder klingelte. Als es so weit war, ging ich ran. Tyrese sagte mit leiser Stimme: »Er ist okay.«

Erleichtert legte ich auf.

»Wo fährst du mit mir hin, Hoyt?«

»Das weißt du doch.«

»Griffin Scope bringt uns beide um.«

»Nein«, sagte er, wobei er die Pistole weiter auf mich gerichtet hielt. »Nicht beide.«

45

WIR BOGEN VOM HIGHWAY AB und fuhren durch ländliche Gebiete. Es gab immer weniger Straßenlaternen, schließlich waren die Autoscheinwerfer die einzige Lichtquelle. Hoyt griff nach hinten über die Lehne und nahm einen braunen Briefumschlag vom Rücksitz.

»Hier ist es, Beck. Alles.«

»Was alles?«

»Alles, was dein Vater über Brandon gesammelt hat. Und dazu das, was Elizabeth über Brandon gesammelt hat.«

Im ersten Augenblick war ich verwirrt. Er hatte es die ganze Zeit bei sich gehabt. Dann überlegte ich weiter. Der Wagen. Warum hatte Hoyt im Wagen gesessen?

»Wo sind die Kopien?«, fragte ich.

Er grinste, als freute er sich, dass ich diese Frage gestellt hatte.

»Es gibt keine. Es ist alles in diesem Umschlag.«

»Das begreife ich nicht.«

»Du wirst es schon noch begreifen, David. Tut mir Leid, aber jetzt bleibt es an dir hängen. Es geht nicht anders.«

»Das nimmt Scope dir nicht ab«, sagte ich.

»Doch, das tut er. Du hast ja schon richtig bemerkt, dass ich lange für ihn gearbeitet habe. Ich weiß, was er hören will. Heute ziehen wir einen Schlussstrich unter die ganze Geschichte.«

»Mit meinem Tod?«, fragte ich. Er antwortete nicht.

»Und wie willst du das Elizabeth erklären?«

»Vielleicht hasst sie mich danach«, räumte er ein. »Aber wenigstens ist sie am Leben.«

Vor uns sah ich das Tor, das als Hintereingang des Anwesens diente. Finale, dachte ich. Der uniformierte Wächter winkte uns durch. Hoyt hielt die ganze Zeit die Waffe auf mich gerichtet. Wir fuhren die Zufahrt entlang, als Hoyt unvermittelt auf die Bremse trat.

Er drehte sich zu mir um. »Bist du verkabelt, Beck?«

»Was? Nein.«

»Scheiße, lass mich nachsehen.« Er streckte die Hand nach meiner Brust aus. Ich beugte mich zur Seite. Er hob die Waffe, kam näher und tastete mich ab. Dann lehnte er sich zufrieden zurück.

»Dein Glück«, sagte er höhnisch.

Er legte erneut den Gang ein. Selbst im Dunkeln erkannte man, dass es ein sehr feudaler Wohnsitz war. Die Silhouetten der Bäume wogten im Mondschein, obwohl es nahezu windstill war. Vor uns erschienen ein paar Lichter. Hoyt fuhr langsam darauf zu. Ein verblasstes graues Schild informierte uns, dass wir an den *Freedom-Trail*-Stallungen angekommen waren. Wir hielten auf dem ersten Parkplatz links. Ich blickte aus dem Fenster. Ich verstehe nicht viel von Ställen und Pferden, aber dies war eine beeindruckende Anlage. In dem größten Gebäude, das an einen Flugzeughangar erinnerte, wäre Raum für ein Dutzend Tennisplätze gewesen. Die Ställe selbst waren V-förmig aufgefächert und erstreckten sich in beide Richtungen, so weit ich sehen konnte. Ein Springbrunnen plätscherte in der Mitte des Geländes. Außerdem gab es eine Rennbahn, mehrere Hindernisse und einen Springreit-Parcours.

Davor warteten mehrere Männer auf uns.

Die Waffe weiterhin auf mich gerichtet, befahl Hoyt: »Steig aus.«

Das tat ich. Das Geräusch der zufallenden Tür hallte durch die Stille. Hoyt ging um den Wagen herum und rammte mir die Pistole in den Rücken. Der Pferdegeruch rief kurz die Erinnerung an einen Jahrmarkt wach, auf dem ich als Kind gewesen war. Als ich jedoch die vier Männer vor mir sah, von denen ich zwei kannte, verblasste das Bild.

Zwei von ihnen – die, die ich nie zuvor gesehen hatte – waren mit halbautomatischen Gewehren bewaffnet. Sie zielten auf uns. Ich schauderte nur kurz. Wahrscheinlich hatte ich mich inzwischen daran gewöhnt, mich im Fadenkreuz von Schusswaffen zu befinden. Einer der Männer stand rechts außen beim Stalleingang. Der andere lehnte links an einem Wagen.

Die beiden Männer, die ich kannte, standen nebeneinander unter einer Laterne. Es waren Larry Gandle und Griffin Scope. Hoyt schob mich mit der Pistole vorwärts. Während wir auf sie zugingen, öffnete sich die Tür des großen Gebäudes.

Eric Wu trat heraus.

Mein Herz trommelte gegen die Rippen. Mein Atem dröhnte in meinen Ohren. Mir zitterten die Beine. Waffen mochten mich kalt lassen, doch mein Körper erinnerte sich noch an Wus Finger. Unwillkürlich verlangsamte ich meine Schritte. Wu sah mich kaum an. Er ging direkt zu Griffin Scope und überreichte ihm etwas.

Hoyt ließ mich anhalten, als wir noch gut zehn Meter von ihnen entfernt waren. »Gute Neuigkeiten«, rief er.

Alle Blicke richteten sich auf Griffin Scope. Ich kannte den Mann natürlich. Schließlich war ich der Sohn eines alten Freundes und der Bruder einer seiner wichtigsten Angestellten. Wie die meisten Menschen empfand ich große Achtung vor dem kräftigen Mann mit dem Funkeln in den Augen. Man wollte einfach zur Kenntnis genommen werden von diesem schulterklopfenden, ich-geb-dir-einen-aus-*Compadre,* der die seltene Fähigkeit hatte, die Balance zwischen Freund und Arbeitgeber zu wahren. Sonst funktionierte diese Mischung fast nie. Entweder verloren die Angestellten den Respekt vor ihrem Boss, wenn er zum Freund wurde, oder dem Freund wurde übel genommen, dass er plötzlich als Boss die Zügel anziehen musste. Für den energischen Griffin Scope war das kein Problem. Er war eine geborene Führungspersönlichkeit.

Jetzt sah er allerdings verwirrt aus. »Gute Neuigkeiten, Hoyt?« Hoyt rang sich ein Lächeln ab. »Sehr gute Neuigkeiten sogar, finde ich.«

»Wunderbar«, sagte Scope. Er sah Wu an. Wu nickte, blieb aber, wo er war. Scope sagte: »Dann lass uns diese guten Neuigkeiten mal hören, Hoyt. Ich kann's kaum erwarten.«

Hoyt räusperte sich. »Erstens müssen Sie verstehen, dass ich Ihnen nie schaden wollte. Ich habe mir sogar größte Mühe gegeben, nichts in irgendeiner Form Belastendes nach außen dringen zu lassen. Andererseits musste ich meine Tochter retten. Dafür haben Sie doch Verständnis, nicht wahr?«

Ein Anflug von Trauer umspielte Scopes Mundwinkel. »Ob ich Verständnis für den Wunsch habe, ein Kind zu schützen?«, fragte er mit leise grollender Stimme. »Ja, Hoyt, ich denke schon.«

In der Ferne wieherte ein Pferd. Ansonsten war alles still. Hoyt fuhr sich mit der Zunge über die Lippen und hielt den braunen Umschlag hoch.

»Was ist das, Hoyt?«

»Alles«, antwortete er. »Fotos, Aussagen, Bänder. Alles, was meine Tochter und Stephen Beck an Beweisen und Indizien gegen Ihren Sohn gesammelt haben.«

»Gibt es Kopien davon?«

»Nur eine«, sagte Hoyt.

»Wo?«

»An einem sicheren Ort. Bei einem Rechtsanwalt. Wenn ich da nicht in einer Stunde anrufe und das Codewort sage, spielt er sie der Presse zu. Das soll keine Drohung sein, Mr Scope. Ich würde mein Wissen nie preisgeben. Ich habe ebenso viel zu verlieren wie jeder andere.«

»Ja«, sagte Scope. »Das ist wohl wahr.«

»Aber jetzt können Sie uns in Ruhe lassen. Sie haben praktisch alles. Den Rest schicke ich Ihnen. Sie brauchen sich nicht an mir oder an meiner Familie zu rächen.«

Griffin Scope sah erst Larry Gandle und dann Eric Wu an. Die beiden bewaffneten Posten wirkten plötzlich angespannt. »Was ist mit meinem Sohn, Hoyt? Irgendjemand hat ihn abgeknallt wie einen Hund. Glaubst du, das lasse ich einfach so durchgehen?«

»Das ist es ja«, sagte Hoyt. »Elizabeth war es nicht.«

Scope kniff die Augen zusammen und verzog das Gesicht zu einer Miene, die höchstes Interesse vorspiegeln sollte. Ich glaubte jedoch noch etwas anderes darin zu erkennen, so etwas wie Verblüffung. »Dann erzählen Sie uns doch«, sagte er, »wer es gewesen ist.«

Ich hörte, wie Hoyt schluckte. Er drehte sich um und sah mich an. »David Beck.«

Ich war nicht überrascht. Nicht einmal wütend.

»Er hat Ihren Sohn umgebracht«, fuhr Hoyt hastig fort. »Er hat herausgefunden, was passiert ist, und sich gerächt.«

Scope schnappte theatralisch nach Luft und legte sich die Hand auf die Brust. Dann schaute er mich an. Auch Wu und Gandle drehten sich zu mir. Scope sah mir in die Augen und sagte: »Was können Sie zu Ihrer Verteidigung vorbringen, Dr. Beck?«

Ich überlegte einen Augenblick lang. »Hilft es mir auf irgendeine Weise weiter, wenn ich Ihnen sage, dass er lügt?«

Scope antwortete nicht. Er wandte sich an Wu und sagte: »Bringen Sie mir den Umschlag.«

Wu ging wie ein Panther. Er kam näher, lächelte mir zu, und meine Muskeln verkrampften sich instinktiv. Er blieb vor Hoyt stehen und streckte die Hand aus. Hoyt gab ihm den Umschlag. Wu nahm ihn mit einer Hand. Mit der anderen – ich hatte noch nie eine so schnelle Bewegung gesehen – riss er Hoyt wie einem Kind die Waffe aus der Hand und warf sie hinter sich.

Hoyt fauchte: »Was zum …?«

Wu schlug ihm in den Solarplexus. Hoyt ging in die Knie. Wir alle sahen zu, wie er auf alle viere fiel und würgte. Wu ging um ihn herum, ließ sich Zeit, und trat dann von hinten mitten auf Hoyts Brustkorb. Ich hörte ein Knacken. Hoyt rollte auf den Rücken und blieb dann mit ausgebreiteten Armen und Beinen liegen.

Griffin Scope kam zu uns und blickte lächelnd auf meinen Schwiegervater hinab. Dann hielt er etwas hoch. Ich versuchte es zu erkennen. Es war klein und schwarz.

Hoyt sah ihn an. »Was soll das«, stieß er blutspuckend hervor. Jetzt wusste ich, was Scope in der Hand hatte. Es war ein Mikro-Kassettenrecorder. Scope drückte die PLAY-Taste. Ich hörte zuerst meine eigene, dann Hoyts Stimme.

»Elizabeth hat Brandon Scope nicht erschossen.«

»Ich weiß. Das war ich.«

Scope schaltete den Recorder aus. Keiner sagte etwas. Scope musterte meinen Schwiegervater feindselig. In diesem Augenblick wurde mir vieles klar. Mir wurde klar, dass Hoyt Parker, der von den Abhöranlagen in seinem Haus gewusst hatte, natürlich davon ausgehen musste, dass auch sein Auto verwanzt war. Darum hatte er das Haus verlassen, als er uns im Garten gesehen hatte. Darum hatte er mich im Auto erwartet. Darum hatte er mich unterbrochen, als ich sagte, dass Elizabeth Brandon Scope nicht erschossen hatte. Darum hatte er den Mord an einem Ort gestanden, von dem er wusste, dass sie dort mithörten. Mir wurde klar, dass er das Mikrofon, das Carlson mir an die Brust geheftet hatte, beim Abtasten natürlich entdeckt hatte und nur sichergehen wollte, dass auch das FBI alles mithörte. Außerdem sollte Scope sich nicht die Mühe machen, mich zu filzen. Mir wurde klar, dass Hoyt Parker die ganze Schuld auf sich nahm, dass er, der viele schreckliche Dinge getan hatte, der für den Tod meines Vaters verantwortlich war, diese Finte sorgfältig geplant hatte, dass er darin seine letzte Chance auf Vergebung sah und dass er sich, nicht mich, opfern würde, um uns alle zu retten. Eins fehlte jedoch noch zum Gelingen seines Plans. Also trat ich vorsichtig etwas beiseite. Und selbst als die FBI-Hubschrauber von oben auf uns herabstießen, selbst als er hörte, wie Carlson alle durch ein Megafon aufforderte, die Hände hochzuheben, sah ich, wie Hoyt Parker in seinen Knöchelholster griff, eine Pistole herauszog und drei Schüsse auf Griffin Scope abgab. Dann drehte er die Waffe um.

»Nein!«, brüllte ich, doch sein letzter Schuss übertönte meinen Schrei.

46

VIER TAGE SPÄTER TRUGEN WIR Hoyt Parker zu Grabe. Tausende von Polizisten kamen in Uniform, um ihm die letzte Ehre zu erweisen. Die Einzelheiten über die Geschehnisse auf dem Scope-Anwesen waren noch nicht an die Öffentlichkeit gedrungen, und vielleicht würde das auch so bleiben. Nicht einmal Elizabeths Mutter hatte auf Antworten gedrängt, aber das hing wohl eher damit zusammen, dass sie über die Auferstehung ihrer Tochter von den Toten außer sich vor Freude war. Auf jeden Fall hielt es sie davon ab, zu viele Fragen zu stellen oder die Schwachstellen in der Logik allzu genau unter die Lupe zu nehmen. Ich konnte sie verstehen.

Nach dem aktuellen Stand der Dinge war Hoyt Parker als Held gestorben. Vielleicht stimmte das sogar. Ich kann mir da kein Urteil erlauben.

Hoyt hatte ein langes Geständnis geschrieben, in dem er im Prinzip das wiederholte, was er mir im Wagen erzählt hatte. Carlson zeigte es mir.

»Ist die Sache damit beendet?«, fragte ich.

»Wir müssen Gandle, Wu und einigen anderen noch den Prozess machen«, sagte er. »Aber jetzt, wo Griffin Scope tot ist, reißen sich plötzlich alle darum auszusagen, um Strafmilderung zu bekommen.«

Das mythische Ungeheuer, dachte ich. Man schlägt ihm nicht den Kopf ab. Man sticht es ins Herz.

»Klug von Ihnen, zu mir zu kommen, als der kleine Junge entführt wurde«, sagte Carlson zu mir.

»Mir blieb nichts anderes übrig.«

»Da haben Sie auch wieder Recht.« Carlson schüttelte mir die Hand. »Passen Sie auf sich auf, Dr. Beck.«

»Sie auch«, sagte ich.

Sie wollen jetzt vielleicht wissen, ob Tyrese je nach Florida geht und was mit TJ und Latisha geschieht. Oder Sie fragen sich, ob Shauna und Linda zusammen bleiben und was das für Mark bedeutet. Aber das kann ich Ihnen nicht erzählen, weil ich es nicht weiß. Die Geschichte endet hier, vier Tage nach dem Tod von Hoyt Parker und Griffin Scope. Es ist spät. Sehr spät. Ich liege mit Elizabeth im Bett, sehe zu, wie sich ihr schlafender Körper hebt und senkt. Ich sehe sie die ganze Zeit an. Ich schließe kaum einmal die Augen. Meine Träume haben sich grotesk ins Gegenteil verkehrt. Jetzt träume ich, dass ich sie verliere – dass sie wieder tot ist und ich wieder allein bin. Deshalb nehme ich sie oft in den Arm. Ich bin anhänglich und liebebedürftig. Sie auch. Aber das kriegen wir schon hin.

Als hätte sie meinen Blick gespürt, dreht Elizabeth sich um. Ich lächele sie an. Sie erwidert das Lächeln, und ich fühle, wie mir das Herz übergeht. Ich erinnere mich an den Tag am See. Ich erinnere mich daran, wie ich mich auf dem Floß treiben ließ. Und ich erinnere mich an die Entscheidung, ihr die Wahrheit zu sagen.

»Wir müssen reden«, flüstere ich ihr zu.

»Meinst du wirklich?«

»Es ist nicht gut für uns, Geheimnisse voreinander zu haben, Elizabeth. So ist der ganze Ärger ja erst entstanden. Wenn wir uns alles erzählt hätten …« Ich spreche nicht weiter.

Sie nickt. Und mir wird klar, dass sie es weiß. Dass sie es immer gewusst hat.

»Dein Vater«, sage ich, »dachte immer, du hättest Brandon Scope erschossen.«

»Das habe ich ihm gesagt.«

»Aber am Schluss …« Ich halte inne und fange von vorne an.

»Als ich ihm im Auto erzählt habe, dass du ihn nicht umgebracht hast, glaubst du, dass er da die Wahrheit erkannt hat?«

»Ich weiß es nicht«, sagt Elizabeth. »Ich möchte glauben, dass er es getan hat.«

»Dann hat er sich für uns geopfert.«

»Oder er wollte dich davon abhalten, dich selbst zu opfern«, sagt sie. »Vielleicht glaubte er aber immer noch, dass ich Brandon Scope erschossen habe. Wir werden es nie erfahren. Und es ist auch egal.«

Wir sehen uns an.

»Du hast es gewusst«, sage ich mit beengter Brust. »Von Anfang an. Du …«

Sie legt mir einen Finger auf die Lippen und bringt mich zum Schweigen. »Ist schon gut.«

»Dann hast du meinetwegen das ganze Zeug ins Schließfach getan.«

»Ich wollte dich schützen.«

»Es war Notwehr«, sage ich und erinnere mich wieder an das Gefühl, als ich die Waffe in der Hand hatte, den furchtbaren Rückstoß, als ich den Abzug drückte.

»Ich weiß«, sagt sie, legt mir die Arme um den Hals und zieht mich zu sich heran. »Ich weiß.«

Sie müssen nämlich wissen, dass ich zu Hause war, als Brandon Scope vor acht Jahren bei uns eingebrochen ist. Ich war derjenige, der allein im Bett lag, als er sich mit dem Messer in der Hand anschlich. Wir kämpften. Ich griff nach der Pistole meines Vaters. Er stach nach mir. Ich schoss und tötete ihn. Und dann geriet ich in Panik und lief davon. Ich versuchte, mich zu sammeln, darüber nachzudenken, was ich tun konnte. Als ich wieder bei klarem Verstand war und zurück nach Hause kam, war die Leiche verschwunden. Und mit ihr die Pistole. Ich wollte es ihr sagen. Am See hätte ich es getan. Aber letztendlich hatte ich nie darüber gesprochen. Bis jetzt.

Wie schon erwähnt, hätte ich von Anfang an die Wahrheit gesagt …

Sie zieht mich näher an sich heran.

»Ich bin hier«, flüstert Elizabeth.

Hier. Bei mir. Es wird eine Weile dauern, das zu akzeptieren. Aber ich schaffe das schon. Wir halten uns fest und schlafen langsam ein. Morgen Früh werden wir zusammen aufwachen. Und am

Morgen danach auch. Ihr Gesicht wird das Erste sein, was ich jeden Tag sehe, ihre Stimme das Erste, was ich höre. Und ich weiß, dass mir das immer genügen wird.

Danksagung

Okay. Zum Schluss möchte ich kurz die Band vorstellen:
Editor extraordinaire Beth de Guzman, dazu Susan Corcoran,
Sharon Lulek, Nita Taublib, Irwyn Applebaum und den Rest des
Teams bei Bantam Dell

Lisa Erbach Vance und Aaron Priest, meine Agenten

Anne Armstrong-Coben, M. D., Gene Riehl, Jeffrey Bedford,
Gwendolen Gross, Jon Wood, Linda Fairstein, Maggie Griffin und
Nils Lofgren – Danke für das Verständnis und den Zuspruch

und Joel Gotler, der mich ermutigte, aufmunterte und anspornte.